Josie Silver

Josie Silver est une romantique assumée qui a rencontré son mari en lui marchant sur le pied à l'âge de 21 ans. Elle vit avec lui, ses deux jeunes enfants et leur chat dans une petite ville des Midlands. Son premier roman, *Un jour en décembre* (Charleston, 2019), a été l'événement éditorial de l'hiver 2018 : sélectionné par l'actrice Reese Witherspoon pour son Book Club, il s'est hissé dès la première semaine de vente en tête de tous les palmarès.

UN JOUR EN DÉCEMBRE

JOSIE SILVER

UN JOUR EN DÉCEMBRE

Traduit de l'anglais
par Laura Bourgeois

CHARLESTON

Titre original :
One Day in December. A Christmas Love Story

MIXTE
Papier issu de sources responsables
FSC® C003309
FSC
www.fsc.org

Pocket, une marque d'Univers Poche,
est un éditeur qui s'engage pour la préservation
de l'environnement et qui utilise du papier fabriqué
à partir de bois provenant de forêts gérées
de manière responsable.

ISBN : 978-2-266-29680-9
Dépôt légal : octobre 2020

Pour James, Ed et Alex,
avec tout mon amour.

2008

21 décembre

Laurie

Je me demande par quel miracle les utilisateurs des transports en commun survivent chaque hiver aux attaques de microbes. Entre toux et éternuements, ces dix dernières minutes ont été une véritable offensive contre mes défenses immunitaires, et si la femme devant moi continue à me balancer ses pellicules dans la figure, elle risque fort de finir arrosée par le fond de café tiède que je ne peux plus boire, vu qu'il contient maintenant des échantillons de son cuir chevelu.

Je suis tellement claquée que je pourrais m'endormir ici, tout de suite, à l'étage de ce bus à impériale plein à craquer. Heureusement que les vacances sont enfin arrivées, parce que je crois que ni mon cerveau ni le reste de mon corps n'auraient pu supporter une heure de plus à la réception de cet abominable hôtel. Alors, oui, côté client, tout n'est que jolies guirlandes et petites lumières, mais si l'on passe derrière mon comptoir, la réalité est tout autre.

Même debout, j'ai l'impression de dormir. Pour remédier à ça, j'ai bien l'intention d'hiberner jusqu'à la nouvelle année, une fois que j'aurai regagné le cocon parental. L'idée de quitter Londres pour rentrer dans mon petit village des Midlands m'apaise. J'y vois une faille temporelle peuplée des souvenirs de mon enfance, certains heureux, d'autres… non. Même les familles les plus soudées ont droit à leur lot de tragédies, et on peut dire que le nôtre a été des plus cruels. Stop. Ce n'est pas le moment d'y penser. Noël est une période d'espoir, d'amour, et surtout – ce dont je rêve littéralement – de repos. Du sommeil, encore et encore, ponctué par les concours de gloutonnerie avec mon frère Daryl et sa copine Anna, sur fond de marathon de films de Noël cucul à souhait. Parce qu'on n'est jamais trop fatigué pour regarder un homme sur le pas d'une porte déclarer son amour avec des pancartes à la femme de son meilleur ami, car, à ses yeux, elle est parfaite. Ceci dit, est-ce qu'on peut réellement appeler ça du romantisme ? Pas si sûr. Je comprends le potentiel mélodramatique de la déclaration en douce, sous la neige, mais ce mec est aussi le pire meilleur ami de la planète.

Abandonnant tout espoir de me protéger des microbes – de toute façon, j'en ai sûrement ingéré assez pour me tuer, si telle est leur fonction –, je pose le front contre la vitre embuée et regarde Camden High Street dérouler ses lumières de Noël et ses vitrines poussiéreuses et éclectiques, allant des vestes en cuir aux souvenirs en plastique. Il est à peine seize heures, pourtant le soleil se couche déjà sur Londres ; mais s'est-il vraiment levé aujourd'hui ?

Le reflet dans la vitre me dit que j'aurais probablement dû retirer de mes cheveux la couronne en guirlande ridicule que ma manager imbuvable m'a forcée à porter. J'ai l'air de passer les auditions pour le rôle de l'ange Gabriel dans une crèche de Noël en école primaire. Mais à quoi bon l'ôter ? Ce n'est pas comme si quelqu'un dans ce bus se souciait de mon apparence. Ni mon voisin à l'anorak trempé qui déborde de son siège avec son journal grand ouvert, ni la bande de gamins brailleurs à l'arrière, et certainement pas Mme Pellicules devant moi avec ses boucles d'oreilles en forme de flocons. Un choix de bijoux assez ironique ; si j'étais méchante, je lui tapoterais sur l'épaule pour lui faire remarquer que les avalanches de flocons, c'est joli, mais de pellicules, un peu moins. Sauf que je ne suis pas méchante, ou du moins, que dans ma tête. Comme tout le monde, non ?

Je n'ai jamais vu un bus marquer autant d'arrêts. Il me reste encore plusieurs kilomètres avant d'arriver chez moi, et les gens sont serrés comme du bétail un jour de marché.

Allez, je prie intérieurement. *Avance. Ramène-moi à la maison.* Ceci dit, l'appart promet d'être relativement déprimant, maintenant que ma coloc est rentrée chez ses parents. Encore un jour à tenir, et moi aussi je serai partie.

Le bus freine au bout d'une rue et j'observe en bas un flux de passagers tenter de s'extirper de la sortie bloquée par la foule de ceux qui veulent entrer. Les gens poussent, comme s'ils voulaient battre le record du nombre de personnes au centimètre carré.

Un garçon demeure assis sous l'arrêt de bus. Il doit attendre une autre ligne, parce qu'il n'a pas levé le nez de son bouquin. Curieusement, il est impassible face à la bataille qui fait rage pour gagner le droit de monter à bord. On dirait un film, avec un de ces effets spéciaux où le personnage principal reste totalement immobile tandis que le monde, légèrement flouté, tourbillonne autour de lui.

Je ne vois pas son visage, juste le dessus de ses cheveux blonds, assez longs pour onduler. Il est emmitouflé dans un caban en laine bleu marine et une écharpe en grosse maille, qui a l'air d'avoir été tricotée main pour lui. Elle ajoute une touche surprenante et un peu kitsch à son allure stylée : jean skinny noir et bottines. Il est tout accaparé par son livre. Je plisse les yeux et penche la tête pour essayer d'en lire le titre. En désespoir de cause, j'essuie la buée de la vitre avec la manche de mon manteau.

Je ne sais pas si c'est le mouvement de mon bras ou l'éclat scintillant des boucles flocons de ma voisine dans sa vision périphérique qui a fait mouche, mais il lève la tête, cligne des yeux et reporte son attention sur ma vitre. Sur moi.

Les yeux dans les yeux. Je suis incapable de détourner le regard. Je sens mes lèvres s'entrouvrir, comme si j'allais dire quelque chose – mais quoi ? Et soudain, je ressens un besoin urgent de descendre du bus, de le rejoindre. Mais je ne le fais pas. Pas un seul de mes muscles ne bouge, parce que je suis coincée par mon voisin en anorak trempé, et que je sais qu'il n'y a pas la moindre chance pour que j'arrive à traverser le véhicule bondé avant qu'il ne redémarre. Alors, en un quart de seconde, je prends la décision de rester clouée sur place et de l'attirer à bord par le seul pouvoir de mon regard alangui.

Il n'a rien d'une star de cinéma, ni d'un éphèbe grec, mais son allure de BCBG étourdi et son charme innocent me captivent. D'où je suis, je ne parviens pas à déterminer la couleur de ses yeux. Verts, je dirais. Ou bleus ?

C'est là que l'inimaginable se produit. On pourra penser que je projette, pourtant je suis sûre et certaine de voir le même éclair le frapper ; comme si une force électrique venait inexplicablement de nous lier. La révélation ; pure, brute, dans ses yeux légèrement écarquillés. Il marque un temps d'arrêt, comme incrédule –, le genre de réaction que l'on a en tombant par hasard sur quelqu'un que l'on aime et que l'on n'a pas vu depuis dix ans. Entre « Tiens, salut, toi » et « Oh, mon Dieu, c'est toi ! » et « Ça me fait tellement plaisir de te revoir », tout à la fois.

Son regard vif se pose brièvement sur la file qui tente de monter à bord, puis revient à moi, et j'ai l'impression d'entendre les pensées se bousculer dans sa tête. Il se demande si ce serait complètement fou de grimper dans ce bus, ce qu'il me dirait si nous n'étions pas séparés par la foule et la vitre, s'il se sentirait débile de gravir deux à deux les marches du bus à impériale pour me rejoindre.

Non, je lui réponds en silence. *Non, tu ne te sentirais pas débile. Je ne le permettrais pas. Monte dans ce bus, je t'en prie !* Il me regarde droit dans les yeux et un sourire se forme lentement sur ses lèvres généreuses, comme s'il ne pouvait pas le contenir. Soudain, moi aussi je souris, euphorique, presque. Je ne peux pas m'en empêcher non plus.

Monte dans ce bus. Il sursaute, prend une décision brusque, referme vivement son livre et le fourre dans le sac à dos entre ses jambes. Il avance, à présent, et je presse ma paume contre la vitre, le suppliant de se dépêcher, alors même que j'entends le sifflement des portes qui se ferment et le bruit du frein à main que l'on déclenche.

Non, non ! Toi, le bus, tu n'as pas intérêt à redémarrer ! C'est Noël ! j'ai envie de crier. Le bus s'insère dans la circulation, accélère. Dehors, mon inconnu est à bout de souffle. Au milieu de la route, il nous regarde partir. Je vois l'échec éteindre la lumière dans ses yeux, et parce que c'est Noël, parce que je viens de tomber désespérément amoureuse d'un garçon à un arrêt de bus, je lui envoie un baiser et pose mon front contre la vitre, jusqu'à ce qu'il disparaisse.

C'est là que l'évidence me frappe. *Merde*. Pourquoi n'ai-je pas pensé à imiter le pire meilleur ami du monde dans une comédie romantique, en plaquant une feuille contre la vitre ? Ce n'était pourtant pas compliqué. J'aurais même pu tracer mon numéro sur la buée. J'aurais pu ouvrir le minuscule panneau supérieur de la fenêtre et crier mon nom, mon adresse, quelque chose, n'importe quoi. Mille et une possibilités défilent dans ma tête, et pourtant, au moment fatidique, aucune ne m'est venue parce que je ne pouvais tout simplement pas le quitter des yeux.

De l'extérieur, soixante secondes d'un film muet digne des Oscars. Dorénavant, quand on me demandera si j'ai déjà eu le coup de foudre, je pourrai répondre que oui, pendant toute une somptueuse minute, le 21 décembre 2008.

2009

Résolutions du nouvel an

Je n'ai que deux bonnes résolutions cette année, mais de taille. Lumineuses, géniales.

1) Le retrouver, lui, le mec de l'arrêt de bus.
2) Décrocher mon premier vrai boulot dans un magazine.

Mince. Si seulement je les avais écrites au crayon à papier, j'aurais pu les gommer et les remettre dans le bon ordre. Ce que je voudrais, idéalement, c'est d'abord trouver un poste dans un magazine super cool, puis tomber par hasard sur le mec de l'arrêt de bus dans un restaurant. J'aurais sur mon plateau un déjeuner très sain, et il le renverserait accidentellement, avant de lever les yeux vers moi et de déclarer : « Oh, c'est toi. Enfin. »

On oublierait de manger et on irait se promener dans un parc voisin à la place, parce qu'on aurait perdu l'appétit en retrouvant l'amour de notre vie.

Bref, voilà. Souhaitez-moi bonne chance.

20 mars

Laurie

— Et lui, là-bas ? Il a carrément l'air du genre à attendre un bus.

Je me tourne dans la direction que m'indique Sarah du menton, et parcours du regard toute la longueur du bar bondé en ce vendredi soir. C'est une habitude que nous avons prise à chaque sortie : étudier tous les visages, sonder les foules, en quête du « mec de l'arrêt de bus », comme l'a baptisé ma coloc au moment où l'on a comparé nos bonnes résolutions en janvier. Les fêtes dans sa famille à York m'ont semblé bien plus tapageuses que mes repas gargantuesques et chaleureux près de Birmingham, mais on s'est retrouvées ensemble dans la déprime de janvier, dès notre retour à l'hiver londonien. Je lui ai raconté mon coup de foudre à faire pleurer les violons, et l'ai aussitôt regretté. Non pas que je ne fasse pas confiance à Sarah ! C'est plutôt qu'elle est encore plus obsédée par « la quête » que moi. Pourtant j'en devenais déjà folle dans mon coin… c'est dire.

— Lequel ?

Les yeux plissés, je scrute la marée d'inconnus qui me tournent en grande partie le dos. Elle lève le nez et s'immobilise, pour réfléchir à la meilleure manière de décrire un type parmi une cinquantaine d'autres.

— Là, au milieu, à côté de la femme à la robe bleue.

La femme est plus facile à repérer. Son rideau de cheveux platine accroche mon regard lorsqu'elle rejette la tête en arrière dans un éclat de rire.

Son voisin, responsable de tant d'hilarité, correspond au profil en termes de taille. Ses cheveux aussi, et la ligne de ses épaules dans sa chemise noire fait battre mon cœur plus vite. Ça pourrait être n'importe qui, y compris le mec de l'arrêt de bus. Plus je l'observe, plus je suis convaincue que la quête touche à sa fin.

— Je ne sais pas…

Je retiens mon souffle. On n'a jamais été si près du but. J'ai passé tant de temps à le lui décrire que Sarah sait probablement mieux que moi à quoi il ressemble. J'ai envie de m'approcher. D'ailleurs, j'ai déjà commencé à avancer, mais le bras de Sarah m'arrête dans ma lancée, parce qu'il vient de pencher sa tête pour embrasser goulûment la blonde, qui devient aussitôt mon ennemie jurée.

Je crois que c'est lui. Non ! Ce n'est pas comme ça que les choses sont censées se passer. J'ai rejoué la scène encore et encore, toutes les nuits, chaque fois que je ferme les yeux, et jamais, au grand jamais, l'histoire ne se termine ainsi. Parfois il est avec une bande de potes dans un bar, parfois seul dans un café en train de lire, mais le scénario qui n'arrive jamais est bien celui où il roule des pelles à Barbie.

— Merde, marmonne Sarah en me tendant mon verre de vin.

On continue de les regarder se galocher. Encore. Est-ce qu'ils connaissent le principe du lieu public ? La main du type empoigne maintenant fermement les fesses de la blonde, transgressant les règles tacites d'un bar bondé.

— Un peu de décence, les gens, grogne Sarah. En tout cas, ce mec n'est pas ton genre, Lau.

Dépitée, je siffle mon verre d'une traite, et le vin frais me fait frissonner.

— Je crois que je veux rentrer, dis-je, au bord des larmes.

Le couple interrompt sa séance de roulage de pelles, la femme lisse sa robe, le type lui murmure quelque chose à l'oreille, et alors ils font volte-face pour avancer vers nous.

Instantanément, je sais. Il nous dépasse, et je manque d'éclater de rire, envahie par un soulagement euphorique.

— Ce n'est pas lui, je chuchote. Rien à voir.

Sarah lève les yeux au ciel et lâche un profond soupir, sans doute contenu depuis un moment.

— Oh là là, j'ai eu peur. Ce type a l'air d'une vraie ordure. Tu sais à quel point je mourais d'envie de lui faire un croche-patte à l'instant ?

Elle a raison. Le mec qui vient de passer devant nous pour rejoindre les toilettes affichait une arrogance hors norme en essuyant d'un revers de main les traces de rouge à lèvres laissées par la blonde sur son petit sourire satisfait.

Il me faut un autre verre. Ça fait trois mois que je cherche le mec de l'arrêt de bus. À ce rythme, si je ne le trouve pas très vite, je risque de finir alcoolique.

Plus tard, de retour à Delancey Street, je me débarrasse de mes chaussures et m'effondre sur le canapé. À côté de moi, Sarah fait de même.

— Tu sais, je me disais…, commence-t-elle, il y a un nouveau au bureau et je pense qu'il pourrait te plaire.

Avec un soupir digne d'un film dramatique d'époque, je proteste :

— Mais c'est le mec de l'arrêt de bus qui m'intéresse !

— D'accord, d'accord, mais si tu le retrouves et que c'est un connard ?

Manifestement, l'expérience du bar de ce soir lui trotte dans la tête à elle aussi. Je soulève péniblement ma tête pour la regarder.

— Tu crois que je devrais arrêter de chercher ?

Sarah lève les bras en l'air, impuissante.

— Je dis juste qu'un plan B n'a jamais fait de mal à personne.

— Au cas où ce serait un connard ?

Elle lève les pouces, sans doute parce que ça demande moins d'efforts que de lever la tête.

— Ça pourrait en effet être le roi des connards. Ou alors il pourrait avoir une copine. Pire, Lau, il pourrait même être marié !

Mon cœur s'arrête.

— Non ! Impossible ! Il est célibataire, il est canon, et il est là, dehors, quelque part, à attendre que je le retrouve. Peut-être même qu'il me cherche aussi.

J'ai mis dans cette déclaration toute la conviction d'une fille saoule.

Sarah prend appui sur ses coudes et me scrute, les yeux plissés. Ses longues ondulations rousses sont ébouriffées, et son mascara a coulé.

— Je dis juste que toi et moi avons peut-être des attentes un peu irréalistes, et que toi et moi devrions peut-être procéder avec plus de modération.

Elle a raison. Je le sais. J'ai frôlé la crise cardiaque, tout à l'heure, au bar.

Sarah me tapote la jambe.

— T'en fais pas, on va le retrouver.

C'est un geste tout simple de solidarité, mais vu mon état d'ivresse, une boule se forme dans ma gorge.

— Promis ?

Elle lève la paume dans un geste solennel, et un sanglot plein de morve m'échappe, parce que je suis fatiguée, énervée, et parce que parfois je n'arrive plus à invoquer le visage du mec de l'arrêt de bus dans mon esprit, et que j'ai peur, à force, d'oublier à quoi il ressemble.

Sarah se redresse et sèche mes larmes avec la manche de son tee-shirt.

— Ne pleure pas, Lau. On va continuer à garder les yeux ouverts jusqu'à l'avoir trouvé.

Je hoche la tête avant de me laisser tomber en arrière, pour retourner à la contemplation du plafond en crépi que notre proprio avait promis de repeindre le jour de notre emménagement, il y a déjà plusieurs années.

— Oui, on va le retrouver. Et il sera parfait.

— Il a intérêt. Sinon je lui grave « connard » en toutes lettres sur le front.

Sa loyauté est grandement appréciée. Et réciproque.

— Avec un scalpel rouillé, je renchéris.

— Du coup, ça va s'infecter et sa tête va tomber, marmonne-t-elle.

Je ferme les yeux, riant à moitié. Jusqu'à ce que je retrouve le mec de l'arrêt de bus, mon affection est tout entière dédiée à Sarah.

24 octobre

Laurie

— Je pense qu'on a géré, déclare Sarah en reculant de quelques pas pour admirer notre travail.

Après avoir passé le week-end entier à redécorer le salon minuscule de notre appartement, on est toutes les deux couvertes d'éclaboussures de peinture et de poussière. À présent, devant le résultat final, je sens la satisfaction m'envahir. Si seulement mon job pourri à l'hôtel pouvait me procurer un quart de ce sentiment d'accomplissement !

— J'espère que le propriétaire va apprécier, je grommelle.

Techniquement, nous ne sommes pas vraiment autorisées à changer quoi que ce soit à l'appartement, mais je ne vois pas ce qu'il pourrait reprocher à nos améliorations.

— Tu rigoles ? Il devrait nous payer pour tout ce boulot, oui !

Sarah, les mains sur les hanches, en salopette déchirée et débardeur rose qui jure violemment avec ses cheveux roux, continue :

— On vient d'augmenter la valeur de son appartement. Qui ne préférerait pas ce parquet à la vieille moquette élimée ?

J'éclate de rire au souvenir de la bataille pour descendre l'énorme rouleau de moquette tout en bas de l'immeuble, depuis le dernier étage. Un vrai sketch. Arrivées au rez-de-chaussée, nous étions trempées de sueur, à court de jurons et couvertes de bouts de mousse. La moquette a fini dans la cour des voisins, qui est un dépotoir depuis toujours, si bien que je suis sûre qu'ils ne remarqueront pas la différence.

Le vieux parquet en chêne est magnifique. À l'évidence, quelqu'un a pris la peine de le restaurer avant que le propriétaire actuel ne décide de le cacher sous cette atrocité à motifs. Le résultat vaut totalement nos bras endoloris par l'effort. La pièce est désormais chaleureuse, emplie de lumière grâce aux murs fraîchement repeints en blanc et aux grandes fenêtres à guillotine. C'est un bâtiment fatigué à la structure pleine de charme – si on oublie le plafond en crépi. Avec un tapis bon marché, des meubles dépareillés et des plaids récupérés dans nos chambres respectives, l'ensemble a tout du miracle décoratif.

— Bohème chic, décide Sarah.

— Tu as de la peinture dans les cheveux.

Je me tapote le crâne pour lui montrer l'endroit exact, colorant mes propres mèches par la même occasion.

— Toi aussi, rétorque-t-elle dans un éclat de rire.

Puis elle jette un coup d'œil à sa montre avant de proposer :

— Fish and chips ?

Sarah a le métabolisme d'un cheval. C'est une des choses que j'aime le plus chez elle, parce que ça me permet d'engloutir des gâteaux sans complexe.

— Carrément, je meurs de faim. Je m'en occupe.

Une demi-heure plus tard, on trinque à notre fabuleux salon, en engloutissant notre fish and chips sur le canapé.

— On devrait démissionner et devenir les reines de la déco à la télé, propose Sarah.

— On serait géniales. « Relooking déco avec Laurie et Sarah. »

Elle marque une pause, une frite à mi-chemin vers sa bouche.

— « Relooking déco avec Sarah et Lau. »

— « Laurie et Sarah », ça sonne mieux. Tu sais que j'ai raison. Et je suis plus âgée, ce n'est que justice.

C'est une blague récurrente. Je suis l'aînée de quelques mois et je ne perds jamais une occasion d'en faire un argument. Je me penche pour récupérer ma bouteille par terre et elle éructe, postillonnant de la bière au passage :

— Attention au parquet !

— J'y ai pensé !

Elle jette un coup d'œil à mon sous-verre de fortune, un prospectus du supermarché du coin.

— J'arrive pas à y croire : Lau, on est devenues des filles à sous-verre.

Je déglutis, l'air sombre.

— Tu crois que ça veut dire qu'on va vieillir et élever des chats ensemble ?

— J'en ai bien peur.

— Bof, c'est aussi bien. Ma vie sentimentale est officiellement enterrée.

Sarah froisse le papier de son fish and chips.

— Ça ne tient qu'à toi.

Elle fait référence au mec de l'arrêt de bus, évidemment. Il a désormais atteint le statut de mythe, et je suis sur le point d'abandonner. Dix mois, c'est beaucoup pour la quête d'un inconnu, en tablant sur le fait qu'il soit célibataire, intéressé, et qu'il ne soit pas un serial killer. Sarah est d'avis qu'il serait temps que je passe à autre chose, et elle ne s'en cache pas. Par là, elle entend que je devrais trouver quelqu'un d'autre avant de me transformer en nonne. Je sais qu'elle a raison, mais mon cœur n'est pas prêt à tourner la page. Cette sensation quand nos regards se sont croisés… je n'avais jamais ressenti ça avant.

— Tu aurais eu le temps de faire le tour du monde en sac à dos depuis ! Pense à tous les mecs parfaits que tu aurais pu te taper. Imagine les anecdotes de folie sur Roberto en Italie, Vlad en Russie, à raconter à tes petits-enfants quand tu seras vieille.

— Je n'aurai jamais d'enfants, et encore moins de petits-enfants. Je vais continuer à chercher le mec de l'arrêt de bus en vain, pour toujours, et j'adopterai des chats avec toi. On ouvrira un refuge, et la reine nous décernera une médaille pour services rendus aux félins.

Sarah éclate de rire, mais ses yeux me répètent qu'il est grand temps de remballer mes rêves et d'oublier le mec de l'arrêt de bus.

— Je viens de me souvenir que je suis allergique aux poils de chats, dit-elle. Mais tu m'aimes quand même, pas vrai ?

Avec un soupir, j'attrape ma bière.

— Ah non, désolée, ça ne va pas être possible. Trouve quelqu'un d'autre, Sarah, on ne pourra jamais être ensemble.

Elle sourit.

— Justement, j'ai un rendez-vous la semaine prochaine.

Je presse mon poing contre mon cœur et déclame :

— Si vite remise de notre rupture !

— Je l'ai rencontré dans l'ascenseur. Je l'ai kidnappé avec le bouton « Arrêt d'urgence » jusqu'à ce qu'il accepte de m'inviter à sortir.

Il faut vraiment que je prenne plus souvent exemple sur Sarah : elle sait ce qu'elle veut, et elle l'attrape à pleines mains. Si seulement j'avais eu le cran de descendre de ce bus… Mais voilà, je ne l'ai pas fait. Peut-être qu'il est temps de m'assagir, d'arrêter de chercher un inconnu et de finir en larmes et saoule à chaque échec. Il y a d'autres hommes sur terre. « Que ferait Sarah à ma place ? » doit devenir mon nouveau credo. Et je suis certaine que Sarah, contrairement à moi, ne perdrait pas une année de sa vie à se lamenter.

— Tu crois qu'on devrait acheter un cadre pour ce mur ? demande-t-elle, les yeux rivés sur l'espace vide au-dessus de la cheminée.

— Pourquoi pas ! On peut y mettre une photo de chats ?

Avec un éclat de rire, elle me jette au visage son papier de fish and chips roulé en boule.

18 décembre

Laurie

— Essaie de ne pas juger trop vite, quand tu rencontreras David ce soir, d'accord ? À première vue, tu vas sûrement te dire qu'il n'est pas ton genre, mais crois-moi, il est hilarant. Et gentil. Attends, il m'a laissé sa chaise l'autre jour en réunion. Tu connais combien de mecs qui feraient ça ?

Sarah est à genoux par terre, la tête dans le placard, en train de déterrer le plus de verres à vin possible dans notre minuscule cuisine.

Je me creuse les méninges en quête d'un exemple. Pour sa défense, ils sont rares.

— Le mec du rez-de-chaussée a bougé son vélo du passage pour me laisser l'accès à la porte ce matin. Ça compte ?

— Tu parles de celui qui ouvre notre courrier et dissémine ses restes de kebab froid dans le couloir tous les week-ends ?

J'étouffe un rire en plongeant les verres à vin sous l'eau bouillante. Ce soir, on organise notre soirée de Noël, comme tous les ans depuis notre emménagement à Delancey Street.

On essaie de se convaincre qu'elle sera bien plus sophistiquée, maintenant qu'on a quitté l'université. Mais ne nous leurrons pas : ce sera essentiellement une bande de tout jeunes diplômés – et quelques collègues que nous ne connaissons pas encore très bien – venus pour boire du mauvais vin et débattre de sujets qu'on ne comprend pas vraiment. Et pour moi une rencontre arrangée avec un certain David qui, d'après Sarah, est l'homme parfait. Rien de nouveau sous le soleil. Ma meilleure amie adore jouer les entremetteuses et l'a déjà fait avec moi deux fois à l'université. Le premier, Mark (ou peut-être Mike ?), a débarqué au rendez-vous en short de sport, en plein hiver, et a passé tout le dîner à m'orienter vers les plats du menu qui prendraient moins d'une heure à éliminer à la salle. Le pudding est l'amour de ma vie ; c'était aussi l'interdit alimentaire par excellence de Mike. Ou Mark. Peu importe. Mais Sarah n'avait pas tort, il ressemblait effectivement un peu à Brad Pitt, en plissant les yeux et en le regardant en coin, dans une pièce sombre. Ce que j'ai fait, je dois l'admettre. D'ordinaire, je ne couche pas avec les mecs au premier rendez-vous, mais cette fois-ci je me suis dit que j'allais lui laisser une chance, pour Sarah.

Son deuxième choix, Fraser, n'était qu'un tout petit peu meilleur ; au moins, je me souviens de son prénom. Il était de loin le plus pur Écossais que j'avais jamais rencontré, à tel point qu'avec son accent je ne comprenais que cinquante pour cent de ce qu'il disait. Je ne crois pas qu'il ait particulièrement parlé de cornemuses, mais je n'aurais pas été surprise de le voir en sortir une de sous sa veste. Son nœud papillon en tartan était déconcertant, mais rien de tout ça n'aurait eu d'importance s'il n'y avait pas eu l'erreur fatale de fin de soirée. Il m'a raccompagnée à Delancey Street, puis m'a embrassée façon réanimation. Du bouche-à-bouche avec une quantité totalement scandaleuse de salive. Une fois la porte fermée derrière moi, je me suis ruée dans la salle de bains et mon reflet dans le miroir a confirmé mes craintes : j'avais l'air d'avoir échappé aux léchouilles enthousiastes d'un dogue allemand. Sous la pluie.

Enfin, on ne peut pas dire que je sois plus douée pour choisir mes copains moi-même. À l'exception de Lewis, mon premier amour du lycée, je me suis toujours plantée sur toute la ligne. Trois rendez-vous, puis quatre, parfois même cinq… et toujours cette fin en eau de boudin. Je commence même à me demander si avoir Sarah pour meilleure amie n'est pas à double tranchant : elle renvoie aux hommes une image totalement irréaliste de la femme. Si je ne l'aimais pas de tout mon cœur, j'aurais envie de l'étrangler.

Bref, c'est peut-être stupide, mais je savais qu'aucun de ces mecs n'était le bon. Je vis pour les comédies romantiques. À la question « Avec quelle personnalité vivante ou morte aimerais-tu dîner ? », ma réponse est invariablement Nora Ephron. Et je rêve de vérifier en personne que, oui, *chez les bons garçons on embrasse bien comme ça*. Vous voyez le tableau. J'espère encore que, parmi tous ces crapauds, un d'eux se transformera en prince charmant. Ou quelque chose du genre.

Qui sait à quoi ressemblera David ? Peut-être que cette troisième fois sera la bonne. Mais je n'y compte pas trop. Il pourrait être l'amour de ma vie, ou absolument hideux. Quoi qu'il en soit, je suis suffisamment curieuse pour lui laisser une chance. Ce n'est pas quelque chose que j'ai beaucoup fait cette année, avec le passage du nid douillet de l'université au monde brutal du travail, beaucoup moins réussi pour moi que pour Sarah. Elle a quasiment atterri tout de suite à un poste d'assistante dans une chaîne de télévision régionale, alors que je suis encore réceptionniste à l'hôtel. Je sais, malgré ma bonne résolution de l'année, je n'ai toujours pas décroché le job de mes rêves. Mais c'était ça ou rentrer à Birmingham, et j'ai peur que tout départ de Londres ne soit définitif. Rien d'étonnant à ce que les choses soient plus faciles pour Sarah. C'était couru d'avance. C'est elle, la plus sociable de nous deux. Quant à moi, je suis légèrement inadaptée à la vie en société, ce qui signifie que les entretiens d'embauche ne se passent pas aussi bien.

Mais assez de pensées négatives pour ce soir. Je suis bien décidée à boire jusqu'à oublier toute timidité. Après tout, je pourrais invoquer la magie du nouvel an pour excuser tout comportement douteux dû à l'alcool. Je veux dire, arrête, c'était *l'an dernier* quand même. Passe à autre chose !

C'est aussi ce soir que je vais enfin rencontrer le nouveau copain de Sarah. Ils sont ensemble depuis plusieurs semaines, mais allez savoir pourquoi, je n'ai pas encore eu l'occasion de croiser cet Apollon désormais légendaire. Faute de l'avoir vu, j'en ai assez entendu parler pour écrire sa biographie. Malheureusement pour lui, je sais que c'est un dieu du sexe et que Sarah espère porter ses enfants et l'épouser, une fois qu'il sera la star de la télé qu'il est en bonne voie de devenir. Je suis presque désolée pour lui. Le pauvre garçon a déjà son futur planifié à vingt-quatre ans.

Enfin, bon, c'est de Sarah qu'on parle. Même si ce garçon est cool, il ne sera jamais à la hauteur.

Elle n'arrête pas de parler de lui. Encore maintenant, j'ai droit au récit détaillé de leur vie sexuelle incontrôlable. Il y a des choses que je préférerais ne pas savoir.

Je lève la main pour l'interrompre, provoquant une envolée de bulles de produit vaisselle, comme une enfant brandissant son tube à bulles.

— OK, OK, j'ai compris. Je vais tenter de ne pas avoir d'orgasme devant la vision miraculeuse de ton futur mari.

— Tu ne lui répéteras pas, hein ? Le coup du futur mari. Parce qu'il n'est pas encore au courant, et je me dis que ça risquerait de le choquer un peu.

— Un peu ?

— Disons que ce serait mieux s'il pense que l'idée vient de lui d'ici quelques années.

Elle époussette son jean et se relève.

Je hoche sagement la tête. Connaissant Sarah, elle le mènera à la baguette d'ici peu et s'arrangera pour qu'il la demande en mariage quand elle l'aura décidé. Vous voyez, ce genre de personnes qui agissent comme des aimants autour desquelles tout le monde gravite ? Ces nanas effervescentes, qui ont un tel charisme qu'elles attirent les autres dans leur orbite. Sarah tout craché. Pour autant, ça ne fait pas d'elle une personne insupportable. Bien au contraire.

Je l'ai rencontrée ici même, pendant ma première année d'études. J'avais opté pour la colocation, plutôt que la résidence universitaire, et j'ai choisi cet appartement. C'est une vieille maison de ville divisée en trois : deux grands appartements au rez-de-chaussée, et notre grenier, perché tout en haut comme s'il avait été ajouté après. Je suis tombée sous le charme à la première visite. Vous voyez, le petit appartement tout chic et mignon de Bridget Jones ? C'est à lui que me faisait penser celui-là, en un peu moins chic, un peu moins mignon, et à partager avec une parfaite inconnue pour pouvoir payer le loyer exorbitant. Mais aucun de ces points négatifs ne m'a empêchée de signer le bail illico. Dans la balance, une inconnue ne pesait pas bien lourd comparée à la horde d'étudiants qui peuplent les résidences universitaires. Je me revois encore hisser toutes mes affaires en haut des trois volées de marches le jour de l'emménagement, priant pour que ma nouvelle colocataire ne réduise pas à néant mes fantasmes à la Bridget Jones.

Elle avait scotché un mot de bienvenue sur la porte d'entrée, rédigé avec un épais feutre rouge, de son écriture arrondie :

Chère nouvelle coloc,
Je suis partie acheter une bouteille de piquette pétillante pour fêter notre nouveau chez-nous. Prends la chambre la plus grande si tu veux, de toute façon ça m'arrange d'être au plus près des toilettes en rentrant de soirée !
Bisous,
S

Et voilà. Je ne l'avais pas encore officiellement croisée que je lui mangeais déjà dans la main. Sarah et moi sommes très différentes sous bien des aspects, mais nous avons juste ce qu'il faut de points communs pour nous entendre à merveille. C'est une fille magnifique, à la cascade de cheveux roux vif qui ondulent presque jusqu'à ses fesses, avec une silhouette de rêve, et qui bien évidemment se fiche de son apparence.

Normalement, à côté d'une beauté pareille, j'aurais tendance à me sentir comme le vilain petit canard, mais Sarah a l'art de vous mettre à l'aise tout de suite. La première chose qu'elle m'a dite en rentrant de l'épicerie du coin ce jour-là, c'est : « T'es le sosie d'Elizabeth Taylor. On a intérêt à rajouter un verrou à la porte, parce que tu vas causer des émeutes. »

Elle exagérait, bien sûr. Je n'ai pas grand-chose d'Elizabeth Taylor. Je peux dire merci à ma grand-mère française côté maternel pour ses cheveux bruns et ses yeux bleus – elle était une danseuse étoile assez célèbre à vingt ans, on garde précieusement les programmes de ses ballets et les coupures de presse pour le prouver. Mais j'ai toujours eu l'impression d'être une Parisienne manquée. J'ai hérité de la silhouette de ma grand-mère, mais pas de sa grâce. Et son chignon parfait est devenu une masse de boucles électrocutées sur ma tête. Sans compter que jamais je n'aurais assez de rigueur pour danser, et puis je suis bien trop accro aux biscuits tout choco. Je vais bien le regretter le jour où mon métabolisme décidera de se venger.

Pour plaisanter, Sarah nous présente souvent comme la catin et la princesse. En réalité, il n'y a pas un soupçon de vulgarité chez elle, et mes manières n'ont rien de noble. Comme je l'ai dit, on se complète et on se fait rire. Elle est Thelma et je suis Louise, d'où mon incrédulité de la voir s'enticher si vite d'un type que je n'ai ni rencontré ni approuvé.

— Tu es sûre qu'on a prévu assez d'alcool ? demande-t-elle en jetant un regard critique sur la rangée de bouteilles alignées sur le plan de travail.

On ne peut pas vraiment parler d'une sélection sophistiquée. C'est le résultat d'une razzia systématique sur toutes les promos vin et vodka de ces trois derniers mois au supermarché du coin, en prévision de cette soirée inoubliable.

Ou vite oubliée, plus vraisemblablement.

— Mais oui, c'est plus qu'assez. Sans compter que les gens vont venir avec leur bouteille aussi. La soirée va être géniale.

Mon estomac gargouille, pour nous rappeler que ni l'une ni l'autre n'avons mangé depuis le petit déjeuner.

— Tu entends ça ? j'ajoute en caressant mon ventre. Mon estomac te réclame la spécialité du chef.

Les sandwichs de Sarah appartiennent à la mythologie de Delancey Street. Elle m'a enseigné sa sainte trinité du petit déj – bacon, betterave, champignons –, et il nous a fallu près de deux ans pour élaborer notre spécialité, le sandwich DS, du nom de la rue.

Elle lève les yeux au ciel, hilare.

— Tu peux la faire toi-même, tu sais ?

— Pas aussi bien que toi.

Elle se pavane fièrement jusqu'au frigo.

— C'est pas faux.

Je la regarde empiler les étages de poulet, fromage, laitue, mayo et cranberries, une science exacte que je ne maîtrise toujours pas. Je sais que ça a l'air abominable présenté comme ça, mais, croyez-moi, c'est un délice. Ça ne ressemble pas non plus au casse-croûte typique de l'étudiant, mais depuis qu'on a trouvé le combo idéal, on s'assure toujours d'avoir les ingrédients nécessaires en stock. C'est la base de notre alimentation. Ça, la crème glacée et le vin bas de gamme.

— Le secret, c'est la cranberry, je conclus après ma première bouchée.

— C'est une question de quantité. Trop de cranberries, et tu te retrouves avec un sandwich à la confiture. Trop de fromage, tu auras l'impression de lécher les chaussettes sales d'un ado.

Alors que je m'apprête à attaquer la deuxième bouchée, elle se précipite pour arrêter mon bras dans son élan.

— Attends. Il nous faut à boire avec ça. Histoire de se mettre dans l'ambiance de la soirée.

Je grogne en la voyant sortir deux verres à shot. Elle rit sous cape en plongeant une main dans le placard, derrière les paquets de céréales, d'où elle pêche une bouteille poussiéreuse.

— La pisse des moines, annonce-t-elle en remplissant solennellement les petits verres.

Ou la plus officiellement nommée bénédictine, une vieille liqueur à base de plantes qui était dans l'appartement avant nous. L'étiquette indique qu'il s'agit d'un mélange secret d'herbes et d'épices, mais en la goûtant pour la première fois, on a décrété que l'ingrédient mystère était forcément du pipi de moines. Depuis, de temps en temps, souvent à Noël, on s'en sert un shot chacune. Un rituel que nous en sommes venues à apprécier autant qu'à détester.

Elle fait glisser le verre sur le plan de travail dans ma direction et, en s'asseyant, m'ordonne :

— Cul sec ! Et joyeux Noël, ma Lau.

Le geste est familier. Trinquer, boire d'une traite, taper le verre vide sur la table avec une grimace.

J'ai l'impression que le liquide a arraché la peau de mon palais.

— Il ne se bonifie pas avec le temps.

— Un vrai carburant ! Allez, mange ton sandwich maintenant, tu l'as mérité.

Un silence religieux s'installe, et, une fois notre plat fétiche terminé, elle se met à tapoter de l'ongle sur le bord de son assiette, pensive.

— Tu sais, je crois que, pour Noël, on pourrait ajouter de la saucisse.

— Ça va pas, la tête ? On ne rigole pas avec la spécialité du chef.

— Il n'y a pas grand-chose au monde qu'une bonne saucisse de Francfort ne puisse améliorer. D'ailleurs, avec un peu de chance, tu pourrais voir celle de David ce soir…

Vu mes deux dernières expériences de rendez-vous arrangés avec Sarah, je suis loin de partager son enthousiasme.

Je me lève pour débarrasser les assiettes dans l'évier.

— Allez, on ferait mieux de se préparer, les invités ne vont pas tarder à arriver.

J'en suis à trois verres de vin blanc – c'est-à-dire que je suis tout à fait détendue – quand Sarah vient me récupérer dans la cuisine pour me traîner littéralement derrière elle.

— Il est là, chuchote-t-elle en me broyant les doigts. Viens lui dire bonjour. Il faut absolument que tu le rencontres.

J'adresse un petit sourire d'excuse à David alors qu'elle m'attire dans le salon. Je commence à voir ce que Sarah voulait dire à son sujet. Il gagne effectivement à être connu. Il m'a déjà fait rire plusieurs fois, et il a pris soin de me maintenir abreuvée. J'étais tout juste en train d'envisager un câlin test. Il est plutôt mignon, dans le genre Ross de *Friends*, mais je suis beaucoup plus emballée par la perspective de rencontrer l'âme sœur de Sarah, ce qui signifie que Ross aurait été un regret demain. C'est un baromètre qui en vaut un autre.

Ma colocataire m'entraîne à travers l'amas hilare que forment nos amis saouls et une quantité d'autres personnes que je ne suis pas sûre que ni l'une ni l'autre ne connaisse, jusqu'à enfin atteindre son copain, qui attend, l'air incertain, près de la porte.

Les yeux de Sarah brillent d'excitation.

— Laurie, je te présente Jack. Jack, je te présente Laurie. *Ma* Laurie.

J'ouvre la bouche pour dire bonjour, et c'est à ce moment que je vois enfin son visage. Mon cœur bondit, ma gorge se serre, comme si on venait de me poser des électrodes sur la poitrine et de les brancher à pleine puissance. Aucun mot ne parvient à passer mes lèvres.

Je le connais.

C'est comme s'il ne s'était écoulé qu'une semaine depuis la première – et dernière – fois qu'on s'est vus. Ce regard à couper le souffle échangé depuis l'étage d'un bus à impériale bondé, douze mois plus tôt.

— Laurie.

Il prononce mon nom, et je pourrais pleurer de soulagement de le trouver ici. Je sais, c'est complètement fou, mais j'ai passé toute une année à espérer le revoir.

Et maintenant il est là. J'ai scruté toutes les foules en quête de son visage, les bars, les restaurants. Je me suis entêtée à chercher le mec de l'arrêt de bus, au point que Sarah se plaignait d'en entendre tant parler qu'elle-même pourrait le reconnaître.

Manifestement, elle n'a pas pu. Au lieu de ça, elle me le présente comme étant l'amour de sa vie.

Verts. Ses yeux sont verts. D'un vert vif comme la mousse des arbres sur l'extérieur de ses iris, d'un ambre doré autour de la pupille. Mais ce n'est pas tant la couleur de ses yeux qui me frappe en ce moment même que son regard qui me transperce. Une lueur de reconnaissance. Une collision étourdissante, venant de loin. Puis elle s'éteint, en un clin d'œil, me laissant avec le doute terrible que seule la puissance de mes désirs me l'ait fait imaginer ; peut-être qu'elle n'a existé que dans ma tête.

— Jack, je parviens à articuler en tendant ma main.

Il s'appelle Jack.

— Ravie de faire ta connaissance.

Un léger sourire apparaît sur ses lèvres.

— Laurie.

Je jette un coup d'œil vers Sarah, terrassée par la culpabilité, certaine qu'elle a compris que quelque chose se tramait. Mais elle se contente de nous sourire niaisement. Vive le vin bas de gamme.

Il s'empare de ma main dans une poignée chaleureuse et ferme, presque polie, comme si nous étions en réunion professionnelle, et pas au milieu d'une soirée de Noël.

Je ne sais pas comment réagir. Parce que toutes les choses que j'aimerais faire sont totalement inappropriées. Bon, je n'ai pas d'orgasme en le voyant.

Mais il se passe clairement quelque chose du côté de mon cœur. Comment le destin a-t-il pu foirer à ce point ? Il ne peut pas être fait pour Sarah. Il est à moi. Ça fait un an qu'il est à moi.

— Tu as vu ? Je t'avais dit qu'elle était canon.

Sarah me prend par la taille et me pousse dans les bras de Jack, parce qu'elle veut désespérément faire de nous les meilleurs amis du monde. Je suis effondrée.

Jack lève les yeux au ciel et lâche un petit rire nerveux, comme si le franc-parler de Sarah le mettait mal à l'aise.

— Aussi magnifique que tu l'as décrite, confirme-t-il.

On dirait qu'il admire la nouvelle voiture d'un pote.

Je vois des excuses horrifiées dans son regard quand il se tourne vers moi. Est-ce qu'il est désolé parce qu'il se souvient, ou parce que Sarah se comporte comme la tante sans gêne à un mariage ?

— Laurie ? Tu ne trouves pas qu'il est aussi canon que je le disais ?

Elle rit, fière de lui. Et elle peut l'être.

Je hoche la tête et déglutis avec difficulté. Je feins même un petit rire.

— Oui, tu avais raison.

Parce que Sarah se montre si insistante, Jack se penche vers moi et ses lèvres frôlent brièvement ma joue.

— Content de te rencontrer enfin.

Sa voix lui va parfaitement. Assurée, profonde, avec un soupçon de malice quand il ajoute :

— Elle ne fait que me parler de toi.

Mes doigts se referment sur mon pendentif violet, cherchant le réconfort du bijou familier alors que je m'efforce de produire un rire pas trop tremblotant.

— Moi aussi, j'ai l'impression de déjà te connaître.

C'est vrai. J'ai l'impression de le connaître depuis toujours. Je rêve de tourner la tête et d'attraper ses lèvres avec les miennes. Je veux l'attirer dans un souffle jusqu'à ma chambre et fermer la porte derrière nous. Lui dire que je l'aime, me déshabiller et l'avoir dans mon lit, me noyer dans le parfum boisé et poudré de sa peau.

Je suis en enfer. Je me déteste. Je recule de quelques pas, pour mon propre bien, et lutte pour calmer mon cœur qui bat plus fort que la sono.

— Un verre ? propose Sarah, toute joyeuse.

Il acquiesce, visiblement soulagé.

— Laurie ? continue Sarah.

Je recule à nouveau et lance un regard vers les toilettes, me tortillant pour feindre une envie pressante.

— Allez-y, je vous retrouve dans une minute.

Il faut que je m'éloigne, loin, très loin de lui, d'eux, de tout ça.

À l'abri dans la salle de bains, je claque la porte et me laisse glisser au sol, tête entre les mains, aspirant le plus d'air possible pour ne pas pleurer.

C'est impossible. Non ! Pas lui ! Pas elle ! J'aime Sarah comme ma sœur. Mais ça… Je ne sais pas comment m'en sortir sans déclencher une catastrophe. L'espoir enfle dans ma poitrine tandis que j'imagine courir voir Sarah et tout lui avouer à ce moment. Elle comprendra peut-être alors que si elle est tant attirée par lui, c'est parce qu'elle a inconsciemment reconnu le mec de l'arrêt de bus. Je lui ai tellement parlé de lui qu'il ne manquait plus qu'un portrait-robot. Un malentendu, voilà ! On rirait de cette absurdité ! Mais… et ensuite ? Elle me le laisserait gracieusement et il deviendrait *mon* copain ? Comme ça, aussi simplement ? Je ne suis même pas sûre qu'il m'ait reconnue !

Un poids écrase violemment mes espoirs fragiles alors que la réalité m'apparaît. Je ne peux pas lui faire ça. Impossible. Elle ne se doute de rien, et elle est si heureuse. Elle irradie un bonheur plus lumineux que l'étoile de Bethléem. Les miracles de Noël n'arrivent que dans les films, pas dans la vraie vie. Sarah est ma meilleure amie, et même si ça me tue, jamais je n'irai devant chez elle, en silence, déclarer à Jack avec des pancartes que « sans espoirs ni intention, à mes yeux il est parfait, et que mon pauvre cœur amoureux l'aimera toujours ».

19 décembre

Jack

C'est dingue. Elle est tellement belle quand elle dort.

Ma gorge me donne l'impression qu'on m'a fait avaler du sable à la pelle, et je crois que Sarah m'a cassé le nez quand elle s'est écrasée sur le lit hier soir. Mais là, tout de suite, je pourrais tout lui pardonner, parce que ses mèches écarlates cascadent sur ses épaules et l'oreiller, presque comme si elle flottait. Elle ressemble à la Petite Sirène. Oui, je me rends bien compte que cette remarque me fait passer pour un pervers.

Je m'extirpe du lit et enfile la première chose qui me tombe sous la main : la robe de chambre de Sarah. Elle est décorée de motifs ananas, mais je n'ai aucune idée d'où se trouvent mes propres vêtements et il me faut absolument de l'aspirine. Vu l'état des derniers fêtards hier, je ne serais pas surpris d'en retrouver un ou deux étalés par terre dans le salon, et j'imagine qu'ils préféreront de loin les ananas à mon anatomie dénudée. Mince. Le peignoir est très court. Bon, je vais faire vite.

— De l'eau, croasse Sarah en tendant un bras mou dans ma direction.

— Je sais.

Je fais le tour du lit. Ses yeux sont toujours fermés quand je replace doucement son bras sous la couette, et elle émet un son qui pourrait passer pour un *Merci*, mais pourrait potentiellement être un *À l'aide*. Je dépose un baiser sur son front.

— Je reviens dans une seconde.

Elle s'est déjà rendormie. Normal. J'ai bien l'intention de faire de même dans moins de cinq minutes. Avec un dernier regard, je quitte la chambre sur la pointe des pieds et ferme la porte.

— Si tu cherches l'aspirine, c'est en haut à gauche.

Je m'immobilise, et déglutis en ouvrant la porte du placard pour mettre la main sur la petite boîte bleue. Enfin, je me retourne vers Laurie.

— Tu as lu dans mes pensées.

Je me force à sourire, parce qu'en réalité la situation est bien trop embarrassante. Je la connais. Et pas d'hier soir. Je ne l'ai vue qu'une fois, furtivement, en chair et en os, mais un million d'autres fois dans ma tête depuis. Au hasard, dans les rêves lucides des matins où je me réveille en sursaut, excité et frustré. Je ne sais pas si elle s'en souvient. Pourvu que non. Surtout maintenant que je suis debout, devant elle, dans une robe de chambre ananas ras les fesses.

Ses cheveux bruns sont rassemblés en tas au sommet de son crâne, et elle a l'air d'avoir autant besoin d'aspirine que moi, alors je lui tends la boîte.

Sarah passe tellement de temps à parler de sa colocataire, et meilleure amie, que je m'étais construit une image précise de Laurie dans ma tête, mais j'avais tout faux. Parce que Sarah a une personnalité si vive, je m'étais bêtement figuré que sa complice serait tout aussi chatoyante, comme une paire de perroquets exotiques perchés ici, dans leur volière de Delancey Street. Laurie n'a rien d'un perroquet. Elle serait plutôt… je ne sais pas, un rouge-gorge. Pleine d'une sérénité contenue, une assurance calme, un bien-être intérieur qui rend sa présence agréable pour les autres.

— Merci, dit-elle en prenant plusieurs cachets dans sa main.

Je lui sers un verre d'eau, et elle le lève sombrement pour trinquer.

— Santé ! lance-t-elle en gobant ses cachets.

Puis elle compte le nombre restant sur la plaquette, et me la rend.

— Tiens, Sarah en prend toujours…

— Trois.

— Oui.

J'ai l'impression d'entrer dans une compétition à qui connaît le mieux Sarah. C'est elle, évidemment. Sarah et moi ne sommes ensemble que depuis un mois et quelques jours. Mais, bordel, c'était un sacré mois. Une tornade, cette fille. Je passe mon temps à essayer de la suivre. Je l'ai rencontrée dans un ascenseur, au bureau ; il est tombé en panne, avec juste nous deux à l'intérieur. Quand il a redémarré, quinze minutes plus tard, je savais trois choses. Un, que si, pour l'instant, elle assurait les remplacements en tant que reporter pour une chaîne de télévision locale, un jour, elle allait très probablement conquérir le monde. Deux, que j'allais l'inviter à déjeuner dès que l'ascenseur serait réparé, parce qu'elle me l'avait ordonné. (Que les choses soient claires, je l'aurais invitée dans tous les cas.) Et trois, qu'elle avait arrêté l'ascenseur elle-même, et n'avait appuyé sur le bouton qu'une fois qu'elle avait obtenu ce qu'elle voulait. Une audace impitoyable et follement sexy.

Je remplis la bouilloire, l'enclenche et déclare :

— Elle m'a beaucoup parlé de toi.

— Est-ce qu'elle t'a dit comment je prends mon café ?

Laurie tend le bras pour attraper des tasses dans le placard, et je me déteste d'avoir le réflexe de la mater de haut en bas. Elle est en pyjama, très respectablement couverte, et pourtant, sous le tissu, je discerne la fluidité de ses mouvements, la courbure de ses hanches. Ses ongles de pieds sont vernis en bleu marine.

— Hum…

Je me concentre sur la recherche d'une petite cuillère, tandis qu'elle s'étire pour atteindre le tiroir où sont rangés les couverts.

— C'est bon, je l'ai, dis-je en y glissant la main en même temps qu'elle.

Elle sursaute et rit pour atténuer la soudaineté de son mouvement de recul.

Je plonge la cuillère dans le pot de café soluble, tandis qu'elle s'installe sur une chaise à barreaux, une jambe repliée sous ses fesses.

— Pour répondre à ta question, non, Sarah ne m'a pas dit comment tu prenais ton café. Mais s'il fallait deviner, je dirais… corsé.

Je plisse les yeux pour guetter sa réaction, mais elle ne trahit aucun indice.

— Pour le sucre… aucun. Tu préfères avec, mais tu te prives.

Mais qu'est-ce que je raconte ? On dirait que je la drague. Ce n'est pas le cas. Absolument pas. La dernière chose dont j'ai envie, c'est qu'elle me prenne pour un dragueur. Oui, j'ai eu un certain nombre de copines, avec lesquelles j'étais plus ou moins sérieux, mais avec Sarah, c'est différent. Plus… je ne sais pas. Je sais juste que je n'ai pas envie que ça s'arrête.

Elle fait la grimace, puis secoue la tête.

— Deux sucres.

— Tu rigoles ?

— Je te jure. Deux sucres. Deux et demi parfois, quand je suis d'humeur.

De quelle humeur, je me le demande. Qu'est-ce qui pourrait bien créer le besoin de prendre plus de deux sucres ? Bon sang, il faut vraiment que je retourne me coucher. J'ai dû laisser mon cerveau sur l'oreiller.

Soudain, Laurie se lève et déclare :

— Finalement, je crois que je n'ai pas envie de café.

Elle se dirige vers la porte, je ne parviens pas à déchiffrer son expression. Est-ce que je l'ai vexée ? Ou peut-être qu'elle est tout simplement claquée, ou qu'elle a envie de gerber. Ce ne serait pas la première fois que je fais cet effet-là à une femme.

Laurie

— Verdict ? T'en as pensé quoi ?

Il est déjà seize heures quand je m'effondre à côté de Sarah autour de la table en Formica bleu. L'appartement a enfin repris une forme acceptable, et on s'efforce désormais de soigner notre gueule de bois, un mug énorme de café entre les mains. Le sapin qu'on a traîné en haut des escaliers quelques jours plus tôt a l'air un peu échevelé, comme si une meute de chats s'était attaquée à lui, mais à part ça et quelques verres cassés, on s'en tire sans dommages collatéraux. J'ai entendu Jack partir vers midi. Bon, OK, j'ai totalement foiré dans ma tentative de me la jouer cool : je l'ai regardé s'éloigner dans la rue à travers les stores de ma chambre, comme une psychopathe.

— Ça s'est bien passé, non ?

Je réponds résolument à côté, histoire de gagner du temps.

Elle lève les yeux au ciel.

— Tu vois très bien où je veux en venir. Qu'est-ce que tu as pensé de Jack ?

Ça y est. Une brèche abyssale vient de s'ouvrir dans notre relation et Sarah n'en est même pas consciente. Je vais devoir trouver un moyen de l'empêcher de s'élargir au risque de nous faire plonger tête la première dans ce précipice. Si je veux tout lui avouer, c'est maintenant. Après, il sera trop tard. Mais parce que Sarah lève vers moi des yeux pleins d'espoir, et parce que j'ai peut-être tout imaginé, je jure silencieusement de me taire à jamais.

— Il a l'air… cool.

— Cool ? Laurie, cool, c'est ce qu'on peut dire des chaussons en fourrure, ou je ne sais pas, moi… des éclairs au chocolat.

— Tu sais, j'aime vraiment beaucoup les chaussons en fourrure.

— Et moi les éclairs ! Mais Jack n'est pas une pâtisserie. Il n'est pas cool, il est…

Elle laisse traîner sa phrase, pensive.

Il est un flocon qui fond sur la langue. Les bulles d'un champagne d'une grande cuvée. C'est ce que je brûle de lui dire. Mais au lieu de ça, je réponds :

— Très cool ? C'est mieux ?

— Tu ne comprends rien ! Jack, c'est un… cornet de chantilly !

Elle rit, espiègle. J'ai l'impression d'avoir deux yeux en forme de cœur en face de moi, et je ne suis pas prête. Je ne me sens pas capable de l'écouter me vanter les atouts de Jack. Alors j'interviens avant qu'elle ne commence à s'épancher.

— D'accord, d'accord. Il a l'air d'être marrant et d'avoir de la conversation. Et il est totalement à tes pieds.

Elle pouffe, toute fière d'elle. Démaquillée, les cheveux coiffés en deux nattes qui tombent sur son tee-shirt « Mon Petit Poney », elle a l'air d'avoir quatorze ans.

— Il est comme tu l'imaginais ?

Sarah, je t'en prie, n'insiste pas. Je ne sais pas combien de temps je vais pouvoir garder le silence si tu continues comme ça.

— Je ne suis pas sûre que je m'attendais à quoi que ce soit…

— Oh, allez… tu devais bien avoir une image en tête.

Ça fait douze mois que j'ai l'image de Jack O'Mara en tête.

— Hum, oui. J'imagine qu'il correspond plus ou moins au mec parfait.

Je vois ses épaules tomber, comme si penser à tant de perfection l'avait vidée de sa toute petite réserve d'énergie, et son regard redevient rêveur. Heureusement qu'on a toutes les deux la gueule de bois. Il n'y a pas de meilleure excuse pour mon manque d'enthousiasme.

— Mais il est sexy, pas vrai ?

Je me plonge dans mon café le temps de remballer l'angoisse coupable dans mes yeux, et quand je lève enfin le nez, elle me scrute attentivement. Son expression emplie de doute me dit qu'elle attend mon approbation. Je la comprends et la déteste en même temps. Sarah est presque toujours la plus charismatique, partout où elle va. Étonnamment, cette habitude d'être au centre de l'attention ne l'a rendue ni prétentieuse ni maniérée, mais ça ne change pas le fait qu'elle a vécu toute sa vie dans la position de la nana qui peut avoir tous les mecs qu'elle veut. Et en général, ça signifie que ses copains sont incroyablement beaux, parce que… quand on peut, pourquoi s'en priver ?

D'habitude, ça m'amuse. Et jusqu'à maintenant, cela impliquait aussi qu'on ne marchait jamais sur les plates-bandes de l'autre. Jusqu'à maintenant…

Qu'est-ce que je suis censée lui répondre ? Si je lui dis que oui, il est sexy, je ne suis pas sûre de pouvoir adopter un ton neutre. Et si je dis non, elle se sentira insultée.

— Il est différent. Pas exactement ton genre…

— Je sais. Tu peux être honnête, tu sais. Je ne vais pas me vexer. Il n'est pas beau dans le style que tu imaginais, c'est ce que tu essaies de dire.

— Je crois… Ce n'est pas qu'il soit moche. Juste, pas ton genre habituel. Tu te rends compte que ton ex ressemblait plus à Matt Damon que Matt Damon lui-même ?

Elle éclate de rire, parce que c'est vrai. Je l'ai même appelé Matt devant lui par erreur ; rien de dramatique au final, parce qu'il n'a duré que quatre rendez-vous avant que Sarah ne décide que toute la beauté du monde ne compensait pas le fait qu'il appelait sa mère trois fois par jour.

Elle soupire et entoure son mug de ses deux mains.

— J'ai l'impression que Jack fait plus adulte. Comme si tous les autres n'étaient que des garçons, alors que lui est un homme. Ce que je raconte n'a aucun sens, pas vrai ?

Je souris, intérieurement dévastée.

— Si, je vois très bien ce que tu veux dire.

— Enfin, j'imagine qu'il a été forcé de grandir plus vite que les autres. Il a perdu son père il y a quelques années ; un cancer, je crois. Sa mère et son petit frère ont longtemps compté sur lui après ça.

Mon cœur se fend un petit peu pour lui ; je n'ai pas besoin qu'on m'explique à quel point ça a dû être dévastateur.

— Il a l'air intéressant.

Sarah semble soulagée par mon évaluation.

— Oui, exactement. Il est intéressant. Il a sa propre personnalité.

— C'est ce qu'il faut.

Elle plonge à nouveau dans son silence contemplatif pendant quelques secondes avant de déclarer :

— Il t'aime bien.

— Il te l'a dit ?

Mon ton est volontairement nonchalant, mais je prie pour qu'elle n'y entende pas mon désespoir. En tout cas, elle ne réagit pas.

— Non, mais je le sens. Vous allez devenir les meilleurs amis du monde.

Elle sourit, se lève en faisant racler sa chaise sur le sol et conclut :

— Tu verras. Je suis sûre que tu vas l'adorer, une fois que tu auras appris à le connaître.

Sur ce, elle quitte la cuisine d'un pas tranquille, froissant affectueusement mon chignon au passage. Je me retiens de la prendre dans mes bras, à la fois pour lui demander pardon et pour la supplier de me comprendre. Au lieu de ça, je tire vers moi le sucrier et ajoute un supplément de réconfort dans mon café. Heureusement que je rentre bientôt chez mes parents pour Noël. J'ai sérieusement besoin de recul pour réfléchir à la gestion de cette situation catastrophique.

2010

Résolutions du nouvel an

L'an dernier, j'avais deux bonnes résolutions :

1) Décrocher mon premier job dans un magazine. Eh bien, je crois qu'on peut sans conteste dire que j'ai spectaculairement échoué dans ce domaine. Deux postes loupés de peu et une poignée de piges jamais publiées ne comptent pas vraiment comme un franc succès, pas vrai ? Résultat : je travaille toujours à l'hôtel. C'est à la fois effrayant et déprimant. Je comprends enfin comment les gens restent coincés dans un trou et font une croix sur leurs rêves. Mais je ne baisserai pas les bras. Pas encore.
2) Trouver le mec de l'arrêt de bus. Techniquement, on peut cocher celle-là. L'occasion d'apprendre à mes dépens qu'il faut être extrêmement précise dans mes résolutions. Mais aurais-je pu prévoir que ma meilleure amie allait trouver mon âme sœur et en tomber amoureuse aussi ? Merci pour rien, cher destin. Tu crains.

Alors, mon unique bonne résolution, cette année ?

Éradiquer mes sentiments pour le nouveau mec de ma meilleure amie.

18 janvier

Laurie

Un mois a passé depuis que j'ai découvert que, par un sale coup du destin, Sarah et moi sommes tombées amoureuses du même mec, et, malgré ma résolution, je suis toujours aussi dévastée.

Les choses étaient tellement plus faciles quand je ne savais rien de lui ; j'avais tout le loisir de penser à lui, de rêver de tomber sur lui dans un bar bondé, ou dans un restaurant, et d'imaginer nos regards se croiser. Il se serait souvenu de nous, et j'aurais savouré le bonheur de nos étoiles enfin alignées.

Sauf que maintenant je sais exactement qui il est. Jack O'Mara. Le copain de Sarah.

J'ai passé toutes les vacances de Noël à me dire que ce serait plus facile à digérer une fois que j'aurais appris à le connaître, qu'il y aurait forcément des choses chez lui que je n'aimerais pas, et que le voir avec Sarah remettrait les choses en ordre dans ma tête, le reléguerait dans une zone d'amitié platonique, et que je cesserais de le voir comme l'homme qui a chamboulé mon rythme cardiaque. J'ai mangé tout ce qui était à ma portée, j'ai traîné avec Daryl et fait comme si tout allait bien.

Mais depuis mon retour à Londres, les choses ne font qu'empirer. Parce que je me mens non seulement à moi-même, mais à Sarah aussi. Je me demande comment font les gens pour tromper leur conjoint ; rien que cette mini-cachotterie me met totalement à cran. J'ai débattu avec moi-même. J'ai plaidé mon propre cas, écouté mes protestations d'innocence, l'excuse du malentendu, et j'en arrive toujours au même verdict : je ne suis qu'une menteuse. J'ai menti par omission, et depuis, chaque jour, je regarde Sarah à travers mes yeux de menteuse et lui parle avec ma langue fourchue de serpent. J'ai du mal à l'admettre, mais il m'arrive parfois de me consumer d'une jalousie mesquine. C'est moche. Si j'étais pratiquante, je passerais mon temps libre au confessionnal. Par moments, je vois les choses d'une autre perspective, et je sais que je n'ai rien fait de mal et que je fais de mon mieux pour être une bonne amie malgré ce coup du destin. Mais ces instants de grâce ne durent pas bien longtemps. Au passage, je me suis découvert des talents d'actrice ; je suis certaine à cent pour cent que Sarah n'a aucune idée de ce qui se passe dans ma tête, même si c'est probablement parce que je trouve toutes les excuses du monde pour m'éclipser quand Jack est à l'appart.

Mais, ce soir, ma chance a tourné. Sarah l'a invité à la maison pour une soirée film et pizza. Traduction : elle veut qu'on apprenne à se connaître. Elle me l'a dit de but en blanc en m'apportant un café ce matin.

— Sois là ce soir, Lau. Pour moi. J'aimerais vraiment que vous vous appréciiez pour qu'on puisse passer plus de temps tous les trois.

Je n'ai pas été fichue de trouver une excuse valable pour cette fois. Pire, je me suis rendu compte que l'éviter n'était pas une solution viable sur le long terme. Mais ce qui me dérange par-dessus tout, c'est que si quatre-vingt-quinze pour cent de mon être appréhendent cette soirée, les cinq pour cent restants trépignent d'avance à l'idée de le revoir.

Je suis désolée, Sarah. Tellement désolée.

*

* *

— Je peux prendre ton manteau ?

Pardon ? Mais qu'est-ce que je raconte ? Je me prends pour le majordome maintenant ? Il ne manquerait plus que je l'appelle *Monsieur*. Jack est là depuis trente secondes et je me ridiculise déjà. Il déroule son écharpe avec un sourire nerveux, se débarrasse de son manteau et me le tend avec une expression gênée, alors que c'est moi qui le lui ai proposé. Au prix d'un effort colossal, je résiste à la tentation d'enfouir mon nez dans la laine bleu marine en accrochant le vêtement sur le portemanteau déjà saturé à l'arrière de la porte, d'abord sur ma propre veste, puis après une microseconde de réflexion le plus loin possible de mes affaires. J'essaie. Vraiment. Mais il a une demi-heure d'avance, il s'est débrouillé pour arriver pile au moment où Sarah filait par l'escalier de secours. Un vrai gag.

— Sarah est partie chercher du vin. L'épicerie est au coin de la rue, elle ne devrait pas tarder à revenir. Cinq minutes, max, sauf s'il y a du monde en caisse. Mais c'est juste au coin de la rue.

Toujours hésitant dans l'entrée, il sourit, même si je radote.

Les mains papillonnant en direction du minuscule salon, je propose, avec un enthousiasme feint pour masquer mon anxiété :

— Entre, installe-toi ! Tu as passé un bon Noël ?

Il se perche sur l'accoudoir du canapé, je tergiverse un instant avant de choisir le fauteuil. Où puis-je m'asseoir de toute façon ? Sur le canapé ? Pour me presser par mégarde contre lui ?

— Oui, oui. Noël, quoi. Beaucoup de dinde et de bière.

— Même chose de mon côté. Sauf pour la bière, je suis plutôt vin.

Mais qu'est-ce que je raconte ? J'essaie de me faire passer pour quoi ? Une fille sophistiquée ? Il va me prendre pour une snobinarde prétentieuse.

Sarah, je t'en prie, rentre ! Viens me sauver ! Je ne suis pas prête à être seule en sa compagnie. Je suis partagée entre l'horreur et l'envie de saisir cette chance de lui demander s'il se souvient de l'arrêt de bus. La question grimpe dans ma gorge, comme poussée par une colonie de fourmis déterminées. Je déglutis. J'ai les mains moites. Je ne sais pas ce que j'espère en posant cette question, vu que je suis sûre à quatre-vingt-quinze pour cent que la réponse sera non. Jack vit dans le vrai monde et il a une copine ultra-canon. Il m'a probablement oubliée dès l'instant où mon bus a tourné au coin de Camden High Street.

— Alors, Laurie…

Il s'interrompt, comme s'il trouvait difficile d'engager la conversation avec moi. De la même manière que le coiffeur, parfois. Je vais vite devoir mentir sur ma prochaine destination de vacances.

— … tu as fait des études de quoi ?

— Médias et journalisme.

Il n'a pas l'air surpris. Il doit savoir que j'étais dans la même promo que Sarah à l'université du Middlesex. Je me sens obligée de développer.

— Mon truc, c'est l'écrit. Les magazines, j'espère, si j'arrive à me faire une place. Je n'ai pas du tout l'intention de faire carrière devant une caméra.

Je m'interromps de justesse, avant de dire « contrairement à Sarah ». Évidemment qu'il sait déjà que le plan de Sarah est de présenter le journal télévisé d'une chaîne locale avant d'évoluer au niveau national. De temps en temps, je tombe sur cette citation inspirante sur Facebook : « Certaines filles naissent avec des paillettes dans le sang », quelque chose comme ça. Voilà, c'est Sarah. Elle a les paillettes dans les gènes, mixées à de la niaque : elle ne s'arrêtera pas tant qu'elle n'aura pas obtenu ce qu'elle veut.

— Et toi ?

— Journalisme. Spécialité radio.

Je le sais déjà, parce que Sarah a réglé le poste de la cuisine sur sa station, même s'il n'y parle qu'en remplacement occasionnel du présentateur de fin de soirée, ce qui n'est quasiment jamais arrivé. Enfin, il faut bien commencer quelque part, et maintenant que j'ai entendu sa voix, je sais que ce n'est qu'une question de temps avant qu'il ne grimpe les échelons. Soudain, la vision de Sarah et Jack en couple chouchou de la télévision m'apparaît, un duo d'animateurs de choc pour un *morning show*, rayonnant à l'écran tous les matins, avec leurs blagues complices, à finir les phrases de l'autre, dignes d'un prix au People's Choice Awards. L'image est tellement réaliste que j'en suis soufflée. Heureusement, le bruit de la clé dans la serrure me tire de ce cauchemar.

— Chérie, je suis rentrée !

La porte claque si fort que les fenêtres en tremblent. Je bondis sur mes pieds.

— Elle est là. Je vais aller l'aider.

Dans l'entrée, je lui arrache le vin tiède des mains.

— Jack vient d'arriver. Va le voir, je vais mettre ça au congélo pour le refroidir un peu.

Je me retire stratégiquement dans la cuisine, regrettant de ne pas pouvoir me réfugier dans le congélateur moi aussi, entre la bouteille et le sachet de fruits rouges qu'on utilise pour les smoothies quand la peur d'attraper le scorbut nous prend.

J'ouvre la bouteille qui était déjà au frigo et remplis deux bons verres. Un pour moi, un pour Sarah. Jack préfère la bière. Je connais désormais ses goûts sans avoir à demander. Un degré de plus dans l'intimité, comme un carré de plus dans le patchwork de notre relation. Drôle de métaphore, mais tant pis. Je visualise le plaid, tout en décapsulant une bière, puis je m'adosse au frigo, mon verre de vin à la main. Notre plaid est en patchwork fait main, un délicat assemblage du tulle de nos conversations entrecoupées, de nos regards volés, avec le fil de nos espoirs, pour obtenir cette couverture légère, magnifique, aérienne, qui nous garde au chaud et nous protège comme un bouclier d'acier. Nous ? Nos espoirs ? Mais qu'est-ce que je raconte ?

Je prends une deuxième gorgée de vin et tente de remettre mes pensées dans le droit chemin en visualisant le plaid sur le lit king size de Sarah et Jack, dans l'immense maison qui abrite leur vie parfaite. C'est une astuce que j'essaie de mettre en pratique ces jours-ci : chaque fois qu'une pensée inappropriée sur Jack me vient, je la compense par une pensée positive sur leur couple. Je ne peux pas dire que les résultats soient bluffants, mais je fais ce que je peux.

— Lau, qu'est-ce que tu fiches ? On t'attend !

La voix de Sarah et son rire insouciant me tirent de mes pensées.

— Ne t'embête pas à sortir un verre pour Jack, ajoute-t-elle, il n'est pas assez sophistiqué pour notre piquette à cinq balles.

Je meurs d'envie de lui répondre que oui, je sais. Mais je ne le fais pas. Je me contente de caler la bière sous mon bras et de remplir mon verre avant de les rejoindre dans le salon.

— L'ananas sur de la pizza, c'est comme manger, je ne sais pas, moi, du jambon avec de la crème anglaise. Ce n'est pas fait pour aller ensemble, point.

Sarah fait mine de vomir pour illustrer son propos.

Jack récupère le morceau d'ananas révoltant que Sarah a relégué avec mépris dans un coin du carton.

— J'ai déjà mangé de la pizza à la banane, aussi. Crois-moi, ça fonctionne.

Il dépose le morceau d'ananas sur sa propre part et me sourit.

— On a besoin de ton vote pour nous départager, Laurie. Pour ou contre l'ananas sur la pizza ?

Je me sens déloyale, mais je ne peux pas mentir. Sarah connaît déjà ma réponse.

— Pour. Définitivement pour.

— Je vais finir par regretter de vous avoir présentés si vous vous liguez contre moi, râle Sarah.

J'aurais dû mentir.

— Team JackLau, renchérit Jack en riant.

Le clin d'œil qu'il m'adresse lui vaut un coup sur le biceps, qu'il se met à frotter en grognant comme si Sarah lui avait vraiment fait mal.

— Du calme, j'ai besoin de ce bras pour boire.

— C'est tout ce que tu mérites pour essayer de séparer la team SaraLau.

C'est à Sarah de m'adresser un clin d'œil à présent, et je hoche la tête pour lui assurer que je suis de son côté, même si j'aime effectivement l'ananas sur la pizza.

— Désolée, Jack. On est sœurs de vin. C'est un lien plus fort que l'ananas sur la pizza.

Et je dois dire que le vin est bien plus efficace qu'un fruit pour m'aider à supporter cette situation.

Sarah lui lance un regard victorieux et me tope la main par-dessus le gouffre qui sépare le canapé du fauteuil. Elle est lovée contre l'accoudoir, le pied coincé sous les fesses de Jack, et ses longs cheveux roux sont nattés autour de sa tête comme si, d'un instant à l'autre, elle allait se lever pour traire son troupeau de chèvres.

J'ai délibérément modéré mes efforts vestimentaires, optant pour le style « je me suis habillée pour être sociable » sans pour autant élever le niveau au-delà de la normale. Des fringues acceptables pour sortir de l'appartement, ce qui ne va pas de soi pour une soirée télé. Jean, pull gris informe, une touche de gloss et un trait d'eye-liner. Je ne suis pas fière du temps passé à réfléchir pour en arriver à ce résultat, mais j'essaie aussi de me raisonner. Je n'ai pas de quoi m'habiller comme un sac, sans compter que je ne veux pas décevoir Sarah. Et puis, elle a apporté sa petite touche à mon look un peu plus tôt en attachant la frange qui me tombe sur les yeux avec sa barrette en fleur argentée, alors j'imagine qu'elle estime que, maintenant, j'ai l'air présentable.

— On regarde quoi ? je demande en attrapant une part de pizza sur la table basse.

— *Twilight*, répond automatiquement Sarah.

— *Iron Man*, déclare au même moment Jack.

Je me tourne vers l'un puis l'autre, sentant qu'une fois encore je vais devoir jouer les arbitres.

— Souviens-toi dans quelle équipe tu es, Lau, dit Sarah.

Je vois ses lèvres frémir. Sérieusement ? Je n'aurais pas pu imaginer pire situation. Je n'ai pas lu les livres, ni vu les films, mais j'en ai assez entendu parler pour savoir que *Twilight* est une histoire de triangle amoureux maudit.

Avec un air d'agonie, Jack se tourne vers moi et se met à battre des cils comme un enfant de sept ans qui réclame une glace. Il est irrésistible. J'ai envie de dire « *Iron Man* ». J'ai envie de dire « Embrasse-moi ».

— *Twilight*.

Jack

Twilight, putain.

Je ne vois pas un choix de film qui aurait pu être plus gênant. Nous voilà condamnés à regarder la saga la plus niaise de tous les temps avec une nana boudeuse incapable de choisir entre deux mecs dotés de superpouvoirs. Sarah se love contre moi. Je dépose un baiser sur sa tête, les yeux volontairement rivés sur l'écran. Surtout, ne pas laisser mon regard couler vers Laurie, à moins qu'elle ne s'adresse à moi directement.

Je ne veux pas que les choses soient bizarres entre Laurie et moi, mais elles le sont, et c'est entièrement ma faute. Elle pense probablement que je suis un type ennuyeux à mourir, parce que je suis incapable d'avoir une conversation posée en sa présence. C'est juste qu'il me faut beaucoup d'efforts pour la considérer comme l'amie de Sarah, et pas comme une nana aperçue une fois et à qui je repense souvent depuis. Pendant toutes les vacances de Noël – abominables par ailleurs, ma mère était inconsolable et, comme d'habitude, faute de savoir quoi faire, j'ai bu –, je revoyais Laurie en pyjama dans la cuisine, avec son expression curieuse. Quel sacré connard je fais ! On va dire que c'est mon cerveau de mec qui a pour réflexe de se souvenir d'un joli visage, et prier pour qu'elle n'ait pas ce même cerveau de mec et ne se souvienne pas de mes yeux de merlan frit à un arrêt de bus. Pour l'instant, je gère à peu près en évitant simplement de passer du temps avec elle. Sauf qu'hier, Sarah m'a demandé de but en blanc si je n'aimais pas Laurie, parce que apparemment je dis non chaque fois qu'elle m'invite chez elles. Qu'est-ce que j'étais censé répondre à ça ? Désolé, Sarah, j'essaie de transformer l'image de partenaire sexuelle fantasmée de ta coloc en quasi-belle-sœur platonique ? Est-ce que ça se dit, d'ailleurs ? En tout cas, ça devrait, parce que si je romps un jour avec Sarah, elle emportera Laurie avec elle. Cette idée suffit à me faire des nœuds dans le ventre.

L'idée de perdre Sarah, bien sûr.

14 février

Laurie

C'était qui, ce saint Valentin, de toute façon ?

Et qui a décrété qu'il était expert en romantisme ? Je suis prête à parier que son vrai nom est saint Goujat de la Chandelle, et qu'il vivait sur une île éclairée à la bougie où tout fonctionnait par paires, même les poussées d'herpès.

Vous l'aurez deviné, le 14 février n'est pas mon jour préféré. Ça n'aide pas que Sarah ait décidé de rejoindre le club des Cœurs et Cupidons cette année. Honteusement, j'espérais au fond de moi qu'elle finirait par se lasser de Jack, mais c'est tout le contraire. Elle lui a déjà acheté trois cartes de vœux différentes, parce qu'elle n'arrête pas d'en voir une autre qui traduit à la perfection tout le bonheur qu'il lui apporte et le pouvoir de son sex-appeal. Chaque fois qu'elle m'en montre une nouvelle, mon cœur se ratatine comme un vieux pruneau, et il me faut une bonne heure pour le faire redémarrer.

Heureusement, ils ont prévu d'aller au restau italien du coin, où ils pourront sans aucun doute commander des steaks en forme de cœur et lécher de la mousse au chocolat sur le visage de l'autre. Ce qui signifie que j'aurai le salon pour moi toute seule, où je compte bien organiser ma soirée de la déprime. Bridget Jones peut aller se rhabiller. J'ai la ferme intention de m'étaler sur le canapé et d'engloutir pot de glace et bouteille de vin au même rythme.

— Lau, tu as une minute ?

Je rabats le clapet de mon ordinateur sur une énième candidature spontanée, pose les lunettes qui me servent plus à me concentrer qu'à voir, et me dirige vers la chambre de Sarah avec ma tasse de café.

— Qu'est-ce qu'il y a ?

Les mains sur les hanches, en jean et soutien-gorge, elle déclare :

— Je ne sais pas quoi mettre.

Elle ramasse le chemisier rouge qu'elle a acheté pour le repas de Noël chez ses parents. Un choix étonnamment prude, jusqu'à ce qu'elle l'étale sur le lit à côté d'une microjupe noire.

— Ça ?

Je hoche la tête, parce que, oui, elle sera canon dans cet ensemble.

— Ou alors ça ?

Elle sort de sa penderie une petite robe noire à tomber et la maintient contre son corps.

— J'aime bien les deux.

Elle soupire.

— Moi aussi, c'est bien le problème. Qu'est-ce qui fait plus Saint-Valentin ?

— Jack a déjà vu le haut rouge ?

— Pas encore.

— Dans ce cas, tu as ta réponse. S'il y a bien un jour pour le rouge vif, c'est celui-là.

Décision vestimentaire prise, elle range la robe.

— Tu es sûre que ça va aller, toute seule, ce soir ?

Je lève les yeux au ciel, m'adosse au chambranle et prends une gorgée de café.

— Non, emmène-moi avec toi ! Ça n'aura pas l'air bizarre du tout.

— Jack apprécierait sûrement. Il aurait l'air d'un tombeur.

— Tu sais quoi ? Je viens de me souvenir que ce soir je ne suis pas dispo. J'ai un super rencard avec Ben et Jerry, ils ont des cookies. On va se faire un pot de Karamel Sutra orgasmique.

De tous les parfums de glace du monde, je sais que le Karamel Sutra Ben & Jerry's est le préféré de Sarah.

— T'as réussi à me rendre jalouse, dit-elle en défaisant ses tresses pour filer sous la douche.

Toi aussi, je songe, déprimée, en retournant dans ma chambre. Je m'affale sur le fauteuil et rouvre mon ordinateur.

Si je pouvais, j'étriperais les responsables de la programmation télé. Franchement, ils auraient pu réfléchir trois secondes et se dire que n'importe quelle personne devant son écran le soir de la Saint-Valentin est potentiellement célibataire et aigrie. Alors, qui a pu penser que *N'oublie jamais* serait un bon choix de diffusion ? Tant d'absurdité me dépasse. Les virées en barque sur le lac, et Ryan Gosling tout trempé criant son amour. Il y a même des cygnes… La totale. Pourquoi ne pas mettre un peu de sel sur la plaie, avant de bien remuer le couteau ? Heureusement que quelqu'un a eu le bon sens de programmer *Les Ailes de l'enfer* en deuxième partie de soirée, il me faudra au moins Nicolas Cage pour me remettre de ce désastre niaiseux.

J'en suis à deux tiers de Ryan Gosling, la moitié du pot de glace et les trois quarts d'une bouteille de chardonnay quand j'entends la clé dans la serrure. Il n'est que vingt-deux heures trente ; je m'attendais à ce que ma soirée de la déprime dure au moins jusqu'à minuit, et franchement, cette interruption est malvenue.

Installée dans le coin du canapé, les jambes croisées et mon verre de vin à la main, je fixe la porte avec curiosité. Est-ce qu'ils ont compris qu'ils n'étaient plus amoureux, et qu'elle l'a laissé tout seul avec son tiramisu ? J'essaie de ne pas laisser transparaître cet espoir quand je lance :

— Va chercher un verre, Sarah. Si tu es rapide, il restera peut-être du vin.

Elle apparaît à la porte, mais elle n'est pas seule. Ma soirée solo vient de se transformer en ménage à trois. C'est une idée sur laquelle je n'ai vraiment pas envie de m'attarder, alors je la remplace aussitôt par mon état vestimentaire. Legging noir et débardeur vert menthe. Avec beaucoup d'optimisme, je m'étais habillée pour la session fitness que je savais que je n'aurais jamais le courage de faire. Ça aurait pu être pire. J'aurais pu porter le pyjama vichy en flanelle que ma mère m'a offert parce qu'elle a peur des courants d'air à Delancey Street.

Je me redresse illico, étirant ma colonne vertébrale façon gourou du yoga empreint de sérénité – du moins autant qu'il est possible avec un verre de vin à la main.

— Vous rentrez tôt.

— Champagne à volonté, répond Sarah.

En tout cas, c'est ce que je crois entendre. Elle est littéralement écroulée de rire sur Jack dont le bras autour de sa taille est certainement l'unique raison pour laquelle elle tient encore debout.

— Et une volonté propice aux excès, précise-t-il.

Son sourire malicieux me dit que si Sarah a trop bu, lui non. Nos regards se croisent un instant.

— Fatiguéeeee, bafouille Sarah en clignant des yeux avec exagération.

Un de ses faux cils est en train de se faire la malle ; d'habitude, c'est plutôt moi qui rencontre ce genre de problèmes. J'ai essayé d'en mettre deux fois ces derniers mois, un échec colossal qui m'a fait ressembler à une dragqueen, ce qui a beaucoup fait rire Sarah.

— Je sais, pouffe Jack en déposant un baiser sur sa tête. Allez, viens, on va te mettre au lit.

Elle fait mine d'être offusquée.

— Pas avant le mariage, Jack O'Mara ! Tu me prends pour qui ?

Elle tangue à nouveau, il la rattrape contre lui.

— Une fille très bourrée.

— Toi-même, bougonne Sarah.

Mais elle ne moufte pas quand il passe un bras sous ses genoux pour la soulever. Mince. Prends-en de la graine, Ryan Gosling. Cet homme n'a pas besoin de pagayer sur un lac pour faire fondre le cœur d'une femme.

Par souci de transparence, je tiens à préciser qu'il s'agit du cœur de Sarah. Pas du mien.

— Elle s'est endormie.

Jack réapparaît sur le seuil du salon. Ryan Gosling a eu le temps de séduire la fille et de partir en barque sous le soleil couchant, et il a été remplacé par un Nicolas Cage fiable et héroïque à l'écran. Les yeux de Jack s'illuminent et un grand sourire étire ses lèvres.

— Le meilleur film d'action de tous les temps.

Je ne peux pas dire le contraire. *Les Ailes de l'enfer* est un de mes incontournables ; quand tout se casse la figure dans ma vie, je regarde toujours Cameron Poe passer un bien pire moment que moi, et ça va tout de suite mieux. Même après une journée catastrophique, j'ai la certitude que ma situation ne peut pas être pire que la sienne, qui consiste quand même à faire atterrir un avion de meurtriers et violeurs dans le désert de Las Vegas.

— Tout le monde a besoin d'un héros, je confirme.

Jack a choisi de s'installer à l'autre bout du canapé, au lieu de me le laisser pour moi toute seule ; de quoi me déconcerter.

— Il n'y a qu'une fille pour dire ça, marmonne-t-il, les yeux au ciel.

— Chut, je m'entraîne pour ma longue et illustre carrière dans l'écriture poétique de cartes de vœux.

— Je vois d'ici le succès florissant. Vas-y, donne-m'en une autre.

J'étouffe un rire dans mon verre ; le vin m'a décidément désinhibée.

— OK, mais il faut que je connaisse l'occasion, au moins.

Il fait mine d'y réfléchir et je prie pour qu'il n'opte pas pour la plus évidente : la Saint-Valentin.

— Mon chien vient de mourir, j'ai besoin d'être consolé.

— Hmmm, d'accord.

Je regarde autour de moi en quête d'inspiration.

— Je suis désolée d'apprendre la mort de ton chien. Souviens-toi comme il aimait jouer, et quand tu lui grattais la tête.

— Je crois que je préférerais une bière à ces condoléances abominables.

Oh. Je n'ai même pas pensé à lui proposer à boire. Mais, pour ma défense, il m'a prise au dépourvu. Je ne m'attendais pas à le voir réapparaître après avoir ramené Sarah dans sa chambre. Je venais de récupérer le fond du pot de glace dans le congélateur, prête pour le deuxième round, quand il a débarqué au salon.

— Sers-toi, il y en a au frais.

Il se lève et sa silhouette élancée en jean noir et chemise bleu nuit quitte la pièce. À l'évidence, il a fait un effort vestimentaire pour Sarah, même si sa cravate est maintenant dénouée. De retour, il reprend sa place sur le canapé, une bouteille de bière ouverte dans une main, et une cuillère brandie avec espoir dans l'autre.

— On n'est pas arrivés jusqu'au dessert.

Je jette un coup d'œil au pot. Est-ce qu'il va être choqué de voir que j'en ai déjà mangé les deux tiers ? Je lui tends la glace, hésitante.

— C'est quel parfum ?

— Karamel Sutra.

Pourquoi je ne pouvais pas juste répondre « Caramel » ?

— Ah vraiment ? Est-ce que je dois passer ma jambe par-dessus ma tête pour la manger ?

Si je voulais flirter, je lui suggérerais de tenter carrément la position du chien tête en bas, ou quelque chose du genre, mais je ne flirte pas avec lui. Alors je me contente de pousser un soupir exagéré, comme si j'étais la seule adulte de la pièce.

— Seulement si tu penses que ça peut aider à la digestion.

— Il y a des chances, mais je risque surtout de craquer mon jean.

— Dans ce cas, mieux vaut s'abstenir, je conclus en me tournant vers la télé.

C'est une de mes scènes préférées.

On regarde tous les deux en silence Nicolas Cage secourir la seule femme dans un avion rempli de criminels. Jack engloutit la glace, je termine le vin. Je ne suis pas complètement saoule, mais plutôt agréablement détendue, probablement parce qu'une des conséquences de la vie étudiante a été de me garantir une capacité à tenir l'alcool digne d'un joueur de rugby. D'habitude, ça vaut aussi pour Sarah.

— Le champagne a vraiment dû couler à flots pour que Sarah finisse dans cet état, je fais remarquer.

— Je t'avoue que ce n'est pas mon alcool préféré, alors je lui ai laissé ma part. Sauf qu'on n'arrêtait pas de nous resservir, et elle a bu pour deux, histoire de m'épargner la honte de refuser.

— Un cœur en or, cette nana.

— Et une tête en plomb au réveil.

Le silence s'installe à nouveau. Il faut absolument que je trouve quelque chose à dire pour meubler, sans quoi je risque de lui demander s'il se souvient de moi. J'espère arriver un jour à un point où je n'aurai plus besoin de lutter contre ce besoin consciemment. Pour l'instant, j'y travaille.

Alors, pour faire diversion, j'annonce de but en blanc :

— Elle tient à toi.

Il prend une longue gorgée de bière et coule un regard vers moi.

— Moi aussi, je tiens à elle. Est-ce que c'est le moment où tu vas me prévenir que si je m'avise un jour de lui faire du mal, tu vas me coller ton poing dans la figure ?

— Ne va pas croire que je n'en suis pas capable !

Pour appuyer mon propos, je me lance dans un mouvement de karaté au ralenti. Que du bluff, bien sûr, parce que je tiens à eux deux, et c'est bien l'origine de tous mes problèmes.

Ma loyauté va à Sarah, évidemment. Je sais où est la limite, et jamais je ne la franchirai. Mais parfois, j'ai l'impression qu'elle est un peu floue, comme les lignes blanches sur l'herbe d'un terrain de foot, qu'on efface facilement du pied pour les redessiner, jamais exactement au même endroit. Ce soir, par exemple, la limite a légèrement reculé. Mais, demain, je la remettrai fermement à sa place.

— Je prends note de tes compétences secrètes de ninja. Non pas que tu puisses en avoir besoin avec moi. J'apprécie trop Sarah pour vouloir lui faire du mal.

Je suis contente que Sarah soit tombée sur un type bien, triste de ne pas être à sa place, et furieuse contre le destin.

— Bien. Je vois qu'on se comprend.

— Des mots dignes d'une vraie mafieuse.

Il se penche pour poser sa bouteille sur la table et continue :

— Une ninja de la mafia. On dirait que tu es bien plus dangereuse que tu n'y parais.

Surtout après une bouteille de vin et face à l'homme que je crois aimer à moitié. Ouh là, il est temps d'aller me coucher, avant que je ne me mette à effacer cette ligne blanche.

Jack

Tu es bien plus dangereuse que tu n'y parais.

Mais qu'est-ce que je raconte, sérieux ? On dirait une mauvaise réplique de dragueur de téléfilm, alors que tout ce que je voulais, c'était lui proposer d'être amis. Quel crétin ! Déjà en primaire je méritais des claques. Tous mes bulletins scolaires portaient des variations du même constat, formulé avec un tout petit peu plus de diplomatie : « Si seulement Jack consacrait autant d'efforts aux cours qu'à ses pitreries, il irait loin. »

J'aime bien me dire qu'ils avaient tous tort. Au final, mes notes sont passées tout juste pour me faire entrer dans l'université de mon choix. Certes, j'ai de la chance. J'ai une mémoire quasiment photographique, il m'a toujours suffi d'une lecture pour enregistrer des pages entières de manuels. Ajoutez à cela un talent inné pour le baratin, et vous avez le secret de ma débrouille. Même s'il semblerait que mes capacités de beau parleur n'aient aucun effet sur Laurie.

— Alors, Laurie, qu'est-ce que je devrais savoir sur toi, à part que tu me mettras une raclée si je fais du mal à ta meilleure copine ?

Elle paraît surprise par ma question. Il y a de quoi. La dernière fois que j'en ai posé une similaire, c'était lors d'une tentative ridicule de *speed dating*. Qu'est-ce qui me prend ? On dirait que je lui fais passer un entretien d'embauche.

— Euh…

Son rire lumineux ricoche dans la pièce.

— … Il n'y a pas grand-chose à dire.

— Allez, un petit effort. Sarah veut qu'on devienne les meilleurs amis du monde. Raconte-moi tes trois anecdotes les plus embarrassantes et je te confierai les miennes.

Elle plisse les yeux et lève légèrement le menton.

— Chacun son tour ?

— Ça marche. Tant que c'est toi qui commences.

Bien sûr, j'ai en grande partie suggéré ce jeu parce que Sarah veut que nous devenions amis. En grande partie. Mais, au fond, je suis très curieux d'en savoir plus sur Laurie, parce qu'elle m'intrigue, que je me sens bien à côté d'elle sur le canapé et que sa compagnie me détend. C'est peut-être tout le vin qu'elle a bu et la bière que j'ai sifflée, mais j'ai l'impression qu'on pourrait être bons amis. Et c'est possible, pas vrai ? Je sais que certains ne croient pas à l'amitié platonique entre hommes et femmes.

Je vais échanger des secrets avec Laurie, et on va devenir les meilleurs amis du monde. Ceci, mesdames et messieurs, est mon plan de génie.

Ses ongles tambourinent sur son verre. Quand elle lève enfin les yeux, elle rit.

— OK, j'avais quatorze ans, quinze peut-être.

Elle s'interrompt pour poser une main sur sa joue rosie, et secoue la tête, incrédule.

— Je n'arrive pas à croire que je vais te raconter ça.

Ce petit rire joyeux, encore. Elle baisse les yeux, m'obligeant à me pencher pour chercher son regard.

— Allez, tu es obligée de tout me raconter, maintenant !

Avec un soupir résigné, elle se lance :

— J'étais avec Alana, ma meilleure amie à l'époque. On était à la boum de l'école, et on faisait semblant d'être super cool. On avait même un paquet de cigarettes, alors qu'on ne fumait pas. Et il y avait ce garçon – il y a toujours un garçon – que je trouvais vraiment mignon. Comme la moitié de l'école, en fait, mais par miracle il avait l'air de s'intéresser à moi aussi…

Je réprime mon envie de l'interrompre pour lui dire que ce n'est ni un miracle, ni même une surprise.

— Alors, il m'invite à danser, et j'accepte, comme si de rien n'était. Tout se passe très bien jusqu'au moment où il se penche vers moi, je lève la tête et… lui mets un coup de boule. Nez cassé, du sang partout. On a dû l'emmener en ambulance.

— Je ne te crois pas ! Impressionnant, tu es vraiment la pire des petites copines.

— Je n'étais même pas sa copine ! J'aurais bien voulu, mais ça ne s'est jamais fait après cette histoire.

— Tu m'étonnes.

Elle se frappe la tête du poing et conclut :

— Un vrai crâne d'acier.

— D'accord, donc maintenant, on sait que tu es une ninja armée d'un crâne exceptionnellement solide. Je comprends mieux pourquoi Sarah t'apprécie.

— J'imagine qu'avec moi elle se sent en sécurité.

— Il y a de quoi. Tu devrais sérieusement envisager de louer tes services de protection rapprochée. Ça rembourserait ton prêt étudiant en un rien de temps.

Laurie repose son verre, puis s'enfonce dans les coussins, glissant une mèche derrière son oreille et réajustant ses jambes en tailleur. Quand j'étais petit, on partait tous les ans en vacances en Cornouailles, et ma mère raffolait de ces petites figurines de fées qu'on y trouve, souvent assises sur des champignons ou autres objets tout aussi kitsch. Quelque chose dans la posture de Laurie et dans son menton pointu me rappelle ces figurines, et, l'espace d'une seconde, une sorte de mal du pays me saisit. Comme si elle m'était familière, alors que je ne la connais pas.

— À ton tour, dit-elle avec un sourire.

— Je ne pense pas avoir de quoi rivaliser. Personnellement, je n'ai jamais donné de coup de boule à une femme.

— Vraiment ? Mais quel genre d'homme ça fait de toi ?

— Un homme bien, j'espère.

Elle accueille ma réponse d'un petit rire.

— J'espère aussi !

Pour Sarah, évidemment.

— Attends, ça y est, je viens de penser à un truc. Je vais te raconter le goûter d'anniversaire de mes six ans. Imagine un gosse enterré dans une piscine à boules, qui a tellement peur que son père doit braver la jungle de toboggans et de filets pour aller le chercher. J'avais l'impression d'être à un mètre sous les boules, et je pleurais tellement que j'ai vomi. Ils ont dû évacuer tout le parc… Je revois les visages horrifiés des parents dont les enfants avaient leurs plus beaux habits éclaboussés de vomi au chocolat. Figure-toi qu'après ça les invitations aux anniversaires se sont largement raréfiées…

— Oh non. C'est triste.

Je crois qu'elle le pense sincèrement.

— Je suis un homme, un dur.

Elle toque à nouveau sur sa tête.

— Tu oublies à qui tu parles.

— C'est vrai. Iron Woman.

— En personne.

Un petit silence s'installe, le temps pour nous de contempler ce que nous venons d'apprendre sur l'autre. Pour ma part, je sais désormais qu'elle n'est pas à l'aise avec les hommes et susceptible de les blesser. Et elle a appris que je suis un trouillard et que je risque un jour de lui vomir dessus. Laurie me prend le pot vide et la cuillère des mains pour les poser sur la table. En dépit d'efforts surhumains, mon cerveau de mec observe les mouvements de ses membres, la forme de son sein que j'aperçois sous son bras, la cambrure de son dos. Pourquoi y a-t-il tant de choses à regarder chez les femmes ? Ça ne va pas du tout. Je veux une amitié platonique avec Laurie, et mon cerveau est rempli du moindre de ses gestes, il enregistre sa silhouette, crée une reproduction d'elle dans ma tête pour que je puisse la retrouver dans mon sommeil. Ce n'est vraiment pas ce que je veux. Le jour, ce n'est pas comme ça que je vois Laurie, mais mon moi nocturne n'a toujours pas compris le message.

Dans mes rêves, j'ai contemplé sa peau crémeuse et ses iris de la couleur des pensées. Les yeux de Laurie ressemblent à un parterre de fleurs en été. Et maintenant je peux ajouter à ça la courbe accentuée dans le creux de son dos, son rire joyeux après une bouteille de vin, et sa façon de mordre sa lèvre inférieure quand elle réfléchit. Dans ce genre de situation, ma mémoire photographique est plutôt un inconvénient. Évidemment, je ne rêve pas que de Laurie. Mais d'elle plus souvent que d'autres femmes. Non pas que je rêve d'autres femmes tout le temps. Bon, je vais arrêter avant de passer pour un pervers à mes propres yeux.

— Du coup, j'imagine que c'est mon tour, reprend Laurie.

J'acquiesce, heureux de cette interruption de mes pensées.

— Je ne vois pas comment tu vas réussir à faire mieux que l'histoire du coup de boule.

— C'est vrai que j'ai mis la barre un peu haut dès le début.

Elle se mordille encore la lèvre, alors je tente de l'aider.

— Pas d'oubli de petite culotte au lycée un jour de tempête ?

Elle sourit, mais secoue la tête.

— Tu as déjà filé une intoxication alimentaire à quelqu'un en cuisinant ? Ou alors tu as accidentellement roulé une pelle au petit copain de ta sœur ?

Son expression s'adoucit, un mélange de nostalgie et d'émotions non identifiables s'inscrit sur son visage. Mince. J'ai dû dire quelque chose qu'il ne fallait pas, parce qu'elle bat farouchement des cils, comme si elle avait quelque chose dans les yeux. Des larmes ?

— Merde, je suis désolée, marmonne-t-elle en se frottant les yeux.

— Non, non, c'est moi.

Je ne sais toujours pas ce que j'ai dit pour provoquer une telle réaction. J'ai envie de lui prendre la main, de poser la mienne sur son genou, n'importe quoi pour lui prouver que je suis désolé. Mais mon bras reste figé.

— Ce n'est pas du tout ta faute.

J'attends un peu qu'elle se ressaisisse, puis demande :

— Tu veux en parler ?

Elle baisse les yeux, pince la peau sur le dos de sa main, plusieurs fois. Comme un toc, une manière de gérer la douleur émotionnelle par la douleur physique. Albie, mon insupportable frère, porte un élastique autour du poignet qu'il fait claquer pour la même raison.

— Ma petite sœur est morte quand elle avait six ans. J'en avais huit.

Merde. Je retire ce que j'ai dit sur mon frère. Il a quatre ans de moins que moi, et oui, il peut être le roi des enquiquineurs, mais je l'aime de tout mon cœur. Je n'imagine même pas le monde sans lui.

— Laurie…

Cette fois, je n'y réfléchis pas à deux fois. Une larme roule sur sa joue, je l'efface avec mon pouce. Ses pleurs s'intensifient et je me mets à lui caresser les cheveux tendrement.

Après quelques minutes de silence, elle appuie fort ses paumes sur ses yeux et dit :

— Je suis désolée, je n'aurais pas dû lâcher ça comme ça. Je ne sais pas pourquoi ça me prend, là, maintenant. Je n'ai pas pleuré depuis des lustres. Ça doit être le vin.

J'acquiesce et baisse la main. Je me déteste d'avoir tant manqué de tact.

— Quand on me demande, explique-t-elle, je réponds toujours que j'ai un frère. J'ai l'impression de la trahir, mais c'est plus simple que d'avouer la vérité aux gens.

Elle s'est calmée à présent et prend de longues inspirations saccadées.

Je n'ai aucune idée de ce qu'il convient de dire dans ce genre de situation, mais au moins, j'ai une idée de ce qu'elle peut ressentir.

— Elle s'appelait comment ?

Une rougeur se propage sur le visage de Laurie ; sa vulnérabilité me perce le cœur. Je lis sur ses traits un manque doux-amer, douloureux et ancien. Celui de quelqu'un qui supporte une absence depuis trop longtemps. Elle soupire en s'enfonçant dans les coussins du canapé, puis remonte ses genoux contre sa poitrine et les serre dans ses bras. Quand elle se remet à parler, sa voix est posée, mesurée. Comme celle qu'on prend pour parler à un enterrement.

— Ginny est née avec une malformation cardiaque, mais elle était vive, et tellement intelligente. Son monde tournait autour de moi, et elle était ma meilleure amie.

Elle s'interrompt un instant, comme pour reprendre des forces avant de passer à la partie de l'histoire qui la fait le plus souffrir.

— Une pneumonie. Elle était là, et puis elle est partie. Je ne pense pas qu'on se soit remis de l'avoir perdue. Ma mère et mon père…

Sa voix s'éteint, parce qu'il n'y a pas vraiment de mots pour exprimer une telle douleur. Laurie a arrêté de se pincer la peau. Je ne crois pas qu'il existe un mécanisme de défense pour se distraire d'une tragédie pareille.

À l'écran, Nicolas Cage s'éclate sur une moto dans le feu de l'action, tandis que, dans le salon, je passe mon bras autour des épaules de Laurie et la serre contre moi. Son corps se soulève au rythme de ses inspirations. Elle pose la tête sur mon épaule et ferme les yeux. Je ne sais pas trop à quel moment elle bascule dans le sommeil, mais je suis content de voir qu'elle s'est endormie. Elle en a besoin. Je ne bouge pas, même si je le devrais probablement. Un homme plus sage se lèverait pour aller se coucher, pas moi.

Je reste assis, immobile, pour lui tenir compagnie dans son sommeil, et je me sens… je ne sais pas trop comment. En paix ?

Surtout, ne pas enfouir mon visage dans ses cheveux.

15 février

Laurie

Au réveil, j'ai tout de suite la sensation qu'il faut que je me souvienne de quelque chose, mais mon cerveau refuse de fonctionner, comme s'il était en coton. Merci, le vin. Puis j'ouvre les yeux. Je ne suis pas dans mon lit. Je suis toujours sur le canapé, mais ma tête est calée sur mon oreiller, et je suis bien au chaud sous ma couette. À ma montre, il est un peu plus de six heures du matin. Alors je ferme à nouveau les paupières et tente de me remémorer la soirée.

Glace. Vin. Ryan Gosling sur une barque. Des cygnes. Oui, il y avait des cygnes. Et – non, c'est pas vrai – Sarah était déchirée ! Il faut que j'aille voir comment elle va. Heureusement que Jack l'a ramenée à l'appart. Merde. *Jack*.

Je sens mes méninges turbiner, boostées par la panique. J'ai forcément fait quelque chose de moralement répréhensible ou de déloyal, et Sarah va me détester. Il me parlait, on riait, on a regardé le film, et ensuite… Oh. *Ginny*. Je me renfonce dans le cocon de ma couette, serre fort les paupières et laisse les souvenirs de ma sœur affluer. Ses doigts fins, ses ongles minuscules, presque translucides, la seule autre personne au monde avec des yeux comme les miens. Il me faut beaucoup de concentration pour faire revenir sa voix, la joie dans son rire en cascade, la lumière dans ses cheveux blonds. Des images fugaces, qui s'effacent comme des photos au soleil. Au quotidien, je ne m'autorise pas à penser à Ginny ; il m'a fallu trop de temps pour apprivoiser le fait qu'elle n'est tout simplement plus là, et pour ne plus en vouloir au monde de respirer alors qu'elle ne respire plus.

À présent, je me souviens parfaitement d'hier soir. Je n'ai rien fait de moralement répréhensible avec Jack, pas de quoi me sentir honteuse, en tout cas, dans le sens traditionnel. Je ne lui ai pas montré mes seins, ni ne lui ai fait de déclaration d'amour. Et pourtant, je n'ai pas la conscience tout à fait tranquille, parce qu'en réalité, j'ai franchi la ligne. Fine, presque invisible. Mais elle était là. Je la sens presque enroulée autour de mes chevilles, comme du fil de pêche, prête à me faire trébucher et à faire de moi une menteuse. Je me suis trop rapprochée. Il m'aura suffi d'une bouteille de vin pour baisser ma garde, et d'un commentaire maladroit pour que je m'écroule comme un château de sable quand arrive la marée.

5 juin

Laurie

— Joyeux anniversaire, vieille bique !

Sarah me souffle un serpentin au visage pour me réveiller. Je lutte pour me redresser sur les coudes alors qu'elle entonne un tonitruant *Happy Birthday To You*.

J'attends qu'elle termine pour l'applaudir.

— Super ! Merci ! Je peux me rendormir maintenant ? Il est huit heures, on est samedi.

— Tu plaisantes, j'espère ? Si tu te rendors, tu vas louper des heures précieuses d'anniversaire.

J'ai l'impression d'entendre son personnage Disney préféré.

— Aux dernières nouvelles, on ne vivait pas dans une série américaine pour ados, je marmonne.

— Arrête de te plaindre et debout ! J'ai de grands projets pour toi.

Je m'effondre sur mon oreiller.

— J'ai déjà un projet. Ne pas bouger jusqu'à midi.

— Tu auras tout le temps de faire ça demain.

Elle désigne une tasse sur la table de nuit.

— Je t'ai fait un café. Tu as dix minutes pour te lever avant que je ne revienne te chercher. Et je te préviens, je viendrai te secouer comme il faut !

— Tu es trop autoritaire, je grogne en cachant mes yeux sous mon bras. J'ai vingt-trois ans maintenant, et tu en as vingt-deux. Je pourrais être ta mère. Va ranger ta chambre et faire tes devoirs.

Elle souffle à nouveau dans son serpentin et s'éloigne en riant alors que je fourre ma tête sous l'oreiller. J'adore cette fille.

Exactement neuf minutes et trente secondes plus tard, j'émerge dans le salon. J'y trouve deux housses de vêtements sur cintre. Sarah sautille presque d'enthousiasme. Plus inquiétant encore, les housses portent le logo d'une boutique de costumes.

— Euuuuh, Sarah… ?

Manifestement, elle ne plaisantait pas en disant qu'elle avait des projets.

— Tu vas halluciner quand tu vas voir ça, s'écrie-t-elle, excitée comme un gosse en voyage scolaire.

Je pose ma tasse lentement.

— Je suis censée regarder tout de suite ?

— Oui. Mais, d'abord, il faut me promettre que tu feras exactement ce que je te dis de faire pendant les prochaines heures, sans poser de questions.

— Ça marche, c'est promis.

Elle me tend une housse, puis frappe dans ses mains pour m'inciter à regarder plus vite. Le cintre à bout de bras, je le secoue un peu avant de descendre la fermeture à glissière de quelques centimètres.

— C'est… rose.

Elle acquiesce, pressée.

J'ouvre complètement la housse, qui tombe au sol en révélant un bomber en satin rose et un legging en satin noir, immédiatement reconnaissables.

— Tu veux que je me déguise en Pink Lady pour mon anniversaire ?

Elle sourit et déballe sa propre tenue.

— Pas juste toi.

Confuse, je bafouille :

— OK, on est toutes les deux des Pink Ladies. Alors, comme thème d'anniversaire, je trouve ça génial, mais c'est quoi le programme, une fois qu'on sera habillées ? Parce qu'on risque de détonner un peu au Castle.

Les yeux de Sarah brillent d'excitation.

— Pas grave, parce qu'on ne va pas au pub.

— Est-ce que je peux te demander où on va ?

— Tu peux toujours demander, mais je ne garantis pas de réponse !

— Comment n'ai-je pas deviné que tu allais dire ça ?

Elle dézippe sa veste et passe les bras dans les manches de satin rose.

— Juste pour vérifier, tu as bien vu le film ?

Je lève les yeux au ciel : tout le monde a déjà vu *Grease* une dizaine de fois, en partie parce qu'il passe à la télé tous les 1er janvier, et que personne n'a le courage de se lever pour chercher la télécommande.

— Une ou deux fois, oui.

Je brandis devant moi le legging en satin noir, sceptique devant la taille élastiquée d'une quinzaine de centimètres.

— J'espère qu'il est extensible.

— Oui, j'ai vérifié. Je l'ai essayé vers six heures, ce matin.

Ses mots me font comprendre l'étendue de ses efforts pour que je passe un anniversaire inoubliable, et une partie de moi ne peut s'empêcher de se sentir encore plus coupable. Peu importe ce qu'elle a prévu aujourd'hui, il va vraiment falloir que j'assure.

— Va pour les Pink Ladies, alors !

Elle jette un coup d'œil à sa montre.

— Il faut qu'on décolle à onze heures. File prendre ta douche, moi je suis prête. Je m'occupe de ton eye-liner quand tu seras lavée.

Il est midi et notre train part de la gare de Waterloo. On peut dire que nos tenues ne passent pas inaperçues. Rien de surprenant à ça. Nous sommes les seules Pink Ladies à bord aujourd'hui, et de loin les mieux maquillées et coiffées. Les cheveux de Sarah sont rassemblés en une queue-de-cheval très haute qui semble se balancer indépendamment du reste de sa tête, et à nous deux nous avons réussi à créer avec ma tignasse des boucles à faire pâlir d'envie Olivia Newton-John. Sarah a pensé à tout : chewing-gum à mâchouiller la bouche ouverte, élégants foulards noirs, lunettes de soleil en plastique blanc, sans oublier des canettes de gin tonic pour se mettre dans l'ambiance.

— Est-ce qu'on doit s'inventer des faux noms ?

Sarah semble y réfléchir sérieusement.

— Ce serait quoi, le tien ? demande-t-elle.

— Hmmm. Bonne question. Je pense qu'il faut que ça sonne kitsch, américain, et années cinquante. Qu'est-ce que tu dirais de… Lula-May ?

— Je vois où tu veux en venir. Alors, si tu es Lula-May, je dois être Sara-Belle.

— Enchantée, Sara-Belle.

— Moi de même, Lula-May.

Nous échangeons un signe de tête gracieux, puis trinquons pour sceller au gin cette nouvelle amitié.

— Tu comptes me dire où on va, à un moment ?

— Fais-moi confiance, ma belle, tu vas adorer, répond-elle en tentant un accent américain affreusement raté.

Je pouffe.

— Ça faisait plus John Wayne que Sara-Belle. Je crois que tu pourrais me plaire.

Sarah coince nos canettes vides dans les filets des sièges devant nous.

— C'est toute cette énergie sexuelle. Je peine à la contenir.

Elle lève la tête quand la voix préenregistrée nous annonce que le train arrive à Barnes.

— Allez, viens. On descend là.

La première chose que je remarque en sortant de la gare, c'est que nous ne sommes pas les seules à avoir l'air de sortir d'un remake de *Grease*. Robes années cinquante et teddys sont éparpillés parmi la foule on ne peut plus normale en centre-ville un samedi midi. Les notes de satin rose qui apparaissent régulièrement me soufflent que le gang des Pink Ladies est bien représenté.

— Sarah !

La voix de Jack sort de nulle part, mon cœur fait un bond. J'ai fait de mon mieux pour éviter de passer du temps avec eux ces derniers temps, et, par chance, ils étaient tellement accaparés par le boulot qu'ils étaient contents de profiter de leurs rares soirées à deux. Et je crois que je suis vraiment en bonne voie pour l'oublier. Peut-être que mes efforts pour contrôler mon cerveau commencent enfin à payer.

Jack n'est pas seul. Il a amené Billy, un de ses amis que j'ai déjà croisé plusieurs fois en soirée. Pourvu que ce ne soit pas un rendez-vous arrangé ! Les garçons s'avancent vers nous, large sourire, jean cigarette et tee-shirt noir moulant de T-birds, dont ils ont roulotté les manches pour découvrir leurs biceps. Vu leurs bananes, je ne pense pas qu'il reste beaucoup de gel dans le tube.

Je ne sais toujours pas où l'on va, mais apparemment on sera quatre. Ce n'est pas que ça m'embête, juste que je ne m'y attendais pas, et que ça faisait longtemps que je ne m'étais pas autant amusée avec Sarah.

— Tiens, tiens, on dirait que nos cavaliers pour le bal de promo sont arrivés, annonce Sarah en riant.

Elle file planter un baiser sur les lèvres de Jack, lui laissant une trace rouge vif. Avec ses lunettes aviator miroir, il a plus l'air de James Dean que de John Travolta.

— Billy, waouh, ton déguisement est… cool, je tente alors qu'il contracte ses biceps.

Il a le genre de silhouette entretenue par deux heures quotidiennes en salle de musculation. Le genre de corps qu'on ne peut s'empêcher à la fois d'admirer et de mépriser.

— Popeye n'a qu'à bien se tenir !

Il enlève de sa bouche la sucette qui lui donnait un genre et dépose une bise rapide sur ma joue.

— Joyeux anniversaire.

Je remarque Sarah en train de nous épier, et je lève les yeux au ciel. On peut toujours compter sur elle pour m'arranger un coup avec un mec qui n'est pas du tout mon genre. Quant à lui, il préfère probablement les nanas blondes, sportives et dociles. Je me demande ce que Jack a pu lui promettre pour qu'il vienne.

— On y va ? propose Jack.

Il offre son bras à Sarah, et, après un temps d'hésitation, Billy l'imite.

— C'est parti, répond Sarah. Mais Laurie ne sait toujours pas où on va, alors motus !

J'accepte le bras de Billy avec un petit rire gêné.

— C'est bon, je crois que j'ai saisi le concept.

— Oh, je te garantis que non ! Tu vas voir.

Ses yeux pétillent alors qu'elle me jette un regard par-dessus son épaule, tout en fendant la foule. Je n'arrive pas à en croire mes yeux.

— Où est-ce qu'on a atterri ? je demande, fascinée.

Nous avons atteint une file d'attente en zigzag, composée de gens en costume sortis de *Grease*, tous surexcités. Une voix à l'accent américain grésille dans les haut-parleurs, braillant de ne pas courir dans les couloirs, que toute démonstration d'affection trop indécente dans la queue nous vaudra une heure de colle, et, une fois à l'entrée, une immense arche rouge vif en ampoules vintage nous accueille à Rydell High.

— Ça te plaît ?

Sarah a lâché le bras de Jack pour s'emparer du mien. Elle retient son souffle, mi-sourire mi-grimace, en attendant mon verdict.

— Tu rigoles ? Je n'ai aucune idée de ce qui se passe, mais j'adore !

Barnes Common, plus habitué à voir des habitants promener leurs chiens et à accueillir des matchs de cricket dominicaux, s'est transformé en paradis du kitsch des années cinquante aux États-Unis. Des serveuses en rollers servent du Coca sous un chapiteau ouvert et des tables de *diner* argentées brillent au soleil tout le long du pré. Un peu partout, des gens piqueniquent sur des plaids dans l'herbe. Des filles en robes chichiteuses et lunettes de soleil sont allongées sur le dos pour bronzer, ou sur le ventre, dressées sur leurs coudes pour faire des bulles avec leur chewing-gum. Il y a de la musique partout. Sur la piste du chapiteau, quelques couples dansent au rythme du rock'n'roll de la fanfare. Dans d'autres coins, les haut-parleurs diffusent la BO de *Grease*. J'aperçois même un stand d'esthéticiennes, où on peut se faire poser du vernis ou de l'eye-liner par des filles en blouses roses et perruques assorties.

Des cris joyeux s'élèvent des autos tamponneuses, une imposante grande roue scintillante domine l'ensemble, avec ses balancelles rose pâle et blanches qui oscillent tranquillement sous la brise tiède.

— On ne part pas sans avoir fait un tour de grande roue !

C'est le plus dingue de tous les anniversaires surprises qu'on ait jamais organisés pour moi. Mon cœur est tout léger, comme attaché à un ballon d'hélium.

Jack

Cet endroit dépasse l'entendement. Je ne sais pas comment fait Sarah ; la plupart des gens se contentent d'acheter un gâteau ou d'inviter ses amis au pub. Pas Sarah. Elle s'est débrouillée pour dégoter ce festival et pour m'enrôler avec Billy en tant que T-birds pour la journée. Il n'y a pas beaucoup de femmes pour qui j'accepterais de faire ça. Je suis venu à reculons, j'ai failli dire non ; pour être franc, ça m'avait tout l'air d'un cauchemar. En vrai, c'est plutôt cool, maintenant qu'on y est. Un *Secret Cinema*. Apparemment c'est le nom du concept. Je m'attendais à une séance en plein air avec un ou deux food-trucks, et effectivement, il y a un écran géant installé pour plus tard. Mais, bon sang, cet endroit est dingue ! J'ai l'impression d'être dans le film, et on est sans conteste accompagnés des deux Pink Ladies les plus canon.

Sarah… il n'y a pas de mots. Cette nana ne fait jamais les choses à moitié. Elle marche quelques pas devant moi, ses jambes ont l'air deux fois plus longues que d'habitude dans son legging noir brillant. J'ai toujours le sentiment d'avoir deux trains de retard avec elle, c'est ce qui me pousse à me dépasser, mais ces derniers temps elle trace si vite que c'est comme si je l'avais perdue de vue. C'est déconcertant, et légèrement agaçant, cette sensation d'être toujours à la ramasse.

Le style va bien à Laurie aussi. On pourrait écrire un article de magazine : comment la même tenue a l'air complètement différente sur deux filles. Avec sa queue-de-cheval et ses talons, Sarah a tout de la fille populaire du lycée. Laurie, en Converse et cheveux bouclés, est craquante, d'une manière plus discrète. Si on était vraiment au lycée, Sarah me terroriserait et Laurie serait la petite sœur de mon meilleur ami. Qu'est-ce que je raconte ? Elles sont différentes, point.

— À ton avis, je peux espérer une petite séance de roulage de pelles ? me demande Billy. Je pensais tenter ma chance en haut de ce truc.

Il désigne la grande roue.

Mon regard coule involontairement vers Laurie et je me sens d'un coup un instinct protecteur. Billy est le genre de mec prêt à tout pour faire grimper son score. Je ne sais pas pourquoi je lui ai demandé de venir, hormis le fait qu'il est mon seul ami suffisamment égocentrique pour passer la journée déguisé.

— Pas d'effusions indécentes, Bill. Tu as entendu la dame, tout à l'heure.

— Retour au lycée, où les règles sont faites pour être transgressées.

Billy me lance un clin d'œil alors que Sarah se tourne vers nous et m'interrompt avant que je ne puisse protester.

— Allez, vous deux. Je veux faire les autos tamponneuses.

Je commence sérieusement à regretter d'avoir amené Billy aujourd'hui. Il a déjà fait sonner la cloche trois fois au jeu du marteau, là où personne de normalement constitué n'a assez de force pour gagner une seule fois, et à présent, un bras passé autour des épaules de Laurie, il conduit avec adresse son auto tamponneuse comme un champion de Formule 1.

Pour l'imiter, je passe mon bras autour des épaules de Sarah, jette un coup d'œil derrière moi et recule en plein dans leur minivoiture, pour les envoyer valser dans un tourbillon lumineux. Sarah hurle de rire quand Billy revient à la charge, brandissant subtilement son index en nous envoyant dans la barrière de pneus. Je me demande ce que ferait John Travolta, à ma place. Et qui est Sandra Dee, dans ce scénario ? Sarah est beaucoup trop culottée pour l'incarner. Elle, c'est une Frenchy. Enfin, je ne suis pas en train de jouer au Danny et de dire que Laurie est ma Sandy. Ça serait complètement tordu. De toute façon, avec ses muscles de Popeye et sa mentalité de mâle alpha, Billy ressemble plus à Danny. Je le regarde aider Laurie à descendre de la voiture, lui tenir la main et la faire pivoter contre lui, dans un tourbillon de boucles brunes et de satin rose. J'espère qu'elle n'est pas en train de tomber dans le panneau.

Enfin, ça ne me regarde pas, mais il lui arrive d'être un peu lourd ; pour lui, il n'y a que la déconne dans la vie. Peut-être que c'est ce qu'elle aime, après tout. Pourvu qu'il ne décide pas de rentrer à Camden avec nous. Ah ! son portable vient de sonner dans la poche de sa veste rose. Telephonus Interruptus, mon pote.

Laurie

Cette journée est en passe de devenir une des meilleures de toute ma vie. Les cocktails Pink Lady m'ont rendue pompette, j'ai ri jusqu'à en avoir mal aux abdos, Billy se révèle bien plus drôle que je ne l'aurais cru, et tout le monde est d'humeur légère et festive. Même la météo joue le jeu, avec la chaleur de l'été anglais qui fait apparaître des taches de rousseur sur mon nez. Je trouvais que l'événement avait de l'allure le jour, mais il est encore plus éblouissant à la tombée de la nuit. Au stand des T-birds, une troupe de danseurs habillés de cuir noir se trémoussent sur les capots de vieilles voitures et chantent dans des micros vintage. Partout, les gens dansent à la lueur pastel des manèges, et un sentiment d'excitation se fait sentir alors qu'approche l'heure de la projection du film.

Sarah vient de se découvrir un don pour le rock'n'roll (évidemment). Après que Jack a renoncé à la suivre, prétextant deux pieds gauches, Billy s'est laissé convaincre de participer avec elle au concours de danse.

Depuis le bord de la piste, en compagnie de Jack et de la foule de spectateurs, je vois toute la détermination de Sarah dans sa manière de balancer sa queue-de-cheval et de lever le menton. Heureusement pour Billy, il nous dévoile un déhanché hors pair. Je ne sais pas si c'est une histoire de nombre de cocktails ingurgités, mais il est bien plus attirant qu'au début de la journée. Dans la queue pour les autos tamponneuses, il m'a montré des photos de son petit frère Robin, arrivé par surprise dans la vie de sa mère quadragénaire. Il m'a fièrement montré l'enfant en train de souffler des bougies sur un gâteau qu'il avait fait pour lui. En l'entendant parler de son frère, n'importe quelle fille saurait qu'un cœur en guimauve se cache derrière tous ces muscles. Je le regarde danser avec Sarah. Les deux affichent une expression de concentration intense. Ils sont vraiment au top ! Il y a presque de quoi être désolé pour les autres participants.

Entre deux gorgées de limonade sirotée avec une paille rouge et blanche – parce que je fais une pause entre les cocktails –, je commente :

— Sarah adore ce genre de trucs.

— J'espère juste qu'ils vont gagner, répond Jack en riant.

Je vois ce qu'il veut dire. Si Sarah est contente, tout le monde est content.

Mon téléphone vibre dans ma poche. J'ai beau lui avoir dit que je sortais, c'est la deuxième fois que Maman essaie de m'appeler aujourd'hui. Je pense qu'elle a du mal à gérer le vide, maintenant que Daryl et moi sommes partis de la maison. J'envisage une seconde de la rappeler, mais je ne veux pas interrompre ce moment.

La grande roue a l'air encore plus monumentale, illuminée.

— J'espère qu'on aura le temps de faire un tour avant le début du film.

Jack vérifie l'heure et fronce les sourcils.

— Ça risque d'être un peu juste.

— Surtout s'ils vont jusqu'en finale.

— Et on peut compter sur eux pour se qualifier.

Il a raison. Évidemment que Sarah va danser jusqu'à la toute fin du concours.

Jack détourne un instant le regard, puis le pose sur moi à nouveau, avec un petit rire embarrassé.

— Je t'emmène à la grande roue, si tu veux. On n'aura qu'à dire que c'est ton cadeau d'anniversaire.

Drôle d'idée, que de m'inviter. Un peu vieux jeu, même. Comme si j'avais besoin qu'on m'accompagne pour faire un tour de manège. Mais, après tout, c'est dans l'esprit de cette journée rétro.

— J'adorerais. Merci, Jack.

Je me dresse sur la pointe des pieds pour attraper le regard de Sarah et lui faire comprendre qu'on revient dans dix minutes, mais elle est totalement absorbée par l'animateur du concours. Derrière moi, la grande roue est magnifique.

Un mec en pantalon blanc et pull aux couleurs de Rydell High nonchalamment noué sur ses épaules abaisse la barre en acier sur nos genoux et la secoue un peu pour nous prouver qu'elle est bien enclenchée.

— Tu devrais prendre ta nana dans tes bras, l'ami. Ça peut faire peur, une fois en haut.

Je suis sûre que c'est une phrase bateau qu'il dit à tout le monde, mais on ne peut pas s'empêcher de le corriger.

— Oh, on n’est pas…

— Ce n’est pas ma copine… on est juste amis.

Le mec nous lance un clin d’œil appuyé.

— Dommage. Vous allez bien ensemble.

La roue se décale d’un cran pour laisser la place à la nacelle suivante. Ne sachant pas quoi dire après ce moment gênant, je ferme les yeux un instant.

— Ne me dis pas que tu as la trouille ?

— Tu rêves !

Les doigts refermés sur la barre, je m’enfonce dans le dossier en Skaï framboise.

— Et toi ? Tu n’as pas le vertige, quand même ?

Il s’installe dans le coin du siège, le bras posé sur le rebord, et tourne les paumes vers le ciel comme si j’avais posé une question idiote.

— Est-ce que j’ai l’air d’une poule mouillée ?

Tu peux aller te rhabiller, Danny Zuko. Pourtant, la façon dont ses doigts pianotent près de mon épaule m’indique qu’il n’est pas aussi détendu qu’il voudrait me le faire croire. Je ne sais pas ce qui le gêne le plus, être sur la grande roue sans Sarah, être sur la grande roue tout court, ou être sur la grande roue avec moi. J’inspire, prête à lui poser la question, quand les premières notes familières de *Hopelessly Devoted to You* résonnent et que le manège se met en branle.

Je remballe ma question. Après tout, c’est mon anniversaire, j’adore les grandes roues, et je suis avec Jack, que je ne peux pas m’empêcher d’apprécier chaque fois davantage. Tout va bien. Juré, tout va bien. Je le pense sincèrement. Parce que Sarah et lui sont très bien ensemble, et parce que je l’aime comme ma sœur.

Globalement, je me fais plutôt bien à la situation. Les choses sont ce qu'elles sont. Peut-être que s'il en avait été autrement et que je l'avais trouvé avant elle… Peut-être qu'il aurait passé son bras autour de mes épaules en cet instant même, et qu'il serait sur le point de m'embrasser au sommet de la grande roue. Peut-être qu'on serait fous amoureux. Ou alors, ça n'aurait absolument pas fonctionné, et on s'en porte mieux ainsi. Il est dans ma vie et j'en suis contente. C'est bien suffisant. Soudain, la vue me distrait de mes pensées, alors que nous prenons de l'altitude.

— C'est magnifique, je murmure.

Le pré de Barnes Common est décoré de guirlandes de fanions et d'une infinité de lumières : les néons au-dessus des *diners* à ciel ouvert, les boules à facettes sous le chapiteau de danse, les petites bougies sur les tables de jardin. En bas, certains commencent à s'installer sur l'herbe en face de l'écran géant. La nacelle continue de monter et j'arrive à voir derrière le pré les rues du sud-ouest de Londres, démarquées par les pointillés lumineux de lampadaires.

— Regarde, on voit les étoiles, dit Jack le nez en l'air.

Je l'imite et, l'espace de quelques secondes, on se contente de contempler le ciel, seuls au monde.

— Joyeux anniversaire, Laurie.

J'essaie de lui sourire en réponse, mais impossible de mobiliser les muscles de mon visage, car ma bouche tremble comme si j'étais sur le point de pleurer.

— Merci. Je suis contente d'être là… avec vous tous, je veux dire.

— Moi aussi.

Notre nacelle atteint le sommet avec une secousse et se balance dans la brise, m'arrachant un petit cri de surprise. Je me raccroche par réflexe à la barre. Jack rit doucement et passe son bras autour de moi, me pressant contre la chaleur de son corps.

— Tout va bien, je suis là.

Il presse une dernière fois ses doigts sur mon épaule avant de reculer et de reposer son bras sur le dossier.

Mon estomac fait un bond. J'ai honte d'avouer que ça n'a rien à voir avec l'altitude, mais tout à voir avec le sentiment d'être seule avec Jack O'Mara au sommet de cette magnifique grande roue. Des ampoules vieux rose et vert menthe illuminent le manège et projettent des lueurs dansantes au fil de la rotation.

Olivia Newton-John chante son désespoir amoureux. Je sais exactement ce qu'elle ressent.

Mes doigts se referment sur mon pendentif, cherchant la forme familière de la pierre violette pour me rassurer. Ce matin, j'ai paniqué pendant cinq bonnes minutes parce que je ne trouvais pas mon collier. J'en étais au point de pleurer quand Sarah l'a retrouvé entre les lattes du parquet de ma chambre. De tout ce que je possède, ce collier est mon bien le plus précieux. Ginny avait le même. Je sais que c'est débile, mais je me sens plus proche d'elle quand je le porte.

Mince. Encore un appel manqué de Maman. J'ai l'impression d'être la pire fille du monde. Il faut vraiment que je la rappelle demain matin. J'ouvre le SMS qu'elle m'a envoyé à défaut de pouvoir me parler de vive voix.

Laurie, ma puce, je suis désolée de te dire ça par SMS, et encore plus parce que c'est ton anniversaire, mais je sais que tu voudrais être mise au courant le plus tôt possible. Papa est à l'hôpital, ma chérie. Il a eu une crise cardiaque. Appelle-moi dès que tu peux. Je t'aime. Bisous, Maman.

Et c'est comme ça que l'un des plus beaux jours de ma vie est devenu l'un des pires.

12 décembre

Laurie

J'ai l'impression que quelqu'un a lesté mes UGG avec du plomb. C'est la pagaille au boulot depuis quelques semaines avec toutes les réservations de Noël, et mes pieds sont en feu comme si je venais de courir un marathon. Je suis claquée. Papa se rétablit plus lentement que prévu, pas à pas. Mon père si robuste et confiant s'est transformé en un homme frêle et trop pâle. Ma mère semble avoir fait de même, à force de s'inquiéter pour lui. Ils ont toujours formé un couple très glamour. Papa a dix ans de plus, et jusque-là ce n'était pas flagrant. Mais à tout juste soixante ans, il a l'air d'avoir pris une décennie d'un coup. Chaque fois que je le vois, j'ai envie de le mettre dans un avion pour le requinquer au soleil. Non pas que ma mère ne fasse pas déjà au mieux, mais leur vie n'est plus qu'une suite de rendez-vous chez le médecin et de restrictions alimentaires, ce qui n'aide pas pour le moral. Je rentre aussi souvent que possible, mais c'est Maman qui supporte le plus gros.

Noël est une attaque personnelle contre mes rétines, partout où je pose les yeux. Ça fait des heures que je parcours les boutiques, et j'en suis au point de vouloir matraquer Rudolph, liquider Mariah Carey, et étrangler avec la première guirlande venue la prochaine personne qui me poussera. Ça fait vingt minutes que j'attends dans la file totalement immobile du HMV pour acheter un coffret DVD que je ne suis même pas sûre que mon frère regardera, et je pourrais littéralement m'endormir sur place. Pour un magasin de musique, on penserait qu'ils trouveraient quelque chose de plus original à diffuser que Noddy Holder s'égosillant sur *It's Christmas.* Et puis, qui s'appelle Noddy ? Parfois les parents feraient mieux de s'abstenir de chercher des prénoms originaux.

— Laurie !

Je me retourne et repère Jack qui me fait de grands signes au-delà de la queue pour la caisse. Je souris, soulagée par cette vision familière, puis lève les yeux au ciel pour partager mon désespoir d'être coincée ici. Tant pis pour le coffret DVD, mon frère préférera de loin une bouteille de Jack Daniel's, de toute façon. Alors je fais demi-tour et remonte la file à contresens, contrariant tout le monde sur mon passage. Jack m'attend à côté des meilleures ventes de CD, emmitouflé dans son caban et son écharpe, et je suis rattrapée par le souvenir de l'arrêt de bus. Deux ans ont passé maintenant, et la plupart du temps je n'y pense plus. Mes efforts pour remplacer mes pensées vagabondes par une vision plus appropriée ont fini par payer. Il paraît que le cerveau humain aime suivre des schémas. Dans mon cas, c'est avéré. Jack a maintenant trouvé une place parfaitement respectable dans ma vie en tant qu'ami, petit copain de ma meilleure amie, et en retour je m'autorise à apprécier sa compagnie.

Je l'apprécie vraiment beaucoup. Il est drôle, et tellement attentionné envers Sarah. Sans compter qu'il a très bien géré la situation à mon anniversaire, quand j'étais totalement paniquée en plein festival. En un clin d'œil, je me suis retrouvée dans un taxi avec des billets de train réservés pour aller voir mes parents avant même d'arriver à Delancey Street. Parfois, on a juste besoin de quelqu'un qui nous dise quoi faire, et ce jour-là c'était Jack.

Il repose un CD sur l'étagère et me suit vers la sortie en commentant :

— On dirait qu'on se comprend sur l'horreur du shopping de Noël. Même si, vu tous tes sacs, je dirais que tu as été plus productive que moi. Attends, laisse-moi t'aider avec ça.

Je ne proteste pas quand il me prend les sacs des mains. Les anses ont laissé des marques rouges sur mes paumes, aussi je ferme et ouvre les poings avec soulagement. Une gadoue grisâtre recouvre Oxford Street depuis la dernière chute de neige, qui n'a pas totalement fondu à cause du froid polaire. Jack sort un bonnet en laine de sa poche et l'enfile sur sa tête avec un frisson.

— Il te reste beaucoup de cadeaux à trouver ? je demande.

— Pour Sarah, surtout. T'as pas une idée de génie ?

Il coule un regard vers moi alors qu'on se fond dans le rythme de la foule.

— Pitié, dis-moi que tu as une idée…

Je me creuse les méninges. C'est toujours facile de lui trouver quelque chose, mais de la part de Jack, il faut que ce soit particulièrement personnel.

— Un bracelet ou un pendentif, peut-être ?

On s'arrête devant une bijouterie un instant, mais rien en vitrine ne me fait immédiatement penser à elle.

Je fronce le nez et soupire en m'abritant sous le porche.

— C'est un peu trop… je ne sais pas. Pas assez personnel.

Jack confirme, puis regarde sa montre.

— Tu es pressée ?

— Non, pas vraiment.

— Bien.

Il sourit et, me prenant par le bras, déclare :

— Viens avec moi, je sais exactement où aller.

Jack

C'est tellement plus facile de faire les boutiques avec Laurie. Partant d'Oxford Street, on se dirige vers le coin des antiquités de Chester, où je me rappelle vaguement une boutique. Pourvu qu'elle existe encore.

— Waouh, murmure Laurie.

Ses yeux bleu-violet s'écarquillent quand on pénètre dans le grand bâtiment en brique rouge. Je suis déjà venu il y a des années pour aider mon père à trouver un cadeau d'anniversaire pour ma mère. Les souvenirs me reviennent. Ce devait être un anniversaire spécial. On lui avait trouvé des bracelets en argent incrustés d'ambre, et mon père avait fait graver chaque jonc de nos noms à l'intérieur. Elle les portait pour les grandes occasions quand il était encore en vie. Elle les a portés à son enterrement aussi, et je ne l'ai pas vue sans depuis.

La galerie n'a pas changé malgré les années, c'est toujours la même caverne d'Ali Baba.

— Cet endroit est incroyable ! Je ne savais même pas qu'il existait.

— Le vrai Londres.

Je range mon bonnet dans la poche de mon manteau et ébouriffe mes cheveux aplatis.

— Par où tu veux commencer ?

Ses yeux pétillent d'enthousiasme.

— Aucune idée, je veux tout voir.

— Du calme, sinon on est encore là à Noël.

Je la suis au milieu des rangées. Ses doigts caressent la tête d'un léopard en bois, elle s'extasie devant des vitrines de diamants, puis tout autant devant les parures fantaisie en résine et cristal de la boutique suivante. Elle sourit, toute timide, quand un chapelier lui propose d'essayer une casquette vintage Harris Tweed en laine. Le gérant connaît bien ses produits, parce qu'elle est transformée en gamine des années soixante, à peine le couvre-chef placé sur ses boucles folles. Les cheveux de Laurie ne sont jamais domptés à plus de soixante pour cent et là, tout de suite, elle a l'air de sortir tout droit d'*Oliver Twist*. Les nuances lavande du tweed font ressortir ses yeux, mais aussi les cernes sombres qui les entourent. Je n'avais pas remarqué à quel point elle était fatiguée, et pas seulement « couchée tard la veille », plutôt « je n'ai pas fermé l'œil depuis des mois ». Les yeux de quelqu'un rongé par l'inquiétude depuis un moment. Je ne lui ai même pas demandé comment elle allait.

Après s'être examinée sous toutes les coutures dans le miroir doré que lui tient le boutiquier, elle ôte la casquette et regarde la minuscule étiquette à l'intérieur, avant de la rendre en secouant la tête. Dommage. Elle lui allait vraiment bien.

— Et là ? demande-t-elle un peu plus tard.

On a envisagé puis éliminé une petite aquarelle, mis de côté un pendentif en turquoise des années vingt comme une sérieuse possibilité, mais dès qu'on passe la porte de cette petite parfumerie, je sais que c'est ici qu'on va trouver le cadeau parfait. Laurie ressemble à une enfant lâchée dans une confiserie, à s'extasier devant la moindre bouteille aux ornements dorés et aux effluves exotiques. Puis un sourire radieux illumine son visage.

— Jack, par ici !

Par-dessus son épaule, je regarde ce qu'elle a dégoté du fond d'une étagère et remercie ma bonne étoile de ne pas avoir pris le pendentif en turquoise. Le poudrier en forme de coquillage doré est tellement parfait pour Sarah qu'il est impossible d'imaginer une autre femme avec. Art déco, je dirais, d'après mes connaissances tirées des émissions d'antiquaires à la télé, et d'une taille qui tient pile dans la paume de Laurie, avec une sirène en émail à l'intérieur du couvercle. La chevelure auburn qui cascade sur ses épaules et le creux de sa taille me rappellent Sarah. Laurie me tend l'objet, l'œil brillant.

— Mission accomplie !

Dans ma main, le poudrier pèse son poids. Un vrai, pas en toc, à la hauteur de Sarah. Un objet qui dit « J'ai conscience de ta valeur et je suis heureux de t'avoir dans ma vie ».

— On peut cesser les recherches, je déclare.

Je croise les doigts en retournant l'étiquette, priant pour que le poudrier ne nécessite pas de s'endetter sur trente ans, et je soupire de soulagement. Je peux l'acheter sans me priver de bière au pub.

— Une très bonne chose que je sois tombé sur toi aujourd'hui.

On continue notre petit tour de la boutique pendant que la vendeuse emballe soigneusement le coquillage dans un sachet en velours, puis dans une tonne de tissus et de rubans. Elle a dû se dire en me voyant que si elle ne s'occupait pas de l'emballage, je risquais de me servir de papier d'aluminium, ou une bêtise du genre. C'est faux, je ne suis pas un cas si désespéré. Toutefois, je suis bien content de ne pas avoir à me débrouiller avec du ruban adhésif moi-même.

Il est à peine seize heures, mais il fait presque nuit quand j'émerge dans la rue avec Laurie.

— Une bière de la victoire ? Je t'en dois bien une.

Elle a l'air d'avoir besoin de parler.

— Je n'ose même pas imaginer avec quoi Sarah se serait retrouvée. Des fleurs de supermarché et des sous-vêtements vulgaires dégotés dans un sex-shop, ou un truc du genre.

Elle rigole et regarde sa montre, comme si elle avait quelque chose de prévu ensuite.

— OK, dit-elle.

J'étais pourtant sûr qu'elle allait dire non.

— Super, je connais un coin sympa juste à l'angle. Un vrai bon pub, pas un de ces bars à la mode où il n'y a jamais de place pour s'asseoir.

Je baisse la tête pour affronter les quelques flocons de neige et le vent glacial, et pose ma main sur son dos pour la guider dans une petite rue parallèle.

Laurie

Dès qu'on passe les portes à vitraux du pub, je sais que je ne vais pas regretter d'avoir accepté ce verre. La salle exhale le parfum réconfortant du feu de bois, de la cire d'abeilles, et les grandes banquettes en cuir vert foncé capitonnées sont parfaites pour se détendre devant une bonne bière. Un vieil homme et son jack russell endormi sont les deux seuls clients. C'est un de ces pubs hors du temps, sans prétention, dont le carrelage brique et le laiton du bar n'ont pas changé depuis des décennies.

— Un verre de rouge ? demande Jack.

J'acquiesce et lui reprends mes sacs des mains.

— Va nous trouver une table, je reviens avec les verres, propose-t-il.

Je mets le grappin sur le meilleur coin du pub, juste à côté de la cheminée, et je cale mes sacs sous la table avant d'accrocher mon manteau humide au crochet de la banquette, côté feu. Les manteaux tout chauds me rappellent la maison. Quand on était petits, mon père avait installé un radiateur derrière les portemanteaux pour qu'on ait toujours bien chaud le matin en allant à l'école.

— Un verre de vin pour la dame, lance Jack en me rejoignant avec un rouge profond et une pinte.

Comme moi, il suspend son manteau au crochet de sa banquette, marquant notre territoire, notre petit salon rien qu'à nous. Puis il se plante devant la cheminée pour se réchauffer les mains.

— Ahhh, c'est ce que je préfère en hiver !

Il se glisse ensuite sur la banquette en cuir en face de moi, tire sa pinte vers lui et en prend une grande goulée, avec un bruit de lèvres appréciateur.

— Ça fait du bien !

Dans ma bouche, le vin est tiède, riche de saveurs de cassis et de poivre.

— Merci de m'avoir aidé aujourd'hui. Je n'aurais jamais trouvé un cadeau si parfait sans toi.

Je lui souris, parce que je sais à quel point Sarah va adorer le poudrier.

— Elle va être très impressionnée.

— Évidemment, je récolterai tous les lauriers.

— T'en fais pas, ton secret est bien gardé.

Je prends une nouvelle gorgée et sens que la magie de l'alcool est en train de faire effet.

— Tu as eu des nouvelles de Sarah aujourd'hui ? je demande.

— Pas aujourd'hui. Elle m'a appelé hier. On dirait qu'elle s'éclate, comme toujours. J'arrivais à peine à l'entendre.

Elle m'a appelée depuis un bar hier, moi aussi, probablement tout de suite après avoir parlé à Jack. Elle est rentrée chez ses parents il y a quelques jours pour les dix-huit ans de sa sœur.

— Elle m'a passé Allie trente secondes, la pauvre gamine avait l'air bourrée comme un coing, ajoute-t-il en riant. Tu as déjà rencontré sa sœur ? Les mêmes. Ensemble, ça promet le double d'ennuis.

Il s'interrompt, puis s'éclaircit la gorge.

— Désolé, Laurie. Je ne voulais pas… enfin, tu sais.

Il ne prononce pas le prénom de Ginny, mais je sais qu'elle est la raison de ses excuses, et pour la millième fois, je regrette de le lui avoir dit. C'est précisément pour cette raison que je ne parle jamais d'elle. Les gens se sentent toujours obligés d'énoncer des platitudes pour exprimer leur compassion, et vraiment, il n'y a rien à dire qui puisse m'aider. Ce n'est pas une critique. Juste un constat.

Je décide de changer de sujet :

— Tu rentres voir ta mère pour Noël ?

— Pas avant le 24, je travaille jusqu'au réveillon, répond-il, visiblement soulagé. L'effort avant le réconfort, tu sais ce que c'est.

Quelques verres de vin plus tard, je suis enfin détendue. J'avais oublié à quel point c'était agréable de simplement parler avec Jack.

— Tu comptes rester à la radio pour toujours ?

Ses yeux pétillent quand il me répond.

— Absolument. J'adore ça. Sans compter que tout le monde s'en fiche de savoir si je suis coiffé ou si je porte le tee-shirt de la veille.

Je rigole doucement, parce que, malgré son attitude décontractée, Jack est férocement ambitieux. Quand il n'est pas avec Sarah, il est toujours fourré au boulot, à la production surtout, même s'il lui arrive encore de remplacer l'animateur de dernière partie de soirée.

Je n'ai aucun doute sur le fait qu'un jour, en mangeant mon bol de céréales ou en m'endormant, j'entendrai sa voix émaner de la radio. Cette pensée est étrangement réconfortante. De mon côté, je n'ai toujours pas décroché de poste dans un magazine. On va dire que ce n'était pas exactement la priorité de ces derniers mois.

À la tournée suivante, je sens la chaleur me monter aux joues, sous l'effet cumulé du vin et de la cheminée.

Accoudée sur la table, je pose mon menton sur ma paume et déclare :

— On est bien, là. Le feu, le vin. C'était exactement ce dont j'avais besoin. Merci de m'avoir emmenée ici.

— Comment tu vas, Lau ? Vraiment, je veux dire. Je sais que ces derniers mois n'ont pas été faciles pour toi.

Je t'en prie, ne sois pas perspicace, sinon je vais craquer. Ça n'aide pas qu'il m'ait appelée Lau. Seule Sarah le fait, et elle ne le sait pas, mais la seule autre personne au monde qui utilisait ce surnom était Ginny. Elle n'arrivait pas à prononcer « Laurie » quand elle était bébé. Lau était plus simple, et ça m'est resté.

— Je vais bien. La plupart du temps. Parfois.

Je contemple le feu qui crépite pour tenter de contenir la boule dans ma gorge.

— C'est comme si quelqu'un avait tiré le tapis sous les pieds de ma famille, tu vois. Mon père est notre pilier, depuis toujours.

— Il va mieux ?

Je pince les lèvres, parce qu'en vérité, on ne sait pas trop.

— Un peu. Il s'est quasiment remis de la crise cardiaque maintenant, mais avec le recul, on dirait que ce n'était que le début. Il a dû suivre tellement de traitements qu'il est complètement épuisé, et ma mère doit tout prendre en charge. Elle gère la rééducation, les consultations avec la diététicienne, les spécialistes… Sans compter les factures et la maison. Le tout sans voir le bout du tunnel.

J'avale une grande gorgée de vin.

Vous savez comme certains événements deviennent des moments charnière dans nos vies ? Et je ne parle pas seulement des étapes qu'on veut franchir, comme quitter le foyer parental, commencer un nouveau job, ou épouser l'amour de sa vie un après-midi d'été. Je parle de ces épreuves qu'on n'attend pas : l'appel en plein milieu de la nuit, les accidents, les risques qu'on prend et qui ne paient pas. L'anniversaire de mes vingt-trois ans est devenu mon moment charnière inattendu. Le moment où les fondations construites par mes parents se sont transformées en sables mouvants, où ils sont devenus si fragiles et humains qu'ils ont désormais besoin de moi autant que j'ai besoin d'eux. Ça a renversé mon monde. Depuis, je stresse chaque fois que le téléphone sonne, une peur latente s'est logée dans mon ventre. Si je devais le résumer en une seule phrase, je dirais que je me sens traquée. Je suis en pleine ligne de mire et j'attends de me prendre une balle à tout moment. Je cours en regardant derrière moi, certaine que l'impact va avoir lieu. La plupart des nuits, je rêve de ma sœur. Ginny qui m'encourage, perchée sur les épaules de mon père, pendant les tournois sportifs de l'école primaire. Ginny qui lui tient la main en traversant la rue, me laissant seule sur le trottoir. Ginny qui dort sur l'épaule de Papa dans le jardin du pub où on allait l'été, ses cheveux blonds couvrant son visage délicat.

— Je veux juste retrouver le père solide et fort que j'ai toujours connu, tu comprends ?

Je peux entendre les larmes dans ma gorge, et je me déteste pour ça. Jack aussi doit les entendre.

— Oh, Laurie…

Il se glisse sur ma banquette et passe un bras autour de mes épaules.

— … je suis désolé. Tu as l'air tellement à bout en ce moment.

Je n'ai même pas l'énergie d'être agacée par ce commentaire. C'est indéniable. Je suis sur les rotules. Je ne crois pas que j'avais remarqué à quel point jusque-là, parce qu'il faut bien continuer, pas vrai ? Mais dans ce pub isolé de tout, je me prends la fatigue en pleine figure. Je suis si épuisée que j'ai l'impression de me désintégrer.

— La vie peut être très cruelle, parfois, dit-il. Mais ça va s'arranger. Ça finit toujours par s'arranger.

Son bras est chaud et rassurant contre moi.

— Tu crois ? Je sais que ça a l'air débile, mais j'ai le sentiment d'avoir tout raté. Ma vie ici, sans vrai boulot. Peut-être que je devrais rentrer à la maison. Je devrais être avec mes parents, aider ma mère.

— Ne dis pas ça. Tu traverses une mauvaise passe, mais ce n'est pas une fatalité. Tes parents vont s'en sortir, et ils voudraient que tu poursuives tes rêves. Tu vas y arriver, je le sais.

— Tu crois ?

— Oh, arrête, regarde-toi. Tu es intelligente et spirituelle, tu ne vas pas rester coincée à la réception d'un hôtel toute ta vie. J'ai lu quelques-unes de tes piges, tu te souviens ? Bientôt, tu vas percer, j'en suis certain.

J'apprécie la générosité de son éloge, mais la vérité, c'est qu'il a lu mes rares lignes publiées parce que Sarah les lui a fourrées sous le nez. Elle est pire que ma mère quand un de mes articles est accepté, ce qui n'arrive presque jamais.

Jack me fixe. Il sonde mon visage comme s'il s'apprêtait à dire quelque chose d'important.

— Je ne sais pas si j'ai déjà rencontré dans ma vie quelqu'un d'aussi… Je ne sais pas comment le définir. De la chaleur, je crois, même si ce n'est pas exactement ça.

Il a l'air frustré de ne pas trouver les bons mots.

— Tu as un truc en plus, Laurie. Avec toi, on se sent tout de suite mieux.

La surprise suffit à me distraire un instant de ma déprime.

— Tu le penses sincèrement ?

Son sourire est doux, léger.

— Oui, évidemment. Depuis la première fois que je t'ai vue.

Je retiens mon souffle, pour tenter de contenir les pensées dans ma tête, mais elles m'échappent comme de l'eau entre les doigts.

— La première fois, ou la toute première fois ?

Oh ! merde, merde, merde.

Jack

Oh ! merde, merde, merde. Elle s'en souvient.

— Tu veux dire… à Noël ?

On est assis bien plus près l'un de l'autre qu'au début de la soirée, cuisse contre cuisse, suffisamment proches pour que je puisse remarquer sur elle les conséquences des derniers mois. Ses cernes sombres, ses épaules raides, sa mâchoire contractée comme si elle serrait perpétuellement les dents. N'importe qui lui prescrirait un bain chaud, du bouillon de poule et une semaine au lit.

— Dans le bus ? souffle-t-elle.

Ses joues sont rosies par le vin, et ses yeux plus brillants qu'ils ne l'ont été depuis l'été dernier.

— Tu te souviens ? demande-t-elle.

Je fronce les sourcils et tente de feindre la confusion. S'il y a bien une chose dont je suis sûr, c'est qu'évoquer ces quelques instants à l'arrêt de bus serait une erreur monumentale. Notre amitié tout entière repose sur mon statut de petit copain de sa meilleure amie. J'attends, en silence, et je la vois se faner devant moi. L'étincelle dans ses yeux s'éteint, et je sais qu'elle donnerait n'importe quoi pour rattraper les mots qui lui ont échappé. Si je pouvais, je les lui rendrais, plutôt que de lui mentir.

— À votre soirée ? je suggère doucement.

— Non, avant ça. Je crois que je t'ai vu à un arrêt de bus. Des mois avant. Un an avant.

Oh, Laurie, pourquoi ne choisis-tu jamais la solution la plus lâche ? Crois-moi, ça rend les choses mille fois plus faciles. Jusqu'à ce que la vérité nous rattrape, évidemment.

Je continue à feindre l'ignorance, ma meilleure imitation de Hugh Grant perplexe.

— Ça doit être le vin qui parle, Lau. On s'est rencontrés à votre soirée de Noël.

Elle soutient mon regard, silencieuse et inflexible, et là, devant moi, je la vois atteindre lentement sa limite et lever le drapeau blanc. Dix secondes. Quinze, peut-être. Mince, je crois qu'elle essaie de se retenir de pleurer. Quel connard je fais ! Est-ce que j'aurais dû lui dire que je me souviens ? Est-ce que c'est vraiment la meilleure chose à faire ? Pour Laurie, à ce moment précis, ce serait certainement plus charitable, mais pour Laurie de la semaine prochaine, du mois prochain, de l'année prochaine ? Je ne crois pas.

— Je suis désolée. Oublie.

Et voilà, je suis le grand méchant dans l'histoire.

— Jamais.

Trois pintes et j'ai du mal, moi aussi, à m'en tenir à mon mensonge.

Elle cligne des yeux plusieurs fois, des larmes se répandent sur ses cils.

— Peut-être que tu devrais.

Je la regarde dans les yeux et je n'ai plus envie de lui mentir davantage. Pas aujourd'hui. Elle est tellement vulnérable, et on a tous les deux bu.

— Oui, peut-être. Mais je ne veux pas. J'ai envie de passer du temps avec toi. Plus que je ne le devrais.

Merde. Oui, bon, je sais, d'accord ? Je n'aurais pas dû dire ça. C'est à la limite de l'approprié, et c'est égoïste.

— Moi aussi, j'aime passer du temps avec toi, chuchote-t-elle.

Une larme, une seule, roule sur sa joue.

— Arrête.

Ma voix est rauque.

— Je t'en prie, ne pleure pas.

Quel genre de goujat laisserait une fille pleurer sans la réconforter ? Certes, je lui ai menti, mais je ne suis pas complètement sans cœur. Alors, mon bras toujours autour de ses épaules, j'essuie ses larmes du bout des doigts.

— Tout va bien se passer, t'en fais pas, je murmure contre sa tempe.

Comment peut-elle sentir les fleurs et le soleil même en hiver ? Sa peau est si douce sous mes doigts. Chaque atome de mon être est conscient que je devrais m'écarter. Au lieu de ça, je prends son visage dans ma main et caresse sa mâchoire de mon pouce. Pendant un temps, on reste comme ça. Jusqu'à ce qu'elle lève les yeux vers moi. Et soudain, sa bouche est dangereusement proche de la mienne.

Je crois qu'elle a arrêté de respirer. Je ne respire pas non plus. De si près, elle a la plus belle bouche que j'aie jamais vue. Des lèvres pleines, fébriles. Je sens le parfum du vin dans son souffle chaud. Elle avance, je crois, et je pourrais jurer que plus rien ne sépare nos lèvres, pas même l'air. Je suis à l'agonie.

— Je ne peux pas t'embrasser, Laurie. Je ne peux pas.

Laurie

J'ai trop bu, et je suis la plus horrible personne au monde, mais je ne pourrais pas m'écarter de Jack, même si le pub était en flammes. Enfermés hors du temps dans ce bar immuable jusqu'à la fin du monde, il n'y a plus que ses lèvres pulpeuses, son regard doux et ses mains chaudes, réconfortantes. Si je voyais ça dans une série télé, je crierais « Nooon » depuis longtemps, parce que le couple a beau aller bien ensemble, il n'y a pas d'issue heureuse possible. Mais ce n'est pas une fiction, c'est la réalité, et dans la vraie vie, les gens font des erreurs. Je lève la tête, et je sais que s'il m'embrasse, je n'aurai pas la force de le repousser, parce qu'il me regarde exactement comme ce jour à l'arrêt de bus, et, l'espace d'une seconde, je redeviens cette fille dans le bus, en 2008. Mon père n'est pas malade, Jack n'est pas le copain de Sarah et j'ai une guirlande de Noël ridicule dans les cheveux. J'entends presque le temps remonter, comme une vieille cassette qu'on rembobine dans mes oreilles, ou un disque vinyle lancé à l'envers. Mon Dieu, je crois que je ne peux pas empêcher ce qui est sur le point d'arriver.

— Je ne peux pas t'embrasser, Laurie. Je ne peux pas.

Ses mots frappent mon cœur comme des grêlons. Mince. Mais qu'est-ce que je suis en train de faire ? Quel genre de fille minable ça fait de moi ? Il faut que je m'éloigne, vite.

— Oh merde ! je souffle, paniquée, en pressant mes doigts tremblants sur mes lèvres.

D'un bond, je suis debout en train de rassembler fébrilement mes sacs, et, sans même réfléchir, je me rue hors du pub. Ce n'est que quand l'air glacial me frappe de plein fouet que je comprends que je n'ai pas de manteau et qu'il neige à gros flocons.

— Laurie ! Laurie, attends.

Il est à bout de souffle, mon manteau dans les mains. Il me retient par la manche.

— Arrête-toi une seconde, je t'en prie.

Je m'écarte, trop brusquement, et renverse tout le contenu d'un de mes sacs dans la petite rue calme. Il m'aide à tout ramasser, passe mon manteau sur mes épaules et me serre dans ses bras jusqu'à ce que la chaleur gagne mes vêtements et mes os. Le manteau est tout chaud d'être resté si longtemps près du feu ; je ferme les yeux, parce que je suis inexplicablement en larmes. Encore. Je ne suis pas du genre à pleurer, pourtant aujourd'hui mes canaux lacrymaux semblent déborder.

Les yeux de Jack brillent à la lueur des lampadaires. Sa voix est rauque quand il chuchote :

— Laurie… je ne veux surtout pas te faire du mal.

— Je suis tellement conne. Je ne sais même pas pourquoi je pleure.

Jack pousse un soupir exaspéré et plein de gentillesse.

— Parce que tu es fatiguée, inquiète, et parce que tu as l'impression de lutter pour nager à contre-courant.

Il me frotte le dos, sa voix est grave au creux de mon oreille, son corps me protège de la neige. Alors, j'arrête de me battre, parce que ses mots sont rassurants, et parce qu'il me tient contre lui. Je suis tellement fatiguée de nager. La plupart du temps, j'ai l'impression que la vague va m'engloutir, mais là, dans les bras de Jack, c'est comme s'il m'apportait un canot de sauvetage pour me ramener sur la berge en sécurité. Une pensée sinistre me frappe : jamais je ne cesserai d'avoir des sentiments pour cet homme.

Foutu pour foutu… De toute façon, ce n'est pas comme s'il n'était pas conscient de ce que je voulais dans le pub. Autant parler franchement.

— Je voulais que tu m'embrasses, Jack. Et je n'aime pas ce que ça dit de moi.

Il me caresse les cheveux, prend mon menton entre ses doigts, me regarde droit dans les yeux.

— Si je te dis quelque chose, tu me promets que tu n'en parleras à personne, pas même à un poisson rouge ?

Je hoche la tête sans détacher mes yeux des siens. Il prend mon visage entre ses deux mains. Je ne sais pas ce qu'il a en tête, mais je suis certaine de m'en souvenir toute ma vie.

— Moi aussi, je voulais t'embrasser, Laurie, et j'en ai encore plus envie maintenant. Tu es l'une des plus belles personnes que j'aie jamais rencontrées.

Il jette un coup d'œil dans la rue déserte, puis revient à moi.

— Tu es magnifique, généreuse, tu me fais rire, et quand tu me regardes comme ça… Il n'y aurait qu'un saint pour ne pas t'embrasser.

Avec le poids de son corps, il me colle contre le mur, et il m'embrasse. Jack O'Mara baisse la tête et m'embrasse sous la neige, ses lèvres d'abord tremblantes, puis chaudes et assurées. Et, à travers mes larmes, je lui rends son baiser, ouvrant la bouche pour laisser sa langue s'emparer de la mienne alors que des gémissements s'échappent de sa gorge. Je sens son soulagement dans chaque cellule de mon corps, dans le sang qui coule dans mes veines. Sa respiration est aussi faible que la mienne. C'est tellement plus intense que je ne l'avais imaginé, et pourtant mon imagination s'en est souvent donné à cœur joie à propos de Jack O'Mara.

Entre ses mains, j'ai l'impression que mon visage est la chose la plus précieuse au monde. Ses doigts glissent dans mes cheveux pour tenir ma tête renversée.

C'est notre seul et unique baiser. Il le sait, je le sais, et la mélancolie de ce moment est si déchirante que je sens les larmes affluer à nouveau.

Je me raccroche aux pans de son caban, notre baiser est salé par mes larmes, et je garde les yeux ouverts parce que je veux me rappeler chaque détail jusqu'à la fin de ma vie. Lui a les yeux fermés, et ses cils mouillés de neige balaient sa joue de leur ombre. Toute son attention est concentrée sur le seul baiser qu'on échangera jamais.

Le moteur d'une voiture qui passe lentement dans la rue enneigée vient rompre le charme. On se sépare enfin. Le souffle qui quitte nos corps en bouffées douloureuses se cristallise presque dans l'air glacial.

— Soyons bienveillants l'un envers l'autre, me dit Jack.

Je suis sûre qu'il aurait préféré que sa voix soit plus assurée que ça.

— On sait tous les deux que ça n'aurait jamais dû arriver, reprend-il, mais on peut choisir d'en rester là. Convenir que ce baiser ne signifie rien. Les choses peuvent rester comme elles étaient entre nous.

L'euphémisme est si cuisant que j'en ris presque. Mais le soupir qui m'échappe alors que je détourne le regard traduit toute mon envie coupable et mon désespoir. Celui de savoir que personne ne m'embrassera plus jamais ainsi.

— Peut-être que si on s'était rencontrés dans d'autres circonstances… je murmure en le regardant enfin.

— Sans hésiter.

Pile à temps, un taxi apparaît dans la rue. Jack lève un bras pour le héler. C'est la bonne décision.

— Personne ne doit savoir, me rappelle-t-il en ouvrant la portière pour charger mes sacs.

— Pas même un poisson rouge, je chuchote en montant.

Je ne feins même pas un sourire, parce qu'il n'y a vraiment rien de drôle à ça.

Jack tend un billet au chauffeur, avec ses instructions :

— Ramenez-la à bon port.

Son regard soutient le mien pendant quelques dernières secondes, puis il claque ma portière. L'image me revient de la dernière fois où je l'ai vu disparaître dans la nuit. Je ne le connaissais pas, à l'époque.

Je ne pouvais rien faire. Pas comme ce soir. À présent, je sais qui il est, je connais le goût de ses lèvres ; pendant un quart de seconde, j'envisage de sauter du taxi pour empêcher l'histoire de se répéter.

Je ne le fais pas. Évidemment. Il ne suffit pas d'une tempête de neige féerique pour se retrouver dans *Narnia*. On est bien à Londres, dans la vraie vie, où les cœurs sont malmenés, brisés, mais battent toujours. Je le regarde s'éloigner au rythme prudent de mon taxi. Lui aussi m'observe, les mains profondément enfouies dans ses poches, les épaules rentrées contre le vent. Alors que la voiture tourne au coin de la rue, je pose ma tête contre la vitre froide. Dans ma poitrine, mon cœur est aussi lourd que ma conscience.

Si seulement je n'avais jamais posé les yeux sur Jack O'Mara.

2011

Résolutions du nouvel an

Je ne suis pas sûre qu'il soit sage de les mettre par écrit, au cas où quelqu'un d'autre les lirait. Par exemple, un poisson rouge.

1) Ma plus grande résolution est de ne plus jamais embrasser le copain de ma meilleure amie. Plus jamais de la vie.
2) Je vais mettre toute pensée non platonique concernant Jack O'Mara dans une boîte, la sceller avec du ruban adhésif et une étiquette jaune vif « Danger ! Toxique ! » et l'enterrer bien profondément dans une zone d'enfouissement de mon cerveau.

1er janvier

Jack

— Bonne année, ma sirène !

Sarah rit quand je la prends dans mes bras.

— Je suis désolé, je chuchote dans son oreille, en faisant à nouveau le vœu de ne plus embrasser qui que ce soit d'autre que Sarah cette année.

— De quoi ?

Elle s'écarte et me lance un regard suspicieux.

Mince.

— D'avoir mangé trop d'ail ce soir. Je ne sais pas comment tu fais pour supporter cette puanteur, j'arrive à la sentir chaque fois que je bâille.

Elle a l'air à la fois amusée et perplexe. Heureusement qu'on est tous les deux en bonne voie d'être complètement ivres, parce que c'est tout à fait le genre de commentaire qui pourrait m'attirer des ennuis. Sérieusement, c'est comme si la vérité ne demandait qu'à jaillir. Je suis un baril de pétrole truffé de trous, un accident en devenir.

Laurie

Bonne année, Lau ! Je t'aime !

Je caresse du bout des doigts le message de Sarah sur mon écran, depuis le fond de mon lit. La nouvelle année n'a que deux heures, mais les faits sont là : j'ai embrassé Jack l'an dernier. Cette nouvelle année est une page blanche.

Moi aussi je t'aime, Sar. J'espère que tu n'es pas trop saoule ! Bonne année, bisous.

Je clique sur « Envoyer », puis éteins mon téléphone et retourne à ma contemplation du plafond dans l'obscurité. Par chance, mes parents n'ont pas recyclé ma chambre en bureau quand je suis partie à l'université. Elle est restée plus ou moins comme je l'ai laissée, rassurante et familière. Je n'ai jamais été du genre à coller des posters aux murs, mais les livres de mon enfance sont alignés sur les étagères au-dessus de mon bureau, et la robe lilas de mon bal du lycée est toujours sur un cintre dans mon armoire. Leur valeur, à mes yeux, est inestimable. Surtout maintenant. J'ai l'impression de m'être réfugiée hors du temps, dans mon propre Tardis. Je sais déjà où je lui demanderais de m'envoyer, si j'avais vraiment la cabine téléphonique de Doctor Who pour voyager dans le temps. Je retournerais ce 21 décembre 2008 et je ferais en sorte de rater ce maudit bus. Ainsi, je n'aurais jamais vu Jack O'Mara avant que Sarah ne me le présente, et tout serait pour le mieux dans le meilleur des mondes. Jamais je ne me serais octroyé le luxe d'entretenir des sentiments autres que purement platoniques à son égard, et je ne serais pas au fond de mon lit ce soir, à me sentir comme une moins que rien. Avant le baiser, j'étais plus ou moins au clair avec moi-même. Je luttais contre mes sentiments, j'avais la sensation d'être une amie abominable, mais au moins j'étais du bon côté de la ligne.

Ce que j'ai fait est impardonnable. Je ne parviens pas à le justifier à mes yeux. Je n'ai revu ni Sarah ni Jack depuis cet après-midi à Londres. Il m'a fait jurer de ne rien dire, mais il n'avait pas le droit de me demander une chose pareille. Je ne lui en veux pas, c'est un fardeau que nous partageons à parts égales. Et je ne sais pas si tout avouer à Sarah serait la chose la plus honorable à faire, ou simplement une manière de me faire sentir mieux, et elle mal. Je la perdrais. C'est certain. Elle quitterait probablement Jack aussi. Il n'y aurait pas de gagnant dans ce scénario. Je ne pense pas qu'il soit du genre infidèle, à sans cesse la tromper ; si c'était le cas, je le dirais à Sarah sans hésiter. Peut-être que je me fais des films, mais je crois que ce qui s'est passé était bien plus personnel que ça, quelques minutes de folie qui vont peser lourd sur nos deux consciences…

Je ne vais pas lui dire. Je me suis fait la promesse de taire pour toujours mes sentiments pour Jack O'Mara, et jamais une promesse n'a eu autant d'importance que celle-ci.

28 janvier

Jack

Sarah dort, Laurie travaille de nuit à l'hôtel, et je suis installé dans leur cuisine devant un verre de vodka pure à deux heures trente du matin. Je n'ai jamais été un grand buveur, mais là, tout de suite, je comprends mieux les mérites de l'alcool. Plusieurs semaines se sont écoulées depuis que j'ai embrassé Laurie. Plusieurs semaines, et je suis en train de tout foutre en l'air en prétendant qu'il ne s'est rien passé. Chaque fois que je regarde Sarah, je me demande si c'est le moment où je vais tout lui avouer. Chaque. Fois. Tous les jours. J'ai passé et repassé cet après-midi en boucle dans ma tête, pour déterminer quand exactement mon infidélité a commencé. Est-ce quand j'ai invité Laurie à boire un verre ? Quand je l'ai prise dans mes bras parce qu'elle pleurait ? Ou bien avant, la première fois que Sarah nous a présentés et qu'on a tous les deux choisi de ne pas mentionner le fait qu'on se connaissait déjà ? Même si ce n'était pas exactement le cas. Mais nous n'étions pas de parfaits inconnus. Et ça, j'en suis certain à présent. C'était bien plus simple quand je pouvais me convaincre que

Laurie ne se souvenait de rien, mais maintenant je sais que c'est faux. Je sais qu'elle se souvenait de moi, et justement parce qu'elle se souvenait de moi douze mois après m'avoir vu, je sais que ça implique autre chose. Peut-être qu'elle est juste comme moi, dotée pour le meilleur et pour le pire d'une mémoire extrêmement performante ? J'ai disséqué la moindre conversation pour voir si j'étais passé à côté de quelque chose. Je ne dis pas qu'elle était intéressée tout du long. Non, pas du tout. Mon ego n'est pas si enflé. Mais j'ai l'impression d'avoir loupé quelque chose.

Bon, c'était juste un baiser. Ce n'est pas comme si j'avais couché avec une autre, pas vrai ? Mais c'est Laurie que j'ai embrassée, et d'une certaine manière, c'est pire que si je m'étais tapé tout le manoir Playboy. Parce que Laurie n'est pas une inconnue oubliée le lendemain, et je ne l'ai pas embrassée à cause d'une stupide pulsion sexuelle. Mais je ne l'ai pas non plus embrassée par bonté d'âme pour lui rendre sa dignité, ni parce qu'elle était vulnérable et avait besoin de se sentir mieux. Je ne suis pas si noble. Je l'ai embrassée à cause de sa délicatesse sublime sous ce lampadaire qui faisait briller les flocons de neige dans ses cheveux. Je l'ai embrassée parce que je me sentais mal de lui avoir menti pour l'arrêt de bus, et parce que j'avais besoin de savoir si la sensation de ses lèvres sur les miennes allait me donner l'élan d'un train à pleine vitesse. Et voilà, j'en ai la confirmation. Et j'aurais préféré ne pas l'avoir, parce qu'on n'oublie pas quelque chose d'aussi spectaculaire.

« Soyons bienveillants l'un envers l'autre. On sait tous les deux que ça n'aurait jamais dû arriver, mais on peut choisir d'en rester là. »

C'est ce que je lui ai dit juste après.

Dans le top de mes plus belles conneries, je pense que celle-ci est en pole position. Mais qu'est-ce que j'étais censé dire ? Que son baiser m'avait transporté dans les étoiles ? Que moi aussi je l'avais vue dans ce bus ?

Je siffle le restant de mon verre et le remplis aussitôt. Ça ne va pas. Il faut que je parle à Laurie.

Laurie

Je savais que je ne pourrais pas éviter Jack éternellement. Et pourtant j'aurais bien voulu. Évidemment, ma vie compliquée en a décidé autrement : quand je rentre de ma veille à l'hôtel, je le trouve installé à la table de la cuisine, dans le noir.

— Où est Sarah ?

Je suis trop fatiguée pour les formalités et j'ai perdu ma faculté de lui parler de choses insignifiantes.

— Au lit.

Dans ses mains, un verre, d'eau ou de vodka, je ne suis pas sûre.

— Tu ne devrais pas y être aussi ?

Je jette un coup d'œil à l'horloge de la cuisine. Trois heures du matin, ce n'est pas une heure pour boire seul.

— Je n'arrivais pas à dormir.

J'ai un peu de mal à le croire. Ce n'est que la troisième fois que je le croise depuis cet après-midi où… Je n'aime vraiment pas énoncer dans ma tête ce que nous avons fait. Et c'est la première fois que je le vois seul depuis. Par évitement mutuel, je pense. Il passe sa main sur son menton, d'avant en arrière, un tic nerveux. Si j'avais une barbe de trois jours, c'est probablement ce que je ferais aussi.

Je me sers un verre d'eau.

— OK, bon, eh ben, moi je vais me coucher.

Il attrape mon poignet quand je passe devant lui.

— Attends, Laurie. Il faut que je te parle.

J'ai envie de lui dire que ça ne servira à rien, mais le désespoir dans ses yeux affaiblit ma résolution, alors je m'assieds prudemment. Il a les traits tirés, son tee-shirt est froissé.

— C'est pour ça que tu es debout ? Tu m'attendais ?

Il ne me fait pas l'injure de me mentir.

— J'ai l'impression d'être la pire des ordures, Lau. Je n'arrive pas à passer à autre chose.

Je referme mes mains autour de mon verre. Je ne sais pas comment l'aider. Qu'est-ce que je suis censée répondre à ça ? Que ça viendra avec le temps ? En plus d'être cliché, ce n'est même pas particulièrement vrai. Pourquoi est-ce qu'il me dit ça, d'ailleurs ? Parce qu'il pense que je suis une meilleure menteuse que lui et espère des astuces ? J'ai repassé la conversation de cet après-midi fatidique un million de fois dans ma tête. Jack ne se souvient pas de moi à l'arrêt de bus. Il n'a aucun souvenir de m'avoir vue avant que Sarah ne nous présente l'un à l'autre. C'est dévastateur, parce que deux années de ma vie ont été définies par ce moment. Mais c'est aussi libérateur, parce que c'est un signe qu'il est temps de tourner la page. Et c'est ce que je m'évertue à faire.

— C'était vraiment une terrible erreur, je chuchote. Et c'est plus ma faute que la tienne, si ça peut te rassurer.

— N’importe quoi.

Son ton est si brusque et fort que je lance un regard de mise en garde en direction de la porte.

— Ne t’avise même pas d’endosser cette responsabilité, continue-t-il. C’est moi qui ai été infidèle.

— Sarah est ma meilleure amie, ma sœur. Si tu te sens mal parce que tu l’as trompée, crois-moi, c’est un sentiment partagé. Ce n’est pas une compétition dans la culpabilité. On a tous les deux merdé.

Il porte son verre à ses lèvres. Vu l’odeur qui me parvient, ce n’est pas de l’eau.

— Tu sais ce qui me tue le plus dans toute cette histoire, Laurie ?

Je ne veux pas qu’il me le dise, parce que s’il pense à la même chose que moi, le reconnaître sera encore pire.

— Ça me tue de ne pas pouvoir oublier. C’était censé ne rien vouloir dire, pas vrai ?

Heureusement, il ne lève pas les yeux de son verre en prononçant ces mots empreints d’émotion.

— Est-ce que… ça voulait dire quelque chose pour toi ?

Sa question, calme mais explosive, reste en suspens dans l’air. Pendant un long moment, je ne peux me résoudre à le regarder, parce que alors il verrait la vérité sur mon visage. Je sais ce que j’ai à faire. Ça fait plus d’un an que je mens à Sarah, maintenant. Mentir à Jack ne devrait pas être plus difficile. Sauf que si. C’en est douloureux.

Enfin, j’affronte son regard torturé.

— Écoute, je n’allais pas bien, j’étais au plus bas, et tu t’es montré adorable et gentil, parce que c’est ta nature. On est amis, pas vrai ?

Je m'interromps pour ravaler les larmes cuisantes dans ma gorge, et il hoche la tête, la main plaquée sur ses lèvres.

— On est de très très bons amis, je reprends, et on avait beaucoup trop bu, et c'était Noël, et comme des idiots, on a confondu l'amitié et autre chose. Mais on s'est arrêtés, en sachant tous les deux que c'était une terrible erreur. C'est fait, on ne peut pas le défaire. Alors, qu'est-ce que ça apportera de bon de faire du mal à Sarah aussi ? Tu es sincèrement désolé. Et je n'ai jamais rien regretté autant de toute ma vie. Sans compter que ça n'arrivera plus jamais. Je ne te vois pas comme un amant potentiel, et je suis certaine que tu n'as pas non plus un faible secret pour moi. Si on en parle à Sarah, ce ne sera que pour apaiser nos consciences. Tu crois vraiment que c'est un motif valable ?

— Non, tu as raison.

— Voilà. Alors va te coucher, Jack. Va dormir et demain matin on reprendra le cours de nos vies sans plus jamais en reparler. Ni à Sarah, ni entre nous.

Je prends une inspiration et conclus :

— Pas même à un poisson rouge.

Il détourne le regard et passe la main dans ses cheveux déjà ébouriffés. Je me suis tellement noyée dans ma propre culpabilité que je ne me suis pas préoccupée de savoir comment Jack gérait la sienne. Pas trop bien, apparemment. Et je lui en veux presque d'avoir besoin de moi pour lui montrer comment porter son fardeau.

Je reste assise à la table de la cuisine bien après son départ. Le temps de faire du café, et de le laisser totalement refroidir dans ma tasse, je contemple les toits de Delancey Street toujours plongée dans l'obscurité.

Je pense à Sarah et à Jack, endormis au bout du couloir. À mes parents, à la maison. À mon frère et à sa femme Anna, bien installés dans la jolie maison qu'ils ont achetée après leur mariage au printemps dernier.

Trois couples, et moi. Peut-être que je ferais bien d'acheter ce poisson rouge.

3 mai

Laurie

— C'est passé beaucoup trop vite.

Nous sommes toutes les deux avachies sur le canapé, les pieds sur la table basse et un verre de vin à la main. Nos valises sont bouclées et on s'apprête à confier notre refuge de Delancey Street à ses heureux futurs locataires.

Je pousse un soupir.

— Cinq ans… Tu as raison, je n'ai pas vu le temps filer.

Sarah prend une énorme gorgée de vin, l'air contrarié.

— Je ne veux pas partir d'ici. Si seulement on pouvait rester là toute la vie.

En silence, on embrasse du regard le salon qui a accueilli nos soirées étudiantes, nos nuits d'ivresse, nos secrets, nos fous rires. On sait toutes les deux qu'on ne peut pas rester, c'est impossible. Cette période de notre vie arrive à son terme. Sarah a décroché un nouveau job au top du glamour dans une nouvelle chaîne du câble à l'autre bout de Londres, et faire l'aller-retour matin et soir depuis ici est tout simplement inenvisageable. J'ai pris ça comme le bon moment pour faire bouger les choses de mon côté. Je ne peux pas me permettre de garder l'appartement, et, clairement, ma carrière ne me mène nulle part. L'hôtel n'est qu'une solution transitoire et le monde du journalisme est trop fermé. Alors je vais rentrer chez mes parents pour quelques semaines, puis direction la Thaïlande. Je sais, ça fait rêver, pas vrai ? Je suis terrifiée à l'idée de partir seule, mais motivée par le regain de vitalité de mon père. Il est temps de prendre ma vie en main et de voir le monde. Mes parents nous ont donné, à Daryl et à moi, de l'argent pour Noël. Ça n'a jamais été dans leurs habitudes, mais apparemment la crise cardiaque de Papa leur a ouvert un nouvel horizon. Ils ont pleuré, nous aussi, et on leur a promis de faire quelque chose de spécial avec cet argent. Daryl et Anna vont l'utiliser pour acheter leur lit conjugal pour la nouvelle maison, et moi je vais le dépenser en Thaïlande. Si seulement je pouvais emporter Sarah dans ma valise. Je n'ai aucune idée de ce à quoi ressemble la vie sans elle à mes côtés. Au moins, ça m'accordera un peu de répit loin de ma culpabilité.

— Tu es la meilleure amie que j'aie jamais eue, je déclare.

— Stop ! Je t'avais prévenue de ne pas dire des trucs comme ça.

— Et je t'avais dit de ne pas me faire pleurer, je réplique en m'essuyant les yeux avec ma manche. Regarde ce que tu as fait.

On se tient par la main, très fort.

— On sera toujours amies, hein ? demande-t-elle

d'une petite voix. Même quand tu décideras de rejoindre une communauté de hippies en Thaïlande ?

— Oui. Et même quand tu deviendras une présentatrice vedette ? Tu ne me lâcheras pas pour tes nouveaux amis célèbres ?

Elle rit et fait mine d'y réfléchir une seconde. Elle a passé un entretien dans cette nouvelle chaîne pour un poste en coulisses et s'est vu proposer le remplacement d'une reporter en congé maternité. À l'évidence, il leur a suffi d'un coup d'œil pour déceler ce qu'on voit tous en elle : le potentiel d'une star.

— Je ne sais pas… je suis sûre qu'Amanda Holden tient mieux l'alcool.

Je lui donne un petit coup sur le bras, elle feint la déception.

— D'accord, d'accord… je ne t'abandonnerai pas, pas même pour Amanda Holden.

Elle se cale contre moi.

— On s'est bien amusées quand même, non ?

Je ferme mes paupières aux cils humides et pose ma tête contre la sienne.

— Oui.

— Tu sais quel est mon souvenir préféré avec toi ?

Je ne peux pas répondre, j'ai une boule dans la gorge et des larmes roulent sur mes joues.

— À vrai dire, c'est plusieurs souvenirs. Chaque fois que tu t'es occupée de moi quand j'avais trop bu. Personne ne m'a jamais si bien retenu les cheveux quand je vomissais.

Un rire m'échappe à travers mes larmes.

— Tu as tellement de cheveux, en même temps. C'est un vrai défi.

— Et tu fais un café parfait le matin. Personne ne le réussit aussi bien. Même ma mère n'y arrive pas.

— Sar, tu prends quatre granules solubles dans de l'eau. On peut difficilement appeler ça un café.

— Je sais ! Mais tu es la seule à le comprendre. Tu me demandes toujours si je veux du café, et ensuite tu le fais comme j'aime. Quatre granules.

— Je pense qu'au bout du compte tu m'as préparé plus de tasses que l'inverse. En tout cas, tu m'as fait plus de sandwichs, c'est certain !

— Tu oublies toujours la mayo. Pourtant tu sais à quel point elle est essentielle. Comment tu vas faire pour survivre toute seule dans le vaste monde sans moi, Lau ?

Je passe ma manche sur mes joues humides.

— C'est pas comme si on n'allait jamais se revoir. Au pire, je n'aurai qu'à allumer ma télé. J'attendrai le jour où ils te feront glisser le long du poteau d'une caserne de pompiers.

— Mais moi, je ne pourrai pas te voir quand tu seras à l'autre bout du monde.

Je passe mon bras autour de ses épaules.

— Je ne m'en vais pas pour toujours.

— Ah ça ! T'as pas intérêt ! Et ne va pas coucher avec je ne sais quel moine yogi pour finir enceinte de ses douze bébés thaïlandais. Je te veux rentrée à Noël.

— Je ne pense pas que les moines aient le droit d'avoir des bébés, dis-je avec un rire forcé. Et je ne pars que quelques mois. Je serai rentrée à temps pour le nouvel an avec toi.

— Promis ?

Elle crochète son petit doigt au mien, comme une enfant, et ces maudites larmes reviennent encore parce qu'elle me rappelle une autre petite fille qui faisait ça, il y a bien longtemps.

— Je te jure que je reviendrai, Sarah. C'est promis.

20 septembre

Laurie

— Tu es sûre que tu as tout ? Antimoustiques ? Spray antiseptique ?

Je hoche la tête et serre fort dans mes bras ma mère, qui s'apprête à me laisser à l'aéroport. Son parfum et le cliquetis si familier de ses bracelets provoquent en moi un élan de nostalgie à l'idée de partir si loin de la maison.

— Lampe torche ? demande mon père.

Pragmatique, comme toujours.

— J'ai !

— Allez, venez par ici, mes nouilles, dit-il en nous englobant de ses bras. Faisons de cette séparation un souvenir heureux. C'est une nouvelle aventure !

Je me détache d'eux et m'essuie les yeux, riant et pleurant à moitié quand mon père amarre mon sac à dos sur mes épaules.

— Je sais, je sais !

— Alors, allez, bon vent ! conclut-il en m'embrassant sur la joue.

Je me penche pour dire au revoir à ma mère, la lèvre tremblante, puis recule d'un pas et prends une grande inspiration.

— Bon, j'y vais, maintenant.

Mon père a passé un bras autour des épaules de ma mère et, ensemble, ils acquiescent. Je suis sûre que je ne serais pas dans cet état si je ne partais pas toute seule. J'ai l'impression d'avoir quatorze ans, en me retournant pour leur faire signe une dernière fois. Maman m'envoie un bisou et Papa lève la main. Enfin, je me tourne et m'engouffre d'un pas décidé dans l'aéroport. La Thaïlande m'attend.

12 octobre

Laurie

— *Sawatdee kha.*

Je salue Nakul et il lève les pouces dans ma direction alors que je m'installe à une table branlante de son café sur la plage de Sunrise Beach. C'est un peu étrange, dit comme ça, mais j'ai l'impression que depuis que je suis arrivée, tout n'a été qu'un tourbillon de temples bouddhistes. Je le ressens comme une juxtaposition de sérénité absolue et de joyeux chaos. Impossible de s'ennuyer en Thaïlande. Ma tête est pleine du pays, et je me suis même découvert des muscles insoupçonnés. Après mon arrivée à Bangkok, je suis allée au nord, avec l'intention de m'immerger au plus vite dans la culture. Je craignais qu'en allant d'abord au sud je ne passe tout mon voyage dans un hamac sur la plage.

Mais à présent que j'en ai assez vu pour me permettre le luxe du repos, j'ai rejoint les plages les plus spectaculaires du sud de la Thaïlande. J'ai posé mes bagages dans un bungalow sur la plage pour trois fois rien. Il ne comporte qu'une pièce, mais c'est la mienne, pour moi seule, et je peux m'installer sur la véranda pour lire face à la mer. Je crois que je ne m'étais pas rendu compte à quel point j'avais besoin de cette pause, loin de la réalité. Ma première semaine en Thaïlande, j'ai pleuré presque en continu, alors que je faisais un trek dans la jungle avec un petit groupe de randonneurs. Je ne pleurais pas à cause de l'effort physique, même si c'en était clairement un. Des larmes chaudes, salées, de soulagement, pour me décharger de mon lourd fardeau au fil de mon parcours. Quelques semaines avant mon départ, j'avais revu *Mange, prie, aime* avec ma mère, et même si pour l'instant je suis très loin de trouver l'amour, j'ai plus ou moins la même révélation que Julia Roberts dans le film. Comme un malade en rémission, j'apprends à me pardonner pour mes erreurs et à reconnaître que je suis toujours moi, une fille bien, et une amie sincère, malgré ce qui s'est passé avec Jack. Peut-être qu'un jour je mériterai même d'être heureuse.

— Du café, Lau-Lau ?

Je souris, ravie de ce surnom écorché. Je viens ici tous les matins depuis mon arrivée à Koh Lipe il y a quatre jours. La magie de l'île pénètre progressivement ma peau et mes os. J'arrive enfin à me sentir bien quelque part, pour la première fois depuis des années.

Kahul pose une petite tasse blanche devant moi.

— *Khop khun kha.*

Mon thaïlandais est encore très hésitant, mais il me sourit quand même, considérant peut-être que j'ai le mérite d'essayer.

— Quoi de prévu aujourd'hui, Lau-Lau ?

Il me demande la même chose tous les matins, et chaque fois ma réponse est la même : rien de prévu aujourd'hui.

Koh Lipe n'est pas vraiment faite pour les hyperactifs. Tout l'intérêt de l'île est justement de se détendre. Il rigole et s'éloigne vers de nouveaux clients.

— Rien de prévu par une si belle journée ?

L'accent est anglais. Je me tourne vers la voix ; un mec s'installe à la petite table voisine. Il croise le regard de Nakul et le salue d'un sourire détendu avant d'étirer ses jambes dans le sable. Le soleil thaïlandais a doré ma peau, mais ce type est clairement à un autre niveau de bronzage. Son teint est noisette et ses cheveux noir de jais tombent sur son regard amusé.

— Rien de plus que faire trempette et lire.

— Un très bon programme. Qu'est-ce que tu lis ? Dis-moi que ce n'est pas *La Plage*.

— C'est pourtant un bon livre, je plaisante.

Non pas que ce n'en soit pas un, mais aucun voyageur qui se respecte ne peut admettre un choix si cliché.

— Mais non, je lis *Gatsby le Magnifique*.

À vrai dire, ma liste de lectures est totalement dictée par la pile que quelqu'un a abandonnée dans la cabane. Mais mieux vaut lui laisser croire que je suis suffisamment éduquée pour me balader avec du Francis Scott Fitzgerald dans mon sac à dos à l'autre bout du monde.

— Fourni avec le bungalow ?

— Grillée.

— Tu aurais pu mentir, je t'aurais crue.

— Je trouve les mensonges trop encombrants.

Il me regarde fixement. Rien d'étonnant à ça, on dirait que *Gatsby le Magnifique* m'est monté à la tête. Puis il me tend la main par-dessus l'espace entre nos deux tables.

— Salut, moi, c'est Oscar. Et aujourd'hui j'ai prévu de passer la journée avec toi.

— On dirait une étoile de mer.

Oscar me frôle doucement avec la rame du kayak et je le laisse me faire tourner, sur le dos, les yeux mi-clos sous les rayons aveuglants du soleil. Au-dessus de moi, il n'y a que le ciel bleu, et sous moi, l'eau chaude dont Oscar m'asperge le ventre en pagayant.

— C'est parce que j'ai l'impression d'en être une.

Fidèle à son annonce, Oscar a passé la journée avec moi. D'habitude, j'ai un peu de mal avec les personnes qui débordent de confiance en elles, mais quelque chose en moi a décidé de faire l'inverse de ce que j'aurais fait en temps normal. Il est arrivé en Thaïlande plusieurs mois avant moi, et il a choisi de rester à Koh Lipe quand ses compagnons de voyage sont retournés au Royaume-Uni. Ce qui explique son bronzage d'autochtone.

— Tu en as déjà mangé ? Ils les vendent en bâtonnets comme des sucettes sur Walking Street.

J'ouvre les yeux, horrifiée, avant de comprendre qu'il plaisante.

— Très drôle.

Il se prélasse sur l'embarcation, le menton appuyé sur son avant-bras, et ses doigts dessinent des formes dans l'eau. J'envoie quelques gouttelettes sur son nez parfaitement droit. J'admets qu'il est extrêmement séduisant, dans le genre Apollon. Et il dégage l'assurance qui va avec la richesse, cet air dissolu et débonnaire. Je sais, je sais : qui utilise encore ce vocabulaire ? Apparemment moi, après une journée passée à boire de la bière en lisant *Gatsby le Magnifique* dans un hamac. Comme si, à l'autre bout du monde, on pouvait être une personne différente.

— Je peux t'inviter à dîner ce soir ?

Je me remets à flotter sur le dos et ferme les yeux.

— Tant qu'il n'y a pas d'étoile de mer au menu.

— Je pense que c'est une promesse que je peux tenir.

Je repasse sur le ventre pour nager. En quelques brassées, je suis au kayak, les doigts agrippés au rebord, le visage à quelques centimètres de celui d'Oscar.

— Pas de promesses entre nous, je déclare.

Il me lance le même regard perplexe qu'à notre rencontre au café de la plage ce matin, puis se penche pour caresser mes lèvres des siennes. Elles ont un goût de chaleur et de sel.

— Tu m'intéresses, l'étoile de mer.

13 octobre

Laurie

Oscar Ogilvy-Black. Ça en jette, pas vrai ? Je ne crois pas que nos chemins se seraient croisés à Londres, mais ici, en Thaïlande, l'étiquette en matière de rencontres amoureuses n'a plus d'importance. Il me dit qu'il est dans la finance, mais que ça ne fait pas de lui un branleur, et je lui confie mes espoirs de percer un jour dans le journalisme. Je dois admettre que je l'ai jugé un peu vite quand on s'est rencontrés. Derrière son snobisme certain, il a de l'humour, de l'autodérision, et quand il me regarde, la gentillesse dans ses yeux me fait fondre.

— Tu ne comptes pas être une de ces rédactrices de rubriques à potins, j'espère ?

Je fais mine d'être offusquée, puis soupire d'un contentement un peu niais, parce qu'il me tient la main alors qu'on se balade sur la plage après avoir dîné.

— Est-ce que j'ai l'air d'en avoir quelque chose à faire du look des célébrités ?

Il détaille mon short en jean, mon débardeur noir et les ficelles jaunes de mon Bikini qui dépassent.

— Euh… peut-être pas, conclut-il avec un rire.

— Dis donc, tu n'es pas non plus en costume et mocassins, je proteste, alors qu'il examine avec humour son propre short déchiré et ses tongs.

Riant toujours, on arrive à mon bungalow, et j'enlève mes chaussures sur la terrasse.

— Tu veux une bière ?

Il acquiesce et laisse ses tongs à côté de mes sandales avant de s'affaler sur mon énorme pouf, les mains calées sous la tête.

Je m'affale à côté de lui avec les deux bières.

— Fais comme chez toi.

Il se tourne sur son flanc pour me regarder.

— Sûre ?

— Pourquoi ? Qu'est-ce que tu ferais si tu étais chez toi ?

Il passe son tee-shirt par-dessus sa tête, se retrouvant en short. La lune éclaire son torse chocolat.

— Je me mettrais à l'aise.

Pendant un instant, j'envisage de me moquer – sérieusement, c'est quoi cette réplique ? –, mais je décide de l'imiter et de retirer mon débardeur. Après tout, pourquoi pas ? Oscar est tout l'inverse de ma vie : insouciant, simple.

— C'est vrai, moi aussi.

Il tend le bras derrière moi pour que je m'installe contre lui, son torse est chaud. Je me sens aussi libre que les petits oiseaux rose pâle qui volent devant mon bungalow à l'aube.

Par la fenêtre, je vois les fines silhouettes des bateaux thaïlandais amarrés près de la rive, prêts pour le départ matinal. Au fond, le ciel sombre est parsemé d'étoiles.

— Je ne me souviens pas de la dernière fois où je me suis sentie si sereine.

Oscar prend une longue gorgée de bière, puis pose sa bouteille au sol avant de répondre :

— Je vais me sentir insulté. Moi qui t'espérais scandaleusement allumée.

Je ris doucement contre son torse et me redresse pour le regarder.

— Je crois que je pourrais l'être.

Il remonte doucement le bras pour faire glisser sa main derrière ma nuque et détache lentement la ficelle de mon haut de maillot de bain. Le tissu jaune tombe, mais son regard reste ancré dans le mien alors que sa main redescend entre mes omoplates.

— Maintenant c'est moi qui suis scandaleusement excité.

Il passe un doigt sur ma peau, depuis mes clavicules jusqu'au bouton de mon short, puis baisse les yeux vers mes seins nus. Un souffle de brise fait tinter le carillon suspendu au coin du bungalow quand son corps s'enfonce sur le mien dans le pouf et qu'il prend mon téton dans la chaleur de sa bouche. Un désir violent, tourbillonnant se réveille dans mon corps comme une pieuvre dont les tentacules font frissonner mes membres. Lourd dans mon bas-ventre, vif dans ma poitrine. Je plonge mes mains dans les cheveux épais d'Oscar et attire sa tête à moi. Je n'aurais jamais cru pouvoir ressentir ça avec un autre que Jack, mais quelque chose dans cet endroit, et chez Oscar, m'a libérée.

Au moment d'ouvrir la boutonnière de mon short, il lève la tête pour me consulter. Je suis contente de voir que c'est ce genre d'homme. Sa respiration est saccadée et ses yeux me supplient de continuer, mais je sais qu'il s'arrêterait si je le voulais, et ça suffit à me rassurer.

— Tu as un préservatif ? je chuchote en lui caressant les cheveux.

Pourvu que oui.

Il me bascule sous lui et m'embrasse lentement, si sensuellement que je l'emprisonne dans mes bras pour le retenir plus longtemps.

— Je crois, souffle-t-il. Enfin, j'espère juste qu'il n'est pas périmé.

Tout en continuant de m'embrasser, il fouille dans sa poche arrière, pose son portefeuille à plat sur le sol et en sort un sachet couleur aluminium. Il y jette un coup d'œil, avant de me le confier.

Enfin, il se redresse. Cette fois, il se dédie entièrement à la tâche d'ôter mon short. Ses doigts sont assurés, fermes, et font glisser le jean jusqu'à ce que je me retrouve en bas de Bikini jaune.

Il écarte mes cuisses, s'agenouille entre elles et attrape mes mains de chaque côté de mon corps.

— Tu sais ce que tu es ?

Je lui lance un regard interrogateur.

— La plus sexy des étoiles de mer.

Je ferme les yeux et mon rire est coupé par mon souffle quand je sens la chaleur de sa bouche sur le tissu soyeux de mon Bikini.

Tous les atomes de mon corps lui crient de poursuivre, tandis qu'il se débarrasse de ses derniers vêtements. Pendant une seconde, nous échangeons un regard éloquent. Toute une conversation silencieuse pendant laquelle je lui fais savoir que je sais qu'il fuit la responsabilité et le stress de la vie qui l'attend à

Londres et lui qu'il peut calfeutrer les blessures de mon cœur et me faire aller mieux. Les promesses que nous avions juré de ne pas faire. Enfin il revient sur moi et j'oublie tout, sauf le moment présent.

Quand je me réveille, il est assis sur les marches devant le bungalow et contemple les nuances roses et violettes du ciel qui annoncent l'aurore.

Je m'installe à côté de lui, un plaid à motif éléphants sur les épaules. Il se tourne vers moi.

— Dis, l'étoile de mer, tu veux m'épouser ?

Je ris doucement et me lève pour aller faire du café.

29 novembre

Laurie

J'étais censée rentrer à la maison il y a des semaines, et pourtant je suis toujours en Thaïlande avec Oscar.

Oscar, Oscar, Oscar. Qui l'eût cru ? Je pense qu'on vit tous les deux dans le déni, en attendant d'être prêts à rentrer dans le monde auquel on appartient. Mais qui a dit qu'on devait rester toute une vie au même endroit ? Pourquoi serais-je faite pour l'Angleterre, où tout est gris, confus et compliqué ? Sans mes proches et ma promesse faite à Sarah, je resterais sur cette plage et j'aurais des douzaines de bébés, mais pas avec un moine thaïlandais. D'après Maman, en Angleterre, la pluie est revenue pour de bon, comme un cousin qu'on n'aime pas trop à Noël, alors qu'ici, elle est aussitôt chassée par le soleil radieux. Je ne crois pas avoir déjà eu plus froid que le jour où Jack m'a embrassée dans une petite rue de Londres il y a presque douze mois, et je ne crois pas avoir déjà eu aussi chaud qu'ici, à Koh Lipe, avec Oscar. Mon sang, mes os, ma peau, tout est réchauffé.

Parfois, quand on est allongés sur la plage, dans un hamac, ou au lit, j'écoute le doux son des vagues et je rêve que nous sommes des naufragés échoués sur une île déserte, destinés à passer le restant de nos jours à manger le poisson de notre propre pêche et à faire l'amour comme dans les films. De temps en temps, on entendrait le moteur d'un avion dans le ciel azur, et on se cacherait sous les arbres au lieu d'écrire un SOS dans le sable.

12 décembre

Bien le bonjour depuis le bout du monde, les amoureux !

J'espère que vous ne vous pelez pas trop les miches au nord, ha ha !

L'Australie, c'est du bonheur en barres. Jack s'adapte tellement bien que j'ai l'intention de lui acheter un chapeau avec des bouchons de liège et de le surnommer Crocodile Dundee. Il a même visité une station de radio à Melbourne ; sérieusement, s'ils lui proposent un poste, je ne pense pas qu'il rentrera à la maison. Ah, sauf que, petit détail : il a une frousse PAS POSSIBLE *des serpents. Je ne le savais pas avant d'en trouver un minuscule sur notre balcon la semaine dernière, il a pratiquement réveillé tout le quartier avec ses hurlements. Il a fallu que je le soudoie avec du brandy pour le faire descendre du fauteuil. Heureusement que je suis là pour le protéger.*

Oscar ! prends bien soin de ma Laurie, j'ai hâte de te rencontrer !

Laurie, il faut absolument qu'on fasse un truc tous les quatre, tu me manques.

Plein de bisous, Sarah

PS : Jack te passe le bonjour :)

2012

Résolutions du nouvel an

1) De gré ou de force, je rentre à Londres cette année pour décrocher le job de mes rêves dans un magazine.
   J'ai trop longtemps laissé mes ambitions mijoter à feu doux, entre la Thaïlande et Oscar, et puis je veux être présente pour Papa et Maman. Beaucoup de raisons et d'explications, mais ce sont surtout de fausses excuses. La vérité, c'est que j'évitais Jack.
   Alors, j'ai décidé qu'il était temps d'arrêter tout ça. Sarah me manque beaucoup trop, et l'effervescence de Londres aussi. Je vais démissionner de mon job à l'hôtel du coin ; jusque-là, mon CV n'est rempli que de petits boulots temporaires pour me faire de l'argent de poche en attendant de commencer le reste de ma vie. Eh bien, j'en ai marre d'attendre. Le reste de ma vie commence maintenant.
2) Et puis il y a Oscar. Oscar Ogilvy-Black, l'homme qui m'a trouvée sur une plage de Thaïlande et m'a proposé de l'épouser dès le premier matin

devant le lever du soleil. Il m'a redemandée en mariage des dizaines de fois depuis, en général après une partie de jambes en l'air, ou après plusieurs verres. C'est devenu une blague entre nous. Enfin, je crois que c'est une blague.
Je ne sais pas trop quelle est ma résolution du nouvel an concernant Oscar. Essayer de le garder, je crois, et de cultiver les sentiments que j'ai pour lui, malgré le retour à la réalité.

3) Oh, et j'ai décidé de laisser une deuxième chance aux faux cils. Parce qu'une paupière gluée ne suffit pas à décourager une femme comme moi.

3 janvier

Laurie

— Je stresse.

Dans une rue pavée de Londres, une main dans celle d'Oscar, je rajuste le col de mon manteau en laine. Je porte une broche. Qui aurait cru que ça existait encore ? Personne de moins de trente ans, c'est certain. C'est dire à quel point je désespère de faire bonne impression.

Je triture le petit bijou en forme de marguerite et demande à Oscar :

— Est-ce que ça fait trop ?

— Mais enfin, arrête, Laurie. On va voir ma mère, pas la reine, répond-il, hilare.

Je ne peux pas m'en empêcher. Tout semblait tellement plus simple en Thaïlande. On a appris à se connaître privés de tout ce qui ne tenait pas dans un sac à dos. Ici, avec les attributs de nos quotidiens respectifs, les différences sont d'autant plus saisissantes. Je suis redevenue la fille totalement inadaptée à la vie en société, et Oscar est bien plus mondain que je ne l'imaginais.

Il s'arrête devant une porte noire laquée au milieu d'une rangée de maisons de ville.

— Voilà, on y est. Arrête de gigoter, tu es très bien.

En attendant que quelqu'un vienne ouvrir, je prie pour que la mère d'Oscar apprécie le bouquet de roses blanches que j'ai acheté sur le chemin. Et si elle était allergique ? Non, Oscar me l'aurait dit. Je piétine, nerveuse, quand la porte s'ouvre enfin.

— Oscar, mon chéri.

Lucille Ogilvy-Black n'appartient techniquement pas à la royauté, mais il y a sans conteste quelque chose de royal dans le brushing parfait de ses cheveux blancs et raides coiffés en arrière. Elle est toute vêtue de noir, ce qui offre un contraste majestueux avec le rang de perles à son cou.

— Maman, je te présente Laurel.

Il rompt leur étreinte et passe une main au creux de mon dos pour m'encourager à avancer. Je fais un pas avec mon meilleur pied, et je souris. Elle accepte les fleurs avec un signe de tête gracieux. Physiquement, elle ne ressemble pas du tout à Oscar, et elle ne dégage certainement pas le même tempérament chaleureux. Je les suis dans le couloir immaculé et suspends avec gêne mon manteau. Le compliment sur la magnifique maison, c'est fait. Maintenant, la panique peut vraiment commencer à monter, parce que j'ai usé tout mon quota de conversation formelle.

Elle nous sert le thé dans le petit salon ; je ne peux m'empêcher d'y voir une forme d'entretien d'embauche pour un poste que je n'ai aucune chance de décrocher. Je suis l'intérim qui espère un poste de cadre.

— Que fait votre père, Laurel ?

— Il a pris sa retraite depuis peu. Avant ça, il possédait une entreprise de nettoyage. Mon frère Daryl a pris le relais.

Je ne peux pas en jurer, mais il me semble avoir vu Lucille tressaillir.

— Ma mère y travaille aussi, elle gère la compta.

L'expression sur le visage de la mère d'Oscar est on ne peut plus claire. Elle nous prend pour une bande de femmes de ménage de province. Machinalement, mes doigts attrapent mon pendentif violet. Mes parents ont créé leur entreprise il y a vingt-cinq ans et elle compte à présent une cinquantaine d'employés, mais je n'ai pas envie de me justifier. Plus l'air de Lucille Ogilvy-Black se fait méprisant, moins j'ai envie de l'impressionner.

Elle s'excuse et quitte la pièce. Je ne serais pas surprise qu'elle soit partie cacher l'argenterie de peur que je ne glisse une fourchette dans mon sac à main. Le piano à queue devant la fenêtre en saillie accueille un grand nombre de cadres. Je remarque aussitôt (probablement parce qu'elle a été placée bien en évidence) une grande photo d'Oscar avec une blonde en tenue de ski. Les deux sont bronzés et rient aux éclats face à l'objectif. Je vois ce cliché pour ce qu'il est : une preuve d'intimidation silencieuse, exposée par la mère d'Oscar.

On a beaucoup parlé de sa famille pendant nos nombreuses discussions nocturnes dans le bungalow en Thaïlande. Ce qui signifie que j'en sais sûrement bien plus que Lucille ne le souhaiterait.

Je sais que le père d'Oscar était un goujat paresseux qui avait la main lourde avec sa riche épouse, derrière les portes closes. Mon cœur s'est déchiré par endroits quand Oscar m'a raconté combien il avait essayé de protéger sa mère, et à quel point ils sont proches depuis que ses parents se sont séparés. Il était bien plus présent que son frère aîné, et par conséquent, sa mère et lui sont inséparables. J'étais, et je suis toujours impressionnée par sa capacité à être un pilier pour elle. Et naïvement, je m'attendais à trouver une femme chaleureuse et, disons, maternelle. J'imaginais qu'elle serait contente de voir son fils avec une femme qui le rend heureux. Mais le moins qu'on puisse dire, c'est qu'elle a l'air franchement hostile à mon intrusion. Peut-être qu'elle finira par m'apprécier.

10 mars

Laurie

— C'est dingue ce que tu m'as manqué, l'étoile de mer. Entre, vite, que je puisse te faire tout un tas de choses scandaleuses.

Maintenant que je suis retournée vivre chez mes parents, plusieurs semaines peuvent s'écouler avant que l'on puisse se voir. Ça fait des lustres que je ne suis pas venue. Oscar m'attire à l'intérieur, me débarrasse de mon sac pour le week-end et me prend dans ses bras. Oui, nous sommes de ces couples ridicules qui se trouvent des surnoms niais à souhait.

Nous. Au moins, il y a un « nous ». Et c'est incroyable. Je ne me suis jamais sentie si désirée ni dorlotée de toute ma vie. Oscar ne cache pas ses sentiments. Parfois, il me regarde de manière si intense que je me sens obligée de regarder par-dessus mon épaule, juste pour vérifier que Jennifer Lawrence n'est pas dans le coin.

— Laisse-moi au moins enlever mon manteau, je proteste en riant.

Il le déboutonne et le fait glisser sur mes bras. Puis jette un coup d'œil à mon jean et à mon gros pull.

— Une petite partie de moi espérait que tu serais nue en dessous.

— J'y ai pensé, mais je ne voulais pas choquer le chauffeur du taxi.

— On est à Londres, tu te souviens ? Pas chez les péquenauds. Ici, tu pourrais te balader à poil et avoir quatre jambes sans choquer personne.

Ses yeux pétillent quand il ajoute :

— Sauf moi, bien sûr. Je m'en rendrais compte si tu étais nue.

— Je ne vis pas chez les péquenauds.

À l'entendre, on croirait que Birmingham est un trou paumé peuplé de paysans. Oui, la maison est en bordure de la banlieue, dans un petit village typique de la ceinture verte. Et je comprends, lui est un Londonien pur jus. Les grands espaces et l'absence de taxis noirs étaient une nouveauté pour lui quand je l'ai invité à rencontrer ma famille pour Noël.

Ça n'a pas été une grande réussite, pour être honnête. Il s'est montré parfaitement adorable, et mes parents ont été très polis, mais les points communs étaient difficiles à trouver. Papa a essayé de parler foot, mais Oscar est plutôt rugby. Oscar a tenté le sujet du whisky pur malt, mais mon père est plutôt bière artisanale. Je pense qu'on était tous soulagés quand le séjour a pris fin.

— Tellement de nature partout, a-t-il marmonné.

Dans sa bouche, ça ne sonnait pas vraiment comme un compliment.

Mais ce n'est pas le moment de me replonger dans ce souvenir. Aujourd'hui, ce sont nos grandes retrouvailles après six semaines de séparation, et je ne veux pas commencer à ruminer sans raison.

— Est-ce que je peux utiliser tes toilettes ?

Il tend le bras derrière moi pour pousser une porte.

— Tadaaaa.

— Attends-moi là, je reviens dans une seconde.

Dans la pièce digne d'un magazine de décoration d'intérieur, je pousse le verrou, me déshabille entièrement, puis ne remets que mon manteau, soigneusement ceinturé. La doublure soyeuse contre ma peau me fait sentir soudain très sexy et prête à m'abandonner à toutes sortes de choses scandaleuses avec Oscar.

— Laurie…

J'ouvre grand la porte et lui lance un regard malicieux. Puis, sans un mot, je remonte le couloir, sors de l'appartement et ferme la porte d'entrée derrière moi. Enfin, je toque.

— Qui est là ?

Sa voix est amusée, pleine de mauvaises intentions. Alors je fais de mon mieux pour prendre des intonations coquines :

— C'est Laurie. Ouvre, je veux te montrer à quel point tu m'as manqué.

Il prend son temps, s'adosse au chambranle, les bras croisés, même si ses yeux expriment tout sauf de la nonchalance. Je l'observe, moi aussi. Son jean noir, sa chemise hors de prix, ses pieds nus toujours bronzés – comment est-ce possible ?

— Tu es un peu trop habillé, je déclare. Je peux entrer ?

Il ne se décale pas pour me laisser passer, mais tend la main pour dénouer ma ceinture. Je ne fais pas un geste pour l'arrêter lorsqu'il déboutonne mon manteau avec une lenteur délibérée, se passant inconsciemment la langue sur la lèvre supérieure.

— Tu promets que tu reviendras toujours me voir dans cette tenue ?

— On a dit qu'on ne se faisait pas de promesses, tu te souviens ?

Attrapant les pans de mon manteau, il m'attire à l'intérieur, claque la porte derrière moi et me plaque contre elle avant de glisser ses mains chaudes sous le tissu.

Une main sur mon sein, mi-rieur, mi-gémissant, il chuchote :

— Je m'en souviens. Maintenant, arrête de parler et viens au lit.

Jack

— Allez, Sar, on va être en retard.

C'est toujours la même chose. Sarah vit sur une échelle de temps élastique et s'imagine que les minutes vont s'étirer en fonction du rythme auquel elle a envie de se préparer pour sortir.

— Comment tu me trouves ?

Elle apparaît sur le seuil du salon, et aussitôt, je lève le nez du journal que sa coloc a laissé sur la table, captivé. Comme n'importe quel homme le serait. Sarah est magnifique.

— Nouvelle robe ?

Je traverse la pièce pour faire courir mes mains sur le cuir bordeaux. Il colle à ses formes comme une seconde peau, et s'arrête à mi-cuisses. Mes doigts s'attardent sur ses jambes nues, remontant lentement la jupe jusqu'à atteindre le satin de sa culotte.

Un petit sourire satisfait se forme sur ses lèvres.

— Je vais prendre ça comme un compliment.

Je l'embrasse dans le cou.

— Oui, fais donc.

Puis je passe une main derrière sa tête et presse ma bouche sur le creux entre ses clavicules. Elle s'écarte d'un pas et soupire.

— Non, Jack. On est déjà assez en retard.

Je la regarde droit dans ses yeux parfaitement maquillés.

— Je peux faire vite.

— Ah ça, c'est clair.

— Qu'est-ce que tu insinues, là ?

Elle se tait trop longtemps, baisse les yeux vers ses talons à plate-forme, puis les ramène vers moi.

— Juste que… Non, rien. Ce n'est pas le moment de nous disputer, on est tous les deux très occupés. Allons-y.

Sans blague. Si ma vie est déjà remplie au maximum, Sarah n'aide pas, en nous entraînant dans tous les sens à la fois, et généralement dans des directions opposées. J'ai dû changer mon planning au boulot ce week-end pour pouvoir enfin trouver un créneau pour voir Laurie et cet Oscar Farquhar-Percival-McDougall-Truc dont on me rebat les oreilles. Et où ça ? Comme par hasard, à son gentlemen's club.

— Tu as prévu de sortir habillé comme ça ?

Je jette un coup d'œil perplexe à mes vêtements, comme si je ne voyais pas où elle voulait en venir. Mon jean est déchiré, mais c'est fait exprès, j'ai payé cher pour avoir l'air si nonchalant. Peut-être que c'est mon tee-shirt au slogan « Star Fucker » qui ne lui plaît pas ; je reconnais que l'ironie n'est pas si subtile. Je commence enfin à être vaguement reconnu en tant qu'animateur radio, et il faut bien cultiver le look du poste, même si la nuance n'est pas toujours perceptible entre hipster et branleur.

— Oui, Sarah. J'y vais comme ça.

J'attrape la veste en cuir vintage qu'elle m'a offerte pour Noël l'an dernier et l'enfile, juste pour prouver que je n'ai pas l'intention de me changer.

Elle vérifie son rouge à lèvres impeccable dans le miroir de l'entrée et prend son manteau et son sac.

— OK.

Elle s'élance dans les escaliers avec une assurance débordante sur ses talons déraisonnablement hauts. Je la suis en essayant d'oublier ma mauvaise humeur.

J'arrive à attraper sa main juste avant qu'elle n'atteigne le trottoir.

— Sarah… ne nous disputons pas ce soir. Tu m'as manqué cette semaine.

Je caresse sa joue veloutée, puis je saisis son menton délicat. Si je n'avais pas peur d'abîmer son rouge à lèvres, je passerais mon pouce sur sa bouche sensuelle.

— Tu es vraiment canon dans cette robe. Je pense déjà au moment où je vais te l'enlever.

Je la vois s'adoucir, comme prévu.

— Espèce de beau parleur.

— Tu me connais.

— Oui.

Elle tourne légèrement son visage pour mordiller mon pouce.

— Maintenant appelle-nous un taxi, andouille. Je gèle.

Laurie

J'ai l'air débile de stresser ? Ce n'est que Sarah et Jack, mes plus vieux et meilleurs amis. Je veux juste qu'Oscar leur plaise autant qu'à moi, c'est tout. Ça fait beaucoup trop longtemps qu'on ne s'est pas vus, notre projet du réveillon est tombé aux oubliettes avec l'arrivée d'Oscar. C'est la première fois qu'on parvient à se libérer depuis le nouvel an. On dirait que la vie nous éparpille tous dans des directions différentes. Ils ne sont pas encore là, et Oscar est en pleine conversation avec le barman à l'autre bout de la pièce : il veut que la première tournée soit parfaite. Il m'adresse un sourire éclatant quand il remarque que je l'observe. Ses yeux s'attardent sur moi plus longtemps que ne le voudrait la décence, pour me signifier qu'il se remémore clairement notre après-midi au lit.

C'est moi qui détourne le regard en premier, distraite par l'arrivée de Sarah et Jack. La joie rayonne dans mon cœur à la vue de la crinière rousse de Sarah, même si elle a atténué le rouge vif pour passer à un acajou intense, et que les nattes de Delancey Street ont été remplacées par des ondulations brillantes.

Machinalement, je porte la main à mon chignon en vrac, un instant nerveuse. Un immense sourire apparaît sur son visage, et son pas hésitant est remplacé par de grandes foulées pour me rejoindre.

À vrai dire, je suis contente qu'Oscar ne soit pas là tout de suite. Ça me laisse quelques secondes rien qu'avec Sarah, comme au bon vieux temps. Son étreinte vigoureuse transmet toutes ses émotions.

— Je suis tellement contente de te voir !

— Lau ! Ça fait beaucoup trop longtemps.

On s'écarte un instant pour s'observer. J'examine sa robe outrageusement sexy, et la laisse noter mon éternelle robe noire, qu'elle a déjà vue un millier de fois, et probablement elle-même portée un soir ou deux. Je l'ai accessoirisée avec une ceinture peau de serpent et, à mon cou, la petite étoile de mer en or et diamant qu'Oscar m'a offerte pour Noël. Jusqu'à ce qu'elle débarque, je me sentais plutôt glam, dans le genre chic discret. C'est toujours Sarah, mais comme après un relooking à la télé, ce qui est le cas, en quelque sorte. Son boulot a transformé ma grande gueule adorée en mannequin. Jusqu'au moment où elle ouvre la bouche et jure comme un charretier. Ouf ! Au moins ça ça n'a pas changé.

— Bordel ! s'écrie-t-elle en essuyant le mascara sous ses yeux. Je ne suis jamais aussi émue en revoyant ma vraie sœur. Qu'est-ce que je t'aime, Laurie James !

J'éclate de rire et serre ses doigts dans les miens.

— Moi aussi, je t'aime. Je suis si heureuse que tu sois venue.

Jack s'avance à son tour, et je me prépare pour la chute. Je n'ai aucune idée de comment me comporter avec lui. Je ne sais pas non plus si j'arriverai à être à l'aise en sa présence. J'ai repoussé au maximum le moment de le revoir, une tactique qui fonctionnait à merveille jusqu'à cet instant, où je me rends compte que je ne suis absolument pas prête.

Il me regarde droit dans les yeux, fixement. Je suis percutée de plein fouet par une sensation de manque douloureusement familière. Chassez le naturel, il revient au galop.

— Content de te revoir, Laurie.

Avec horreur, je le vois hésiter à me serrer la main, mais il change d'avis et m'attire dans une étreinte. Son parfum envahit mes narines, un mélange chaud d'épices et d'agrumes, probablement offert par Sarah, avec son odeur indescriptible et inoubliable. Mais il est là, contre moi, et je ferme les yeux pour sentir la chaleur de son corps à travers son tee-shirt totalement inapproprié. Il dépose un baiser sur mon front. Des retrouvailles on ne peut plus normales. Il n'y a rien à y lire, d'autant que, maintenant, je suis avec Oscar.

— Bonne année, murmure-t-il dans mes cheveux.

Il a l'air gêné, et je m'écarte avec un petit rire.

— Tu as trois mois de retard, idiot.

— Alors, il est où ? demande Sarah.

Elle balaie le bar du regard et Jack reprend sa place à côté d'elle, un bras autour de sa taille. C'est fou ce qu'ils ont changé en si peu de temps, et comme ils ont l'air adultes par rapport à moi. Ça reste subtil : un vernis brillant sur elle, une couche d'assurance sur lui. Oscar l'a aussi, d'une certaine manière. Il a fièrement endossé son rôle de bras droit de son frère à la banque, et même si on se parle presque tous les jours, je suis consciente du fossé qui se creuse entre nous. Une conséquence inévitable quand on a des vies si différentes, j'imagine. Il est à Londres, se fait de nouveaux amis, dîne dans les derniers restaurants à la mode, et moi je suis retournée vivre chez mes parents à Birmingham. Peut-être que c'est dans ma tête, parce que je complexe de ne toujours pas avoir de boulot. Ou peut-être suis-je tout simplement jalouse.

Tout le monde ne peut pas réussir dans la vie, pas vrai ? Il y a ceux qui sortent du lot, et ceux qui se contentent du reste. Je croise le regard d'Oscar qui nous rejoint avec un plateau impressionnant de cocktails. Je lui adresse un clin d'œil discret en me décalant pour qu'il puisse poser les verres sur la table. Dans son dos, Sarah lève les pouces d'un air approbateur. Sans regarder Jack, j'attrape la main d'Oscar, qui se redresse. Ce que j'adore chez Sarah, c'est qu'elle ignore totalement les conventions sociales. Avec un naturel fou, elle lui tape la bise et s'empare de sa main libre.

— Tu dois être Sarah, dit Oscar avec un grand sourire.

Pendant un instant, ils s'observent en silence. Je me demande s'il s'attendait à voir une fille comme elle et si elle le trouve à la hauteur de ce qu'elle imaginait. Personne ne parle. Je pense que Sarah, Jack et moi sommes en train de nous demander comment Oscar pourrait s'intégrer à notre trio. Est-ce qu'il aura un poids égal ? Ou est-ce qu'on va lui assigner une place temporaire dans un coin, un espace à occuper le temps de décider s'il mérite une résidence plus permanente ?

Sarah n'a pas lâché sa main.

— Et tu dois être Oscar. Viens par là, que je puisse te regarder un peu.

Elle fait mine de l'examiner sous toutes les coutures, et il attend humblement son verdict, avec l'air solennel d'un écolier devant la directrice.

— J'approuve !

Le regard de Sarah passe d'Oscar à moi, puis elle se tourne vers Jack et l'attire au sein du cercle.

— Je te présente Jack.

C'est à mon tour de retenir ma respiration. Oscar est le premier à tendre la main, Jack laisse délibérément passer un petit temps avant de faire de même. Sarah lui donne un léger coup d'épaule pour détendre l'atmosphère.

— Regarde-toi, à jouer au grand frère. Tu sais que Laurie en a déjà un vrai pour ce genre de choses, tu peux baisser la garde, soldat.

— Tu ne comptes pas me demander quelles sont mes intentions envers Laurie, j'espère ? Parce que je t'assure qu'elles sont très très mauvaises.

— Oh, je commence déjà à bien l'aimer ! s'exclame Sarah avec ravissement.

Oscar la remercie en lui tendant un cocktail à base de champagne, et m'attribue le même. Pour Jack, Oscar en a prévu un autre, dans un verre à whisky à glaçons. Jack fait la moue devant le liquide ambré.

— Ils appellent ça un Pénicilline, explique Oscar. Whisky, gingembre et miel. C'est presque bon pour la santé.

— Je suis plutôt bière, pour être honnête, mais je veux bien tout essayer une fois.

Le sourire d'Oscar fléchit légèrement, mais il lève aussitôt son verre, et nous l'imitons tous.

— À quoi devrait-on trinquer ?

— Aux vieux amis, répond Jack.

— Et aux nouveaux, intervient Sarah en adressant un immense sourire à Oscar.

Nos verres tintent ; je jette un miniregard à Jack, en espérant qu'il transmette un mégamessage. *T'as pas intérêt, Jack O'Mara. Tu vas arrêter ton cirque tout de suite.*

Il semble l'avoir reçu, car il se tourne vers Oscar pour lui poser des questions sur la Thaïlande, me laissant tout le loisir de papoter avec Sarah.

— C'est classe, comme lieu, chuchote-t-elle.

Son regard pétillant passe en revue les moindres détails du club. Je souris, parce que j'étais sûre qu'elle allait adorer.

— T'as vu ça ? Oscar voulait vraiment faire bonne impression.

— Tout homme qui commande des cocktails au champagne et fait sourire ma meilleure amie a mon vote.

Je jette un coup d'œil vers Jack et Oscar tout en écoutant Sarah. Ils font à peu près la même taille, mais c'est bien la seule chose qu'ils ont en commun. Les cheveux blonds de Jack sont sempiternellement en bataille, comme s'il y passait ses mains toutes les deux minutes, tandis que les ondulations noires aux légers reflets bleutés d'Oscar tombent parfaitement sur ses sourcils. Il a hésité plus longtemps que moi sur sa tenue de ce soir, se demandant si sa chemise à rayures faisait trop trader, et sa veste en tweed trop directeur d'école. Finalement, il a opté pour une chemise en lin bleu qui me rappelle la Thaïlande. À vrai dire, ce que porte Oscar n'a pas vraiment d'importance.

Il vient d'un milieu riche et dégage un air aristocratique impossible à camoufler, même en sweat à capuche. Je me demande si je lui aurais adressé la parole, si on s'était croisés ailleurs que sur une plage, où tous les corps sont plus ou moins égaux. Ça a presque été un choc des cultures de le découvrir si apprêté quand on s'est revus pour la première fois en Angleterre. J'espère que Jack sera capable de passer outre à son apparence policée. Lui a choisi le look « saut du lit après une nuit avec une mannequin » d'où émane une certaine arrogance. Si je ne savais pas qu'il vaut mieux que ça, je pourrais croire qu'il s'agit d'une stratégie réfléchie pour saper Oscar. Mais parce que je veux croire qu'il n'est pas si mesquin, je laisse couler et me contente de les observer ensemble. Si différents. Et si importants à mes yeux. J'avale une gorgée de mon cocktail et reporte mon attention pleine et entière sur Sarah.

— Alors, quand est-ce que je te vois glisser le long d'un poteau de caserne de pompiers ?

— Je suis considérée comme une journaliste sérieuse, madame. On ne m'envoie que sur les sujets les plus importants. J'ai rencontré Gok Wan la semaine dernière.

— Tu plaisantes !

— Eh non ! Il m'a même complimentée sur mes chaussures.

— Tu l'as interviewé ?

Elle laisse planer le doute, puis éclate de rire et secoue la tête.

— J'étais derrière lui dans la file de Prêt à Manger à Covent Garden. Mais il a vraiment dit qu'il aimait mes chaussures.

— Lorraine Kelly ferait bien de surveiller ses arrières. Et je ne plaisante qu'à moitié.

— Alors… toi et Oscar ?

Elle se penche vers moi et baisse le ton pour demander :

— C'est du sérieux ?

— On est encore au tout début…

Et c'est vrai, parce que même si j'ai l'impression que ça fait plus longtemps, on n'est ensemble que depuis cinq mois.

— … mais je tiens vraiment à lui. Je n'aurais jamais cru qu'il serait mon genre, mais va savoir pourquoi, ça a quand même l'air de fonctionner.

Elle approuve, et regarde les deux garçons.

— Tu crois qu'ils ont des centres d'intérêt communs ? À part toi ?

Je suis momentanément traversée par la pensée qu'elle est au courant pour le baiser. Mais elle éclate de rire.

— Je prends ça pour un non ? dit-elle.

— Non, bien sûr que non. Enfin, oui, ils sont très différents, mais je ne vois pas comment on pourrait ne pas s'entendre avec Oscar. Il est… facile à aimer.

Le sourire de Sarah s'élargit et elle passe son bras autour de mes épaules. Le métal de son bracelet manchette est froid contre ma peau.

— Je suis tellement contente pour toi, Lau ! Il ne te manque plus que le job de tes rêves, et ensuite tu pourras revenir à Londres. Tu as bien l'intention de revenir, pas vrai ? Parce que maintenant qu'on est quatre, on peut faire les sorties entre couples et tout le tintouin.

Elle dit ça en levant les yeux au ciel, mais je sais qu'elle adorerait ça.

— Je ne sais pas trop. J'espère. Mais tu sais… le loyer et tout ça. La vie à Londres est tellement chère. Pour l'instant je reste chez mes parents jusqu'à trouver du boulot, pour ne pas perdre mon temps et mon argent avec un job alimentaire.

Je repense à Oscar et à ses propositions répétées d'emménager avec lui, même si ce n'est que temporaire, le temps de trouver autre chose. Son appartement appartient à sa mère, il ne paie pas de loyer, évidemment. Mais quelque chose m'en empêche. J'ai envie de me débrouiller seule et de ne pas dépendre autant de quelqu'un. Mes parents nous ont transmis la valeur de l'autonomie.

— Si seulement on pouvait retourner à Delancey Street, soupire-t-elle. En ce moment, je suis en coloc avec une nana du boulot, mais elle est un peu chiante et c'est chacun pour soi. Même les rouleaux de PQ. Elle a établi un roulement pour l'utilisation du salon. Tu y crois, toi ? Apparemment elle n'aime pas avoir l'impression d'être observée quand elle regarde la télé.

À mon tour de passer un bras autour de ses épaules, en signe de soutien.

— Et Jack, alors ? Vous comptez chercher quelque chose ensemble bientôt ?

Sarah lève les yeux au ciel, se reprend aussitôt. Mais j'ai vu.

— Ce n'est pas encore dans les projets. Il est super occupé au boulot, et il vit avec Billy et Phil, un collègue.

— Billy… au déhanché sexy ?

C'est devenu son surnom officieux depuis le jour où il a révélé ses talents de danseur à la John Travolta. Cette pensée suffit à me rappeler à quel point ce jour s'est abominablement terminé.

— Oui. Je ne suis pas sûre que Jack se sente si bien avec eux, mais il est du bon côté de la ville pour aller bosser, et le loyer est abordable, donc je pense qu'il va y rester un moment.

Elle coule un regard vers lui, qui est penché sur l'écran du téléphone que lui montre Oscar.

— Je commence à me faire un peu de souci pour lui. Il n'est pas lui-même, ces derniers temps.

Mon estomac se retourne d'appréhension.

— Comment ça ?

Sarah replie un bras sur son ventre ultraplat et se colle à moi pour qu'on ne puisse pas nous entendre.

— Je n'arrive pas à mettre le doigt dessus. Il est… distant ?

On dirait une question, comme si elle se posait la question à elle-même. Elle se mord la lèvre, puis ajoute :

— Ou peut-être que c'est moi. Je ne sais pas, Lau, je lui ai demandé s'il était heureux, et chaque fois il élude, me dit que je suis folle, ce genre de choses.

Un petit rire sans joie lui échappe.

— Je ne sais pas, conclut-elle. Il est sûrement débordé, c'est tout.

Si seulement je savais quoi lui dire. Je suis perturbée d'apprendre qu'il y a de l'eau dans le gaz dans leur couple. Aux premiers jours de leur relation, j'espérais égoïstement que leur romance ne durerait pas, mais, avec le temps, leur passion est devenue partie intégrante de la topographie de ma vie.

Une immense île qui a surgi de nulle part et autour de laquelle il m'a fallu naviguer, tout en comptant sur elle pour m'orienter.

— Laurie, tu as montré les photos à Sarah ? me demande Oscar en brandissant son téléphone.

Il approche et fait défiler les images de notre bungalow parfait sur la plage, du bleu infini de l'océan, et de l'aurore rose et violette de Thaïlande que je connais si bien.

Les yeux d'Oscar sont pleins de douceur. Est-ce qu'il peut lire dans les miens que je souhaiterais de tout mon être retourner sur cette plage avec lui, là, tout de suite, et enfoncer mes orteils dans le sable chaud ? Ce sont mes plus beaux souvenirs, ces heures passées côte à côte, les longues conversations et les baisers langoureux. La nostalgie me serre le cœur, sans prévenir, d'autant plus que je suis en compagnie de Sarah et Jack, deux personnes que je n'ai jamais voulu fuir auparavant.

La violence de mon ressentiment envers Jack me surprend. J'ai envie de le traîner hors du bar par la manche de sa veste en cuir et de le secouer. *Tu ne peux pas être heureux, imbécile ? Et me laisser l'être aussi ?*

— Mon Dieu, ça a l'air dingue, dit Sarah avec un soupir. J'aimerais tellement aller là-bas.

Jack siffle le fond de son cocktail sans cacher une pointe de dégoût.

— Je vais nous chercher des bières.

Sarah semble sur le point de dire quelque chose, puis se ravise, et avec un sourire pincé attrape la main de Jack et lui propose de l'accompagner. Ils s'éloignent vers le bar bondé. Oscar passe un bras autour de ma taille, son verre à moitié plein à la main.

— Tout va bien ? je demande.

Pourvu que Jack et lui se soient bien entendus.

— Oui, oui. Sarah est exactement comme je l'imaginais.

Très bien, j'en déduis que le portrait d'un Jack gentil et sociable ne correspond pas exactement à l'attitude coincée et sur la défensive dont il fait preuve ce soir.

— Est-ce que je me suis planté ? On aurait pu trouver un autre endroit pour les rencontrer, tu pouvais me le dire si ça n'allait pas.

Le désarroi se lit dans ses yeux sombres alors qu'il contemple son verre.

Soudain, j'en veux vraiment à Jack de son hostilité manifeste. Qu'est-ce qu'il essaie de prouver, au juste, avec son tee-shirt provocant et son mépris ouvert pour le lieu et le cocktail choisis par Oscar ? Que c'est lui le plus cool, même si Oscar est plus riche ?

Je pose mon verre vide et passe mes bras autour de son cou, soulagée de voir la contrariété s'effacer dans ses yeux. Sa main caresse mon bras.

— Tu as tout fait comme il fallait, Oscar. C'est ton univers, qui te ressemble. Tu es quelqu'un d'adorable, et je veux qu'ils te connaissent exactement comme tu es. Ils vont t'adorer, et toi aussi tu vas les aimer, une fois que tu auras appris à les connaître. Détends-toi et profite de la soirée.

Je guette le retour de Jack et Sarah, lui avec deux bières, et elle avec deux cocktails au champagne.

— Elle a vraiment l'air de sortir d'un plateau télé, fait remarquer Oscar.

C'est vrai. Objectivement, on ne voit que ses longues jambes dorées et ses ondulations hollywoodiennes.

— Tu es sûr d'avoir choisi la bonne copine ?

Je me déteste pour ça, mais une petite partie de moi se demande toujours pourquoi : pourquoi ce mec si canon voudrait être avec une fille comme moi ?

Une pointe d'agacement se lit sur son visage, et je regrette aussitôt mes paroles.

— Je ne sais même pas quoi répondre.

Puis il me sourit, sa main vient se poser sur ma nuque.

— Tu es la femme la plus incroyable à mes yeux, Laurie. Dans n'importe quelle pièce, n'importe quel bar, et sur n'importe quelle plage.

Il penche la tête et m'embrasse tendrement. Je ferme les yeux, et, pendant un instant, j'ai l'impression d'être la femme la plus incroyable au monde.

La voix forte et enjouée de Sarah me tire de ma bulle.

— Il y a des hôtels pour ça !

— C'est ma faute, dit Oscar. Je n'arrive pas à la lâcher.

Il desserre son étreinte et enlace mes doigts dans les siens. Derrière Sarah, Jack accomplit l'exploit d'émettre un rire à la fois moqueur et réprobateur.

— Tiens, un vrai bon verre pour te refroidir, mon pote.

Oscar accepte la bière de bon cœur, sans relever la pique visant son cocktail.

Sarah me tend une flûte de champagne, les yeux pétillants de joie. Et Jack se cale contre le mur, pinte en main.

— Alors, Oscar ? Qu'est-ce que tu fais dans la vie, à part draguer des nanas sur les plages thaïlandaises ?

Il adoucit son commentaire avec un clin d'œil, mais la critique n'a échappé à personne.

— On dirait que Billy commence à déteindre sur toi, je réplique.

Il me toise d'un air indifférent avant de revenir à Oscar.

— Je suis dans la finance. Je sais, cliché du fils à papa, pas vrai ?

— Si ça t'éclate.

OK, ça, c'était franchement déplacé. Sarah lui lance un regard menaçant, et moi, j'ai bien envie de lui renverser sa bière sur la tête. Mais Oscar semble parfaitement habitué à ce genre de réaction et ne s'en offusque pas.

— Je sais, ça n'a pas l'air passionnant. Contrairement à ta carrière. Tu es à la radio, si j'ai bien compris ?

Crise désamorcée. Jack accepte généreusement la tentative de conversation d'Oscar, et se lance dans des anecdotes sur la station, nous parle du super poste pour lequel il est sûr d'être un bon candidat pour cet été. La discussion sur son travail l'illumine, et je retrouve le Jack que je connais, plus détendu. Peut-être que cette soirée ne sera pas un désastre complet, finalement.

Jack

Tout l'intérêt de la soirée est de faire passer un message, pas vrai ? Monsieur Oscar l'aristo au nom composé. Et que je te paie des cocktails hors de prix dans mon club privé, et que je te fasse savoir l'air de rien que je suis dans la finance, et que j'enfonce ma langue dans la gorge de Laurie quand je sais que tout le monde regarde. J'ai bien compris ton petit jeu, le snobinard, avec ta mèche sur les yeux et tes chaussures bateau (parce qu'il faut bien montrer à tout le monde que tu pourrais partir sur ton yacht à tout moment).

C'est devant l'urinoir que je rumine tout ça. Je suis planqué aux toilettes depuis cinq minutes, essentiellement parce que je sais que je me comporte comme un con, mais je n'arrive pas à m'en empêcher. Vu comme Sarah m'a foudroyé du regard, je peux faire une croix sur mes projets de lui enlever sa robe dans un futur immédiat. Je risque, au contraire, de me faire remonter les bretelles, et elle aurait raison. Je ne sais pas ce qui m'énerve le plus, la bonne humeur imperturbable d'Oscar, ou la façon dont Sarah le supplie quasiment d'être son nouveau meilleur ami. Je me demande si elle espère le forcer à avoir la même relation avec elle que celle que j'ai avec Laurie, et j'ai envie de lui dire que, désolé, ces choses-là ne viennent pas toutes seules. Il nous a fallu des années, à Lau et moi. En me lavant les mains, je croise mon reflet au-dessus du lavabo. À vrai dire, on ne peut plus vraiment parler d'amitié entre Laurie et moi ces derniers temps. Je n'ai pas été seul avec elle depuis la discussion nocturne dans la cuisine de Delancey Street, il y a plus d'un an à présent. Sarah m'accuse de jouer au grand frère, mais elle ne pourrait pas être plus éloignée de la vérité. Je n'ai aucun sentiment fraternel envers Laurie, j'ai abandonné tout ça le jour où… Non, il ne faut pas penser à ça maintenant.

Je sors des toilettes avec l'intention de me ressaisir, et fonce droit dans Laurie. Elle ne perd pas de temps pour me dire ce qu'elle pense.

— Mais qu'est-ce que tu fous, Jack ?

Je crois que je ne l'ai jamais vue si énervée. Le rose lui est monté aux joues et ses épaules sont raides.

Je me retourne ostensiblement vers les toilettes et réponds :

— Je pissais.

Une étincelle d'agacement surgit dans ses iris violets.

— Tu fais chier le monde, oui !

— Moi aussi, ça me fait plaisir de te revoir.

— Oh non. Ne t'avise même pas d'y penser, Jack O'Mara.

Nous sommes dans un couloir à l'étage, en plein passage, et elle s'approche pour se faire entendre.

— Qu'est-ce que tu essaies de faire, exactement ? Prouver que tu es le plus cool, le plus drôle et le meilleur ? Est-ce que c'est trop te demander d'être simplement content pour moi ?

— Je le serais si ce n'était pas un con.

— Ce n'est pas un con. C'est un mec bien, gentil, et il m'aime.

J'entends un rire moqueur, et je comprends trop tard qu'il s'agit du mien.

Elle secoue la tête, les yeux enflammés par la fureur.

— Quoi ? Est-ce que c'est si improbable que quelqu'un puisse m'aimer, Jack ?

— Tu le connais à peine.

Elle chancelle, comme si elle venait de prendre un coup.

— Parce que tu es un expert en la matière, maintenant ? Pour qui tu te prends, à me dire s'il me faut une minute, un mois ou un an pour tomber amoureuse ?

On s'évalue du regard, et soudain je me rends compte qu'elle n'est plus la fille de Delancey Street que j'ai connue. C'est une femme, avec sa propre vie, dont je ne fais plus partie.

— Est-ce que tu l'aimes ?

Elle détourne le regard et secoue la tête, parce que je n'ai pas le droit de lui demander ça. Surtout pas de cette façon.

— Il compte pour moi, Jack, dit-elle doucement.

La vulnérabilité dans sa voix me donne d'autant plus l'impression d'être un connard.

— D'accord.

Et je le pense. J'ai envie de la prendre dans mes bras et de renouer notre amitié, comme avant. Mais quelque chose me dit qu'un câlin ne serait pas bien reçu. Faute de mieux, je lui prends la main et la regarde droit dans les yeux.

— Je suis vraiment désolé.

Pas seulement pour la soirée, mais pour tout ce qui s'est passé avant. Je suis désolé d'avoir menti en lui disant que je ne me souvenais pas d'elle dans le bus. De l'avoir embrassée sous la neige. Et d'avoir toujours tout faux.

Au bout de dix minutes – ou plus vraisemblablement dix secondes –, elle hoche la tête et me lâche la main. Je lui souris.

— Tu peux redescendre. Je vous rejoins tout de suite.

Elle acquiesce et part sans se retourner.

Depuis la dernière fois qu'on s'est vus, Laurie a bien grandi. Et il est temps pour moi de faire de même.

14 mai

Laurie

— Décroche, Oscar, décroche.

Je lis et relis la lettre dans ma main tandis que le téléphone sonne dans le vide. *Vous êtes bien sur la messagerie de…* Mince ! Je raccroche et essaie à nouveau, pour tomber encore sur cette bonne femme robot insupportable qui m'informe qu'elle est désolée, mais qu'Oscar Ogilvy-Black n'est pas disponible pour le moment.

Dans le couloir calme de la maison de mes parents, mes doigts triturent machinalement mon pendentif violet. Je ne l'ai pas ôté depuis mon entretien d'embauche la semaine dernière, avec l'espoir qu'il me porte chance. Et ça a marché ! Mourant d'envie de crier la bonne nouvelle sur tous les toits, je fais défiler mon répertoire jusqu'à trouver le numéro de Sarah. Je n'essaie même pas de l'appeler, car je sais qu'elle ne pourra jamais décrocher au boulot, alors je lui envoie un texto.

Devine qui a ENFIN trouvé un vrai job ? Prépare-toi, je reviens à Londres !

J'appuie sur « Envoyer », et moins de trente secondes plus tard, mon téléphone se met à vibrer.

Deux secs ! Je file aux toilettes pour t'appeler. N'appelle PERSONNE D'AUTRE entre-temps !

Comme promis, mon téléphone se met à sonner. Trente secondes passent encore avant que je ne puisse en placer une, parce que Sarah pousse des hurlements de joie continus. Je l'imagine parfaitement, enfermée dans une cabine de toilettes, faisant la danse du bonheur, ses collègues amusés derrière la porte.

— Allez, raconte ! Je veux tout savoir !

— Tu sais, ce poste dont je te parlais ? Celui du magazine pour ados ?

— Celui du courrier des lecteurs ?

— Oui ! Celui-là ! Dans trois semaines, je serai la nana vers qui toutes les ados du pays se tournent pour les questions de lisseurs, de boutons et de rendez-vous foireux !

J'éclate de rire, à la limite de l'hystérie à l'idée de travailler enfin pour un magazine. Bien sûr, ce ne sera pas *toutes* les ados du pays. Juste le petit pourcentage qui lit un magazine pas si populaire. Mais c'est mieux que rien, pas vrai ? C'est déjà quelque chose. Mon premier pas tant attendu vers le reste de ma vie. Rien ne pouvait m'assurer que j'allais décrocher ce poste. L'entretien n'était pas exactement conventionnel : deux filles d'à peine la vingtaine, m'exposant de faux problèmes d'ados pour juger des réponses que je suis capable de pondre.

— Emma a un bouton monstrueux et c'est la veille du bal de promo. Qu'est-ce que vous lui recommandez ? m'a demandé une des deux jeunes femmes en pointant son propre menton immaculé.

Heureusement, Sarah m'a sauvée. Les étagères de notre salle de bains à Delancey Street me sont immédiatement revenues en mémoire.

— Sudocrem. C'est une crème pour les fesses des bébés, mais c'est aussi une arme secrète contre les boutons.

Elles ont toutes les deux pris ma réponse en note très très vite. J'étais sûre qu'elles allaient courir à la parapharmacie dès la fin de l'entretien.

— Un collant qui file au mauvais moment ? m'a lancé l'autre fille, les yeux plissés.

— Du vernis à ongles transparent, pour limiter les dégâts, ai-je répondu du tac au tac.

Astuce classique de lycéenne. À la fin du rendez-vous, j'avais l'impression de sortir d'un interrogatoire de la Stasi.

— Ouh là, dit Sarah. J'espère que personne ne va te poser de questions sur les faux cils. Tu risques de te retrouver avec un procès aux fesses.

— Ne m'en parle pas. Je compte sur toi pour être ma principale source de renseignements.

— Tu me connais, je suis incollable sur tout ce qui est faux et à paillettes. Je n'arrive pas à croire que tu reviennes enfin ! C'est la meilleure nouvelle de toute l'année. Attends un peu que je l'annonce à Jack !

Elle raccroche, et je reste assise sur la première marche en bas de l'escalier, un sourire béat aux lèvres. Dix heures du matin. Est-ce qu'il est trop tôt pour un gin ?

9 juin

Laurie

Oscar tend le bras derrière le canapé et en tire une boîte enrubannée.

— J'ai quelque chose pour toi.

Il pose le paquet carré sur mes genoux ; je le regarde, perplexe.

— Mais… on vient à peine de fêter mon anniversaire.

— Je sais, mais c'est différent. C'est pour ton nouveau job.

On est samedi soir, nous avons l'estomac plein de nourriture chinoise à emporter et devant nous trône une bouteille de champagne à moitié vide. À partir de lundi, je serai officiellement employée par Skylark, le groupe de médias à qui appartient le magazine *GlitterGirl*.

— Vas-y, ouvre ! Si ça ne te convient pas, tu peux l'échanger.

Sous son regard plein d'anticipation, je tire lentement sur le ruban vert citron. Il a déjà sorti le grand jeu pour mon anniversaire, alors ce nouveau cadeau me semble un peu extravagant. J'ôte le couvercle de la magnifique boîte et déplie le papier de soie pour découvrir un sublime cabas noir Kate Spade.

— Oh, Oscar, il est parfait !

Mes doigts caressent avec ravissement le discret sigle doré. Je sens d'ici l'implication de Sarah dans ce choix, vu que j'ai admiré ce même modèle à son épaule quand on a fêté mon anniversaire au restaurant.

— Mais tu n'aurais pas dû. C'est beaucoup trop.

— Ça me fait plaisir de te faire plaisir. Regarde dans la poche intérieure, il y a autre chose.

Je fouille dans le sac, curieuse, et mes doigts entrent en contact avec du métal froid. Je sors de la pochette un trousseau et son porte-clés de chez Tiffany.

— Comment tu vas faire pour aller et venir à ta guise, si tu n'as pas tes propres clés ?

Les clés de chez lui. Ou de chez nous, puisque je vais habiter ici. C'est plus ou moins la première chose qu'il m'a dite, après les félicitations d'usage, quand je lui ai annoncé mon nouveau poste. « Ça veut dire que tu peux t'installer un peu chez moi ? » Je dois admettre que j'espérais qu'il me le proposerait, vu que je serai payée au lance-pierre. On s'est mis d'accord pour dire que ce n'était que temporaire, le temps pour moi de trouver une solution. Mais en regardant ce trousseau de clés scintillant, je devine toutes les attentes qu'il traduit et je me demande si j'ai fait le bon choix. Ça ne fait que huit mois qu'on est ensemble, après tout, et j'ai toujours eu pour ambition de me débrouiller toute seule.

— Je ne veux pas que tu penses que je profite de ta générosité, Oscar. Et tu me connais… Miss Indépendance.

— Crois-moi, j'ai bien l'intention de profiter de toi aussi, réplique-t-il avec malice.

Il me prend les clés des mains et ajoute :

— Et puis, il faut bien que tu puisses entrer pour préparer le dîner avant mon retour.

Je lui donne un coup sur le bras.

— J'espère que tu aimes les haricots en conserve.

Il glisse les clés à l'intérieur de mon nouveau sac de luxe, le pose par terre, me repousse dans le canapé en cuir et m'embrasse.

— Assez parlé de choses ennuyeuses. J'ai mille idées bien plus intéressantes en tête.

4 août

Jack

Je crois que je préférerais me coller une beigne à moi-même plutôt que d'aller au dîner organisé chez Laurie et Oscar ce soir. Surtout qu'ils ont aussi invité son frère. Un autre branleur dans la finance, super.

Si Sarah avait pu me tatouer l'horaire sur le front, elle l'aurait fait. À la place, elle n'a pas arrêté de me le rappeler. « Apporte des fleurs, je m'occupe du vin. » Ce sont ses ordres. À croire qu'elle a fait une recherche Google sur les conventions sociales dans ce genre de soirées.

Elle vient tout juste de m'envoyer un SMS.

Prépare quelques questions intéressantes à poser au frère d'Oscar ce soir.

Je suis tenté de l'envoyer paître, mais j'éteins simplement mon téléphone. Je suis au boulot, je n'ai pas le temps pour ces conneries.

Il me reste les playlists à établir pour les sept prochains jours, et cet après-midi j'ai rendez-vous avec un producteur pour parler d'un nouveau jeu qu'on pense lancer. Avant de m'atteler aux choses sérieuses, j'attrape un stylo-bille et note dans ma main l'heure limite à laquelle je peux partir et, en me dépêchant, arriver à temps au dîner. Je n'ai certainement pas envie d'être en avance.

Laurie

— Tu es sûr que ça ira ?

Je recule, les mains sur les hanches, pour évaluer d'un œil critique la table mise pour le dîner. Oscar pose sa main sur mon épaule.

— Mais oui.

J'espérais des louanges un peu plus convaincantes. C'est la première fois que j'organise une soirée d'adultes entrée-plat-dessert, bien loin des pizzas à même le carton dans l'appartement de Delancey Street. Si seulement j'avais pu n'inviter que Sarah et Jack, comme une phase test avant d'aller plus loin… Enfin, en réalité, c'est précisément ce que j'ai fait. On était censés n'être que tous les quatre, sauf qu'Oscar a invité son frère Gerry et sa femme Fliss quand on les a croisés le week-end dernier à Borough Market en allant acheter de quoi préparer la mousse chez un artisan chocolatier. *Je sais*. On fait difficilement plus bourge. Pour ma défense, c'est mon premier dîner, et j'ai passé des heures à regarder des vidéos de Nigella en train de faire fondre du chocolat artisanal au bain-marie tout en battant des cils pour la caméra.

Ce sera seulement la deuxième fois que je vois le frère d'Oscar. Tout ce que je peux dire sur lui, c'est que Gerry n'a pas l'air aussi chaleureux que son cadet, et que sa femme ne semble se nourrir que d'air et de Chanel N° 5. Elle me fait penser à une célébrité, mais pas moyen de retrouver laquelle.

Bref, c'est comme ça que notre petite soirée tranquille à quatre s'est transformée en dîner de l'angoisse à six, et que je me suis retrouvée à passer l'après-midi dans la cuisine à essayer de comprendre la recette du coq au vin. Et pas avec un coq ordinaire. L'heureux volatile a été nourri au maïs, puis préparé et emballé par le boucher dans un beau papier sulfurisé. Le goût a intérêt à être mémorable, parce qu'il a coûté le triple d'un poulet sous vide au supermarché. J'ai fouetté la mousse au chocolat pendant une éternité, assemblé une salade, et maintenant je rêve d'un verre de vin.

— Ça t'embête si j'abîme ton rouge à lèvres en t'embrassant ?

— Oui.

Un des avantages à travailler pour un magazine d'ados, c'est la pléthore d'échantillons qui affluent au bureau. Les lycéennes d'aujourd'hui consomment mille fois plus de cosmétiques que moi il y a dix ans. Ce soir, je teste une nouvelle marque de rouge à lèvres à la mode, dont le tube ressemble davantage à un sex-toy futuriste qu'à du maquillage. Même si l'effet lèvres mordues promis n'est pas exactement au rendez-vous, le produit est crémeux, intense, et me donne un tout petit peu plus confiance en moi.

Oscar a l'air déçu, mais la sonnette met fin au débat.

— Quelqu'un a sonné, je chuchote.

— En général, ce sont des choses qui arrivent quand on organise un dîner. Tu préfères que j'aille ouvrir ou… ?

Je me glisse discrètement vers la porte et jette un coup d'œil dans le judas, priant pour y voir Sarah et Jack. Manque de bol.

— C'est ton frère, j'articule en revenant sur la pointe des pieds.

— J'en conclus que c'est à moi d'ouvrir ?

— Je vais dans la cuisine, et tu m'appelles quand ils sont dans le salon, comme si je ne savais pas.

— Je peux demander pourquoi ?

Je m'immobilise sur le seuil de la cuisine.

— Pour que je n'aie pas l'air trop empressée ?

C'est surtout qu'il me faut impérativement un verre de vin pour me donner du courage. D'un coup, tous mes complexes en société reviennent au galop.

Première chose : sortir le vin du frigo. Deuxième : envoyer un texto à Sarah.

Urgence ! G & F sont déjà là. J'ai besoin de renfort !

Je constate avec fierté que le coq au vin présente de fortes ressemblances avec la photo du livre. Cher Jamie Oliver, mon coq est plus beau que le tien. Je ris sous cape quand mon téléphone se met à vibrer. Au même moment, Oscar m'appelle.

J'arrive dans 5 minutes max. Jack est en retard, il nous rejoint plus tard. Désolée. Attends-moi pour finir la bouteille !

Cinq minutes. Je ne peux pas tenir aussi longtemps. Jack abuse. Sarah était déjà quasiment en larmes dans notre cuisine la semaine dernière quand il a encore loupé une soirée avec elle pour cause d'heures sup. Et ça ne va pas s'arranger avec son nouveau contrat d'animateur. Bientôt, le seul moyen d'avoir des nouvelles de Jack sera d'allumer la radio pendant son émission. Je plonge la bouteille de vin dans le seau à glace et, faisant de mon mieux pour oublier mon agacement, je plaque un sourire forcé sur mes lèvres à l'effet presque mordu, et me dirige vers le salon.

— Je ne pense pas qu'on puisse attendre plus longtemps, sinon il sera trop sec, je déclare.

Sarah jette un coup d'œil au coq dont l'allure est légèrement moins impressionnante, puis elle regarde la pendule.

— Je suis désolée, Lau. Il joue vraiment au con en ce moment. Pourtant il sait à quel point cette soirée est importante pour toi.

Jack a plus d'une heure et demie de retard, et à part un SMS juste après l'arrivée de Sarah pour dire qu'il serait bientôt là, c'est le silence radio.

— Tu crois que je devrais lui envoyer un message ? Il a peut-être peur de lire les tiens, je propose en remplissant son verre.

— Laisse tomber. Allez, viens, on apporte le plat et on passe à table. Tant pis pour lui.

Finalement, ce serait mieux si Jack nous faisait faux bond ce soir. Il est suffisamment en retard pour avoir l'air extrêmement malpoli, et il y a de fortes chances pour qu'il se fasse étriper par Sarah.

Vingt-deux heures. Le coq au vin a été un franc succès, et Gerry n'est pas si horrible après quelques verres. Fliss, en revanche, est abominable. Non seulement elle ne boit pas d'alcool, mais en plus elle est végétarienne. (Ce qui ne m'aurait absolument pas posé problème si elle avait daigné le mentionner avant que je ne pose une énorme cuisse de poulet sous son nez ! Et ça y est, je me souviens de la célébrité à qui elle me fait penser : Wallis Simpson. Tout aussi caustique.) Jack n'est toujours pas arrivé, et il n'a même pas appelé. Sarah est tellement furieuse qu'elle l'a renommé « l'autre » et a revu sa descente de vin à la hausse. Le pauvre Oscar fait de son mieux pour le défendre, même si Jack n'a rien fait pour mériter pareille loyauté.

— Quelqu'un veut de la mousse au chocolat ? je demande vivement dans l'espoir de changer de sujet.

— Oh oui, couine Gerry comme si je lui proposais une pipe.

Au même moment, Fliss laisse échapper un sifflement qui ressemble à s'y méprendre au cri de la Méchante Sorcière de l'Ouest lorsque Dorothy l'arrose avec de l'eau. Je les regarde à tour de rôle, hésitante. Soudain, le téléphone de Sarah se met à sonner, et tout le monde se tourne vers l'appareil avec intérêt. Au début du dîner, Sarah l'avait caché sous ses fesses et le sortait toutes les cinq minutes pour regarder l'écran. Elle a fini par complètement lâcher prise et le poser bien en vue sur l'assiette vide de Jack. Je crois qu'elle essayait de faire passer un message.

— Ah bah, voilà ! s'exclame Oscar, l'air soulagé. Dis-lui qu'il n'y a pas de problème, Sarah, on lui a gardé une part s'il n'a pas encore mangé.

Le téléphone continue de faire vibrer la porcelaine blanche. Un air de mépris se peint sur le visage de Fliss.

— Personnellement, jamais je ne décrocherais. Quel culot !

Sarah se tourne vers moi.

— Qu'est-ce que je dois faire ?

— Réponds.

OK, mon conseil est totalement guidé par mon esprit de contradiction.

Après une seconde, Sarah attrape le téléphone.

— Merde. Raté.

Elle le repose sur l'assiette et j'entends l'amertume dans sa voix quand elle ajoute :

— Tant pis pour lui. Il l'a bien mérité, ce con. Passons au dessert.

Je viens juste de me lever quand le portable vibre à nouveau pour la prévenir que Jack a laissé un message sur le répondeur.

— Je vous parie qu'il est dans un pub quelque part, grince Fliss.

— Non, il est sûrement coincé au bureau, dit Gerry.

Si Fliss s'est vite fait une idée de Jack sans l'avoir rencontré, Gerry se montre étonnamment tolérant ; peut-être qu'il déteste simplement sa femme autant que moi.

La voix d'un inconnu retentit ; un vague accent australien et un ton urgent.

« Bonjour, j'essaie de joindre Sarah. Je vous appelle parce que ce téléphone est tombé de la poche d'un type qui vient d'avoir un grave accident de voiture sur Vauxhall Bridge Road. Votre numéro est celui qu'il appelle le plus souvent. On attend l'ambulance avec lui, là. Je me disais que vous voudriez être au courant au plus vite. Ah, et je m'appelle Luke. Dites-moi ce que vous voulez que je fasse de son téléphone quand vous aurez ce message. »

Sarah est déjà en larmes, complètement paniquée. Je me précipite près d'elle pour lui prendre le portable avant que ses mains tremblantes ne le lâchent.

— Dis-moi ce que je dois faire, Laurie.

Elle respire trop vite, serre mes doigts trop fort. Les couleurs ont disparu de son visage et chaque muscle de son corps est secoué de spasmes.

— On y va, je dis d'une voix que j'espère ferme. J'appelle un taxi, on y sera dans quelques minutes.

— Et si… ?

Elle tremble tellement qu'elle en claque des dents.

— Non.

Je colle mon visage devant le sien pour avoir toute son attention.

— Je ne veux pas te l'entendre dire. N'y pense même pas. Tout va bien se passer. On va juste faire les choses dans l'ordre, toi et moi, pas à pas.

Elle hoche timidement la tête, peinant à se ressaisir.

— Toi et moi. Pas à pas.

En la serrant très fort dans mes bras, je remarque l'air désolé d'Oscar. Je m'empresse aussitôt de détourner le regard.

5 août

Laurie

Il est vivant. Par miracle, il est vivant.

En arrivant à l'hôpital nous sommes restés agglutinés sur les chaises en fer vissées au sol, avec dans les mains un gobelet tiède que nous avait apporté Oscar du distributeur automatique. J'étais incapable de dire s'il s'agissait de thé ou de café. Puis la médecin est venue à notre rencontre. On ne pouvait pas encore voir Jack. « Il est au bloc », a-t-elle dit d'une voix calme et rassurante, qui m'a pourtant terrifiée. Traumatisme crânien. Côtes brisées. Fracture à l'épaule. Les os cassés, je peux supporter l'idée, parce que je sais que ça se répare. C'est le traumatisme crânien qui m'angoisse terriblement. Ils vont lui faire passer une IRM, et on devrait bientôt en savoir plus. Je n'ai pas pu digérer tout ce qu'elle a dit, parce que mon cerveau était en alerte rouge. Traumatisme crânien. Les gens meurent de traumatismes crâniens. Ne meurs pas, Jack, je t'en supplie. Ne t'avise pas de nous faire ça. Ne me fais pas ça.

Sarah et moi sommes assises chacune d'un côté de son lit. Au moment où l'on a appris qu'il avait été emmené à St Pancras Hospital, on a essayé de joindre sa mère. Puis Sarah s'est souvenue qu'elle était en Espagne avec Albie, le frère de Jack. C'est moi qui ai laissé un message sur le répondeur, pas Sarah. Pour ne pas lui faire trop peur.

Alors on est là, à attendre. Parce qu'on nous a dit que c'était tout ce qu'on pouvait faire. Il est sorti du bloc, hors de danger immédiat, mais ils ne connaîtront pas l'étendue des dégâts causés par le traumatisme crânien tant qu'il ne sera pas conscient. Torse nu, blanc comme un linge, Jack est parfaitement immobile, hormis sa poitrine qui se soulève et s'abaisse lentement. Il est couvert d'une multitude de bandages et de tubes reliés à toutes sortes de machines et de poches. Je n'ai jamais eu aussi peur de ma vie. Il a l'air tellement fragile. Et s'il y avait une coupure de courant ? Que se passerait-il pour lui ? Ils ont des générateurs de secours, pas vrai ? Parce que je ne crois pas que Jack puisse respirer seul. Sa survie dépend du réseau électrique national. C'est absurde. Partout dans Londres, des gens font chauffer leur bouilloire et chargent leur téléphone, en utilisant toute cette énergie précieuse qui devrait être économisée pour garder Jack en vie. Reste en vie, Jack, je t'en prie. Ne nous quitte pas. Ne me quitte pas.

L'unité de soins intensifs est un étrange mélange d'efficacité calme et de panique ; le bruit étouffé des pas des infirmières, les dossiers des patients qui claquent au bout des lits en fer, et la symphonie des bips et des sonneries en fond.

Sarah réajuste la pince au doigt de Jack, pendant que l'infirmière inscrit son nom sur un tableau blanc au-dessus de son casier, en capitales bleu vif. Je ferme les yeux, et moi qui n'ai jamais été religieuse de ma vie, je commence à prier.

10 août

Laurie

— Ne t'avise même pas de bouger, je vais appeler l'infirmière.

Je me lève et jette un coup d'œil derrière moi pour chercher de l'aide tandis que Jack lutte pour se redresser dans le lit. L'infirmière en chef lui a expressément ordonné d'appuyer sur le bouton d'appel s'il avait besoin de quoi que ce soit, et évidemment, il n'en fait qu'à sa tête.

— Lau, arrête. Je peux me débrouiller tout seul.

Il ne ferait pas ce cirque si Sarah était là. Elle le remettrait à sa place comme il faut. S'il tente sa chance aujourd'hui, c'est parce qu'on est vendredi et que j'ai quitté le boulot plus tôt pour lui rendre visite sans elle. Ça fait quelques jours qu'il s'est réveillé, et les médecins ont pu confirmer – Dieu merci – qu'il n'a pas de séquelles cérébrales, même si certains examens sont encore en cours parce qu'il a perdu une partie de son audition à une oreille. Depuis, c'est le pire patient du monde. Son esprit d'indépendance est en général une de ses plus grandes qualités, mais son refus de se laisser assister est à la limite du dangereux dans son état. Il a encore un cathéter à la main pour les antalgiques. Chaque fois qu'il s'agite ou essaie de faire quelque chose par lui-même, une série d'alarmes et de bips suraigus se déclenche, et toutes les infirmières accourent.

Je me rassieds alors que l'infirmière arrive à grands pas pour le réinstaller contre les oreillers et le rabrouer avec autorité.

— Votre joli minois commence à sérieusement me taper sur le système, O'Mara.

Il lui offre un sourire penaud.

— Merci, Eva. Désolé. Vous voulez du raisin ?

Il désigne le panier de fruits sur la table de chevet, cadeau de ses collègues.

Elle lui lance un regard sévère par-dessus ses lunettes.

— Vous croyez être le seul à me proposer du raisin ? Si vous avez besoin de quelque chose, appuyez sur le bouton d'appel, la prochaine fois.

Elle ne s'attarde pas, et on se retrouve vite tous les deux.

Je suis installée sur un fauteuil en faux cuir juste à côté de Jack, dans une pièce qui compte six lits, essentiellement occupés par des hommes âgés somnolents. C'est l'heure des visites de l'après-midi, et personne pour venir les voir. Derrière moi, la fenêtre est ouverte en grand, et sur les casiers des patients, des ventilateurs tournent à fond sans qu'une bouffée d'air frais se fasse sentir.

— Il fait chaud aujourd'hui.

J'ai pris soin de m'asseoir du bon côté, pour qu'il puisse m'entendre. Il soupire.

— C'est à ça que se résume notre amitié maintenant ? On en est réduits à parler de la pluie et du beau temps ?

— Tu veux parler de quoi d'autre ?

Il hausse son épaule intacte, mais tressaille aussitôt.

— C'est toi la responsable du courrier des lecteurs. Raconte-moi les grands sujets de préoccupation des ados de nos jours.

Je récupère l'élastique à mon poignet pour attacher mes cheveux en queue-de-cheval.

— OK. Eh bien, ce sont essentiellement des filles qui écrivent, et elles ont surtout des questions concernant leurs règles.

Il lève les yeux au ciel.

— Quoi d'autre ?

— L'acné. Quelqu'un m'a demandé la semaine dernière si la salive de chien pouvait traiter les boutons.

Il s'illumine devant l'absurdité de l'anecdote.

— Qu'est-ce que tu as répondu ?

— Que la salive de chat fonctionnait mieux.

— Sérieusement ?

— Bien sûr que non.

— Tu aurais dû.

Une aide-soignante apporte une carafe d'eau glacée. Je lui en sers un verre, avant d'y plonger une paille.

— Merci.

Il repose sa tête sur l'oreiller et ferme les yeux, frustré par la difficulté de l'effort et par le fait qu'il ait besoin d'aide pour une chose aussi élémentaire que boire de l'eau.

— Dis-m'en plus.

Je me creuse les méninges en quête d'une histoire qui pourrait l'intéresser.

— Oh, je sais. Un garçon a écrit il y a quelques semaines, parce que la fille dont il est amoureux va déménager en Irlande. Il a quinze ans, et elle vient d'une famille extrêmement catholique qui n'approuve pas leur relation. Il voulait savoir à quel âge il pourrait légalement déménager là-bas pour la retrouver.

— Aaah, l'espoir du premier amour. Qu'est-ce que tu lui as répondu ?

— Que je sais à quel point il est difficile de laisser partir quelqu'un qu'on aime, mais que je ne crois pas à une unique âme sœur pour chacun. C'est trop fantaisiste, trop restrictif. Je lui ai conseillé de laisser passer le temps, d'attendre de voir comment ses sentiments évoluent. Peut-être qu'il finira par se rendre compte qu'il a arrêté de penser à elle en permanence, parce que c'est comme ça que ça marche, surtout à quinze ans. Je lui ai dit qu'à un moment, il faut faire le choix d'être heureux, parce que la tristesse est trop fatigante à la longue. Et qu'un jour, on regarde en arrière, et on se rend compte qu'on ne se souvient même plus de ce qu'on aimait tant chez l'autre.

Jack hoche la tête, les yeux toujours fermés.

— Mais je lui ai aussi dit que, parfois, même si c'est rare, certains chemins se croisent à nouveau. Et quand cela arrive, il faut garder l'autre dans sa vie pour toujours.

Le silence s'installe. Il dort. J'espère qu'il fait de beaux rêves.

15 septembre

Jack

Connards. Je jette mon téléphone sur la pile de détritus et de tasses sales qui s'accumulent sur la table basse et m'affale dans le canapé informe. La météo peut aller se faire foutre aussi, avec ce soleil de merde qui me tombe pile dans les yeux. Je me lèverais bien pour aller fermer les rideaux, mais je ne peux pas. Alors je me contente de fermer les yeux. Autant dormir, puisque de toute façon je suis officiellement au chômage. C'est ce qui se passe quand on est tellement arrogant qu'on démissionne de son ancien job avant d'avoir commencé le nouveau, et qu'on se fait renverser par un automobiliste qui fait une crise cardiaque au volant de sa Volvo. Au moins, je suis en vie. C'est ce que tout le monde me répète : « Regarde le bon côté des choses », ou des conneries du genre. Il faudra qu'on m'explique quel est l'aspect positif dans le fait de ne pas pouvoir prendre le poste pour lequel j'ai travaillé toute ma carrière. Je me suis tapé les réunions sans fin, les entretiens, j'ai serré des mains, j'ai tout fait sauf signer noir sur blanc, ce qui était censé arriver quelques jours plus tard avec l'annonce officielle à la presse. Le contrat de mes rêves était dans les tuyaux, et paf, j'atterris à l'hosto et Jonny de mes deux dont personne n'a jamais entendu parler en profite pour me piquer ma place. Et me voilà aux oubliettes, et vu comme les choses sont parties, dans quelques mois je ne pourrai même plus payer mon loyer. Les médecins sont incapables de me dire si je vais retrouver l'ouïe à l'oreille droite. M'étonnerait que les offres d'emploi affluent pour un animateur radio à moitié sourd. Et ensuite, je fais quoi ? J'emménage avec Sarah et sa collègue chiante ? Cette peau de vache s'empresserait de cafter la sous-location illégale auprès du proprio. Elle râle déjà de devoir partager l'appartement, et elle a l'air de me détester tout particulièrement ; je suis sûr qu'elle adorerait me voir dans une tente en carton sous un pont. Et avec l'aumône qu'elle me laisserait, je n'aurais pas de quoi me payer un thé.

Ô joie, le bruit des clés dans la serrure de la porte d'entrée. Si seulement j'avais eu le bon sens de tirer le verrou et de rester au lit. Billy est à un mariage dans le nord, Phil, mon *ex*-collègue technicien du son est à Goa, ce qui signifie que ça ne peut être qu'une seule personne. Sarah. Sarah, avec son sempiternel sourire et son inébranlable bonne humeur, quand tout ce que je veux, c'est manger un plat préparé périmé devant les matchs du samedi après-midi. Alors que je n'aime même pas le foot.

— Jack ? Je suis rentrée. T'es où ?

— Ici.

Elle apparaît sur le seuil, tout en jambes dans sa robe rose fluide, et quelque part au fond de ma tête, j'ai honte d'être avachi sur le canapé dans le même survêtement taché de curry depuis trois jours. Elle était en déplacement à Exeter cette semaine, et, pour être honnête, je ne m'attendais pas à la revoir avant demain. Les analgésiques ont dû griller mon cerveau. Si j'avais su, j'aurais au moins changé de pantalon.

— On dirait que tu as passé la nuit à te shooter aux médicaments, dit-elle sur le ton de la plaisanterie. Ou alors que tu es redevenu étudiant.

Super, un rappel de l'époque qui me manque. Merci, Sarah.

— Ni l'un ni l'autre. C'est juste moi, la télécommande, et du poulet au curry.

— On dirait le titre d'un film de cinéma d'art et d'essai.

Elle rit un peu, tout en rassemblant les tasses sales sur la table.

— Laisse, je vais le faire.

— Ça ne me dérange pas.

— Je m'en fiche.

Soudain, le sourire rayonnant s'éteint.

— Tu veux bien me laisser m'occuper de toi de temps en temps ? S'il te plaît ?

Résigné, je ferme les yeux et pose ma tête contre le dossier pendant qu'elle fait mon ménage. J'ai l'impression d'être un ado ingrat dont la mère fait irruption dans sa chambre pile au moment où il voulait se branler. Mon Dieu, mais quel connard ! Le parfum de Sarah, exotique et reconnaissable entre mille, me rappelle nos rendez-vous et nos nuits passées ensemble. Notre vie sexuelle est au point mort depuis mon accident. Pour être honnête, il ne se passait déjà plus grand-chose avant. Le fracas des assiettes dans l'évier me fait ouvrir les yeux. Son parfum est toujours là, et il se mêle aux odeurs du curry d'hier soir et de ma transpiration âcre. Pas la plus harmonieuse des associations.

— Je me disais qu'on pourrait faire un tour dehors, propose-t-elle en allumant la radio. Il fait un temps magnifique.

Je pousse un soupir exaspéré, malheureusement pas assez fort pour qu'elle l'entende. J'ai l'impression d'être un déchet, et je suis trop fatigué pour m'en soucier. Je crois que je n'ai plus un seul boxer propre. J'ai encore mal à l'épaule et aux côtes, probablement parce que j'ai négligé les exercices que le kiné m'a prescrits. Je ne sais pas pourquoi je continue à aller le voir toutes les semaines. Mes os sont cassés, ils finiront par se réparer. Il n'y a pas de kiné pour mon oreille. La seule chose qui a vraiment de l'importance pour moi est celle qui ne peut pas guérir. Bien sûr, on m'a parlé des appareils auditifs et de tous ces trucs, mais franchement, quel intérêt ? Le vrai problème c'est que ma carrière est terminée et qu'aucun médecin ne pourra y faire quoi que ce soit.

— Qu'est-ce que tu en dis ?

Sarah réapparaît sur le seuil du salon avec les gants en caoutchouc vert menthe qu'elle a achetés il y a déjà plusieurs semaines.

— Que tu ressembles à une ménagère des années cinquante ?

Elle lève les yeux au ciel.

— Je parle de sortir, Jack. Juste une balade au parc, par exemple. On pourrait aller déjeuner au nouveau café qui vient d'ouvrir sur Broadway. Il paraît que c'est très californien.

Qu'est-ce que c'est censé vouloir dire ? Jus de pousse de blé et de kale ?

— Je sais pas.

— Tu veux que je commence à faire couler la douche ?

— Tu te prends pour ma mère ou quoi ?

Elle ne répond pas, mais je vois la peine dans ses yeux, et encore une fois je me sens comme le dernier des cons. J'en ai juste marre de tous ces gens qui s'occupent de moi sans arrêt. Quand ce n'est pas Sarah, c'est ma mère, qui débarque trois fois par semaine avec des plats que je n'ai pas envie de manger.

— Désolé. Mauvaise journée.

Elle hoche doucement la tête. Si je pouvais lire dans ses pensées, j'imagine que j'y trouverais un certain nombre d'insultes bien méritées. Je peux presque l'entendre d'ici me traiter de sale égoïste, même si elle n'a pas ouvert la bouche.

— Va prendre une douche, finit-elle par déclarer avant de retourner dans la cuisine.

Je me lève pour obéir et en passant devant la porte j'envisage un instant d'aller la prendre dans mes bras et lui embrasser le cou pour la remercier comme il faut. Puis j'entends le jingle de la radio, la voix d'un animateur qui était mon rival, et la jalousie acide annihile tout désir de civilité. *Connards*.

24 octobre

Laurie

— Je ne sais plus quoi faire.

Sarah fait tourner le vin dans son verre, l'air dévasté. Elle m'a envoyé un SMS un peu plus tôt pour me proposer un verre après le boulot. Il me restait encore une tonne d'e-mails à traiter, mais, à sa voix, j'ai senti qu'elle avait besoin de parler, alors j'ai tout lâché pour la retrouver. Je n'avais pas tort. Je savais que la vie avec Jack n'était pas un long fleuve tranquille depuis son accident, mais d'après ce qu'elle me raconte depuis une heure, il lui fait carrément vivre un enfer.

— Et maintenant il a décidé d'arrêter les antidouleurs, soupire-t-elle. Il a tout jeté dans les toilettes hier. Apparemment il a l'impression d'être un légume, et il préfère souffrir pour pouvoir s'en plaindre.

Je sais qu'elle a l'air dure, mais impossible de la juger pour ça. Elle s'efforce de garder bonne figure depuis l'accident, et Jack ne l'aide pas. Ça fait presque trois mois, et chaque fois que je l'ai vu, il s'est montré limite grossier, particulièrement envers Oscar. On en est au point où je l'évite à présent.

— Alors, j'imagine qu'il n'y a pas de bonne nouvelle côté boulot ?

Je connais déjà la réponse. Même si, physiquement, il est en état de reprendre le travail, émotionnellement, il en est bien loin. De toutes les blessures qu'il aurait pu avoir, la surdité partielle est la plus cruelle.

— Non. Je ne pense pas qu'il ait cherché quoi que ce soit, et je suis certaine qu'il n'a pris contact avec aucune station.

Elle grignote une noix de cajou piochée dans le sachet devant nous.

— Je m'inquiète vraiment, Lau. Il est tellement hargneux, tout le temps. Et il ne veut jamais rien faire. C'est tout un cirque pour arriver à le faire sortir trois minutes. J'ai peur qu'il finisse par trop s'isoler.

— Il a subi un traumatisme énorme. J'imagine que c'est sa façon de gérer l'accident ?

— Mais c'est bien le problème ! Il ne gère rien du tout ! Il passe son temps assis à regarder le mur et à se faire pousser une barbe qui ne lui va pas du tout.

Je m'empare de la bouteille de vin blanc bien entamée pour remplir nos verres.

— Tu pourrais essayer d'en parler à son médecin ?

— Jack dit que je l'étouffe. Il a de la chance que je ne le prenne pas au mot, vu comme il se comporte. Il ne m'appelle plus, ne m'envoie plus de messages. Je reçois plus de SMS de Luke que de Jack depuis l'accident, c'est dire à quel point ça va mal.

Sarah est restée en contact avec l'Australien au grand cœur qui a trouvé le téléphone de Jack le soir de l'accident.

— Est-ce que ça fait de moi une personne horrible d'avoir hâte de partir la semaine prochaine ?

— Pas du tout. Tu as bien besoin d'une pause !

L'enterrement de vie de jeune fille de sa sœur aux Canaries ne pouvait mieux tomber.

— D'ailleurs, ça ne fera pas de mal à Jack de voir comment sont les choses quand tu n'es pas là pour le soutenir. Il va devoir se bouger un peu.

Sarah pousse un soupir las.

— Tu as tellement de chance avec Oscar. Je ne crois pas l'avoir déjà vu de mauvaise humeur.

C'est vrai qu'il faut chercher longtemps pour me souvenir de notre dernière dispute.

— Oui. Il est plutôt constant.

— J'imagine que tu n'as pas trop envie de passer voir Jack quand je ne serai pas là, si ?

Elle me regarde comme si j'étais son dernier espoir.

— Peut-être qu'il s'ouvrira à toi ? ajoute-t-elle. Puisque, clairement, ce n'est pas à moi qu'il va se confier.

Qu'est-ce que je peux répondre à ça ? Je ne peux décemment pas refuser.

— Peut-être qu'il accepterait de parler à Oscar ? Entre mecs ?

Avant même d'avoir terminé ma phrase, je sais combien cette idée est stupide.

— Ne le prends pas mal, Lau, mais je ne crois pas qu'ils soient sur la même longueur d'onde. Jack l'aime bien, mais il a parfois du mal à trouver des sujets de conversation quand il est là.

Indécise, je me contente de hausser la tête et d'avaler une gorgée de vin. Bon. Manifestement, je n'ai pas trente-six solutions. Alors je plonge la main dans mon cabas Kate Spade et en sors mon agenda.

— OK…

Je tourne les pages et fais courir mon doigt sur la semaine qui arrive, m'arrêtant sur samedi.

— Oscar va chasser dans la matinée.

Je ris en voyant Sarah hausser les sourcils.

— Je sais. Quelqu'un a offert cette petite sauterie à son frère pour son anniversaire… Je pourrais passer voir Jack à ce moment-là ?

Les épaules de Sarah s'affaissent de soulagement.

— Je n'arrive plus à lui parler. Je ne peux rien dire sans qu'il s'énerve. Mais je pense qu'il n'osera pas être aussi grossier avec toi.

Mon téléphone se réveille sur la table, et je me sens presque coupable quand la photo d'Oscar et moi, radieux en Thaïlande, s'affiche sous son nez.

Je lis le message en diagonale. Depuis l'accident de Jack, je ne peux pas m'empêcher d'ouvrir tous les messages dès que je les reçois, au cas où il y aurait un problème.

— C'est juste Oscar qui veut savoir où j'en suis pour le dîner.

— Quelle vie tranquille !

Je ne peux pas la contredire. Pour l'instant, je n'ai entamé absolument aucune recherche d'appartements, en partie à cause de l'accident de Jack, mais si je suis honnête avec moi-même, c'est surtout parce que je m'amuse bien à jouer au couple installé sans la responsabilité des factures, du loyer hors de prix ou de l'emprunt sur trente ans. C'est insensé de vivre ainsi, j'en ai conscience, mais pour Oscar, ça a toujours été comme ça. Et je dois reconnaître que c'est incroyable, de se sentir à l'abri de tout. De temps en temps, je me dis quand même que c'est un peu trop facile, trop stable, mais en écoutant Sarah, je remercie ma bonne étoile.

La photo de la bolognaise maison que prépare Oscar apparaît sur l'écran de mon téléphone.

— Bon, eh bien, on dirait que tu es attendue, fait remarquer Sarah.

Je prends le temps de la serrer dans mes bras avant de partir.

— Il va revenir à lui, Sarah, c'est certain. C'est juste une période difficile, mais ça va passer. Laisse-lui un peu de temps.

— Je ne fais que ça ! proteste-t-elle en enfilant sa veste.

La météo a commencé à sérieusement se rafraîchir, les manteaux sont de retour dans les rues de Londres.

— Profite bien du soleil de l'Espagne !

Tout d'un coup, je rêve de partir avec elle, pour danser, rire et redevenir insouciante comme à l'époque de Delancey Street.

— Je trinquerai en pensant à toi.

3 novembre

Jack

— Jack, il y a du monde pour toi dans le salon ! crie Billy dans le couloir.

Dans la salle de bains, je continue à me brosser les dents sans grande conviction. Ça ne peut pas être Sarah, parce qu'elle est partie se dorer la pilule à Tenerife. Je sais que ce n'est pas un collègue, parce que je n'ai plus de boulot. Et j'espère sincèrement que ce n'est pas encore ma mère, parce que si Billy l'a laissée entrer avant de partir au foot avec Phil, je vais le tuer. J'aurais dû accepter de sortir avec eux. Ah bah non, ils ne me l'ont pas proposé. Cela dit, je ne peux pas vraiment leur en vouloir. S'ils ont arrêté de me proposer quoi que ce soit, c'est parce qu'ils savent déjà que la réponse sera non. C'est peut-être Mila Kunis. Elle a de la chance, aujourd'hui j'ai pris une douche.

— Laurie.

La surprise me pétrifie sur le seuil du salon. Laurie est perchée sur l'accoudoir du canapé, encore emmitouflée dans son manteau rouge, son bonnet à la main.

— Jack.

Son sourire hésitant n'atteint pas tout à fait ses yeux.

Soudain, je jette un regard derrière elle, frappé par l'éventualité qu'elle ne soit pas venue seule.

— Où est le fils à papa ?

— Il s'appelle Oscar.

Si elle le dit. Je n'ai pas envie de passer la journée à parler de ce branleur, de toute façon.

— Tu veux un café ?

— Non, merci.

— Du vin ? Une bière ?

Un autre refus alors qu'elle enlève son manteau. Je vais dans la cuisine me chercher une bière, puis je reviens m'affaler sur le canapé.

— Je suis contente de te voir. Comment tu vas ?

— La grande forme.

Je lève ma bouteille vers elle.

— À la tienne !

Elle reste silencieuse pendant que je siffle la moitié de la bière.

— Tu es sûre que tu n'en veux pas une ?

— Il est dix heures et demie du matin, Jack.

L'idée était de combattre le mal par le mal, pour me remettre de ma dernière cuite. Je commence sérieusement à regretter d'avoir jeté tous les analgésiques, et d'utiliser la vodka pour les remplacer. Je sais que je ne peux pas continuer comme ça. Je suis encore à moitié saoul d'hier.

— Tu es venue jusqu'ici pour me donner l'heure ? Parce que j'ai une montre, tu sais.

Je brandis mon poignet, nu. D'ailleurs, ça fait un moment que je ne l'ai pas vue, cette montre. Elle est probablement enterrée quelque part dans ma chambre.

Billy et Phil jouent les maniaques dans les parties communes, alors ma chambre est devenue ma décharge personnelle. Laurie a l'air désarçonnée par ma question. Allez savoir pourquoi. Après tout, c'est elle qui a commencé avec sa leçon de morale.

Elle glisse de l'accoudoir au siège, les genoux tournés vers moi.

— Non, je suis là parce que je me fais du souci pour toi.

— Eh bien, comme tu le vois, il n'y a pas de quoi.

Je fais un geste pour montrer mon tee-shirt – par chance – propre.

— Contrairement à ce que Sarah t'a sûrement raconté, je ne passe pas mes journées à m'apitoyer sur mon sort au milieu d'une montagne de déchets. J'ai pris ma douche et mon petit déj, alors pas besoin de me baby-sitter aujourd'hui. Mission accomplie.

— Il va falloir plus qu'un tee-shirt propre pour me convaincre que tu vas bien. Et je suis là, si tu as besoin de parler, d'accord ?

Un rire sarcastique m'échappe.

— Si tu veux écouter les problèmes des autres, va faire du bénévolat.

— Arrête. Ça suffit.

— Arrête ? Tu veux que j'arrête ?

J'espère que la dérision dans ma voix est plus cinglante que ma repartie.

Elle lève le menton et ses yeux ronds me lancent un regard méfiant.

— Oui, Jack. Arrête. Je ne suis pas venue ici pour me disputer avec toi. Ce n'est pas la peine d'être aussi agressif.

— OK. Comment va le boulot ?

Elle hésite un instant, comme si elle avait du mal à suivre mon vif changement de direction.

— Hmmm. Ça va. C'est cool.

— Tant mieux pour toi, je dis en pointant ma bière vers elle. Même si je t'ai toujours imaginée avec un boulot plus… adulte.

Je ne suis pas fier de moi. Je sais ce que représente ce poste aux yeux de Laurie, et à quel point elle doit être douée. Il n'y a pas de meilleure personne, aussi bienveillante, pour répondre aux questions d'ados sans dénigrer leurs inquiétudes. Je vois combien ma remarque ignoble la blesse. Ce serait mieux pour nous deux si elle partait.

— Ah, vraiment ?

— Oui. Mais bon, il faut bien faire ses armes quelque part.

— Oui, j'imagine. Comment va la recherche de boulot ?

Oh, touché. Pile quand je commençais à me sentir mal.

— Tu sais ce que c'est. Ils font la queue sur trois cents mètres pour me recruter, mais je garde mes options ouvertes.

— Tu devrais t'acheter un nouveau rasoir, si on t'appelle pour un entretien.

Je passe ma main sur ma barbe de trois jours, vexé. Bon, OK, on a peut-être dépassé trois jours. Mais je crois qu'une barbe moyenne me va bien.

— Tu veux réellement aller sur ce terrain ? Parce que je suis prêt à m'engueuler si ça t'amuse.

Elle affiche un air exaspéré.

— Non, bien sûr que non. Écoute, Jack, tout le monde s'inquiète pour toi. Sarah, ta mère… Je sais que l'accident a dû être un traumatisme terrible, et que ça craint d'avoir perdu ton boulot. Mais tu ne peux pas continuer à moisir ici. Ce n'est pas toi.

J'observe chaque trait de son visage quand elle parle. Sa bouche. La ligne parfaite de ses dents. La bière doit me monter à la tête.

— Tu as à peine changé depuis toutes ces années. Tu me fais toujours penser à une gamine des rues ou à une Parisienne toute fine.

Surprise, elle hésite, semble sur le point de dire quelque chose, puis balaie sa réplique pour en formuler une autre.

— Sarah dit que tu as jeté tes médicaments.

— Ils me transformaient en légume.

— C'est à ça qu'ils servent, Jack. À anesthésier la douleur.

Ils n'endormaient pas que la douleur, le cerveau aussi. J'avais l'impression de marcher avec des bottes de plomb, j'étais trop lourd pour sortir du lit, trop engourdi pour penser plus loin qu'à mon prochain repas et au temps qui me séparait de la prochaine sieste. Au fond, je sais bien que l'alcool me fait plus ou moins le même effet.

— Tu me manques.

Les mots sont sortis tout seuls, sans que je m'en rende compte, si bien que je suis tenté de regarder derrière moi pour m'assurer que ce n'est pas quelqu'un d'autre qui les a prononcés.

Son attitude change immédiatement, elle s'agenouille devant le canapé et prend mes mains dans les siennes.

— Regarde-moi. Jack, écoute-moi. Laisse-moi t'aider, je t'en prie. Fais-le pour moi. Laisse-moi être de nouveau ton amie.

Ses immenses yeux violets sont pleins de sincérité et ses doigts serrent fort les miens.

— Ça a toujours été comme ça entre nous, pas vrai ?

Je n'ai aucun contrôle sur les mots qui s'échappent de ma bouche.

— Quand tu me regardes, je sais que tu me vois vraiment. Personne d'autre ne me voit comme je suis, Lau. Pas comme toi.

Elle baisse les yeux, désarçonnée par la direction que prend notre conversation. Je le suis tout autant. Puis elle revient à moi.

— Dis-moi ce que je peux faire pour t'aider. Est-ce que tu veux dresser une liste de toutes les choses qui te préoccupent, et en parler une à une ?

La seule chose à laquelle je pense en cet instant, c'est Laurie.

— Tu sens toujours comme les fleurs et l'été. C'est mon parfum préféré au monde.

Qu'est-ce que je raconte ?

— Jack…

Je ne peux pas m'en empêcher. C'est la première fois depuis longtemps que j'ai l'impression de redevenir un homme, et ça me fait du bien, beaucoup de bien, comme me réveiller d'un coma. Sa main est si chaude et fragile dans la mienne. Alors, je fais la seule chose dont je suis capable, ou plutôt la seule que je suis incapable de me retenir de faire. J'approche mon visage du sien, et je l'embrasse. Mes lèvres tremblent. Ou peut-être les siennes. Je l'ai prise au dépourvu, et pendant une toute petite seconde, tout est parfait. Ma main sur son visage, ses lèvres chaudes contre les miennes.

Puis plus rien n'est parfait du tout, parce qu'elle s'écarte et se relève vivement.

— Jack ! Mais qu'est-ce qui te prend ?

Sa respiration est vive, saccadée ; une main sur les hanches, elle se penche comme si elle venait de s'arrêter en plein footing.

— C'est pas pour ça que tu es là ?

Honteux, j'en deviens méchant, et je m'essuie la bouche, comme si la sienne y avait laissé un goût amer.

— Pendant que le chat n'est pas là, les souris dansent, c'est ça ?

Elle porte la main à ses joues rouges, horrifiée par mon accusation.

— Jack O'Mara, toi et moi, on est amis depuis longtemps. Mais si tu t'avises de me redire une chose pareille, tu peux faire une croix sur notre amitié. Compris ?

— Ça y est, Madame a des principes.

Je me lève pour faire les cent pas, et soudain la pièce me semble trop petite, irrespirable. J'y suis resté terré pendant des mois et tout d'un coup je ne désire rien de plus qu'ouvrir la porte et sortir. J'irais jusqu'au bout de notre île, je traverserais la mer, et je continuerais d'avancer jusqu'à ce que ce soit terminé.

— Mais ça n'a pas toujours été le cas, pas vrai ? C'était différent, quand c'était toi qui avais besoin de réconfort, hein ? Quand tu étais triste, à bout, et noyée dans tes petits malheurs ?

Ses yeux sont remplis de larmes.

— Je t'en prie, tais-toi, Jack. Ça n'a rien à voir, et tu le sais.

— Ouais. La différence, c'est que c'était toi qui

avais besoin de moi, et je n'ai pas été assez arrogant pour te repousser.

Je fais un geste pour désigner l'espace qui nous sépare, et je continue :

— J'ai eu pitié de toi, Laurie. Et maintenant que la chance a tourné, tu ne daignes pas me rendre ce service en retour.

Ce n'est pas vrai. Pas un mot ne l'est. Je ne reconnais pas le minable que je suis devenu. J'avance d'un pas, pour faire je ne sais quoi, et elle recule, horrifiée. La personne que me renvoie le reflet dans ses yeux me rend malade. Au moment où elle bouge, cette putain d'étoile de mer autour de son cou attire mon regard. Je tends la main pour l'attraper. Je ne sais pas pourquoi. C'est totalement irrationnel, je veux juste faire quelque chose pour la retenir. Mais elle sursaute, la chaînette se brise et le pendentif me reste dans la main. Je le contemple un moment, puis le jette par terre. Laurie respire fort et j'entends mon propre sang affluer dans mes veines comme un courant d'eau qui s'écrase entre des rochers.

Lentement, prudemment, elle se baisse pour ramasser son collier, sans me quitter des yeux. Comme si j'étais un animal sur le point d'attaquer.

— Cours rentrer chez toi, l'étoile de mer. Et ne reviens pas.

Je m'étrangle presque en prononçant le surnom niais que lui donne Oscar quand il pense que personne ne l'entend. De lourds sanglots s'échappent de sa gorge. Elle se retourne et fuit, loin du salon, loin de l'appartement, loin de ma vie. Je la regarde s'éloigner depuis la fenêtre. Et enfin je m'étends par terre, immobile.

Laurie

Jack m'a fait peur ce matin. Non, il m'a traumatisée. Je ne sais pas ce que je vais dire à Sarah quand elle me demandera comment s'est passée ma visite. Je n'avais aucune idée de son état. Alarmant. Pourtant il n'est pas de nature violente, ni du genre à user de mots vicieux. C'était terrifiant de le voir ainsi.

J'attache mes cheveux au sommet de mon crâne et me tourne pour observer la base de ma nuque. Comme je le soupçonnais, j'ai une marque, une petite égratignure rouge là où le fermoir de mon collier s'est enfoncé dans ma peau avant que la chaîne ne cède. J'appose un gant de toilette froid dessus et m'assieds sur le rebord de la baignoire. Ma nuque, je m'en fiche. Je connais assez Jack pour savoir que jamais il ne me ferait du mal intentionnellement. La chaîne était assez fragile pour se briser facilement. Mais c'est le symbole. Et ses mots. *Ne reviens pas.*

12 novembre

Jack

— Je voudrais faire livrer, hum, des fleurs.

Je rôde dans la boutique de la fleuriste depuis plusieurs minutes, en attendant que tous les autres clients s'en aillent. J'ai atterri au royaume de Noël, où les murs croulent sous les couronnes de l'Avent et les rubans, et où les étagères sont pleines de ces énormes plantes rouges que tout le monde colle devant la cheminée et s'acharne à garder en vie jusqu'au nouvel an.

La quarantaine environ, la fleuriste est emmitouflée dans une doudoune et ses doigts rouges sont gercés. Il fait assez froid pour que mon souffle fasse de la buée.

Tout en gribouillant la commande du client précédent, elle me demande :

— Vous savez quelles fleurs vous voulez ?

— Le genre qui dit « Désolé d'avoir été si con » ?

Son stylo s'interrompt, et le regard qu'elle pose sur moi me dit qu'elle connaît bien cette situation.

— Des roses rouges ?

— Non, non. Surtout pas quelque chose de romantique.

— Je vois. Les chrysanthèmes ont beaucoup de succès auprès des femmes plus matures… Les mères, par exemple ?

Pour qui elle se prend ? Je cherche une fleuriste, pas une psy.

— Ce n'est pas pour ma mère. Je veux juste un bouquet pour m'excuser. C'est pour une amie.

Elle disparaît dans l'arrière-boutique et revient avec un vase en verre débordant d'énormes pivoines d'un blanc crémeux et d'un bleu lavande.

Je les examine avec attention. Elles sont presque de la même couleur que les yeux de Laurie.

— Seulement les blanches, je décrète.

Je ne voudrais pas qu'on leur prête une signification qu'elles n'ont pas.

— Vous avez des cartes pour envoyer un mot avec ?

Elle me tend une boîte en carton divisée par des étiquettes rédigées à la main. La plus grande section est justement la catégorie « Je suis désolé ». Clairement, je ne suis ni le premier ni le dernier type à se comporter comme un con. Je feuillette les différents modèles de cartes et sélectionne les plus sobres.

— J'aimerais vous en commander deux, s'il vous plaît.

— Deux ?

Je confirme sous son regard réprobateur.

— Vous êtes sûr que vous ne voulez pas que je les personnalise légèrement ?

— Non. Je veux exactement celui-là, s'il vous plaît.

Elle peut penser ce qu'elle veut, je m'en fiche. Au moins, si je commande les mêmes, je ne pourrai pas me tromper quand Sarah les mentionnera.

Elle hausse les épaules et tente de rester impassible.

— Je m'occupe juste de livrer les fleurs, après tout. Vos histoires ne me regardent pas.

Elle me tend un stylo et s'éloigne vers un client qui vient d'entrer avec un panneau « Le Père Noël s'arrête ici » et une boule de gui du stand extérieur.

La carte de vœux est vraiment minuscule. Comment suis-je censé faire tenir toutes mes excuses sur un si petit espace ? J'ai fait n'importe quoi ces dernières semaines. La visite de Laurie a été le coup d'arrêt. Après son départ, je suis resté allongé par terre pendant des heures, et j'ai commencé à entrevoir la réalité : tous ceux qui m'étaient chers étaient sur le point de baisser les bras. C'est terrifiant de voir à quelle vitesse notre vie peut nous échapper. Un matin tout me réussissait, et le lendemain j'étais au sol, KO. Je n'ai pas bu une seule goutte d'alcool depuis, et j'ai revu le médecin pour qu'il me prescrive des antalgiques plus adaptés. Il m'a suggéré d'aller voir un psy. Mais c'est encore trop tôt pour moi. Je ne suis pas sûr d'être prêt à sortir les mouchoirs.

Sarah,
Je suis désolé d'avoir été si con. Tu es un ange de m'avoir supporté si longtemps. Je vais changer, promis.
J

Je me dépêche de lécher le rebord de l'enveloppe avant que Madame la Juge ne lise par-dessus mon épaule, et j'inscris l'adresse de Sarah.

Reste la seconde carte, blanche, intimidante.

Chère Laurie ? Laurie ? Lau ? Le stylo en l'air, j'hésite. Oh, et puis tant pis ! Autant écrire ce qui me vient. Au pire, j'achèterai une nouvelle carte à vingt pence.

Salut, Laurie.
Je suis désolé pour la façon dont je me suis comporté et ce que je t'ai dit. Je n'en pensais pas un mot, pas un seul. À part le fait que tu me manques.
Je suis désolé d'avoir foutu en l'air notre amitié.
Jack, ce petit con

C'est loin d'être parfait, mais il va falloir s'en contenter, parce que la fleuriste me garde à l'œil en se glissant derrière le comptoir. Je range la seconde carte dans l'enveloppe, inscris l'adresse et fais glisser le tout vers elle.

Sans un mot, elle m'encaisse, et au moment de me rendre ma carte de crédit, elle m'adresse un grand sourire. Le genre de sourire pincé, forcé, et par lequel elle me fait comprendre que je suis une personne abjecte et que ce n'est pas parce qu'elle accepte mon argent qu'elle approuve mon choix.

— Je veillerai à ne pas me tromper dans les livraisons, précise-t-elle d'un ton sarcastique.

— Comme c'est aimable !

Je suis à court de reparties, parce qu'elle a raison. Je suis une personne abjecte, et je ne mérite le pardon ni de l'une ni de l'autre.

13 novembre

Laurie

— Tu reçois des fleurs d'un autre homme maintenant ? Dis-moi de qui il s'agit, et je le provoquerai en duel.

Oscar vient de rentrer du travail, et, en accrochant son pardessus à la patère, il a tout de suite remarqué le vase de pivoines sur la console du couloir. J'ai sérieusement envisagé de les jeter quand elles sont arrivées, parce qu'il allait forcément me demander qui les avait envoyées et que je ne veux pas lui mentir. Finalement, je ne l'ai pas fait. Elles sont si belles, elles méritent d'être admirées. Ce n'est pas la faute des fleurs si leur expéditeur est Jack O'Mara. Je souris devant le commentaire plein d'humour d'Oscar. Je ne sais pas s'il a confiance dans notre relation au point que rien ne lui apparaît comme une menace, ou s'il est tout simplement trop gentil et toujours prompt à tirer les conclusions les plus innocentes. Cela dit, je ne serais pas surprise s'il possédait un pistolet pour un duel.

Je triture le pendentif en étoile de mer que j'ai fait réparer en douce.

— C'est Jack qui me les a envoyées.

Oscar s'immobilise un quart de seconde avant de poser ses clés à côté du vase. Le plus éphémère des doutes.

— On s'est un peu embrouillés il y a quelques jours.

J'ai beaucoup pensé à ce que j'allais raconter à Oscar depuis ma visite chez Jack, quelle part d'information constitue la vérité, et quel degré d'omission fait de moi une menteuse. Et à présent, je regrette de ne pas lui avoir tout dit.

Il me suit dans la cuisine et s'installe sur un tabouret haut alors que je nous sers un verre de vin rouge. C'est une habitude que nous avons prise, quand il ne sort pas dîner avec des clients. Ça fait un peu ménagère des années cinquante, je sais, mais il travaille tellement tard qu'à l'heure où il rentre, le dîner est prêt et j'ai déjà ouvert une bouteille. Je me dis que c'est le moins que je puisse faire, puisque j'habite ici sans payer de loyer. Bref, de toute façon, ça ne me dérange pas vraiment. Tant qu'il ne me demande pas de réchauffer ses chaussons ou de fourrer sa pipe, tout va bien. Il y a quelque chose d'apaisant dans le fait de rentrer à la maison et de couper des légumes, surtout après une longue journée comme celle-ci. Avec le courrier des lecteurs, je ne passe pas mon temps à parler robes de gala et règles. Ma boîte mail était particulièrement sinistre cet après-midi. J'ai fait des recherches sur la boulimie pour essayer d'aider un garçon de quinze ans qui m'écrit parce qu'il cache ses troubles alimentaires à sa famille. J'aimerais pouvoir faire plus, mais parfois je me sens largement sous-qualifiée pour ce poste.

— Vous vous êtes disputés à quel sujet ?

— Sarah n'en pouvait plus. Son comportement autodestructeur avait atteint la limite du supportable. Elle m'a demandé d'essayer de lui parler, et ça ne s'est pas très bien passé.

J'ai déblatéré mon discours à un débit anormalement rapide, comme un enfant sur scène, me dépêchant de passer à la réplique suivante avant de l'oublier et de faire capoter la pièce de théâtre. Incroyable comme je ne fais que mentir au sujet de Jack O'Mara à tant de personnes différentes, pour diverses raisons, depuis que je l'ai rencontré. Même si ce n'est que par omission.

Oscar prend une gorgée de vin et m'observe sortir le ragoût du four.

— Peut-être que changer d'air lui ferait du bien, dit-il d'une voix indéchiffrable.

— Oui, des vacances pourraient être une bonne idée.

Il dénoue sa cravate et détache la première boutonnière du col.

— Je pensais à quelque chose de plus permanent. Un nouveau départ.

Il s'interrompt, comme pour me sonder, avant d'expliquer :

— Une nouvelle ville. Je veux dire, il y a des radios locales partout, non ?

C'est quoi le nom pour désigner un ensemble de chauves-souris déjà ? Une bande ? Une nuée ? Non, une colonie. Voilà, une colonie de chauves-souris s'est installée dans ma cage thoracique, les serres accrochées à mes côtes, pendues tête en bas, et la mention du départ de Jack les a rendues folles. Maintenant, elles volent dans tous les sens avec leurs ailes fines comme du papier toutes déployées. J'en ai la nausée.

Vaudrait-il mieux pour Jack qu'il s'en aille ? Où irait-il ? Est-ce que Sarah partirait avec lui ? À l'idée de les perdre, j'avale une grande gorgée de vin, au risque de m'étouffer.

— Ce serait trop compliqué pour Sarah de quitter Londres, avec sa carrière, je déclare en sortant des bols du placard.

Il ne me quitte pas des yeux et sirote son vin.

— Les trains existent. Elle pourrait rester à Londres.

Jusqu'à présent, Oscar n'a jamais dit de mal de Jack, pas une seule fois, et je sens qu'aujourd'hui, il essaie de se retenir. Je sais qu'il y a plein de trains, qu'ils pourraient faire l'aller-retour pour se voir s'ils tentaient la relation à distance. Mais je ne veux pas.

— C'est une idée.

Pourvu qu'aucun des deux ne l'ait. Est-ce que c'est égoïste ? Je vois bien l'intérêt du déracinement dans une ville vierge de tous rappels négatifs : l'accident, sa carrière interrompue… Ces derniers jours, je pense que j'en suis devenu un aussi. Notre amitié est craquelée. Avec le recul, je ne sais pas si elle a vraiment été un jour si innocente. Elle semblait réelle, alors que ses fondations sont artificielles, forcées par notre amour pour Sarah. Oscar se retient de dire ce qu'il pense. Il y a une étrange atmosphère entre nous ce soir, un poids dans l'air, un orage qui approche.

— Comment a été ta journée ? je demande avec un sourire timide.

— Fatigante. Beaucoup de pression. Peter n'est toujours pas rentré, alors je dois prendre en charge son boulot en plus du mien.

Parfois, je doute que la finance soit la vocation d'Oscar. Il y a dans ce milieu un côté impitoyable qui ne lui vient pas naturellement, même si je sous-estime peut-être ses capacités à changer totalement de personnalité quand il enfile ses bretelles rouges chaque matin. Qui est le vrai Oscar ? Mon amour de plage torse nu, ou celui dont la chemise sort tout droit du pressing ? Si on m'avait posé la question il y a un an, j'aurais dit le premier, sans hésiter. Mais maintenant je ne suis plus si sûre. Malgré la pression, ça ne fait aucun doute qu'il aime aller au travail. Il commence tôt, finit tard, et il n'est jamais plus heureux que les jours où il a conclu un accord. Qu'est-ce que j'en dirai dans cinq, dix ans ? Est-ce qu'il aura été tant absorbé et avalé par le monde de la finance que je ne reconnaîtrai plus du tout en lui mon Robinson Crusoé ? Je n'espère pas. Pour lui, encore plus que pour moi.

J'ôte le couvercle du ragoût, ajoute un peu de vin, puis remets le plat au four.

— Pourquoi tu n'irais pas prendre une douche ? Je peux laisser ça mijoter encore un peu.

À la fin de la soirée, je fais le tour de l'appartement pour éteindre les lumières avant de rejoindre Oscar au lit. Je m'attarde dans le couloir, les doigts sur l'interrupteur de la lampe de table qui éclaire les pivoines d'une lueur crème. Elles sont magnifiques, mais un pétale est déjà tombé sur le parquet. C'est le problème avec les fleurs, pas vrai ? Elles sont luxuriantes, extravagantes, et réclament de l'attention. On les trouve exquises, et, en un clin d'œil, elles perdent toute leur beauté. Elles se fanent, l'eau devient marron et il ne reste plus qu'à les jeter.

Je me dirige vers la chambre et me glisse, nue, dans les bras ouverts d'Oscar, pressant mes lèvres contre son torse.

2013

Résolutions du nouvel an

Ces dernières années, au moment d'écrire mes bonnes résolutions, j'ai toujours fait le vœu de décrocher mon premier job dans un magazine.

C'est officiellement chose faite, je n'ai plus besoin de le mettre sur la liste cette année, même si je rêve secrètement de gravir les échelons vers quelque chose de plus ambitieux que répondre aux questions d'ados sur les garçons et sur comment natter ses cheveux comme Katniss Everdeen. Non pas que je n'y prenne pas de plaisir. C'est simplement que notre lectorat est limité et que je ne vois pas comment je vais pouvoir évoluer ici. Sans compter que je n'aime pas Justin Bieber.

Techniquement, je devrais inscrire « trouver un appart » dans ma liste de résolutions, parce que ça fait maintenant six mois que je vis avec Oscar, alors que ce n'était censé être qu'un arrangement temporaire. Mais je ne veux vivre nulle part ailleurs, et il ne veut pas que je parte, alors je ne vais pas m'entêter. Effectivement, on dirait qu'on a brûlé les étapes, mais après tout, c'est le cas depuis l'instant où il est venu me parler sur une plage de Thaïlande. Qui peut dire ce qu'il faut ou ne faut pas faire, de toute façon ? On ne peut pas tout calculer dans la vie. Certes, je trouve parfois sa dévotion un peu étouffante. C'est un vrai livre ouvert, avec mon nom inscrit sur toutes les pages. Il me demande de l'épouser au moins une fois par semaine, et même si je sais qu'il s'agit à quatre-vingt-dix pour cent d'une blague, je pense qu'il appellerait pour réserver une église si je décidais de le choquer et de répondre oui. Oscar me couvre de cadeaux, c'est un amant attentif, et il est stable.

Alors je ne sais pas trop ce que sera ma bonne résolution de cette année. Essayer de ne pas tout faire capoter, j'imagine.

8 février

Laurie

— Tu es sûre que la recette disait de verser une bouteille entière de rhum ?

Je recrache un peu de punch dans le gobelet en plastique que Sarah vient de me donner à goûter.

— Je crois que ton mélange m'a arraché le palais.

Elle rit, fière d'elle.

— Ma version est peut-être un peu plus corsée.

— Bon, bah, au moins tout le monde sera trop ivre pour remarquer que ce n'est pas la soirée du siècle.

Oscar a passé la semaine à Bruxelles pour le boulot, ce qui m'a laissé tout le loisir de lui préparer l'anniversaire surprise parfait. Il a vingt-neuf ans demain. J'ai soigneusement emballé tous les objets appartenant à sa mère et ayant l'air chers ou fragiles. J'ai cuisiné et congelé des petits-fours, et j'ai passé une bonne partie de l'après-midi à déplacer le mobilier avec Sarah pour maximiser l'espace. Par chance, on vit au rez-de-chaussée, ce qui signifie qu'on peut toujours laisser déborder les gens sur la terrasse, si le salon vient à trop se remplir. J'espère qu'on n'en arrivera pas là, parce qu'il gèle et que la météo annonce de la neige.

— Ça va être génial ! lance-t-elle en chemin vers les toilettes. Après tout, tu as embauché le meilleur DJ de Londres.

Je n'arrive pas à savoir si c'est ironique ou non.

Trois mois ont passé depuis cet horrible samedi matin où je me suis pointée chez Jack, et, Dieu merci, il semble enfin reprendre sa vie en main. Il daigne même faire le DJ à l'anniversaire de mon copain. Et, surtout, son ancienne station a accepté de le reprendre – à un poste légèrement moins gratifiant qu'avant, mais Sarah dit qu'il cherche déjà mieux ailleurs. Je ne l'ai vu qu'une ou deux fois depuis Noël, et jamais seul à seule. La première fois, en janvier, était terriblement gênante. Malgré les magnifiques fleurs qu'il m'avait envoyées, je n'avais pas vraiment réussi à lui pardonner. Mais quand nous nous sommes retrouvés en tête à tête, il m'a pris la main et s'est excusé, encore, m'a suppliée, presque, et son regard intense a réussi à faire fondre mon cœur. Je savais qu'il était sincère. Il m'a blessée, mais il s'est fait plus de mal encore.

Je suis ravie d'annoncer que sa barbe n'est plus qu'un mauvais souvenir, et que l'étincelle est revenue dans ses yeux verts dorés. Quel soulagement ! J'ai eu peur qu'il ne trouve pas la force de se relever.

Sur le plan de travail de la cuisine, le téléphone de Sarah bipe et j'y jette un coup d'œil par réflexe. C'est un message de Luke.

J'imagine que tu es déjà prise ce soir ? Ma soirée vient de tomber à l'eau et je n'ai pas d'amis. Sauve-moi, ma petite Sarah !

Je fixe le message un moment, le cerveau en ébullition, puis je m'éloigne pour aller me poster devant le frigo ouvert. Je ne veux pas qu'elle pense que je l'espionnais. C'est un SMS relativement innocent. Amical, pas dragueur. Je n'ai croisé Luke qu'une fois, quand je suis tombée sur eux dans un café près du bureau de Sarah, et il n'est pas son genre du tout. Il est immense, tout en muscles et en cheveux de surfeur. Mais « ma petite Sarah » ? Elle m'a raconté qu'ils discutaient, bien sûr ; avec lui, apparemment, elle peut parler de tout. Est-ce qu'il y a plus que ça ? Je la regarde revenir dans la cuisine, récupérer son téléphone, rire doucement en regardant l'écran, puis le ranger dans sa poche sans un commentaire. Ça m'étonne d'elle, mais après tout je ne lui lis pas non plus tous les messages que je reçois. Je suis même loin de tout lui dire.

Sarah nous sert un verre de vin et laisse courir un regard appréciateur sur la cuisine high-tech immaculée.

— On est loin de nos soirées à Delancey Street, pas vrai ? Tu as changé, Lau, déclare-t-elle d'une voix forte, sur un faux ton de reproche.

J'éclate de rire.

— On a toutes les deux changé.

— Oh, tu ne devineras jamais avec qui j'ai pris un verre la semaine dernière ! Amanda Holden.

Je porte mes mains à mon ventre, comme si elle venait de me poignarder.

— Non ! Je le savais.

Elle crâne un peu, puis éclate de rire.

— Enfin… on était dans le même bar.

Je lève les yeux au ciel.

— Un jour…

Et j'y crois. Sarah a été promue en janvier à un créneau régulier du bulletin d'informations de midi. Elle n'est pas encore célèbre, mais ça ne saurait tarder. Pour l'instant, les gens savent qu'ils ont déjà vu sa tête quelque part, mais ne sont pas encore capables de la replacer. Dans quelques années, elle aura besoin d'une casquette de base-ball et de lunettes de soleil pour aller prendre un café avec moi.

— Qu'est-ce que tu as prévu comme cadeau pour Oscar ?

Un frisson d'excitation me fait trépigner. J'ai hâte de le lui donner.

— Viens voir, je vais te montrer.

Je l'entraîne dans le couloir et ouvre la porte de la chambre.

— Tadaaaa ! Qu'est-ce que t'en penses ?

Une immense toile est maintenant fièrement suspendue au-dessus de notre lit.

— C'est Carly, une fille du boulot, qui l'a peinte à partir d'une de mes photos.

— Waouh !

Sarah est aussi époustouflée que moi. Carly a réussi à capturer tellement plus que les couleurs de l'aurore et la chaleur de notre petit bungalow sur la plage de Thaïlande. La peinture est pleine de vie et de sérénité. En la contemplant, j'entends presque le doux roulis des vagues et je sens l'odeur du café puissant et doux que l'on buvait sur les marches de la terrasse au lever du soleil. J'ai failli pleurer la première fois que je l'ai vue. Aujourd'hui encore, j'ai du mal à la quitter des yeux.

— Va savoir pourquoi, elle travaille pour le magazine. Avec un talent pareil, les gens s'arracheraient ses œuvres si elle se décidait à les montrer.

— J'aimerais bien être aussi douée.

Je la fais sortir de la chambre et ferme la porte derrière moi.

— Tu rigoles, j'espère ? J'ai presque besoin de lunettes de soleil pour te regarder à la télé.

— Ben voyons.

Mais j'entends dans sa voix qu'elle est contente d'entendre mes louanges. Sarah a toujours été un étrange mélange d'assurance et de doute. Elle est capable de se pavaner comme un cheval de dressage surexcité, et, l'instant d'après, de se morfondre pour un mot qu'elle regrette de son dernier bulletin d'informations.

— Oscar arrive à quelle heure ?

Je consulte la pendule en faisant mes calculs.

— Son avion atterrit à dix-huit heures. Donc peut-être vers dix-neuf heures trente ? J'ai dit à tout le monde d'arriver à dix-neuf heures, pour avoir un peu de marge.

— J'espère que Jack va s'en souvenir.

Elle n'ajoute pas « cette fois ». Mais je crois que nous repensons toutes les deux à l'horrible soirée d'il y a quelques mois. Pourvu que celle-ci soit mémorable pour les bonnes raisons.

Jack

Je suis à peu près sûr que Sarah s'attend à ce que je sois en retard. Avec elle de toute façon j'ai toujours tort, malgré mes excuses constantes. Avant, elle me serinait pour que je trouve du travail. Maintenant que j'en ai, elle m'en veut parce que je ne le quitte pas assez tôt. Et ce n'est pas comme si ma ponctualité avait la moindre importance pour la grande surprise qui attend Oscar au moment où il passera la porte. Qui fait ce genre d'anniversaires, en plus ? Je pensais qu'ils étaient réservés aux sitcoms américaines. Sarah est parfaitement capable de gérer la playlist Spotify sans moi, et je ne fais certainement pas partie des invités d'honneur d'Oscar. Ce qui ne me dérange pas. Il ne compterait pas parmi les miens non plus.

Malgré tout, par le plus grand des hasards, je suis pile à l'heure. En tournant au coin de la rue, j'aperçois la gracieuse maison mitoyenne dont ils occupent le rez-de-chaussée. Mon souffle se fige dans l'air glacial, mais je ralentis pour retarder le moment où je vais devoir entrer et faire semblant d'apprécier ses amis débiles. Ou *leurs* amis débiles, je devrais dire.

Parfois, je me dis que Laurie aurait été mieux lotie avec Billy. Au moins, lui est drôle. Et il ne fait pas semblant. De temps en temps, Sarah et Laurie s'obstinent à organiser des soirées entre couples où elles se fendent la poire comme des jumelles, nous laissant parler de la pluie et du beau temps comme des voisins qui ne s'apprécient pas particulièrement. Non pas que nous risquions d'être voisins, parce qu'il vit dans le quartier des fils à papa, et moi à Stockwell. Univers mis à part, on est simplement trop différents pour s'entendre. La seule chose qu'on ait en commun est Laurie, et elle devient de plus en plus comme lui et de moins en moins comme moi au fil du temps.

Je suis devant la maison. Je pourrais continuer d'avancer et la dépasser, sauf que Laurie est plantée sur le seuil pour accueillir quelqu'un que je ne connais pas. Elle me repère et lève la main pour me saluer. J'attends que l'autre invité s'engouffre à l'intérieur, puis je me traîne en haut des marches avec un sourire forcé.

— Lau.

— Jack. Tu as pu te libérer.

J'essaie de ne pas regarder l'étoile de mer nichée entre ses clavicules. Raté. Ses doigts viennent aussitôt la couvrir, comme si elle craignait que dans un élan de rage spontanée je ne l'arrache à nouveau de son cou.

— Tu es très belle ce soir.

Elle jette un coup d'œil sur sa robe comme si elle la voyait pour la première fois. C'est un style inhabituel pour elle. Noire, vintage, avec un liseré bleu et une jupe évasée aux genoux. J'ai l'impression d'être transporté dans le pré de Barnes Common, je revois les bières partagées au soleil, et le tour de grande roue.

— Merci.

Elle me rend un sourire hésitant, puis m'embrasse sur la joue.

— Entre, Sarah est dans la cuisine, dit-elle en me conduisant par le foyer carrelé de la maison jusqu'à la porte d'entrée de leur appartement.

— Elle a fait du punch.

— Avec quadruple dose de rhum ?

Son rire me fait sursauter. Ça faisait longtemps qu'elle n'avait pas ri sincèrement à une de mes blagues.

— Évidemment.

Elle m'entraîne à travers une foule de visages plus ou moins connus, parmi lesquels celui rougeaud du frère d'Oscar, dont le nom m'échappe, et de sa femme qui a l'air de manger du citron matin, midi et soir. On les a rencontrés le 26 décembre, dans un pub pas loin d'ici. Fidèle à lui-même, Oscar avait privatisé une salle pour une petite réunion de Noël : pourquoi se mélanger à la populace quand on peut plomber l'ambiance en rassemblant trop peu de monde dans une grande pièce vide ?

Le frère d'Oscar me serre la main en passant.

— Content de voir que tu as repris du poil de la bête, me dit-il.

Bon, il faut avouer qu'il n'est pas si désagréable. En revanche, je ne peux pas en dire autant de sa femme. Son sourire pincé a l'air physiquement douloureux, et ses yeux plissés me conseillent de passer mon chemin. Très bien. Je n'avais pas l'intention de lui parler de toute façon, faute de connaissances en matière de quinoa ou de pochage parfait des œufs de caille.

— Jack, par ici !

Sarah, ma sauveuse. Peut-être qu'elle sera enfin aimable avec moi, puisqu'on est en public. Laurie pose sa main sur mon bras et s'excuse, me laissant me réfugier dans la cuisine. Sarah est sublime, comme d'habitude, dans une robe moulante que je n'ai encore jamais vue, dont le jaune contraste avec ses cheveux.

— Qu'est-ce qui s'est passé avec la musique ?

Je tends l'oreille alors qu'elle me donne une bière fraîchement sortie du frigo. Ce n'est clairement pas la playlist que j'ai pris le temps de composer.

— Un ami d'Oscar a pris possession de mon téléphone.

Elle grimace, pile au moment où un sosie d'Oscar débarque.

— Celui-là.

— T'as encore reçu un message de ton mec, dit-il en brandissant le téléphone.

Son mec ? J'intercepte le portable.

— Merci. Je gère la musique à partir de maintenant.

Le sosie cherche le regard de Sarah ; elle prend son verre vide pour le remplir de punch.

— C'est bon, il s'en occupe, confirme-t-elle avec un sourire dans ma direction.

Je serre la main du type, parce qu'elle pend dans le vide entre nous. Derrière lui, Sarah semble en pleine panique. Le type nous lâche enfin.

— Ton mec ?

Je lui rends son portable. Un message illumine l'écran. C'est Luke.

— Il t'écrit qu'il aimerait être avec toi ce soir.

Elle lève les yeux vers moi et ouvre la bouche pour répondre, juste au moment où Laurie tape dans ses mains pour attirer l'attention de tout le monde.

Apparemment, Oscar a été repéré en train de sortir d'un taxi.

Sarah jette un coup d'œil vers la sortie, l'air désolé.

— On devrait…

Soudain quelqu'un appuie sur l'interrupteur, plongeant la cuisine dans l'obscurité, et Sarah sort de la pièce. Je reste où je suis, tentant de comprendre ce qu'il vient de se passer.

Laurie

— Surprise !

Tout le monde applaudit quand Oscar franchit la porte et allume la lumière. Son visage passe de l'inquiétude au choc, puis à l'incrédulité, alors qu'il contemple le rassemblement improbable de tous ces gens dans son salon. Chacun se précipite pour lui souhaiter un joyeux anniversaire, mais je reste en retrait et observe, le sourire aux lèvres, tandis qu'il fait la tournée des accolades à ses amis, et de la bise à leurs copines. Garder le secret d'un anniversaire surprise n'est pas du gâteau de nos jours. Il suffit d'un e-mail ou d'un message pour tout faire capoter. Il aurait eu des raisons de croire que je le trompais, ces dernières semaines : j'ai passé mon temps à bondir sur mon téléphone chaque fois qu'il se mettait à vibrer. Heureusement, il est si confiant de nature qu'il n'a pas songé une seule fois à m'interroger sur tous ces SMS, et j'en suis vraiment ravie ce soir, car la surprise est totale. Il est tellement adorable avec moi, généreux, attentionné. Je ne peux pas le lui rendre avec des cadeaux hors de prix, mais j'espère que rassembler les gens qu'il aime pour commencer les festivités de son week-end d'anniversaire lui montrera à quel point je tiens à lui.

Il arrive enfin vers moi, hilare.

— C'est toi qui as organisé tout ça ?

Je me dresse sur la pointe des pieds pour l'embrasser.

— Peut-être bien. Tu es surpris ?

— Oui, on peut le dire.

Sarah apparaît à côté de nous avec deux gobelets pleins à ras bord. Oscar l'embrasse sur la joue et la débarrasse d'un verre.

— J'imagine que c'est ta recette ? dit-il en reniflant la boisson.

— Mon cadeau d'anniversaire personnalisé.

Elle lui fait signe de boire cul sec et il obtempère, les yeux écarquillés.

— C'est, hum, chargé, commente-t-il d'un air amusé.

En sirotant mon verre, je me demande combien d'invités vont réussir à partir sur leurs deux jambes à la fin de la soirée.

— Je vais juste prendre deux minutes pour me changer. Je me sens un peu trop habillé parmi vous.

Je jette un coup d'œil à son costume. Mince. Je n'avais pas anticipé le passage par la chambre. Il va forcément voir la nouvelle toile.

— Je viens avec toi !

Il me lance un regard surpris et me pince doucement la taille.

— Coquine… Tu devrais peut-être rester ici, pour être à la hauteur du rôle d'hôtesse.

Sarah intervient, géniale, comme d'habitude.

— Disparaissez cinq minutes, personne ne le remarquera. Je vais servir du punch pour faire diversion si quelqu'un vous cherche.

Je ne laisse pas le temps à Oscar de protester et l'entraîne dans le couloir. Avant d'ouvrir la porte, je lui chuchote :

— Ferme les yeux.

Il s'exécute sans poser de questions, s'attendant probablement à une surprise plus sensuelle. Je l'attire à l'intérieur.

— Surtout, garde les yeux fermés !

Je le contourne pour être sûre de ne pas manquer sa réaction quand il ouvrira les yeux.

— C'est bon, tu peux regarder, maintenant.

Il cligne des yeux en me dévisageant, choqué – j'imagine – de me trouver encore habillée. Oh non, pourvu qu'il ne soit pas déçu ! Je lisse la jupe de ma robe volumineuse. J'en suis tombée amoureuse dès que je l'ai vue. Elle me donne l'impression d'être Audrey Hepburn.

— Pas moi, ça !

Il dénoue sa cravate, se tourne vers le lit, et son regard se pose sur le tableau, comme une fenêtre sur l'autre bout du monde. Et pendant un instant, on reste tous les deux main dans la main, sur la plage. Il serre mes doigts entre les siens, puis grimpe sur le lit pour observer de plus près.

— Qui l'a peint ?

Je m'agenouille à côté de lui.

— Une amie. Il te plaît ?

Il ne répond pas tout de suite, fasciné par le tableau, et caresse du bout des doigts les aspérités de la peinture à l'huile.

— Viens, on y retourne, chuchote-t-il.

— D'accord. On peut y être demain.

Je glisse ma main sous sa chemise déboutonnée et la pose à plat sur son cœur.

— Je suis tellement heureuse avec toi.

Il passe un bras autour de mes épaules et dépose un baiser sur mes cheveux.

— Je suis sérieux. C'est le deuxième plus beau cadeau que tu pouvais me faire.

— Quel est le premier ?

Finalement, peut-être que j'aurais dû opter pour la surprise en lingerie fine.

Il expire lentement et soudain je me sens nerveuse. Sûrement parce que son regard est intense, et parce qu'il se décale pour me faire face.

— Je sais que je t'ai déjà posé la question une centaine de fois, Laurie, mais cette fois je ne plaisante pas.

Ses yeux sont humides quand il prend mes mains.

— Je veux retourner là-bas avec toi. Mais cette fois, je veux y aller avec ma femme. Je ne veux pas attendre plus longtemps. Je t'aime, et je te veux pour toujours à mes côtés. Laurie, est-ce que tu veux m'épouser ?

— Oscar…

J'ai la tête qui tourne.

Il embrasse mes mains et me regarde, anxieux.

— Dis oui, Laurie. Je t'en prie, dis oui.

Devant moi, à genoux, je vois soudain la nouvelle étape de ma vie. Oscar Ogilvy-Black, mon futur mari.

— Oui. C'est oui.

Jack

— Pourquoi est-ce qu'il avait l'air de penser que Luke est « ton mec » ?

Adossé contre le frigo, je mime les guillemets en l'air pour insister sur les derniers mots.

— Je ne sais pas, moi ! Il s'est planté, c'est tout. Passe à autre chose.

— Si tu le dis. Mais ça ne change rien au fait que tu es devenue bien copine avec mon sauveur australien, pas vrai ?

Elle soupire et baisse les yeux au sol.

— Pas maintenant, s'il te plaît.

— Pas maintenant ?

Je lâche un rire étranglé en la singeant.

— C'est quoi le problème avec maintenant ? Il ne faut pas se disputer à la fête d'Oscar, ou ne pas parler du fait que tu passes autant de temps avec un inconnu qui s'est contenté de ramasser mon téléphone quand j'étais inconscient ?

J'ai l'air terriblement ingrat et je ne suis pas fier de la façon dont je culpabilise Sarah.

— C'est faux.

Son menton est relevé, mais ses yeux me disent qu'elle n'est pas complètement honnête, soit avec moi, soit avec elle-même.

— Tu veux bien descendre de tes grands chevaux ? Je n'ai rien fait de mal avec Luke ni avec qui que ce soit d'autre, et tu le sais très bien. Jamais je ne te ferais une chose pareille. Mais, Jack…

Soudain, ses yeux se remplissent de larmes.

— … Ce n'est ni le lieu, ni le moment d'avoir cette conversation. C'est trop important.

— Comme tu voudras.

Sauf que je ne suis pas prêt à lâcher l'affaire, parce que ce SMS n'avait rien d'innocent.

— Tu veux peut-être que je te laisse tranquille pour que tu puisses lui répondre ?

Je devrais abandonner le sujet, mais ça fait un moment qu'on tourne autour de la vérité, et il semblerait que ce soir soit enfin le moment pour elle d'éclater au grand jour. Ce n'est pas que cette histoire de texto. C'est tous les non-dits.

— Tu sais quoi, Jack ? Je pense que je vais lui répondre. Parce que, contrairement à toi, il prend le temps de m'envoyer des messages.

— Je t'écris tout le temps.

Je proteste, mais au fond, je sais que je m'aventure sur un terrain glissant.

— Une fois tous les deux mois si tu as envie de sexe ou si tu as oublié quelque chose au bureau.

— Tu t'attends à quoi ? Des lettres d'amour ?

OK, j'ai l'air d'un con, mais elle doit bien se rendre compte que je n'ai pas le temps en ce moment ! Elle n'en a pas davantage.

— Tu veux de la franchise ? Parfait, tu vas en avoir. J'y ai pensé, à Luke, oui. Il me fait rire, et il m'écoute. Il me remarque, Jack. Toi non, et depuis longtemps. Tu ne vois que ton petit nombril.

Luke. Ce charognard. Prêt à ramasser les restes de notre relation.

— Je te remarque.

Soudain, je suis à court de souffle. Parce qu'il a suffi d'un commentaire maladroit d'un inconnu à une soirée pour faire craquer le dernier fil qui nous liait.

C'est la fin. La prise de conscience paralyse mes jambes, mon corps, me cloue au sol, alors que je devrais faire un geste et la prendre dans mes bras.

— Il faut être là, pour écouter, reprend-elle. Ça fait un moment que tu n'es plus là pour moi, Jack. Tu n'étais déjà plus là avant l'accident, et ça ne s'est pas amélioré depuis.

On se dévisage au milieu de la cuisine. À cet instant, le frère d'Oscar fait irruption et tend son gobelet vide à Sarah.

Parfaite, comme toujours, elle plaque un sourire sur son visage, trouve une remarque enjouée et s'empare de la louche. Je mets le bouton sur pause, la regarde en pleine action, puis m'enfuis pour prendre l'air dans le jardin.

— Tu ne devrais pas rester dehors sans manteau.

Sarah s'assied à côté de moi sur le banc et me tend une bière. Elle a raison. Il fait vraiment froid ce soir et mon épaule va me le faire payer demain. Mais, pour l'instant, c'est largement préférable à la chaleur et à la bonne humeur forcée de l'appartement.

— On pourrait choisir d'oublier cette conversation, dit-elle.

Son genou touche le mien. Elle prend une gorgée de vin. C'est bien ma Sarah. Elle refourgue son punch à tout le monde, mais elle sait s'en tenir aux bonnes choses. Une classe inimitable. C'est une des femmes les plus incroyables que je connaisse.

— Mais est-ce que c'est ce que tu veux, Sarah ?

Je ne peux pas m'en empêcher. Je n'ai pas envie de poser la question, mais il le faut.

— Tu veux faire semblant ?

Elle reste silencieuse un moment, concentrée sur son verre. Puis elle ferme les yeux et je regarde attentivement ses traits que j'aime tant et que je connais par cœur. Des larmes perlent dans ses cils.

— Sarah, tu peux le dire. Ça va aller.

Ma voix est douce parce que je sais qu'elle va nous blesser tous les deux. On ne se jette pas d'une falaise pour en sortir indemne.

— Non, ça ne va pas aller. Comment ça pourrait ?

Elle a l'air d'avoir douze ans. Je pose ma bière par terre et repousse ses mèches de cheveux derrière ses oreilles.

— Ça va aller, parce que tu es toi. Une femme merveilleuse et belle.

Des larmes roulent sur ses joues.

— Et tu es toi, obstiné, magnifique.

Ça faisait très longtemps que je n'avais pas eu l'impression d'être un homme bien. Là, en cet instant, c'est peut-être la meilleure chose que j'aie faite pour Sarah depuis des mois. J'aurais simplement voulu que ça fasse moins mal.

Elle serre ma main entre ses doigts froids.

— On était bien ensemble, non ?

Je la revois, appuyant sur le bouton d'arrêt de l'ascenseur, refusant de le lâcher tant que je n'aurais pas accepté de l'inviter à déjeuner.

— Tellement bien, Sar. On était presque parfaits, pendant un temps.

— Presque parfaits, ça suffit pour la plupart des gens. Le monde est peuplé de couples presque parfaits.

Elle hésite, me sonde du regard. Je comprends. Moi aussi, je flanche. Je n'arrive pas à imaginer ma vie sans elle. Je ne sais même pas qui je suis, sans elle.

— Mais est-ce que ça te suffirait ?

Si elle dit oui, je jure que je la ramène à la maison, la porte dans le lit, et ça suffira pour moi aussi.

Elle est incapable de répondre. Non pas parce qu'elle ne connaît pas la réponse, mais parce qu'elle sait qu'une fois que les mots seront prononcés, il n'y aura pas de retour en arrière.

Alors elle se colle contre moi et pose sa tête sur mon épaule.

— J'ai toujours pensé qu'on s'aimerait toute la vie, Jack.

— Et ce sera le cas.

— Je ne veux pas te dire au revoir, chuchote-t-elle.

— On n'est pas obligés de le faire maintenant. Reste avec moi un peu plus longtemps.

Je la serre dans mes bras pour la dernière fois.

— Je serai toujours fier de toi, Sar. Chaque fois que tu passeras à la télé, je penserai à la femme éblouissante qui a changé ma vie.

Je pleure aussi, et je n'ai pas honte de le dire.

— Et quand je t'entendrai à la radio, je penserai à l'homme génial qui a changé la mienne.

J'essuie ses larmes avec mon pouce.

— Tu vois ? On ne pourra jamais se quitter, même si on le voulait. Je serai toujours en arrière-plan dans ta vie, et toi dans la mienne. On est amis depuis trop longtemps pour arrêter maintenant.

On reste assis encore un moment, serrés l'un contre l'autre, à regarder les premiers flocons qui tombent du ciel étoilé. Il n'y a pas de bague à rendre, pas d'affaires à se partager, pas d'enfants dans l'équation. Juste deux personnes, sur le point de prendre des chemins différents.

Il faut bien qu'un de nous deux le fasse – se lever et partir – et je sais que cette responsabilité m'incombe. Elle a été la plus forte des deux pendant trop longtemps. Il est temps de la laisser aux soins de Laurie. Je la tiens près de mon cœur encore une seconde. C'est impossible. Chaque cellule de mon corps résiste. Puis je dépose un baiser sur ses cheveux, me lève et m'en vais.

16 février

Laurie

— Je nous ai fait des sandwichs.

Une semaine a passé depuis la soirée. Depuis qu'Oscar m'a demandée en mariage, et que Sarah et Jack se sont séparés.

L'anniversaire était un franc succès, en partie grâce au punch de Sarah, évidemment. Même Fliss en a pris un verre pour le toast, et une demi-heure plus tard, elle libérait ses cheveux de son chignon strict et réclamait une cigarette. Gerry s'est presque cassé la jambe dans sa hâte d'aller lui chercher un autre verre. Je n'avais pas l'intention de dévoiler à qui que ce soit nos fiançailles avant de les annoncer à nos parents, mais dès que nous sommes sortis de la chambre, quelqu'un a lancé « On sait tous ce que vous étiez en train de faire là-dedans ! » et Oscar n'a pas pu se retenir. Il a crié « Elle a dit oui ! » et tout le monde a applaudi avant de nous embrasser.

Sarah était la première à qui je voulais le dire, bien sûr. Elle a pleuré. Au début, j'ai cru qu'il s'agissait de larmes de joie provoquées par le punch. Même le fait que Jack ait quitté la soirée si tôt ne m'a pas mis la puce à l'oreille, probablement parce que j'étais trop absorbée par mon propre bonheur pour remarquer le cataclysme qui avait eu lieu dans le jardin. Avec une abnégation admirable, Sarah ne m'a pas dit qu'elle avait aussi une grande nouvelle, terrible pour elle. D'ailleurs, elle ne m'a rien dit du tout. C'est Jack qui s'en est chargé. Il m'a appelée hier pour me demander comment elle allait, parce qu'elle ne répondait plus à ses appels, et quand j'ai voulu savoir pourquoi, il m'a expliqué. Je suis allée la récupérer à la sortie du boulot et je l'ai ramenée à la maison avec moi. À présent, elle est recroquevillée sur notre canapé, un plaid sur les genoux.

— Et un DS pour Madame.

Je lui tends l'assiette de sandwichs et me glisse sous la couverture avec elle. Oscar a eu la délicatesse de se faire discret ce week-end, nous laissant tout le loisir de regarder des films ringards, descendre du vin rouge par litres et parler. Quand je l'ai vue sortir du bureau hier, elle avait l'air de ne pas avoir mangé de la semaine. Un fantôme.

— Ça faisait longtemps qu'on ne s'était pas fait une soirée comme ça.

— Des années.

Elle a raison. Depuis mon retour à Londres, on ne se voit plus que pour des dîners dans des restaurants branchés, ou des verres rapides dans des bars à cocktails. Nos soirées pyjama me manquent.

— Tu remarqueras que je sais toujours faire les sandwichs.

Elle en ouvre un pour l'inspecter. Si seulement elle pouvait le manger.

— Et tu t'es même souvenue de la mayo. Jack ne les a jamais vraiment aimés. Ce n'est pas un grand fan du bleu…

Je ne sais pas trop quoi répondre à ça, parce que je suis encore furieuse contre Jack O'Mara. Le moins qu'on puisse dire, c'est qu'il n'a pas été des plus limpides. Une histoire de « assez ce n'est pas suffisant » et de « presque parfaits ». J'ai probablement été un peu sèche. Je lui ai dit que viser la perfection était totalement irréaliste, et que c'était une expérience dangereuse et puérile qui avait toutes les chances de se finir en une vie de plats surgelés individuels. Sarah ne m'a toujours pas raconté précisément ce qui s'était passé, mais j'attendrai qu'elle soit prête.

— Tant mieux, ça en fait plus pour nous.

Je lui prends l'assiette des mains, tout en la gardant près d'elle pour qu'elle se serve en premier. Elle me lance un regard éloquent. « Ne va pas croire que je n'ai pas compris ton petit jeu. » J'entends presque ses pensées.

Toujours sans grignoter une miette, elle déclare :

— Je ne vais pas arrêter de manger. Pas besoin de t'inquiéter pour moi.

— Tu sais que c'est une des plus grosses conneries que tu aies jamais dites, pas vrai ?

Je mords dans mon sandwich et lui fais signe de faire de même. Levant les yeux au ciel comme une adolescente, elle s'efforce d'avaler une minuscule bouchée.

— Voilà. Tu es contente ?

Je soupire et abandonne les sandwichs au profit du vin. L'alcool est souvent plus utile que le fromage dans ce genre de situation.

— Tu devrais parler à Jack. Ou au moins lui envoyer un message.

Ça fait une heure qu'il inonde mon téléphone de messages pour savoir si elle va bien.

— Je lui ai dit que tu étais avec moi. Il se fait du souci.

— Je ne sais pas quoi lui dire.

Elle pose sa tête en arrière sur le canapé et cale la couverture sous ses aisselles, comme une enfant bordée dans son lit.

— Plus de trois ans ensemble, et je ne vois pas quoi lui répondre.

— Tu n'es pas obligée d'avoir une discussion avec lui. Envoie-lui juste un SMS pour qu'il sache que tu vas bien.

Cela dit, je ne connais pas encore toute l'histoire. Si ça se trouve, il ne mérite pas tant de considération.

— Oui, oui. Je ferai ça plus tard. Comment tu l'as senti ?

— Inquiet ? Il ne m'a pas révélé grand-chose. Il a dû penser que c'était à toi de m'en parler.

— Je ne veux pas que tu te sentes tiraillée entre nous deux, Lau. Tu n'es pas obligée de le rayer de ta vie aussi.

L'ironie de ses mots ne m'échappe pas. Je suis coincée entre Sarah et Jack depuis des années.

— Tu comptes le rayer de ta vie ?

Elle tripote un fil qui dépasse du plaid.

— Je crois que je n'ai pas d'autre choix. Pendant un temps, en tout cas. Je ne sais pas comment être avec lui sans être avec lui, tu vois ? J'ai l'impression que ça fait douze mois que je lui en veux pour telle ou telle chose, et maintenant que je n'ai plus de raison de lui en vouloir, je me sens perdue.

— Douze mois, c'est long.

Ma meilleure amie était malheureuse durant toute cette période et je ne m'en suis même pas rendu compte. Bien sûr, je savais qu'ils étaient tous les deux surmenés et stressés avant l'accident, et que Jack se comportait comme un vrai con parfois. Mais est-ce que ce n'est pas le lot de tous les couples, de traverser de mauvaises passes ? Je suis la pire des amies, totalement aveuglée par ma propre bulle d'amour.

— Dans ma tête, j'ai décidé que tout ce qui n'allait pas était sa faute. Je lui en voulais parce qu'on se voyait de moins en moins, parce qu'on s'éloignait, parce que nos vies prenaient des chemins différents. L'accident aurait dû m'ouvrir les yeux, mais les choses ont juste empiré. Et je lui en ai voulu parce qu'il n'arrivait pas à rebondir. C'était tellement plus simple que d'endosser une part de responsabilité. Parce qu'il faut dire que je n'étais pas disponible non plus. J'aurais dû essayer davantage de le comprendre.

J'ai peut-être blâmé Jack un peu trop vite pour la rupture. Au téléphone, il n'a pas une seule fois laissé entendre qu'il s'agissait du choix de Sarah. Je sais que tout n'est jamais noir ou blanc, mais j'ai cru qu'il avait décidé d'arrêter les frais parce qu'elle ne correspondait pas à son critère irréaliste de perfection. Je suis à la fois soulagée et troublée.

— Je pense que distribuer des mauvais points ne servira pas à grand-chose maintenant. Ce qu'il te faut, c'est prendre soin de toi, et aller bien.

— Il me manque déjà.

Il me manque à moi aussi. C'est étrange, parce que je ne le voyais pas tant que ça ces derniers temps, mais il a toujours été présent en toile de fond. Sarah et Jack. Jack et Sarah. La paire faisait partie de mon vocabulaire, forcé, au début, puis inévitable. Et désormais, c'est juste Sarah ou juste Jack. L'idée qu'il s'éloigne à présent qu'ils ne sont plus ensemble me rend plus triste que je ne suis capable de l'exprimer.

— Peut-être que, quand l'eau aura un peu coulé sous les ponts, vous verrez les choses autrement ? Peut-être que vous avez seulement besoin d'une pause ?

J'ai l'impression d'être une gamine dont les parents divorcent.

Un demi-sourire rêveur apparaît sur ses lèvres, comme si elle savait que c'était totalement illusoire.

— Non, c'est bel et bien fini. En tout cas pour moi.

Elle fait tourner le vin dans son verre, en boit une gorgée.

— Tu sais comment je peux en être si sûre ?

— Non.

— Parce qu'une partie de moi est soulagée.

Elle n'a pas l'air soulagée du tout. Je ne l'ai jamais vue aussi dévastée.

— Comprends-moi bien : j'ai l'impression qu'on vient littéralement de m'arracher le cœur. Je ne sais même pas à quoi ressemble la vie sans Jack. Mais au fond…

Elle s'interrompt brièvement, absorbée par la contemplation de ses mains.

— … au fond, une petite partie de moi est soulagée. Parce que être amoureuse de Jack m'a toujours demandé beaucoup d'efforts.

Je ne sais pas quoi répondre à ça, alors je la laisse expliquer.

— Il est adorable, et, bon sang, extrêmement séduisant, mais avec le recul, je me rends compte que notre relation a été faite de compromis, de sa part ou de la mienne, pour que nos différences ne nous séparent pas. C'était un effort constant, et je ne sais pas si l'amour est censé ressembler à ça, tu vois ? Je ne parle pas de faire un effort pour l'autre… mais de faire un effort pour être une personne légèrement différente de ce qu'on est vraiment. Quand je te regarde avec Oscar, j'ai l'impression que ça vous vient si naturellement… Vous n'avez pas besoin d'essayer, ça colle.

C'est à ce moment que je réalise qu'il n'y a pas de retour en arrière possible pour Jack et Sarah. Je n'avais jamais vu tout ça : ils avaient l'air tellement heureux ensemble. Je suis consternée. Pour eux, surtout, mais aussi pour moi. J'ai l'impression d'avoir perdu une partie de moi.

— Qu'est-ce que je peux faire pour t'aider ?

Ses yeux se remplissent de larmes.

— Je ne sais pas.

Patiemment, je la laisse pleurer sur mon épaule, en lui caressant les cheveux.

— Si, il y a quelque chose.

— Dis-moi. Je ferais n'importe quoi.

Je déteste ce sentiment d'impuissance devant sa douleur.

— Tu veux bien rester amie avec lui, Lau ? S'il te plaît. J'ai peur qu'il recommence à s'isoler.

— Bien sûr. Tu es ma meilleure amie, mais je tiens à lui aussi. Je garderai un œil sur Jack. Si c'est ce que tu veux.

Je la prends dans mes bras et elle pose sa tête sur mon épaule. Sa respiration ralentit progressivement, jusqu'à ce qu'elle sombre dans le sommeil. Je ferme les yeux, moi aussi, en me remémorant le jour où j'ai rencontré Sarah, et la première fois où j'ai vu Jack, et à quel point nos vies se sont enchevêtrées depuis. Nous formons un triangle dont les côtés n'ont cessé de varier. Il n'a jamais vraiment été équilatéral. Et maintenant, il est temps d'apprendre à fonctionner par nous-mêmes, sans nous reposer sur les autres.

20 avril

Laurie

— J'ai besoin de ton soutien, là.

J'attrape Sarah par le bras en poussant la porte de la boutique de robes de mariées à Pimlico.

— Maman est à fond sur les robes meringues, mais je veux vraiment quelque chose de simple. C'est une petite église. Ne la laisse pas me culpabiliser pour que j'en choisisse une trop grosse pour passer entre les bancs.

Elle affiche un petit sourire malicieux.

— Personnellement, j'ai un faible pour tout ce qui brille. Je pense que ça t'irait bien.

— Je suis sérieuse, Sar. Elle est à deux doigts d'appeler *Gypsy Weddings*. Ne va pas l'encourager !

On entre dans la boutique, hilares, et j'aperçois ma mère, déjà en grande conversation avec la vendeuse, une quinqua glamour avec un mètre ruban autour de son cou bronzé.

— Ah, la voilà !

Ma mère rayonne à notre approche, les yeux de la vendeuse s'illuminent en voyant Sarah, puis s'éteignent légèrement en comprenant que c'est moi, la future mariée. Je suis sûre qu'elle a un million de modèles qui iraient comme un gant à la silhouette élancée de Sarah et à ses formes parfaites, tandis qu'il va falloir davantage de travail pour ajuster une robe à un corps plus petit et normal comme le mien. Elle récupère les lunettes perchées sur son chignon auburn afin de m'examiner pendant que je suspends mon manteau au cintre qu'elle me tend.

— Alors, c'est vous, ma future mariée ! Je m'appelle Gwenda, mais ici je suis surtout votre marraine la bonne fée !

Je m'efforce de lui sourire. S'il y a bien quelque chose que j'ai compris au sujet des mariages, c'est que tous ceux qui travaillent dans cette industrie ont un faux air d'enthousiasme perpétuel, comme si rien ne leur faisait plus plaisir que de faire de chaque vœu une réalité. Je comprends. Plus on s'extasie, plus on dépense d'argent. Il suffit d'un rapport avec le mariage pour que chaque article voie son prix instantanément triplé. Vous voulez des arbustes pour habiller votre porte d'entrée ? Pas de problème, ce sera cinquante livres les deux. Attendez, c'est pour une réception de mariage ? Dans ce cas, laissez-moi mettre des rubans autour du pot et vous les vendre le double ! Mais j'ai compris leur petit jeu. J'essaie de ne lâcher l'info du mariage qu'au dernier moment, ou pas du tout. Non pas qu'Oscar surveille les dépenses. Sa mère et lui sont en pleine folie princière. J'ai beaucoup de peine à les refréner. Ce que j'aimerais, s'ils voulaient bien m'écouter, c'est un petit mariage. Je sais que presque tout le monde le dit, mais je le pense vraiment. Je veux une cérémonie intime et émouvante, juste pour nous et nos proches. Les seules personnes que je veux présentes sont mes parents, mon frère, Jack et Sarah, et les rares amis d'école avec qui j'ai gardé contact. Quant à mes collègues, je les apprécie beaucoup, mais pas assez pour vouloir voir leur tête le jour J. Cela dit, mon avis n'a visiblement pas la moindre importance. On se dirige droit vers la cérémonie somptueuse et publique. Je n'ai pas une once de religion en moi, mais apparemment un mariage à l'église est incontournable, et de préférence dans celle où se sont mariés ses parents. Une tradition familiale qu'il faut absolument respecter, même si le couple de Lucille n'est pas un modèle de félicité.

Pour l'instant, je m'estime simplement heureuse d'avoir le droit de choisir ma propre robe et celle de Sarah – et ce n'était pas gagné. Ma future belle-mère m'envoie des liens de modèles de robes depuis des semaines, toutes parfaites pour Kate Middleton, ou, plus précisément, pour l'ex d'Oscar, Cressida. Oscar la mentionne rarement, et j'aimerais pouvoir en dire autant de sa mère. Elle conserve une photo d'eux encadrée dans le salon, bien en évidence sur le piano, naturellement. Je dis naturellement parce que Cressida est pianiste concertiste. Avec des doigts longs et fins, comme tout le reste de son corps.

— Je suis d'avis que les décolletés en cœur font des merveilles avec les poitrines menues, décrète Gwenda avec un regard désolé pour mes seins.

Sarah se tourne vers le mur de robes pour dissimuler son fou rire. C'est la deuxième fois aujourd'hui qu'on me fait comprendre que mes seins laissent à désirer. On sort tout juste d'une session shopping tout aussi déprimante pour prendre mes mesures dans une boutique de lingerie, où, évidemment, le soutien-gorge de mariée coûte deux fois plus cher que le modèle similaire pour la vie de tous les jours. Je suis maintenant sanglée dans un soutien-gorge corset avec lequel je ne suis même pas sûre de pouvoir m'asseoir, alors le commentaire de Gwenda a de quoi m'irriter. Ma mère, cette sainte, intervient :

— Merci, Gwenda, j'ai bien peur que Laurie ne tienne ça de moi. Peut-être qu'on pourrait d'abord jeter un coup d'œil aux modèles, et revenir vers vous ensuite ?

Les lèvres légèrement pincées, Gwenda bat des cils derrière ses verres cerclés d'écaille.

— Comme vous voudrez, mesdames. Vous avez réservé l'heure entière, prenez votre temps.

Elle se glisse derrière le comptoir, puis se tourne à nouveau vers nous.

— Je précise que toutes nos retouches sont faites ici, alors vous n'avez pas à craindre que la robe ne s'égare en route vers l'atelier pour être raccourcie.

Charmant. Je suis non seulement une planche à pain, mais aussi une naine. Quelle merveilleuse marraine, la bonne fée !

— Comment tu vas après toute cette histoire, Sarah chérie ? lui chuchote ma mère en l'entraînant vers les robes meringues que je prends bien soin d'éviter.

Toutes deux se connaissent bien et partagent un humour qui les a liées depuis le début, essentiellement à mes dépens.

— Pas trop mal, Helen, merci. Je continue à avancer, je m'occupe, répond-elle avec un sourire reconnaissant.

Sarah et moi avons bu bien plus de vin qu'il n'est recommandé pour la santé ces dernières semaines, mais dans l'ensemble, elle gère. Jack, je n'en suis pas si sûre. On s'est vus plusieurs fois pour prendre un café. Sarah est au courant, bien sûr. Je lui ai promis que je lui dirais chaque fois. Évidemment, je lui passe les détails : sa tête abominable la première fois que je l'ai revu ; et pire encore la deuxième. J'imagine que chacun gère la rupture à sa façon, mais le voir ainsi m'a vraiment perturbée.

Au moment où je désespère de réussir à éloigner ma mère des traînes de deux mètres, Gwenda arrive miraculeusement à la rescousse.

Jetant un regard par-dessus ses lunettes, elle lance :

— La maman ! Je suis d'avis que les jupes volumineuses ont tendance à étouffer la silhouette de mes mariées à petit gabarit.

À mon tour de me tourner vers le mur de robes pour dissimuler mon fou rire. « La maman » est un autre symptôme de l'industrie du mariage. Chacun est rebaptisé en fonction de son lien à la mariée : le futur, la demoiselle d'honneur, la mère de la mariée.

Sarah incline la tête.

— Vous savez, Gwenda a raison. Il ne faudrait pas que la jupe fasse de l'ombre à Laurie, pas vrai ? Elle risquerait de ressembler à une poupée cache-rouleau de papier toilettes.

Avec un rire désinvolte, elle prend ma mère par le bras, et m'adresse un clin d'œil. Je souris, un peu vexée quand même. Une poupée cache-rouleau ? Vraiment ? Tout le monde a décidé que c'était la journée des insultes pour ma poire ? Les magazines de futures mariées assurent que le choix de la robe est l'expérience shopping la plus mémorable de toute une vie. Je suis certaine qu'ils parlent de larmes et de champagne. Vu la tournure que prend cette journée, mes espoirs sont limités, même s'il risque fort d'y avoir des larmes de douleur, et la nécessité d'une boisson forte.

— Et quelque chose comme ça ?

Sarah tend un tissu blanc argenté, style art déco. Il est magnifique, mais très orné, et on dirait bien une jupe sirène. Sur Sarah, elle serait fabuleuse. Une mariée sirène. Et c'est ce que je m'apprête à dire quand le souvenir de Jack et du poudrier offert à Noël me revient en mémoire. Ce n'est pas une bonne idée. De mon côté, il ne faut surtout pas que je repense à cet après-midi non plus. Je suis fière de la façon dont Sarah a rebondi depuis la rupture. Elle s'efforce d'aller de l'avant, comme toujours, et je sais qu'elle a vu quelques fois Luke, mais elle n'en parle pas beaucoup. Ni l'un ni l'autre ne doit être pressé de mettre un nom sur ce qui se passe entre eux, c'est trop tôt. Quoi qu'il en soit, je suis contente qu'il soit dans sa vie.

Je me dirige vers le portant et fais glisser les cintres lentement.

— Je pensais à quelque chose de plus simple.

Dix minutes passent à comparer joyeusement les modèles, mettre de côté mes préférés, ou leurs coups de cœur que j'accepte d'essayer. Ce n'est pas l'expérience de ma vie, mais s'il y a deux personnes au monde avec qui j'ai envie de la partager, ce sont Sarah et ma mère. J'étais un peu triste hier soir en songeant à quel point j'aurais aimé que Ginny soit là, mais avec Sarah, tout va mieux.

Gwenda approche du portant doré destiné aux essayages et applaudit brièvement.

— On dirait qu'on a déjà une belle sélection ici. La maman et la demoiselle d'honneur, venez avec moi.

Elle les prend par les coudes et les fait disparaître de force derrière un rideau, comme un surveillant de prison. Je reste figée pendant une seconde, puis ma curiosité l'emporte et je passe la tête pour épier ce qui se passe de l'autre côté. Oh, je vois. C'est donc là que se cache le champagne. Maman et Sarah sont installées sur des trônes de velours rose sombre et une jeune vendeuse leur sert des flûtes fraîches.

— Chloe est à votre disposition si vos verres sont vides, mesdames.

Sarah croise mon regard, et l'humour dans ses yeux compense les insultes que j'ai endurées jusqu'ici. Je ne l'ai pas vu si joyeuse depuis des semaines. J'hésitais même à lui demander de venir, pour ne pas remuer le couteau dans la plaie, mais en fin de compte elle s'est invitée, fidèle à elle-même. En la voyant ainsi, jambes croisées, dégustant son champagne, je suis contente qu'elle l'ait fait.

Gwenda se fend d'une petite courbette.

— Je vais maintenant vous enlever la mariée et laisser ma magie opérer. On revient très vite. Chloe, prépare les mouchoirs !

Je repère d'ici la représentation bien huilée quand Chloe récupère une boîte de mouchoirs fleurie et la pose solennellement sur la table basse devant Maman et Sarah. En me faisant enlever, je leur jette un dernier regard paniqué, et elles lèvent leur flûte dans ma direction, sans aucun geste pour m'aider.

Gwenda a décidé de me faire essayer d'abord la robe choisie par Maman. Pas la peine de protester, elle sait ce qu'elle fait. Elle m'a débarrassée de mon corset et elle se tient derrière moi dans la cabine d'essayage, la robe sur le bras. Quand je dis cabine d'essayage, on est bien loin des deux pans de placo fermés par un rideau au fond de la boutique. Il s'agit d'une pièce à part entière, couverte de miroirs. J'ai l'impression d'être une ballerine dans une boîte à musique.

— Celle-là s'appelle la Vivienne, dit-elle en accentuant la prononciation.

Elle fait bouger la robe et les sequins renvoient leur éclat dans toute la pièce. Elle est bien trop chargée à mon goût, avec un corset brodé de perles et une jupe en tulle. Suivant les instructions, je passe doucement les deux pieds dans la robe ouverte. Puis j'observe mon reflet alors que Gwenda la remonte et l'attache avec toutes sortes de pinces dans le dos pour serrer le tissu à la taille, avant d'arranger la jupe autour de mes jambes.

Dans le miroir, un phénomène des plus étranges a lieu. Je me transforme en mariée sous mes yeux. C'est un choc. J'ai été tellement ballottée par la vague d'enthousiasme d'Oscar et de sa mère que j'en ai fini par oublier qu'il s'agissait de mon mariage, d'un jour unique dans ma vie.

Gwenda m'observe de ses yeux bleus perçants.

— On dirait que votre mère a fait le bon choix, déclare-t-elle, soudain sérieuse.

— Non, ce n'est pas ça…

J'ai l'impression de me regarder dans un de ces miroirs magiques qui renvoient un reflet différent. Je m'attends presque à ce que la mariée dans le miroir me fasse un clin d'œil. Elle me semble tellement étrangère.

— C'est juste que… je suis…

— Une mariée ? Beaucoup de femmes ressentent un petit choc en enfilant une robe blanche pour la première fois. C'est un moment spécial, n'est-ce pas ?

Je ne suis pas sûre que Gwenda comprenne vraiment, mais je n'arrive pas à le formuler exactement non plus, alors je me contente de hocher la tête.

— Mon Dieu ! Imaginez, si c'est l'effet que ça vous fait, ce que va ressentir le futur époux.

Elle glousse, probablement par habitude.

— Il sera là, l'homme de vos rêves, à vous attendre à l'autel, sur le point de se retourner et de voir pour la première fois sa fiancée rougissante.

Elle soupire, théâtrale.

— C'est un moment précieux.

Je me tiens droite, immobile. Ses mots tourbillonnent si clairement dans ma tête que je m'étonne de ne pas les lire dans le miroir. Je me vois, face à l'allée, à Oscar, à nos invités. Et soudain, j'ai le souffle court.

— Non, ça ne va pas. S'il vous plaît, Gwenda, enlevez-moi la robe. Elle est trop serrée.

Elle me regarde, choquée. À l'évidence, elle pensait m'avoir amadouée. Et c'était plus ou moins le cas, jusqu'à ce qu'elle mentionne l'homme de mes rêves.

De retour à la maison, quelques heures plus tard, je me déshabille dans la salle de bains et tourne le jet de la douche à pleine puissance. Quel désastre ! J'ai réussi à me ressaisir et à garder un visage neutre pour essayer encore quelques robes, mais aucune n'était « la bonne », celle dont parlent les magazines. Gwenda a tenté de me faire enfiler à nouveau la Vivienne à la fin de l'heure, mais c'était hors de question.

J'augmente légèrement la température et laisse l'eau me brûler la peau. Je suis tellement déçue par moi-même. Ce n'est pas que je n'aime pas Oscar, ou que je ne veux pas l'épouser. Non, pas du tout. C'est juste dévastateur de savoir que cette pensée est toujours là, comme un réflexe musculaire.

Quand quelqu'un me parle de l'homme de mes rêves, c'est le visage de Jack O'Mara qui m'apparaît.

23 avril

Jack

Elle est en pleine contemplation d'une vitrine quand je la repère. Je ne suis pas ici par pure coïncidence, ça fait un moment que j'erre dans le quartier en espérant la croiser pendant sa pause déjeuner, et la voilà, sous son parapluie à rayures roses et noires. Je me dépêche pour ne pas la perdre de vue sur le trottoir bondé. Elle tourne dans une rue et je presse le pas, au point de presque la percuter au virage.

— Laurie !

Elle fait volte-face, d'abord perplexe, puis sourit et se dresse sur la pointe des pieds pour déposer un baiser sur ma joue.

— Jack ! Qu'est-ce que tu… ?

Un peu tard, je me rends compte qu'on est devant une boutique vintage où est exposée une robe de mariée.

— Tu allais… ?

On dirait que ni l'un ni l'autre n'est capable de terminer ses phrases aujourd'hui.

— Non.

Puis elle regarde la robe à nouveau, et se reprend.

— Enfin, oui, en quelque sorte. Je viens de la repérer.

— Tu vas avoir besoin d'une robe. Vous avez fixé une date ?

— Décembre.

— Un mariage de Noël. C'est génial, Lau. C'est vraiment… génial.

Où sont les mots quand j'ai besoin d'eux ? *Génial ?* J'arrive à parler pendant des heures à la radio, mais d'un coup je deviens bègue ?

— Tu as du temps pour un café ? Histoire de ne pas rester sous la pluie ?

Dans la vitrine, une cliente se penche sur la robe et jette un coup d'œil au prix. Laurie tressaille, et je comprends qu'elle ne regardait pas la robe juste comme ça, elle lui plaît vraiment. Je ne suis pas un expert dans ce domaine, mais même moi je vois qu'elle lui ressemble. Cette robe a quelque chose d'unique, rien à voir avec les froufrous de princesse Disney que choisissent la plupart des filles.

— À moins que tu ne veuilles entrer ?

Jetant un coup d'œil à la porte, elle se mord la lèvre, hésitante.

— Je peux t'attendre, si tu veux ?

Une petite ride apparaît entre ses sourcils.

— C'est débile, je sais. J'ai essayé des dizaines de robes et aucune ne m'allait vraiment. Mais celle-là est différente.

La cliente dans la vitrine sort son téléphone pour prendre une photo du mannequin.

— Je pense que je vais juste jeter un coup d'œil. Tu as le temps de rester dans le coin ?

À vrai dire, la chose la plus importante de ma liste aujourd'hui est de lui parler. Alors, oui. J'hésite, ne sachant pas trop quoi faire en la voyant replier son parapluie et pousser la porte de la boutique. Elle me regarde, puis lève le nez vers les nuages.

— Tu ferais mieux d'entrer, la pluie ne va pas s'arrêter tout de suite.

Elle a raison, évidemment. Pourtant, ça me semble étrange de l'accompagner. Je tiens la porte pour la femme qui admirait la robe, et un éclair de soulagement traverse les yeux de Laurie. Je la suis d'un pas incertain. Ce n'est pas du tout ce à quoi je m'attendais. Une musique des années quarante s'échappe d'un vieux poste de radio. On a fait un bond dans le temps. Les vêtements d'époque sont rangés dans d'énormes armoires ouvertes et les bijoux déployés sur des coiffeuses. J'ai l'impression d'entrer dans une chambre abandonnée pendant un raid aérien de la Seconde Guerre mondiale.

Laurie est déjà en train de retourner l'étiquette de la robe. Je reste en retrait alors que la vendeuse s'approche et, après quelques secondes, sort le mannequin de la vitrine et le place au milieu de la boutique pour que Laurie puisse mieux voir. Elle tourne autour, avec un petit sourire pensif. Elle va la prendre, ça ne fait aucun doute. La vendeuse a dû lui proposer de l'essayer, parce qu'elle a soudain l'air nerveuse et se tourne vers moi. Je viens vers elle, et elle me demande :

— Est-ce que tu as encore un peu de temps ?

Ce n'est pas le genre de boutique où les choses se précipitent, mais nous sommes les seuls clients en cet après-midi pluvieux.

— Vas-y. Tu ne vas quand même pas acheter une robe de mariée sans l'essayer.

La vendeuse indique les cabines à l'arrière de la boutique, puis ôte délicatement la robe du mannequin. De mon côté, j'erre dans les rayons. Une armoire en acajou est pleine de costumes italiens, couleurs sombres et coupes rétro. Comme s'ils avaient appartenu à Sinatra ou Dean Martin. Je me détourne pour m'intéresser à la collection de chapeaux et essaie un fedora devant le miroir.

— Vous devriez sortir maintenant, me conseille la vendeuse en redressant des chaussures en cuir verni. Ça porte malheur de voir la mariée dans sa robe avant le grand jour.

À l'anniversaire de Laurie, voilà des années, sur la grande roue, on nous prenait déjà pour un couple.

— Je ne suis pas le fiancé. On est juste amis.

— Ah.

Son expression change aussitôt et son regard s'attarde sur moi. Elle est jolie, dans le genre rentre-dedans.

— Votre amie a de la chance d'avoir un homme volontaire pour faire les boutiques avec elle. La plupart s'enfuiraient en courant.

— C'est pas comme si c'était n'importe quelle robe, pas vrai ?

— Non, j'imagine. Celle-ci est particulièrement jolie. Elle date des années vingt, je crois.

— Super.

À l'évidence, elle veut discuter, mais mes connaissances en matière de robes de mariées sont limitées.

— Vous devriez prendre le chapeau. Il vous va bien.

Je ris en effleurant le bord du fedora.
— Vous trouvez ?
— Oui, ça fait très mondain.
— Vous le vendez bien.
— Désolée. Les vendeuses trop insistantes m'agacent. J'arrête, promis.
— Non, non, vous n'étiez pas insistante. Je crois que je vais prendre le chapeau.
— Très bon choix.
Elle s'écarte pour replier des chemises, puis revient vers moi, hésitante.
— Écoutez, honnêtement, je n'ai pas l'habitude de faire ce genre de choses, mais… ça vous dirait de prendre un verre avec moi ?
Je pourrais dire oui. Elle est séduisante, et je suis célibataire.
— Il n'y aurait qu'un imbécile pour dire non… ou un homme qui quitte Londres demain.
Elle me rend mon sourire. J'espère qu'elle n'est pas vexée.
— Dommage, conclut-elle en s'éloignant.
— Tu pars ?
La voix de Laurie est calme derrière moi. Je me tourne lentement, ôtant mon fedora. Elle se tient droite, en robe de mariée, le visage surpris, splendide. Plus belle que je ne l'ai jamais vue. Plus belle que je n'ai jamais vu aucune femme. La robe s'est magnifiée sur elle, la transformant en nymphe aux pieds nus. Ses yeux brillent, et je ne sais pas si c'est de bonheur ou de tristesse.
Je tente la plaisanterie, parce que aucune femme ne devrait pleurer dans sa robe de mariée.
— Oh, mais non, Lau, tu n'es pas si horrible.

— Tu viens de dire que tu partais.

C'est vrai. Je prends le train de nuit pour Édimbourg demain.

Je jette un coup d'œil par-dessus mon épaule pour m'assurer que la vendeuse ne peut pas nous entendre, et je tripote le fedora pour me donner une contenance.

— On en parlera plus tard. Rien de dramatique, vraiment. La priorité, là tout de suite, c'est d'acheter cette robe. Tu ressembles à la reine des fées.

Ses grands yeux vulnérables me sondent.

— Tu mens, Jack ?

— Non. Si toutes les mariées te ressemblaient, il n'y aurait plus un seul homme célibataire dans le monde.

Elle se détourne pour regarder son reflet dans le miroir en pied, m'offrant le temps de me ressaisir. Et peut-être qu'elle fait la même chose, en s'observant sous tous les angles.

— C'est ta robe, Laurie. Elle t'attendait.

Laurie hoche la tête, parce qu'elle aussi le sait. Quand elle se replie dans la cabine d'essayage, je décide de ne pas lui gâcher cette journée. Je veux qu'elle ne garde que des souvenirs heureux du jour où elle a trouvé sa robe.

Laurie

On est installés dans un café de la même rue. Je n'arrive pas à croire que j'ai trouvé la robe de mes rêves par hasard. Jack a raison, elle m'attendait. En me regardant dans le miroir, j'ai su qu'Oscar allait l'adorer, et que j'allais adorer le voir m'admirer. C'est la plus belle robe que j'aie jamais vue, près du corps, avec des petites manches raglan et une encolure arrondie. Le genre de robe qu'aurait portée Elizabeth Bennet pour épouser Mr Darcy.

Une fiche dans la boîte contenait des informations, dont les noms des précédentes propriétaires. Je sais maintenant qu'elle est faite de soie sauvage et dentelle française, date des années vingt, et a été portée pour la première fois par Edith lors de ses noces avec un homme d'affaires américain, puis par Carole, pieds nus dans un parc parce qu'ils ne pouvaient pas se permettre de louer une salle de réception. Il a dû y en avoir d'autres depuis, et aujourd'hui elle est à moi –, pour un temps, en tout cas. J'ai décidé de la retourner à la boutique après notre lune de miel, et d'ajouter notre mariage et nos noms à la fiche. Cette robe a un passé, et même si je suis sa dernière propriétaire en date, son histoire ne s'arrêtera pas là.

Jack arrive avec des tasses de café et je décide d'y aller franco.

— Qu'est-ce qui se passe, Jack ?

J'ai été tellement prise par mes préparatifs de mariage et par Sarah que je l'ai complètement négligé.

Il remue lentement le sucre dans son café.

— Je voulais te l'annoncer en personne.

— Alors, c'est vrai ? Tu t'en vas ?

Il me tend un sachet de sucre, puis un second, au cas où.

— J'ai trouvé un nouveau poste.

— Où ça ?

— Édimbourg.

L'Écosse. Il déménage dans un autre pays.

— Ah.

Je ne vois pas quoi dire d'autre.

— C'est une promotion. L'opportunité est trop rare pour que je passe à côté. Ma propre émission en première partie de soirée.

Il a l'air excité. En fait, c'est la première fois qu'il a une attitude positive envers quoi que ce soit depuis un moment, alors j'en veux terriblement à mes yeux de se remplir de larmes.

— C'est une super nouvelle, Jack. Sincèrement. Je suis très contente pour toi.

Je sais que mon visage n'exprime pas le ravissement. J'ai sûrement l'air de subir une torture médiévale, comme si quelqu'un me perçait des trous dans les genoux sous la table.

— Je ne veux pas que tu partes.

Les mots m'ont échappé.

Il se penche au-dessus de la table et prend mes mains dans les siennes, chaudes, réelles, et prêtes à partir si loin.

— Tu es une des meilleures amies que j'aie jamais eues. Ne pleure pas, sinon je vais m'y mettre aussi.

Autour de nous, les gens en pause déjeuner se dépêchent de prendre à emporter et les mères bercent leurs enfants ; c'est le moment de laisser l'autre partir. Il me demande de prévenir Sarah, parce qu'il ne peut pas s'y résoudre. Mais il a besoin de ce nouveau départ, ailleurs, où le passé ne l'entoure pas.

— J'ai quelque chose pour toi.

Il lâche mes mains pour plonger la sienne dans la poche de son manteau, et en sort un paquet en kraft qu'il glisse vers moi. Le papier est doux. J'ouvre les bords scotchés et le déplie pour jeter un œil à l'intérieur. C'est une casquette en tweed mauve. Je lisse le papier du bout des doigts, repère le sigle Chester familier en relief sur le tissu.

— Ça fait des années que je l'ai, et je n'ai jamais trouvé le bon moment pour te l'offrir. C'était plutôt pour Noël, en fait.

Je rigole, incrédule.

— Merci. Je penserai à toi en la portant. Tu fais le bon choix, Jack. Je te souhaite d'être heureux, tu le mérites. Et ne nous oublie pas, tu peux toujours nous appeler…

Il passe sa main sur ses yeux.

— Jamais je ne t'oublierai. Mais ne t'inquiète pas si tu n'as pas de nouvelles pendant un temps, d'accord ? Je crois qu'il faut que je prenne un peu de distance.

J'essaie de sourire, mais c'est dur. Je comprends ce qu'il me dit. Il a besoin de temps pour repartir de zéro, reconstruire sa vie sans nous.

Il récupère la casquette et la positionne sur ma tête.

— Parfaite, comme dans mon souvenir.

Je comprends trop tard que c'est un adieu. Je n'ai pas répondu qu'il est déjà debout.

— Non, ne pars pas avec moi, dit-il en posant sa main sur mon épaule. Termine ton café, et va dire à Oscar que tu as trouvé ta robe de mariée.

Il se penche, m'embrasse sur la joue, et je m'accroche à lui, dans un câlin maladroit, parce que je ne sais pas si je le reverrai un jour. Il ne me repousse pas. Il soupire, comme s'il était épuisé, sa main doucement posée à l'arrière de ma tête.

— Je t'aime, Lau.

Il s'éloigne à travers le café et disparaît. Alors seulement j'ôte la casquette et la serre dans mes mains.

— Moi aussi, je t'aime.

Je reste assise un moment, casquette dans les mains, robe de mariée à mes pieds.

12 décembre

Laurie

Dans deux jours, je deviendrai officiellement Mrs Laurel Ogilvy-Black. Une habitude qui ne va pas être facile à prendre, après vingt-six ans de Laurie James. Je n'arrive même pas à prononcer mon nouveau nom sans prendre l'accent guindé de la reine.

Oscar est parti chez sa mère cet après-midi, et mes parents arrivent demain. Ils logeront avec moi dans l'appartement, et on ira ensemble à l'église samedi matin. Une fois qu'ils seront là, les choses vont s'accélérer. Alors, ce soir est mon dernier moment de calme avant la tempête. Sarah ne devrait pas tarder à débarquer pour la séance manucure-pédicure, films et cocktails au champagne. Je n'ai pas le genre d'ongles qui poussent – seules les femmes avec le même problème me comprennent. Une fois qu'ils arrivent au bout de mes doigts, ils considèrent qu'ils ont fait leur boulot et cassent. J'essaie toutes les huiles, sérums, crèmes depuis des semaines, parce que tous les forums en ligne me disent que mes mains doivent être au top. Bon, eh bien, à quarante-huit heures de l'autel, j'ai perdu tout espoir de transformation miraculeuse. Sarah va me faire une french manucure et basta.

Le mariage est planifié dans ses moindres détails, répertorié et contrôlé dans le fichier Excel de Lucille. Pour quelqu'un qui méprise le choix d'épouse de son fils, elle a passé beaucoup de temps à dicter le déroulé de la cérémonie. Pour être honnête, j'ai vite compris qu'elle avait adopté la méthode du rouleau compresseur, que ça me plaise ou non, alors j'ai opté pour la moindre résistance. Par là, j'entends que j'ai gracieusement accepté quatre-vingts pour cent de ses choix, et me suis montrée intransigeante sur les vingt pour cent restants. Ma robe. Mon bouquet. Ma demoiselle d'honneur. Nos alliances. Ce sont les seules choses qui m'importent, de toute façon. Je me fiche de la marque du champagne servi au toast, et même si je ne suis pas une grande amatrice des verrines de mousse au saumon, c'est ce qui sera servi à l'entrée. Oscar était soulagé par mon approche laxiste. Lui et sa mère sont si proches que la situation aurait été tendue si j'avais défendu le moindre détail bec et ongles.

Et puis Sarah était là pour m'aider à tempérer.

— Lau ! Ouvre-moi, je n'ai pas assez de mains pour toquer !

Je me précipite à la porte et je découvre Sarah avec une valise argentée derrière elle, deux sacs suspendus à ses bras et un large carton dans les mains. Elle souffle pour dégager sa frange de ses yeux.

— Tu voyages léger, à ce que je vois !

Je lui prends le carton des mains en riant.

— Pour moi, c'est léger !

Elle me donne une petite tape sur la main quand j'essaie de jeter un œil dans le carton.

— Ah non ! C'est ma boîte à surprises. On commence par le vin ?

— Pas d'objections.

Je ferme la porte du bout du pied avant de la suivre dans le couloir. Je ne voulais pas d'enterrement de vie de jeune fille traditionnel, ce n'est pas mon truc. Mais cette soirée s'annonce parfaite.

— On est seules ? chuchote-t-elle en cherchant Oscar.

— Oui, oui.

Elle bondit pour effectuer quelques mouvements de fitness, puis atterrit à plat sur le canapé, jambes et bras en l'air, chantant faux un air de *My Fair Lady*.

— *You're getting married in the morning, ding-dong the bells are gonna chime !* Demain tu te maries !

— Tu as un jour d'avance.

— Mieux vaut ça qu'un jour de retard.

Elle se redresse et regarde autour d'elle.

— T'as l'intention d'invoquer les esprits ?

J'ai allumé des bougies partout pour créer une atmosphère zen.

— Je me disais que ça faisait spa ! Tu ne sens pas le parfum ?

— Je pense que mon nez fonctionnerait mieux avec un verre de vin.

Je file dans la cuisine et lui lance :

— Du vin… ou le champagne de la mère d'Oscar ?

— Oh, le champagne de Sa Majesté, je t'en prie !

Sarah déboule dans la cuisine et se perche sur un tabouret haut. Je me demande à quel point il est déloyal de me plaindre constamment de ma belle-mère auprès d'elle. Cela dit, tout le monde a besoin de se confier à quelqu'un, pas vrai ? Et Sarah est comme une sœur pour moi. Ce qui me rappelle… Je me tourne vers un placard et en sors un petit paquet-cadeau.

— Je vais te donner ça avant d'être trop saoule et d'oublier, ou de ne pas pouvoir parce que je serai en train de pleurer.

Elle jette un regard suspicieux au paquet, pendant que je déballe le champagne.

— Qu'est-ce que c'est ?

— Tu vas devoir l'ouvrir pour le savoir.

Je fais sauter le bouchon de la bouteille hors de prix de la mère d'Oscar, et elle tire sur les rubans gris du cadeau. Je tenais à lui offrir quelque chose de spécial, et après des heures à écumer Internet en vain, je me suis rendu compte que j'avais déjà le cadeau parfait pour elle.

— J'ai peur. Et si je ne l'aime pas ? Tu sais que je suis incapable de mentir correctement, tu vas le voir tout de suite à ma tête !

Je pose une flûte devant elle et prends appui contre le comptoir.

— Je suis sûre que ça va te plaire.

L'écrin en vieux velours dans la main, elle prend une gorgée de champagne pour se donner du courage. Au moment où elle s'apprête à l'ouvrir, je pose ma main sur la sienne.

— Attends, j'ai quelque chose à te dire.

Mince. Il va me falloir un verre à moi aussi, sinon je vais vraiment finir en larmes. J'ai déjà les yeux qui piquent.

Elle siffle une bonne moitié de son verre et le remplit à nouveau.

— Ah non, ne commence pas avec les émotions. Tu te maries dans deux jours, vas-y mollo.

— OK, OK.

Je prends une dernière gorgée avant de poser ma flûte.

— C'est juste pour te dire merci… pour tout, Sarah. Pour m'avoir laissé la plus grande chambre à Delancey Street, pour m'avoir accompagnée dans les sorties du samedi soir et les gueules de bois du dimanche, pour avoir inventé notre sandwich spécial. Je ne sais pas où j'en serais sans toi.

— C'est vrai que c'est un très bon sandwich.

Elle ouvre l'écrin et pendant quelques secondes reste silencieuse.

— C'est le tien, murmure-t-elle doucement.

— Et maintenant il est à toi.

J'ai fait sertir mon agate violette avec de l'or rosé, et elle orne maintenant un fin bracelet manchette.

— Je ne peux pas accepter, Lau. C'est trop précieux.

— Je vais beaucoup pleurer avec ce que je m'apprête à te déclarer, et après on boit et on rigole, d'accord ?

Elle mord sa lèvre tremblante sans dire un mot.

— J'ai perdu ma sœur il y a très longtemps, Sar, et elle me manque tous les jours.

Je n'exagérais pas, d'énormes larmes roulent sur mes joues. Je sais qu'elle me comprend, parce qu'elle aussi a une petite sœur.

— Cette pierre me rappelle les yeux de Ginny, combien ils ressemblaient aux miens, et à ceux de ma grand-mère. Elle fait partie de l'héritage familial, et je tiens à te la donner, parce que tu es ma famille, toi aussi. Pour moi, tu es comme une sœur, Sarah. Je veux que tu l'aies, que tu la portes. Je compte sur toi pour la garder précieusement.

Elle contourne le comptoir et me prend dans ses bras.

— C'est pas vrai. Arrête un peu de dire des choses pareilles ! D'accord, d'accord, si c'est ce qu'il faut pour te faire taire, je la garde.

Je la serre dans mes bras, pleurant et riant à moitié.

— Je mettrai le bracelet samedi.

— Ça me ferait vraiment plaisir.

Je pourrais ajouter que la voir avec me donnera l'impression que Ginny est présente pour le jour le plus important de ma vie. Mais j'hésite, parce que ce n'est pas la peine de surenchérir dans le mélo, et elle le sait déjà de toute façon. Alors, je lui dis qu'il sera parfait avec sa robe – toute simple, d'un bleu-vert qui illumine ses cheveux roux – et elle acquiesce, puis range soigneusement le bijou avant de nous resservir du champagne.

Deux bouteilles de champagne hors de prix mettent apparemment dans le même état d'ivresse que n'importe quelle bouteille bon marché.

— Je n'arrive pas à croire que tu vas te marier avant moi.

Le générique de fin de *Mes meilleures amies* défile sur l'écran géant d'Oscar (j'ai toujours le sentiment étrange de vivre chez lui comme une locataire dans un meublé, je me demande si ça changera après le mariage) et nos orteils sont ornés de séparateurs en mousse.

— Moi non plus.

Elle pioche dans son carton mystère et en sort un paquet de cartes. Elle ne plaisantait pas quand elle parlait de boîte à surprises. Pour l'instant, elle a dégainé une tonne de petits cadeaux débiles, allant du flacon de cannelle censé augmenter la virilité aux tongs estampillées de mon nom de femme mariée. Apparemment, on est passées au jeu de cartes gênant censé donner des conseils avant la nuit de noces.

— Comment ça se joue ?

Elle sort le jeu de la boîte et lit les instructions au dos.

— Distribuer trois cartes à chaque participante, puis, dans le sens contraire des aiguilles d'une montre, lire la question à la personne à gauche de votre voisin, bla bla bla.

Elle se met à rire et balance la boîte vide derrière le canapé.

— OK, on n'a qu'à faire chacune notre tour. Tu commences.

Elle pose la pile entre nous et je pioche la première carte pour lui lire la question.

— Quel pourcentage de mariages se terminent en divorce au Royaume-Uni (chiffres de 2012 pour référence) ?

— Sérieusement ? Je vais demander à être remboursée. La dernière chose à laquelle on veut penser, c'est bien au divorce. Je ne sais pas, moi… vingt-neuf ?

Je retourne la carte pour lire la réponse.

— Quarante-deux pour cent. C'est un peu déprimant.

À son tour, elle tire une carte.

— Ah, ça, c'est mieux ! Quelle est la première chose que remarque une femme chez un homme ?

Elle lit la réponse et pouffe.

— Tu as droit à trois chances.

— Sa voiture ?

La plaisanterie valait l'essai gâché.

— Non, c'est pas ça.

— Je ne sais pas... S'il est le portrait craché de Richard Osman ?

Ce n'est pas un choix au hasard. C'est le coup de cœur célébrité de Sarah depuis des lustres.

— On ne plaisante pas avec ça !

Elle l'a croisé une fois à une cérémonie de remise de prix qu'elle couvrait, et a eu beaucoup de mal à se retenir d'enlever son tee-shirt pour lui demander de signer un autographe sur ses seins.

— Personne ne ressemble à Richard Osman, à part Richard Osman.

Dernière chance.

— Les yeux ?

— Bingo !

Elle me tope la main.

— Les yeux. Tu as vu ceux de Luke ? Je n'ai jamais vu des yeux plus bleus de ma vie.

Sarah sort plus ou moins avec Luke depuis l'été. C'est lui son +1 pour le mariage. Elle m'a demandé de ne rien révéler à Jack tant qu'elle ne le lui aura pas annoncé en personne, et je ne sais pas si c'est déjà fait. Jack est parti pour Édimbourg le lendemain du jour où j'ai acheté ma robe, et à part un SMS pour me dire qu'il pourrait se libérer pour le mariage, je n'ai pas eu de nouvelles. Je suis tombée sur des photos de lui sur Internet, prises à un événement quelques semaines plus tôt – le lancement d'un titre, probablement –, avec une blonde à son bras. Donc au moins, je sais qu'il est en vie.

Je tire la carte suivante et plisse les yeux.

— Les fleurs les plus populaires pour les mariages ?

Sarah lève les yeux au ciel.

— Les roses. C'est trop facile.

Je la laisse gagner le point sans prendre la peine de vérifier.

— Celle-ci a intérêt à être plus intéressante, sinon j'abandonne. Combien de fois en moyenne une personne tombe-t-elle amoureuse dans sa vie ?

Je grimace.

— Comment ça, en moyenne ? Tout le monde est différent !

— T'as qu'à te baser sur ton expérience. Tous ces coups de foudre renversants avec les rendez-vous que je t'arrangeais à l'université. C'était quoi, le nom du type en short, déjà ?

Je ne m'abaisse même pas à répondre, parce que mon cerveau noyé dans le champagne ne se souvient que de ses jambes poilues.

— Deux fois, peut-être ?

Sarah repose la carte pour attraper nos verres.

— À mon avis c'est plus. Je dirais cinq.

— Cinq ? T'es folle ? Ça fait beaucoup.

— Tu me connais. J'aime distribuer mon amour.

On éclate de rire et elle pivote sa tête appuyée sur le canapé pour me regarder.

— Alors, les deux amours de ta vie, qui sont-ils ? Oscar, et qui ? Le mec de l'arrêt de bus ?

Ça fait des années qu'elle ne l'a pas mentionné. J'étais même certaine qu'elle l'avait oublié.

— Non. Oscar, évidemment, et mon petit copain du lycée.

— Dans ce cas, ton numéro porte-bonheur, c'est plutôt trois, Lau. Parce que tu es totalement tombée amoureuse du mec de l'arrêt de bus. La tête la première. On a passé une année entière à le chercher, tu étais obsédée !

Soudain prise en défaut, je fais tourner le champagne dans mon verre en quête d'un nouveau sujet de conversation. Mais je suis trop lente.

— Je me demande ce qui se serait passé si tu l'avais retrouvé. Peut-être que vous seriez mariés et que vous auriez un bébé. Imagine !

Parce que j'ai beaucoup trop bu ce soir, j'arrive à l'imaginer. Je vois un petit garçon avec des yeux verts aux éclats dorés, des petits genoux potelés et un grand sourire. La vision est tellement réaliste. Est-ce que c'est ce qui se serait passé dans un univers parallèle où j'aurais trouvé Jack en premier ? Ou dans celui où il serait monté dans ce satané bus ? Je ferme les yeux et soupire, pour essayer de renvoyer l'image du bébé loin, très loin, au royaume de l'impossible.

— Est-ce que tu as vraiment arrêté de le chercher ?

Sa question, posée d'une voix douce, me prend par surprise et me fait baisser ma garde.

— Oui.

Elle me regarde bizarrement, sans doute parce que j'ai l'air plus sombre et résignée que je ne le devrais.

Son inspiration rapide est la seule indication du danger imminent.

— Laurie, est-ce que tu l'as trouvé sans me le dire ?

Je lutte pour inventer un mensonge suffisamment crédible et rapide.

— Quoi ? Non, bien sûr que non ! Je veux dire, évidemment que tu le saurais si je l'avais retrouvé, et tu ne sais rien, donc ça veut dire que je n'ai pas pu le retrouver.

Sous son regard suspicieux, je commence à paniquer. Je la connais : une fois qu'elle a flairé une piste, elle ne la lâche pas. Un vrai chien de chasse.

— Je sens que tu me caches quelque chose. Qu'est-ce que c'est ? Dis-le-moi, ou je montre ma culotte devant toute la famille d'Oscar à l'église.

— Non, il n'y a rien à dire, vraiment.

Je tente de masquer ma gêne avec un rire léger, mais il résonne bien trop fort.

— Oh mon Dieu ! J'ai raison !

D'un coup, elle se redresse.

— Laurie James, tu as intérêt à tout me raconter dans la minute, sinon je te jure que je montre même ma culotte au vicaire !

Si seulement elle ne me connaissait pas aussi bien, et si seulement je n'avais pas bu autant de champagne.

— Non.

C'est tout ce que j'arrive à prononcer. Je ne peux même pas la regarder dans les yeux.

— Pourquoi tu ne me le dis pas ?

Je vois qu'elle commence à se vexer, et je me sens d'autant plus mal. Alors, je lui prends la main.

— Changeons de sujet.

Elle retire doucement sa main.

— Je ne comprends pas. Qu'est-ce qui te prend, Lau ?

Je ne peux toujours pas la regarder. Je veux, mais je n'y arrive pas. J'aimerais lancer quelque chose de spirituel et drôle, qui nous empêche de filer droit à la catastrophe. Mais je ne suis qu'une pauvre biche ivre de champagne prise dans les phares d'une voiture.

— C'était Jack.

C'est elle qui le dit. Non pas comme une question. Elle prononce chaque mot avec la maîtrise d'un juge, comme si elle savait depuis toujours. Puis elle porte sa main à sa bouche, le choc qui arrive en retard. Je secoue la tête, mais le mensonge ne parvient pas à passer mes lèvres tremblantes.

— Jack est le mec de l'arrêt de bus.

— Arrête de le répéter, je chuchote.

Une larme chaude roule sur ma joue.

Sarah se prend la tête entre les mains.

— Sar…

Je me redresse difficilement et pose mon verre sur la table. Quand je mets une main sur son épaule, elle se dégage. C'est comme si elle me mettait une gifle. D'ailleurs, j'aurais préféré. Je reste immobile, à attendre, agonisante, jusqu'à ce qu'elle bondisse brusquement.

— J'ai toujours su qu'il y avait quelque chose. Je… Je crois que je vais vomir.

Elle se rue dans les toilettes.

Je pense à Delancey Street, à toutes ces fois où je lui tenais les cheveux après une grosse soirée arrosée. Savoir qu'à présent c'est moi qui provoque cette nausée est la pire émotion au monde. Machinalement, je la suis, mais je ne peux qu'attendre derrière la porte et l'entendre vomir. Au bout d'un moment, je retourne au salon. Quelques minutes plus tard, elle finit par sortir, pâle, les traits tirés, et s'installe sur le fauteuil en face de moi.

— Est-ce que tu l'as reconnu tout de suite ?

— S'il te plaît, ne me demande pas ça…

Je ne sais pas comment gérer cette situation. Je pensais que c'était du passé, c'est comme ça que je l'ai classé dans ma tête, mais à présent tout resurgit.

— Putain. On est amies depuis un sacré bail, Laurie. Dis-moi la vérité.

Elle a raison, évidemment. Notre amitié mérite au moins de l'honnêteté.

— Oui. Je l'ai reconnu dès l'instant où tu nous as présentés.

Les mots ne sortent pas plus fort qu'un murmure et me brûlent la gorge au passage.

— Pourquoi tu ne m'as rien dit ? Tu aurais pu le dire tout de suite, ou le lendemain au moins. Ou n'importe quel jour depuis, bordel ! Tu aurais dû me le dire.

— Vraiment ? J'aurais vraiment dû te le dire, Sarah ? Quand ça ? Quand tu l'as ramené à l'appartement en m'assurant que c'était l'homme que tu allais épouser ? Qu'est-ce que tu voulais que je te dise ? Oh, il y a eu une erreur quelque part, et tu es accidentellement tombée amoureuse du même homme que moi ?

J'essuie les larmes sur mon visage.

— Tu ne crois pas que je voulais te le dire ? Tu ne crois pas que j'y ai pensé tous les jours ?

On se regarde longuement.

— 2009, tranche-t-elle en comptant les années sur ses doigts. Quatre ans, et pendant tout ce temps, tu étais secrètement amoureuse de mon copain et tu n'as pas pensé que c'était un détail à me mentionner ?

Je n'ai rien à dire pour ma défense, et je ne peux pas m'attendre à ce qu'elle comprenne. À sa place, je ne suis pas sûre que j'y arriverais.

— Je n'étais pas secrètement amoureuse de lui. C'était une situation impossible, et j'ai détesté chaque instant. Tu n'imagines pas à quel point je me sentais mal.

Elle ne m'écoute plus vraiment. Je ne crois pas qu'elle puisse, tant le choc la paralyse.

— Toutes ces soirées passées ensemble à Delancey Street…

Elle secoue la tête lentement, reformant sans doute un puzzle terrible et destructeur avec tous nos souvenirs.

— … tu attendais juste le moment où tu pourrais le récupérer ?

Elle est cruelle parce qu'elle a mal, mais je ne peux pas m'empêcher de rétorquer sur un ton bien trop dur.

— Bien sûr que non ! Tu sais que je ne suis pas comme ça. J'ai passé chaque jour à m'efforcer de ne plus rien ressentir pour lui.

— Et je suis censée te féliciter ?

Elle applaudit lentement.

— Bravo, Laurie. Quelle super amie !

— Tu pourrais au moins essayer de me comprendre. J'étais horrifiée quand tu me l'as présenté.

— Ça, j'en doute. Parce que ça signifiait que tu l'avais retrouvé.

— Non. C'est toi qui l'avais retrouvé. Et moi, j'aurais préféré ne jamais avoir posé les yeux sur lui.

Le silence retombe sur nous. Soudain, elle persifle :

— Est-ce qu'il t'a reconnue, lui aussi ? Est-ce que vous en riiez dans mon dos ?

Je suis mortifiée qu'elle puisse imaginer ça un seul instant.

— Mais, enfin, Sarah ! Bien sûr que non !

— Est-ce que vous vous pelotiez en douce, est-ce

que vous couchiez ensemble à l'appart, dans mon dos ?

Je bondis.

— C'est injuste. Tu sais très bien que jamais je ne pourrais te faire une chose pareille.

Elle se lève aussi, de l'autre côté de la table basse.

— Tu jures sur ma vie que jamais tu ne l'as même embrassé ?

À cet instant, je comprends que je suis sur le point de perdre ma meilleure amie.

Je ne peux pas mentir.

— Une fois. On ne s'est embrassés qu'une fois. C'était…

Elle lève les mains pour m'interrompre, comme si mes mots étaient des balles.

— Ne t'avise même pas. N'essaie même pas de te justifier, je ne veux pas entendre tes excuses. Ça fait mal, juste ici.

Elle frappe sa poitrine de ses doigts. Puis elle se baisse pour récupérer ses chaussures et sa valise, et s'enfuit dans le couloir. Je la suis, la supplie de rester, et quand elle se tourne vers moi, son visage exprime tout son dégoût.

— Bonne chance pour samedi, parce que je ne serai pas là. Tu sais qui me fait le plus pitié ? Ce pauvre Oscar. Le pauvre garçon n'est qu'un plan B, et il ne le sait même pas.

Elle dit des choses dont je sais qu'on ne se remettra jamais.

— Garde ton précieux bracelet. Je n'en veux pas. Garde ta petite pierre, tes petits secrets et ton amitié en carton. Toi et moi, c'est fini.

Je regarde sans bouger la porte qu'elle vient de claquer. Je suis clouée sur place. Paralysée. Je ne sais pas quoi faire. Clairement, elle ne peut plus me voir en peinture. Mais qu'est-ce que je vais faire sans elle ? Ma famille arrive demain. Les invités arrivent. Même Jack arrive. Probablement avec sa nouvelle copine, d'ailleurs.

Je fourre tout – les cartes, sa robe, le carton à surprises – dans un placard. Puis je me recroqueville sous la couette, les bras autour de la tête. Je ne me suis jamais sentie aussi seule au monde.

14 décembre

Jack

Je sais déjà de quoi elle aura l'air. J'ai vu sa robe, j'ai senti le coup dans ma poitrine. Je devrais me sentir prêt à affronter cette journée. Mais, assis dans l'église bondée, à côté de Verity, je comprends que je suis tout sauf prêt. Je tremble. Il fait froid ici. Peut-être que l'inconfort fait partie de l'expérience, pour montrer son engagement et sa foi. Je n'ai qu'une envie, que toute cette histoire soit terminée pour que je puisse enfin me débarrasser de ce costume, boire une bonne bière, et retourner à Édimbourg aussi vite que possible sans avoir l'air malpoli. Ma vie là-bas est bien remplie. L'émission commence à avoir sa petite notoriété, et je travaille dur pour nouer des relations solides avec tout le monde à la station. Je n'en suis encore qu'au début, mais je crois que j'ai enfin trouvé ma place. Je me suis fait des amis, et je peux même me permettre de louer un appart à moi. Brique après brique, je me reconstruis une vie, et ça fait du bien.

Je ne sais toujours pas si inviter Verity était la meilleure des idées. Elle avait très envie de venir et de rencontrer mes anciens amis, et, pour être honnête, je me disais que l'amener serait une sorte de petite victoire. « Regardez comme la vie est belle pour moi. » Parce qu'il faut avouer qu'elle ne passe pas inaperçue. D'ailleurs, elle s'intègre mieux que moi parmi les invités. Elle a même un nom composé. On s'est rencontrés à un gala de charité. Elle remettait un prix à un de mes collègues. Et elle est repartie avec moi, sa propre récompense à la fin de la soirée. Cette fille possède un cheval. Est-ce que j'ai vraiment besoin d'en dire plus ?

Je n'ai pas encore vu Sarah. J'espère qu'on arrivera à se montrer civils l'un envers l'autre. Elle m'a envoyé un message pour la première fois depuis notre rupture, elle a hâte d'avoir de mes nouvelles et a mentionné l'air de rien qu'elle venait avec Luke. Est-ce qu'elle voulait me prévenir, histoire que je ne lui tape pas dessus à l'église ? Comme si j'en étais capable. Je lui ai répondu qu'il n'y avait pas de problème, que je venais avec Verity. Depuis, c'est le silence radio. La situation est vraiment gênante. D'un coup, j'ai très chaud. Ma chemise me colle au dos. Est-ce que ce serait mal vu d'enlever ma veste ? Ah, ça y est, ça commence. L'organiste a commencé à jouer, trop fort, et tous les visages se sont tournés vers la porte.

Verity est à l'extrémité du banc, près de l'allée. Ce n'est que quand elle recule deux secondes que j'aperçois Laurie. J'avais tort. Je ne suis pas prêt du tout. Je sens ce coup revenir à pleine puissance sur mon plexus solaire, en regardant sa beauté sereine, les fleurs blanches et les bijoux qui parent ses cheveux, et le bouquet entre ses mains. Elle ne ressemble en rien à ces mariées parfaitement coiffées et maquillées comme des poupées. Elle a l'air bohémienne, superbement naturelle, sous son meilleur jour. Elle rayonne. Alors qu'elle arrive à mon niveau, ses yeux couleur de violettes trouvent les miens. Elle marche lentement à côté de son père, et pendant un instant j'ai l'impression que nous sommes les deux seules personnes dans l'église. Elle et moi. Si j'étais au bout du banc, je lui prendrais la main et lui dirais qu'elle a l'air d'une déesse. Mais, de loin, elle m'adresse l'ombre d'un sourire, à peine visible, et je hoche la tête en réponse, espérant lui exprimer ainsi tout ce que je ressens. J'essaie de tout lui dire dans mon regard. Va épouser cet homme debout devant l'autel, Laurie, et commence cette vie merveilleuse qui t'attend. Tu le mérites.

Et alors qu'elle me dépasse, les yeux rivés sur Oscar, je sens quelque chose se rompre en moi.

Laurie

Hier matin, je me suis réveillée à cinq heures en sursaut. J'arrivais à peine à croire ce qu'il s'était passé. Ma meilleure amie me déteste, et je vais devoir me marier sans elle. J'ai raconté à Oscar et à tous ceux qui m'ont posé la question que Sarah avait une urgence familiale qui l'appelait à Bath, qu'elle était dévastée de louper la cérémonie, mais qu'elle n'avait pas le choix. Je ne suis pas convaincue que Maman ait gobé mon mensonge, mais je lui suis reconnaissante de ne pas avoir insisté, parce que j'étais à deux doigts d'éclater en sanglots et de raconter la triste vérité.

En surface, je fais très bien semblant. Mais, à l'intérieur, j'agonise. Je saigne d'avoir perdu ceux que j'aime, et je ne sais pas comment panser ma blessure. Et si c'était juste ça, la vie ? Devoir grandir et dire adieu à ses plus vieux amis pour faire de la place aux nouveaux ? Je suis restée assise dans le lit pendant des heures avant le lever du soleil, face au tableau d'Oscar, rêvant qu'il suffise de claquer des doigts pour y retourner. Il a changé la toile de place, afin de pouvoir la contempler quand il est au lit. C'est elle qui m'a apaisée hier. Elle m'a rappelé qu'il existait d'autres endroits, et qu'il y aurait d'autres moments. Je sais que Sarah ne changera pas d'avis pour le mariage. C'est normal. J'ai vécu avec mon secret pendant quatre ans, tandis qu'elle a eu à peine plus de vingt-quatre heures pour le digérer. C'est trop tôt. Je ne sais pas si un jour elle me le pardonnera. Désormais, je suis seule. Et parce que je n'ai pas d'autre choix que de me concentrer sur le mariage, j'ai décidé de refouler toutes les autres pensées.

Alors, me voilà devant l'église où se sont mariés les parents d'Oscar. Impossible d'y échapper. Je n'allais pas traîner tout le monde dans la banlieue de Birmingham, pas vrai ? Sans compter que cet endroit est sublime. D'autant plus avec le givre au sol. On dirait un conte de fées. Quand la Rolls-Royce – un choix d'Oscar – s'est garée dans le petit village parfait, j'en ai eu le souffle coupé. Papa a bien joué son rôle. Il m'a tapoté la main et m'a laissée prendre mon temps, solide comme un roc.

— Tu es sûre que c'est ce que tu veux ?

— Oui. Je suis aussi sûre qu'on puisse l'être.

— Ouf ! Parce que, pour être parfaitement franc, la mère d'Oscar me file les jetons. J'ai même pris un whisky tout à l'heure pour me donner du courage.

On éclate de rire, et il me conseille de souffler, puis m'aide à sortir de la voiture, couvrant mes épaules de l'étole de fourrure de ma grand-mère pour le court trajet jusqu'à l'église.

Me voilà en position devant l'allée centrale, dans ma robe vintage adorée, au bras de mon père, splendide dans sa jaquette. Il n'est pas un grand amateur des hauts-de-forme, mais il a promis de faire un effort pour les photos un peu plus tard. Maman m'a appelée la semaine dernière pour parler des détails, et elle a laissé échapper qu'il répétait tous les soirs son discours, par peur de me décevoir. Je serre fort son bras et on échange un dernier regard. J'ai toujours été une fille à son papa, et la disparition de Ginny nous a encore rapprochés. On se ressemble : tous les deux un peu réservés avec ceux qu'on ne connaît pas bien, on s'énerve difficilement, et on pardonne vite.

L'église est délicatement parfumée par les fleurs blanches choisies par Lucille – fleurs plus sauvages qu'elle ne l'aurait voulu. C'est un peu ma faute. J'ai rencontré plusieurs fois la fleuriste pour parler de mon propre bouquet, et on s'est bien entendues. Elle a manifestement noté le gouffre entre mon choix de bouquet informel et les arrangements bien plus régentés pour l'église et la réception. Je ne lui ai pas demandé de changer quoi que ce soit, mais je ne lui ai pas menti quand elle m'a demandé quel serait mon idéal. Elle a fait des miracles pour concilier les exigences de Lucille et mes envies. J'inspire profondément. On y est.

De chaque côté de l'allée, je repère des visages, connus et inconnus. Ma famille a fait le déplacement : tantes, oncles et cousins, curieux de voir Oscar et la vie mondaine de Londres dont ma mère leur aura conté les anecdotes croustillantes. Mes collègues, les amis d'Oscar, son ex, Cressida, en robe noire et collier de perles (du noir ? Elle s'est crue à un enterrement ?), son frère Gerry accompagné de Fliss (guindée mais de bon goût en organza bleu sarcelle). Jack. Je suis à mi-chemin de l'autel et je le vois, bien plus élégant que d'habitude. Il s'est même coiffé. Je ne sais pas trop ce que je pense de son allure en costume. Mais j'arrête soudain de penser, parce que ses yeux si doux trouvent les miens, et je regrette de ne pas pouvoir tenir sa main dans la mienne une dernière fois avant de devenir la femme d'Oscar. Avec l'absence de Sarah, j'ai l'impression qu'il est le seul, ici, à me connaître vraiment. Peut-être que c'est aussi bien qu'il habite si loin désormais. Je me demande si Sarah lui a raconté notre dispute. Mais ils se parlent à peine depuis leur rupture, et il n'a pas l'air d'être au courant. Je lui adresse le plus discret des sourires, il hoche la tête. Fort heureusement, mon père continue à avancer, me forçant à faire de même.

On a choisi de ne pas écrire nos propres vœux. Quand j'ai suggéré de le faire, Lucille m'a regardée comme si je proposais un karaoké nudiste, et l'expression d'Oscar n'était pas bien différente. Je n'ai pas insisté. C'était à moitié une plaisanterie, de toute façon. Vu leurs têtes, elle n'était pas de très bon goût. Qu'est-ce que je croyais ? Qu'il s'agissait d'un mariage moderne ?

Comme convenu, Oscar est dos à moi, droit et fier. Sa mère trouve ça grossier de voir le futur s'extasier en public quand la mariée remonte l'allée, et ça me va. Je préfère être à côté de lui quand il me découvrira. C'est plus intime, plus nous. On a été tellement pris par les préparatifs du mariage et le boulot qu'on n'a pas eu une minute à nous ces derniers jours. J'ai hâte d'être à ses côtés et de recommencer à passer tout mon temps avec lui. Je compte sur notre lune de miel pour nous faire revivre la magie de la Thaïlande.

Enfin, j'arrive à son niveau, et il se tourne pour me regarder. Sa mère a dit que c'était à ce moment qu'il devait soulever mon voile. Ça va être difficile, vu que je n'en porte pas. J'aurais dû le leur mentionner, mais je ne voulais pas qu'on me force à porter quelque chose qui ne me ressemble pas, tout ça pour respecter les conventions. Au lieu de ça, j'ai choisi un bijou de cheveux des années vingt – une trouvaille fortuite dans la boutique vintage – que la coiffeuse a fixé dans mes boucles parsemées de minuscules fleurs fraîches. Le peigne est magnifique, des fils d'or qui accueillent des breloques marines : un hippocampe, des coquillages, et bien sûr… une étoile de mer. N'importe qui y verra un simple bijou de mariée, mais pas Oscar.

Je n'ai pas de voile, et pourtant les mains d'Oscar se lèvent automatiquement pour le soulever. Il a répété chaque étape de la journée dans sa tête, et soudain, il s'immobilise, déconcerté. Je souris et chuchote :

— Pas de voile.

Il rigole doucement.

— Tu es magnifique.

— Merci.

Ses yeux noirs me couvrent d'amour. Lui-même est à des années-lumière du short et tee-shirt de la Thaïlande, mais c'est comme ça que je le vois. Mon Robinson Crusoé, mon sauveur, mon amour. Je ne crois pas qu'il ait remarqué l'absence de Sarah. Je ne crois pas qu'il remarquerait le révérend s'il se débarrassait de sa soutane pour danser une gigue irlandaise autour de l'autel, parce qu'il n'a d'yeux que pour moi, et ses yeux sont pleins de joie, d'émerveillement et d'amour. Lucille a tout fait pour planifier chaque seconde de notre mariage comme une opération militaire, mais elle n'a pas pensé à ces moments, et c'est de ça que je me souviendrai toujours, contrairement à la mousse de saumon insignifiante. Il est tellement séduisant. Tout chez lui est parfait : l'ondulation de sa mèche, ses chaussures noires vernies, ses yeux noirs et intenses quand il me contemple. Je n'ai jamais vu de marié aussi parfait. Comme si toutes les figurines perchées sur les gâteaux étaient faites à son image.

Je me demande ce que Sa Majesté Lucille pense de ma tenue sans voile. Elle en a probablement un en réserve dans la sacristie, juste au cas où. Je parie qu'elle va essayer de me le refourguer dès qu'on sera sortis de l'église.

Quand le prêtre demande si quelqu'un a des raisons de s'opposer à ce mariage, mes pensées volent vers Sarah. Est-ce qu'elle va ouvrir en grand les portes pour annoncer à tout le monde ma trahison ?

Évidemment, rien de tout ça ne se passe. En trois secondes – ou du moins c'est l'effet que j'en ai – je suis de nouveau dans l'allée centrale, avec un anneau en platine et diamant à l'annulaire gauche, et les cloches résonnent. Main dans la main, on avance sous les salves d'applaudissements. Juste avant de sortir sous le soleil blanc de l'hiver, Oscar noue soigneusement les rubans de mon étole de fourrure, et m'embrasse.

— Ma femme, chuchote-t-il en prenant mon visage entre ses mains.

— Mon mari.

Je tourne légèrement la tête pour embrasser sa paume.

Mon cœur est sur le point d'éclater d'une joie pure devant cette vérité simple : nous sommes mari et femme.

Le photographe entame son travail prémâché pour rassembler les familles. La mère d'Oscar semble décidée à se reconvertir en directrice artistique, au point que mon adorable mère me prend à part pour me dire qu'elle risque d'étriper Lucille avant la fin de la journée. Après un petit fou rire et avoir fait mine de l'étrangler, on retrouve notre sérieux pour aller poser.

Heureusement que ma famille est là pour ma santé mentale. Au cocktail qui suit, Cressida prend mon frère pour un serveur et se plaint que son champagne n'est pas assez frais. Il remédie joyeusement à son problème en piochant des glaçons dans la carafe la plus proche. Le voyant faire, elle menace, scandalisée, de le faire renvoyer, et il prend un vif plaisir à lui annoncer qu'il est le frère de la mariée, avec son plus bel accent des Midlands. Il est encore sur un petit nuage après la naissance de son bébé, qui a l'air si angélique aujourd'hui qu'il me vole presque la vedette. Daryl m'a prise à part un instant pour me demander si je voulais bien être la marraine de Thomas à l'été. Comme si j'avais besoin de plus de raisons de pleurer ! Je n'ai jamais autant aimé ma famille qu'aujourd'hui, alors qu'on forme une minorité noyée au milieu de celle d'Oscar.

— Mesdames et messieurs, c'est l'heure des discours !

Mince ! J'avais complètement oublié que Sarah devait faire un discours. Elle avait tout planifié pour passer en premier, son absence va chambouler le programme de Lucille. Les choses auraient été arrangées si j'avais pensé à la prévenir, mais évidemment j'ai oublié, et maintenant le maître de cérémonie tout rouge vient de réclamer un tonnerre d'applaudissements pour la demoiselle d'honneur. Les invités continuent de frapper dans leurs mains, mais d'une manière plus lente et hésitante, sentant qu'il manque quelque chose, mais quoi ? Sérieusement, est-ce que le personnel n'a jamais eu à gérer de crise ? Le fait de devoir réarranger en vitesse la table des mariés aurait pu leur mettre la puce à l'oreille… Vraisemblablement pas. Le maître de cérémonie appelle Sarah, encore et encore, de plus en plus désespéré. À côté de moi, le pauvre Oscar est horrifié. Il sait qu'il devrait faire quelque chose, mais il n'a aucune idée de quoi, et Lucille me fusille du regard. Face à tous ces visages tournés vers moi, je me lève, sans savoir ce qui va sortir de ma bouche. Mentir à ma famille sur les raisons de l'absence de Sarah a été une torture suffisante. Je ne suis pas sûre d'avoir le courage d'assumer le mensonge devant toute cette foule. Mais qu'est-ce que je suis censée dire ? Que Sarah a découvert que j'ai été amoureuse de son petit copain, et que maintenant elle ne peut plus me voir en peinture ? Mon pouls s'accélère dangereusement, et je sens mes joues virer à l'écarlate. Soudain j'entends le bruit d'une chaise qu'on racle sur le parquet, et quelqu'un s'éclaircit la gorge.

Jack.

Un murmure se répand dans la salle, bourdonnant de l'anticipation d'un événement croustillant.

— Sarah ne peut malheureusement pas être avec nous aujourd'hui, alors Laurie m'a demandé de dire quelques mots à sa place.

Il me lance un regard interrogateur.

— J'ai eu la chance de tenir la chandelle entre Sarah et Laurie pendant quelques années, alors j'ai une bonne idée de ce qu'elle aurait aimé dire si elle avait pu être présente.

Je doute sincèrement qu'il ait la moindre idée de ce que voudrait dire Sarah en cet instant, mais je hoche la tête fébrilement et me rassieds. Je ne sais même pas pourquoi je suis surprise de l'intervention de Jack. Il a toujours été là dans les moments les plus importants de ma vie, d'une façon ou d'une autre.

— Voyez-vous, Sarah et moi avons été ensemble pendant un certain temps – jusque très récemment, en vérité. Désolé, c'est trop de détails… hum.

Il jette un regard à sa voisine de table, alors que quelques gloussements naissent dans la salle.

— Et quand je parle de tenir la chandelle, c'est en tout bien tout honneur, évidemment. On formait un trio, mais pas ce genre de trio…

Il s'interrompt alors que les gens commencent à franchement rire.

— Désolé, me dit-il avec une grimace. OK.

Ce n'est qu'au moment où il essuie ses paumes sur ses cuisses que je mesure sa nervosité.

— Qu'aurait dit Sarah au sujet de Laurie ? Déjà, qu'elle est la meilleure des amies. Sarah répétait à l'envi qu'elle avait gagné à la loterie des colocs à l'université. Vous deux avez ce genre d'amitié qui dure toute une vie. Tu es le gin et elle le tonic, Laurie. Sarah t'aime tellement.

Quelques invités applaudissent et ma mère s'éponge les yeux. L'horreur. Pour faire bonne figure, je me pince la peau de la main. Pincer. Relâcher. Pincer. Relâcher. Il ne faut pas qu'une seule larme m'échappe, parce que si je commence, je ne suis pas sûre de pouvoir retenir le flot de sanglots qui guette. Ma meilleure amie me manque tellement aujourd'hui. Dans mon mariage planifié au millimètre, il y a un trou béant, et j'ai vraiment peur qu'il n'en soit de même du reste de ma vie.

Jack expire, puis inspire profondément. Le silence est total.

— Pour être honnête, même si j'avais su que j'allais devoir parler aujourd'hui, je pense que j'aurais quand même eu du mal à m'exprimer, parce qu'il n'y a pas de mots pour décrire Laurie James.

— Ogilvy-Black, corrige quelqu'un.

Gerry, je crois.

Jack rit, passe sa main dans ses cheveux, et j'entends presque toute la gent féminine se pâmer.

— Oui, désolé. Laurie Ogilvy-Black.

Oscar me prend la main, et je lui adresse un petit sourire rassurant, même si entendre mon nouveau nom me fait bizarre, d'autant plus sur les lèvres de Jack.

— Laurie et moi sommes amis depuis un moment maintenant. Très bons amis. Et sous mon nez, tu es passée de l'amie intelligente et effacée de Sarah qui m'a forcé à regarder *Twilight* à…

Il tend les mains vers moi, malgré les trois tables qui nous séparent.

— … à cette femme incroyable que tu es aujourd'hui, forte, extraordinairement bienveillante. Auprès de toi, chacun a l'impression d'être la personne la plus importante au monde. Je n'exagère pas quand je dis que tu m'as sauvé la vie, Laurie. Tu m'as vu au plus bas, et tu ne m'as pas tourné le dos, même quand tu avais toutes les raisons de le faire. J'étais abject, tu es restée adorable. Je ne savais plus qui j'étais, et tu m'as fait me souvenir. Je ne crois pas t'avoir remerciée pour ça, alors je le fais aujourd'hui. Merci. Tu foules le chemin de la vie avec grâce et légèreté, mais tu laisses des empreintes profondes que personne ne peut combler.

Il s'arrête et boit une gorgée de vin, parce qu'il parle comme si nous étions seuls au monde, et je crois qu'il se rend compte qu'il est sur le point d'en dire trop.

— Alors, voilà. Tu es merveilleuse, Laurie. Tu me manques maintenant que je vis de l'autre côté de la frontière, mais je suis content de savoir qu'Oscar est là pour prendre soin de toi.

Il lève son verre.

— À toi, Laurie, et bien sûr, à Oscar.

Il se tait un instant, puis ajoute :

— Veinard.

Tout le monde éclate de rire, et les larmes m'échappent.

Jack

— Non mais t'es sérieux, là ? Pourquoi pas te la taper devant tout le monde, tant que tu y es ?

En cet instant, Verity a tout d'un chaton sauvage en colère. Toute jolie, mais sur le point de m'arracher les yeux. On est dans un couloir de l'hôtel, et j'en déduis qu'elle n'a pas apprécié mon discours.

— Qu'est-ce que j'étais censé faire ? Laisser Laurie mourir de honte à son propre mariage ?

— Non, mais tu n'étais pas obligé non plus d'en faire l'incarnation de Wonder Woman !

— Elle ne porte pas sa culotte sur son jean.

Dès que les mots s'échappent de ma bouche, je sais que je viens de dire une connerie. Mais j'en suis à trois coupes de champagne et je n'aime pas qu'on critique mes erreurs.

— Clairement, tu en sais long sur ses culottes, réplique Verity en croisant les bras sur sa poitrine.

Je me radoucis. Elle est mon invitée, et ça doit être légèrement agaçant d'entendre son mec chanter les louanges d'une autre avec tant d'enthousiasme.

— Je suis désolé, d'accord ? Et tu as tort : Laurie est une amie. C'est tout. Il n'y a jamais rien eu de plus entre nous. Promis.

— C'était quoi ces conneries sur les empreintes profondes ?

Manifestement, elle n'est pas encore prête à lâcher l'affaire.

— C'était une métaphore…

— Tu as dit qu'elle était merveilleuse !

Je vérifie qu'il n'y a personne dans le couloir, avant de coller doucement Verity contre le mur.

— Tu l'es plus encore.

Ses mains se glissent autour de moi pour attraper mes fesses. Elle est du genre direct.

— Ne t'avise pas de l'oublier.

Je l'embrasse, ne serait-ce que pour mettre fin à la conversation avant qu'elle ne prenne la mauvaise direction. En réponse, elle me mord la lèvre et sort ma chemise de mon pantalon.

Laurie

— C'était sympa de la part de Jack de remplacer Sarah.

Je souris à Oscar, même si ses mots sont lourds de sens.

— Oui, c'était sympa.

On s'est retirés dans la suite nuptiale pour se rafraîchir, pendant la période de battement entre la réception et la grande soirée. Je crois que « se rafraîchir » est censé être un euphémisme pour parler de sexe, mais ce n'est clairement pas l'activité en cours. Oscar est tendu depuis les discours, et je suis prête à tout pour l'apaiser, parce que je veux qu'on se souvienne de cette journée pour les bonnes raisons.

— Tu m'as dit que Sarah était où, déjà ?

Oscar fronce les sourcils et se pince l'arête du nez, comme s'il avait du mal à se rappeler les détails de son absence. C'est probablement parce que je ne lui en ai pas donné beaucoup, pour tenter de minimiser le mensonge.

— Elle est rentrée à Bath.

Mon ton est délibérément neutre, et je me détourne pour cacher mes joues en feu. Je n'ai pas envie qu'on se dispute, alors je cherche une source de diversion, et tombe sur un sac cadeau disposé sur le manteau de la cheminée. Tout, dans cette suite nuptiale, est gigantesque, de la baignoire encastrée au lit à baldaquin si haut qu'il comporte une marche pour y grimper.

— Qu'est-ce que c'est ?

Je lis l'étiquette à voix haute.

— Pour les jeunes mariés, avec les compliments d'Angela et de toute l'équipe du mariage. Nous espérons que vous passez le plus beau jour de votre vie.

Je me tourne vers Oscar.

— C'est mignon, tu ne trouves pas ?

Il acquiesce alors que je m'installe dans un fauteuil près de la fenêtre pour dénouer les rubans.

— Tu viens voir ?

Dans mon regard, c'est autre chose que je lui demande. *Je t'en prie, n'insiste pas au sujet de Sarah. Ne suranalyse pas le discours de Jack. Concentrons-nous sur ce qui est important aujourd'hui. Toi et moi.*

Son regard soutient le mien, puis son expression s'adoucit, et il vient s'agenouiller à côté de moi.

— Vas-y, ouvre.

Je passe délicatement la main dans ses cheveux noirs brillants, et souris.

— OK.

Nichée dans du papier de soie, une boule de Noël en verre soufflée à la main et gravée à nos noms avec la date du mariage.

— C'est sublime.

Ma gorge se serre quand je repose doucement l'objet.

— Tu mérites ce qu'il y a de plus beau.

Il m'embrasse, puis prend une profonde inspiration.

— Laurie ? Est-ce que tu es heureuse ?

La question, énoncée sur un ton si calme, me surprend. C'est la première fois qu'il me la pose.

— Tu as vraiment besoin de me le demander ?

— Juste cette fois.

Tout d'un coup, il a l'air on ne peut plus grave.

J'inspire à mon tour et le regarde droit dans les yeux. Je sais que notre mariage dépend de ma réponse.

— Je suis tellement heureuse d'être ta femme, Oscar. Je remercie tous les jours ma bonne étoile de t'avoir dans ma vie.

Incroyablement beau… et silencieux. Ses yeux me font comprendre toutes les choses qu'il se retient de dire, parce que c'est le jour de notre mariage.

Puis il se lève et m'aide à faire de même.

— Moi aussi, je remercie ma bonne étoile.

Il m'embrasse d'un baiser lent, profond, un bras autour de ma taille et une main sur ma joue. Et je me coule contre lui. Je prie pour qu'on sache toujours se retrouver ainsi, comme en Thaïlande, comme toutes les nuits. Mon amour pour lui est très distinct du reste de ma vie, clair, simple, une évidence. Je m'accroche à cet amour et à l'image de nous deux, devant le bungalow sur la plage. Oscar n'a laissé filtrer aucune information sur notre destination de lune de miel, mais j'espère de tout cœur que ce sera la Thaïlande.

Je m'approche du magnifique sapin de Noël et accroche notre nouvelle décoration sur une branche nue. Oscar est derrière moi, ses lèvres sont chaudes sur ma nuque, et on regarde ensemble la boule tourner et projeter ses reflets.

— Jack a raison, chuchote-t-il. Je suis un sacré veinard.

2014

Résolutions du nouvel an

1) *Sarah.* Le simple fait d'écrire son nom me remplit de honte et de tristesse. Il faut absolument que je lui fasse comprendre à quel point je suis désolée. Que c'était une situation impossible : je ne me suis simplement pas autorisée à tomber amoureuse de son copain. Que j'ai tout fait pour ne pas l'être. Il faut qu'elle me pardonne, parce que je n'imagine pas ma vie sans elle.
2) *Oscar.* Mon mari ! Je veux juste rester dans notre cocon d'amour et profiter au maximum de notre première année en tourtereaux. Non pas qu'on soit devenus un couple d'inséparables. Mais il y a une certaine sécurité dans le fait d'être devenue Mrs Ogilvy-Black, surtout quand les autres piliers de ma vie semblent avoir disparu. Ma résolution est de ne plus jamais le laisser douter qu'il me rend heureuse.
3) *Le boulot.* Il faut vraiment que j'en change. Depuis le mariage, j'ai l'impression d'avoir dépassé le stade des réponses aux ados sur les chagrins d'amour. Après tout, je ne suis désormais plus

l'experte mondiale en sentiments non réciproques. La folie des préparatifs du mariage étant terminée, je rêve d'un nouveau défi. Quelque chose qui soit plus en accord avec ma nouvelle vie. Des hebdomadaires féminins comme *Good Housekeeping* ou *The Lady*. Ha ha ! Je vois d'ici la tête de Lucille découvrant mon nom dans son magazine préféré. Elle aurait enfin une bonne raison de me détester.

4) Ce qui m'amène à… *Sa Majesté Lucille*. Il faut vraiment que je fasse plus d'efforts pour qu'elle commence à m'apprécier.
5) *Maman et Papa.* Je vais prendre le temps de les voir plus souvent. Ma vie londonienne est plus remplie que jamais, mais ce n'est pas une excuse. Le mariage m'a fait comprendre à quel point ils me manquent. Je suis contente que mon frère et sa famille vivent près d'eux ; Maman passe son temps à publier des photos d'eux avec bébé Tom. J'adore recevoir leurs messages, mais mon cœur se serre toujours un peu, parce qu'ils sont ensemble alors que je suis si loin.

16 mars

Laurie

— Qu'est-ce que c'est que tout ça ?

Je lutte pour ouvrir les paupières et me redresser. Oscar est debout à côté du lit, avec un plateau.

— Petit déjeuner au lit pour fêter notre anniversaire.

Il pose le plateau sur mes genoux, et je commence à paniquer. Est-ce que j'ai oublié une date importante ?

— Ça fait trois mois qu'on est mariés ! Enfin, trois mois et deux jours pour être exact, mais autant profiter du dimanche pour fêter ça, non ?

Je ris.

— Sûrement ! Tu reviens au lit ?

Je maintiens le plateau en équilibre pour qu'il puisse grimper dans le lit, et il étire son dos encore caramel. Sa peau est prédisposée à bronzer : il lui reste encore les couleurs de notre lune de miel, alors que je suis redevenue blanc lavabo dès notre retour à l'hiver anglais. Ce n'était pas la Thaïlande, finalement. On a passé trois semaines idylliques dans les Maldives, un paradis sur terre. C'est probablement aussi bien qu'on ne soit pas retournés à Koh Lipe pour recréer la magie de notre premier séjour. Les souvenirs sont trop précieux pour risquer de les altérer. Est-ce que ça fait vraiment capricieuse de dire que j'aurais quand même préféré la Thaïlande aux Maldives ? Mais en réalité, ce n'est pas vrai. C'est juste que j'aurais aimé qu'Oscar veuille nous y remmener, ou qu'il devine que mon cœur romantique rêve d'y retourner. J'ai eu le sentiment d'être l'épouse la plus ingrate du monde quand à Heathrow mon cœur s'est légèrement serré de déception en voyant quelle file d'embarquement on rejoignait. Les hôtels de luxe qu'avait réservés Oscar étaient bien loin de notre bungalow sur la plage. On a dîné dans des huttes sur pilotis, paressé dans des doubles hamacs sur notre plage privée, et un majordome – oui, oui ! – était là pour répondre à nos moindres désirs. À présent, nous sommes de retour chez Oscar – enfin, je devrais dire chez nous – et il semble bien décidé à prolonger la lune de miel.

— Café ?

— Avec plaisir.

Je dispose les tasses et verse une cuillerée de sucre dans le mien. Oscar n'en prend pas. Il n'a pas du tout le bec sucré, alors j'essaie de réduire ma propre consommation, parce qu'à force de manger du dessert toute seule, j'ai l'impression d'être gloutonne. Pourtant, Oscar est loin de me culpabiliser. Mais quand même. Avant, je me faisais plaisir en orgies de gâteaux avec Sarah, plusieurs fois par mois. Mais on ne s'est pas reparlé depuis notre dispute. Chaque fois que j'y pense, mon cœur pèse lourd dans ma poitrine. Pendant la lune de miel, j'ai tout relégué dans un coin de ma tête, pour ne pas gâcher ne serait-ce qu'une seconde du superbe voyage prévu par Oscar. Et depuis notre retour, j'ai conservé la même approche : chaque jour je pratique la technique de l'autruche. Le seul point positif, si on peut dire, c'est que je ne porte plus le fardeau de mon secret. Le pire est arrivé, Sarah a découvert la vérité, et je suis libre d'aimer librement Oscar, sans ambiguïté. Toutefois, le prix reste élevé, pour une conscience lavée.

Je pose la pointe du couteau sur mon œuf, pour tester sa consistance.

— Vous êtes le roi des œufs pochés, monsieur O. Personnellement, je n'ai jamais réussi à en cuire un.

— J'ai téléphoné à Maman, elle m'a donné les instructions.

Je retiens de justesse une expression scandalisée. Je vois d'ici la tête de Lucille quand son fils lui a raconté que je paressais au lit alors qu'il se démenait en cuisine. Il est à peine huit heures, et pourtant je sais qu'elle va classer cette information dans le dossier « Laurie est une flemmarde ». Elle va peut-être devoir en commencer un nouveau, d'ailleurs, parce que j'imagine que ses archives de mauvais points sont complètes après le mariage.

— En tout cas, c'est impressionnant.

Je regarde avec satisfaction le jaune d'œuf couler sur le muffin anglais.

— Fais attention, je pourrais m'y habituer.

— Je suis content de te faire plaisir.

— Être mariée avec toi, ce n'est que du plaisir.

Il sourit, heureux du compliment.

— Tu crois que c'est ce qu'on ressentira toujours ?

— Je ne sais pas. Peut-être qu'il suffit de le vouloir ?

— Tout le monde n'arrête pas de me dire que dans quelques années la magie va s'estomper.

— Ah bon ?

Les gens me serinent aussi tous la même rengaine. Que notre relation va trop vite, et que la réalité va nous rattraper une fois que la romance aura disparu.

Il hoche la tête. Je me retiens de lui demander si par « tout le monde », il entend Lucille.

— Au fond, qu'est-ce qu'ils en savent ?

Je pose doucement le plateau par terre et me niche dans les bras d'Oscar.

— Ils ne nous connaissent pas, renchérit-il.

Puis il fait glisser la bretelle de ma nuisette pour révéler mon sein. Je lève la tête pour l'embrasser alors que ses doigts se referment sur mon téton.

— Ma femme.

Il me le chuchote souvent, et j'adore ça, mais parfois j'aimerais qu'il revienne à l'étoile de mer, comme avant.

Je l'enserre entre mes membres quand il me roule sur le dos pour faire l'amour. Après coup, je remonte la couette sur mes épaules et pose ma joue sur son torse. Si seulement on ne pouvait être que tous les deux, et la vie continuer ainsi.

Plus tard, devant une assiette de gigot d'agneau (cuisiné par mes soins, sans avoir besoin de consulter ma mère), Oscar remplit nos verres de vin.

— J'ai une nouvelle à t'annoncer.

Il replace la bouteille sur le nouveau portant prévu à cet effet. Oui, je sais, absurde. Cadeau de mariage de la part de Gerry et Fliss.

Je m'immobilise. On a passé le week-end ensemble, et en général, on n'attend pas le dimanche soir pour annoncer une nouvelle, si ? Si j'avais quelque chose à annoncer, je ne pourrais pas attendre une seule seconde. Je m'efforce de prendre un air poliment curieux, mais je n'arrive pas à me débarrasser de la sensation que quelqu'un vient de passer un doigt glacé le long de ma colonne vertébrale.

— J'ai été promu.

Le soulagement s'empare de moi.

— C'est super ! À quel poste ?

Je ne sais pas pourquoi j'ai posé cette question, vu que je ne comprends pas trop en quoi consiste son job actuel.

— Kapur s'en va aux États-Unis à la fin du mois, alors ils ont besoin de quelqu'un pour reprendre Bruxelles.

J'ai rencontré Kapur à plusieurs reprises. C'est l'archétype du banquier d'affaires : costume à rayures, chemise rose, et une grande gueule. Je ne le porte pas vraiment dans mon cœur.

— Est-ce que c'est une promotion intéressante ?

Je ne saisis rien à leur hiérarchie, mais je fais au moins semblant d'être contente pour lui.

— Oui, c'est une assez grosse promotion en fait. Vice-président. Je vais manager quatre équipes.

Oscar ne se vante jamais, et c'est une de ses qualités les plus attachantes.

— Mais je voulais t'en parler avant, parce que ça signifie que je vais probablement devoir passer une partie de la semaine là-bas.

— À Bruxelles ?

Il acquiesce, une étincelle dans les yeux.

— Une partie de la semaine… toutes les semaines ?

L'inquiétude est perceptible dans ma voix.

— Probablement. Kapur y est généralement trois jours par semaine.

— Oh.

Je ne veux pas faire la rabat-joie. Il a travaillé dur pour cette promotion, et je veux qu'il sache que je suis fière de lui.

— Je peux refuser, si tu penses que ça fait trop.

Ben voyons, et passer pour la reine des égoïstes ?

— Non, non ! Surtout pas !

Je contourne la table pour me glisser sur ses genoux et passer mes bras autour de son cou.

— Mon mari, si intelligent. Tu vas me manquer, c'est tout. Mais je suis tellement fière de toi.

Je l'embrasse pour lui prouver ma sincérité.

— Bravo, vraiment. Je suis super contente pour toi. Honnêtement.

— Je te promets de ne pas être un mari à mi-temps.

Ses yeux noirs cherchent les miens, comme s'il avait besoin d'être rassuré.

— Ni moi une femme à mi-temps.

Je me demande dans quelle mesure ce sera possible. Il est de plus en plus ambitieux, et clairement excité par la perspective de cette promotion. Quant à moi, je vais devoir trouver de nouvelles manières de meubler la moitié de la semaine. Je ne peux pas m'empêcher de nous comparer à mes parents, qui se sont toujours enorgueillis de n'avoir jamais passé une nuit séparés à part à la maternité, et à l'hôpital. Être avec l'autre en permanence, c'est l'intérêt du mariage, non ?

Oscar déboutonne les premiers boutons de mon chemisier, et je m'écarte.

— Oh, je connais ce petit jeu. Mais j'ai le bord de la table enfoncé dans mon dos, et je n'ai pas fini de manger, alors pas de bol pour toi ce soir.

L’amusement remplace vite la déception sur son visage.

— C’est vrai que cet agneau est sacrément bon.

Et voilà. Trois mois de lune de miel, et on s’apprête à vivre la moitié de notre vie séparés. Le gigot n’est plus si savoureux quand je reprends mes couverts.

27 mai

Laurie

Lucille sait parfaitement que le mardi Oscar est à Bruxelles. Alors les raisons pour lesquelles elle sonne à la porte m'échappent complètement. Pendant une seconde, j'envisage de faire la morte. Hélas, elle m'aura sans doute vue rentrer à la maison il y a quelques minutes – si elle n'a pas installé une caméra espion à l'intérieur pour me surveiller.

Je dégaine mon sourire le plus accueillant.

— Lucille. Entrez donc.

Aussitôt, je maudis mon manque de tact. Je viens de l'inviter dans son propre appartement. Car c'est son nom sur l'acte de propriété. Elle est bien trop polie pour me le faire remarquer, même si son regard hautain traduit tout à fait ses pensées. Je ramasse la tasse vide sur la table basse. Heureusement, j'ai passé l'aspirateur ce matin avant d'aller travailler. Oscar essaie de me convaincre d'embaucher une femme de ménage, mais je ne peux pas me résoudre à annoncer à ma mère que je paie quelqu'un pour nettoyer après moi. Sa Majesté Lucille inspecte les environs d'un œil critique. Qu'est-ce que je vais bien pouvoir lui dire ?

— Je suis désolée, Oscar n'est pas là aujourd'hui.

— Oh.

Elle porte la main à son immuable collier de perles.

— Je n'y avais pas pensé.

À d'autres ! Elle note le moindre de ses déplacements dans son agenda avec un stylo vert spécialement dédié à son fils.

— Vous voulez du thé ?

— Un darjeeling, si vous avez.

En temps normal, je n'aurais pas ça dans mes placards, mais quelqu'un nous a justement offert une sélection de thés pour le mariage, alors je lui souris et m'excuse pour aller vérifier. Ah, victoire ! J'ai du darjeeling. Je sais très bien qu'elle ne me l'a demandé que pour me poser une colle, et je suis ravie de remporter l'épreuve. J'aurais préféré que les choses ne soient pas ainsi entre nous. Peut-être qu'aujourd'hui est le bon jour pour faire des efforts. En attendant que le thé infuse, je sors le sucrier et le pot à lait – d'autres cadeaux de mariage – et les dispose sur un plateau avec deux tasses et une assiette de shortbreads.

— Et voici. Lait, sucre et gâteaux. Je pense que j'ai tout.

— Non, non, et non. Mais merci.

Les yeux de Lucille ne sont pas exactement de la couleur de ceux d'Oscar. Plus ambrés. Comme ceux d'un serpent.

Je m'assieds et cale mes mains sous mes fesses pour arrêter de gigoter.

— Vous vouliez voir Oscar pour une raison en particulier ?

— Non, je ne faisais que passer.

Je me demande à quelle fréquence elle ne fait que passer. Elle a les clés. Ça ne m'étonnerait pas qu'elle vienne fouiner quand personne n'est à la maison. Cette pensée est déconcertante. Est-ce qu'elle cherche la preuve que je ne suis là que pour l'argent ? Est-ce qu'elle épluche notre courrier en quête de dépassements bancaires, ou fouille dans mes tiroirs pour découvrir un passé douteux ? Ça doit la tuer, que je sois irréprochable.

— J'imagine que vous vous sentez très seule ici, en semaine ?

— Oui, il me manque beaucoup.

Je brûle d'envie de lui répondre que j'organise des orgies pour passer le temps.

— Mais j'essaie de m'occuper.

Comme pour appuyer mon propos, je verse le thé dans sa tasse. Sans lait, sans sucre.

Elle en sirote élégamment une gorgée, puis grimace comme si je lui avais donné à boire du liquide vaisselle.

— Un peu moins longtemps à infuser, la prochaine fois.

— Désolée.

Ce qui m'inquiète le plus dans cette phrase, c'est « la prochaine fois ».

— De l'administratif, c'est ça ? Pour un magazine ? Désolée, rappelez-moi ce que vous faites, déjà ?

Je soupire intérieurement devant tant de rudesse. Elle sait très bien quel est mon poste, et dans quelle entreprise. Elle a forcément fait ses recherches en ligne.

— Pas exactement. Je suis journaliste pour un magazine d'adolescents.

Oui, je sais. Je rentre à peine dans la catégorie du journalisme.

— Vous avez eu des nouvelles d'Oscar aujourd'hui ?

Je jette un coup d'œil à la pendule.

— Non, mais d'habitude, il n'appelle pas avant vingt et une heures.

Soudain, prise d'un élan pacifiste, je propose :

— Je peux lui demander de vous appeler demain, si vous voulez ?

— Ne vous donnez par cette peine, ma chère. Je suis certaine que devoir appeler la maison tous les jours est déjà un fardeau suffisant, je ne voudrais pas en ajouter à sa liste.

Elle ponctue sa phrase d'un léger ricanement, comme si j'étais une harpie qu'on doit remettre à sa place. Mine de rien, je suis piquée.

— Je ne pense pas que ce soit un fardeau pour lui. La séparation n'est facile ni pour lui ni pour moi, mais je suis très fière de lui.

— Oui, j'imagine que vous l'êtes. C'est un poste à grandes responsabilités, surtout le management des équipes à l'étranger. Mais Cressida me dit que c'est un plaisir de travailler sous sa direction.

Cressida travaille là-bas ? C'est un test. Elle veut voir ma réaction. Je ravale la question qui me brûle la gorge et sirote ce satané thé pour me donner une contenance. Il a un goût de pisse de chat. On se défie du regard, de part et d'autre de la table basse, puis elle soupire et regarde sa montre.

— Doux Jésus, je n'avais pas vu l'heure. Je vais devoir vous quitter.

Elle se lève et je la raccompagne dans l'entrée. En lui faisant la bise sur le seuil, je retrouve enfin mon audace.

— Bien. Ce fut un plaisir, *Belle-Maman*. Nous devrions faire ça plus souvent.

Je ne crois pas qu'elle aurait l'air plus horrifié si je l'avais traitée de catin. Elle semble sur le point de me gifler.

— Laurel.

Elle incline la tête formellement et passe la porte.

Une fois qu'elle est partie, je jette la pisse de chat dans l'évier et me sers un grand verre de vin. Comment une femme aussi aigre a-t-elle pu élever un homme aussi doux ?

Je m'installe sur le canapé, soudain très seule. Lucille n'est venue que pour une unique raison : me faire savoir qu'Oscar passe la moitié de sa semaine avec son ex, une femme de son rang. Une ex dont il n'a pas jugé utile de me dire qu'elle travaillait maintenant pour lui.

Je n'ai qu'une envie, c'est de parler à Sarah. Je suis tentée de prendre mon téléphone, mais pour lui dire quoi ? *Salut, Sarah, j'ai besoin de parler parce que j'ai découvert que mon mari passe trop de temps avec son ex ?* Je doute qu'elle veuille me prêter une oreille empathique. Alors au lieu de ça, j'attrape mon ordinateur pour aller sur Facebook. Je ne suis pas amie avec Cressida évidemment, mais Oscar oui, et c'est l'affaire de trois secondes pour tomber sur son profil. Il est essentiellement privé, sauf pour les publications qu'elle veut exhiber aux yeux de tous. Parmi elles, des photos de son train de vie sophistiqué à Bruxelles. Je les fais défiler, jusqu'à trouver une photo de groupe en terrasse d'un bar. Oscar rit aux éclats à côté d'elle.

Oh, Oscar.

10 juin

Jack

À la lumière du soleil, Édimbourg a un charme fou. Ça fait un peu plus d'un an que j'y vis à présent, et j'ai vraiment l'impression d'être comme à la maison. Je n'ai plus besoin de demander mon chemin – enfin, la plupart du temps – et j'ai désormais des mollets musclés – qui l'eût cru ? – parce que la ville semble avoir été bâtie sur une foutue montagne. Au tout début, je trouvais tous ces bâtiments en granite sombre trop austères, mais peut-être n'était-ce que le reflet de mon propre état d'esprit. Maintenant, je vois l'architecture gothique pour ce qu'elle est : intense, vivante, chaleureuse. Je ne suis toujours pas un grand fan de la cornemuse pour autant.

— Je t'en ai pris une, Jack.

À l'autre bout de la cour, Lorne, mon producteur immense et barbu, lève une pinte dans ma direction. La réunion de l'équipe a lieu dans un pub, comme c'est l'usage ici.

— Pas de Verity aujourd'hui ?

Haley, mon assistante, me lance un regard interrogateur quand je m'installe.

— Non. On a choisi de prendre des chemins différents.

On est six à table, et les cinq autres se lancent dans des « oooooh » à l'unisson. Je dégaine mon majeur.

— Espèces de sales gosses.

Haley se rattrape pour jouer à l'adulte, ironiquement, puisqu'elle est la plus jeune de l'équipe.

— Désolée, je ne voulais pas me montrer indiscrète.

— Pas de souci.

— Désolé, mec, dit Lorne, c'était pas drôle.

Je hausse les épaules. À vrai dire, ça ne me fait pas grand-chose. Je le voyais venir depuis un moment. Verity devenait de plus en plus exigeante, sur tous les plans. Elle voulait plus de tout ce que je pouvais lui accorder : mon temps, mon énergie, mes sentiments. Je ne crois pas que l'un de nous aura vraiment de mal à se remettre de la séparation. Elle était obsédée par Sarah et Laurie, et essayait constamment de me faire dire qu'elle était plus belle, plus ambitieuse, et plus amusante qu'elles. Cette compétition a fini par me fatiguer. Elle voulait tant les surpasser qu'elle ne s'intéressait pas à ce qui était le mieux pour moi, ni pour elle. Sans compter que nos intérêts étaient franchement divergents. Je ne comprends rien au polo, et je n'ai pas particulièrement envie d'y remédier. Je sais que j'ai l'air égoïste. Mais la vérité, c'est que je ne suis pas prêt pour une relation. Ni avec Verity, ni avec personne.

Je lève mon verre.

— Portons un toast à ma liberté nouvelle.

À côté de moi, Lorne ricane et marmonne un commentaire sarcastique en rapport avec *Braveheart*.

25 juin

Laurie

— Laurie…

Je sors d'un entretien et, pour compenser, je profite d'un café au soleil du côté de Borough Market quand quelqu'un s'arrête à ma table.

— Sarah.

Je me lève, sous le choc de la voir, et plus encore qu'elle me parle.

— Comment tu vas ?

— Ça va. La routine. Et toi ?

L'échange est tellement guindé que j'ai envie de pleurer.

— Je viens d'avoir un entretien d'embauche.

— Oh.

Je sens qu'elle veut me demander plus de détails, mais se retient.

— Tu veux rester pour un café ?

Elle regarde ma tasse, hésite.

— Je ne peux pas, je suis attendue quelque part.

La joie de lui parler est si virulente que j'ai envie de m'accrocher à sa veste pour l'empêcher de partir.

Ma déception doit s'étaler sur mon visage, parce que le plus léger des sourires naît sur ses lèvres.

— Ce sera pour une autre fois, d'accord ?

— OK. Je t'appelle ?

— Ou je t'appelle. On verra.

Après un dernier signe de la main, elle se fond dans la foule. Quelques secondes plus tard, mon téléphone vibre.

Je croise les doigts pour ton entretien. Bisous. S

Impossible cette fois de ravaler mes larmes. J'étais morte de trouille ce matin à cause de ce poste à la rédaction d'un grand magazine féminin, et maintenant ça n'a plus d'importance, parce que je viens d'avoir quelque chose de bien plus précieux. Je crois que j'ai peut-être récupéré ma meilleure amie – une toute petite partie d'elle, au moins. J'ai presque envie de jeter mon café dans le pot de fleurs le plus proche et de commander un cocktail.

12 octobre

Laurie

— Joyeux anniversaire… Joyeux anniversaire, Thomas… Joyeux anniversaire !

Nos applaudissements retentissent, et le bébé gazouille joyeusement.

— Je n'arrive pas à croire qu'il a déjà un an, je m'extasie, tout en berçant l'enfant sur ma hanche, comme j'ai vu Anna le faire tout le week-end.

Ma belle-sœur est complètement absorbée par la maternité ; on ne la voit plus sans sa serviette de mousseline sur l'épaule, ou son porte-bébé sanglé autour de la taille, prêt à accueillir les petites fesses potelées de Tom. Il faut bien avouer qu'il est à croquer. Tout en boucles blondes et fossettes, avec des bonnes joues et des dents blanches minuscules. Pour un être si petit, il a pris toute la place ce week-end. Chaque activité était planifiée en fonction du timing de bébé.

— Ça te va bien, un bébé, Laurie.

Je lance un regard d'avertissement à ma mère.

— Oh non. Pas un mot de plus.

— Je me disais juste que…

Ce que tout le monde pense aussi. Quand allons-nous entendre des petits petons trottiner chez nous ? C'est plus ou moins la première question qu'on nous pose depuis le mariage, à l'exception notable de Lucille, qui prie probablement tous les soirs dans l'espoir que je sois stérile. On est en 2014, pas en 1420, merde ! Je n'en peux plus de cette énième collègue qui me demande si je pense aux enfants. Et si je veux une carrière d'abord ?

Daryl passe son bras autour de mon épaule en signe de solidarité, et tout de suite le bébé réclame son papa.

— Retarde le plus longtemps possible. Ta vie ne sera plus jamais la même ensuite.

Mon seul soulagement, c'est qu'Oscar est déjà parti et a donc évité cette conversation. Il a quitté la réunion de famille plus tôt parce qu'il s'envole pour Bruxelles ce soir et doit préparer son séjour exceptionnellement prolongé. Ils sont en pleines négociations pour une fusion, et il restera cinq jours pour superviser l'opération. Je ne me suis pas encore permis de lui demander si Cressida serait là tout ce temps. Il m'a promis que je n'avais pas d'inquiétude à avoir, et j'ai choisi de le croire. Après tout, je savais que Cressida était dans la même entreprise. J'ignorais simplement leur proximité. Mais Oscar m'a assuré qu'ils ne bossaient ensemble que depuis très récemment, une semaine avant que Lucille ne débarque pour m'en informer. Je ne suis pas une fille jalouse de nature, et il ne m'a jamais donné de raisons de penser qu'il a toujours des sentiments pour elle. Ils doivent travailler ensemble… ce sont des choses qui arrivent. Ils travaillent tous les deux dans le même pays… Bon, là, c'est peut-être moins fréquent. Mais je fais confiance à Oscar, point. Alors, puisqu'il est en route pour Bruxelles, j'ai décidé de rester avec ma famille jusqu'à demain après-midi. Histoire de me tenir à ma bonne résolution en ce qui les concerne, à défaut de faire des progrès avec Lucille.

C'est terrible à dire, mais je suis un tout petit peu plus détendue depuis qu'il est parti. Il est toujours d'une courtoisie exemplaire envers mes parents, et pourtant je sens une gêne entre eux, comme si, sans moi, ils ne seraient que des inconnus dans la même pièce. J'ai passé une partie du trajet en train à faire semblant de dormir, afin d'établir une liste mentale des sujets à aborder. Les vacances, le boulot (le mien plus que celui d'Oscar, pour des raisons évidentes), la nouvelle couleur de la salle de bains, ce genre de choses. C'était compter sans Tom. Pas besoin de forcer la conversation quand un bébé est dans les parages. En fin de compte, c'était un week-end agréable. Au point que je regrette presque de devoir rentrer à Londres dans notre appartement vide.

Ma mère me tend une tasse de thé.

— Tu veux bien aller porter ça à ton père, ma puce ? Il regarde le foot.

Papa est un grand fan de l'Aston Villa. Si l'équipe joue, on peut être sûrs qu'il est devant l'écran, même si c'est l'anniversaire de son petit-fils. Je prends la tasse et file dans le couloir, ravie d'échapper à la conversation sur ma maternité future. J'aurai un bébé quand je serai prête, si je le suis un jour.

— Papa ?

Je pousse la porte du salon, mais elle ne s'ouvre pas. Impossible qu'elle soit verrouillée. Il n'y a même pas de serrure ! Je pousse encore. Quelque chose bloque la porte derrière.

— Papa ?

Mon pouls file à toute allure devant son silence. Paniquée, j'enfonce la porte d'un coup d'épaule, renversant le thé sur la moquette beige, et cette fois le battant s'écarte d'un centimètre ou deux. Puis le temps semble s'arrêter, et j'entends une voix qui ressemble à la mienne hurler pour appeler à l'aide.

13 octobre

Laurie

— Je lui ai donné quelque chose pour l'aider à dormir. Elle a besoin de repos.

J'essaie d'adresser un sourire au médecin quand il s'éloigne, mais mon visage refuse d'obtempérer.

— Merci.

Le Dr Freeman vit en face de chez mes parents, et au fil des années il nous a rendu de multiples visites pour des raisons amicales autant que médicales. Les fêtes de Noël, les fractures… Il est arrivé à la seconde où Daryl a martelé sa porte hier en criant à l'aide, et il est de retour aujourd'hui pour s'assurer que nous tenons le coup.

Il pose une main compatissante sur mon épaule.

— Je suis sincèrement désolé, Laurie. Si je peux faire quoi que ce soit, appelle-moi. Jour et nuit.

Daryl le raccompagne à la porte, et on s'installe à la table de la salle à manger en silence. Anna a ramené le bébé à la maison, et Oscar est coincé à Bruxelles jusqu'à demain au moins. Cette situation le désespère, mais, à vrai dire, il n'y aurait rien que lui, ou quiconque, puisse dire pour m'aider.

Hier, mon père est mort. Une minute, il était là, et la suivante, parti. Sans personne pour lui tenir la main, pour l'embrasser une dernière fois. Dire qu'on aurait peut-être pu le sauver si quelqu'un était resté avec lui. Si Daryl ou moi avions pris le temps de regarder le match avec lui comme quand on était petits, même si on n'a jamais vraiment aimé le foot. Ou si Maman avait préparé son thé dix minutes plus tôt. Si. Que des si. Les ambulanciers qui l'ont déclaré mort nous ont affirmé le contraire. Que tout indiquait une crise cardiaque fatale, qui l'aurait emporté dans tous les cas. Mais s'il a appelé et que personne ne l'a entendu ? Daryl fait glisser la boîte de mouchoirs devant moi, et je comprends que j'ai recommencé à pleurer. Je crois que je n'ai pas arrêté de la journée. Il paraît que les humains sont constitués à soixante-dix pour cent d'eau, ou un chiffre hallucinant du genre. C'est forcément vrai, parce que mes larmes coulent comme un robinet que quelqu'un aurait laissé ouvert.

— Il faut qu'on s'organise pour l'enterrement, décrète Daryl d'une voix plate.

— Je ne sais pas comment faire.

Il serre ma main à en faire pâlir les jointures de ses doigts.

— Moi non plus, mais on va trouver, toi et moi. Maman a besoin de nous.

Je hoche la tête, toujours en larmes. Il a raison, évidemment. Maman est effondrée, cette charge ne peut pas retomber sur elle. Je n'oublierai jamais cette vision d'elle, tombant à genoux devant Papa. Elle est arrivée en courant, paniquée, dès que j'ai crié, comme si un sixième sens l'avait alertée que l'amour de sa vie était en danger. Ils étaient ensemble depuis leurs quinze ans. Ses cris résonnent encore dans mes oreilles. Comme elle hurlait son nom quand elle n'arrivait pas à le secouer. Ses gémissements quand les ambulanciers ont déclaré l'heure du décès et l'ont doucement écartée du corps. Depuis, plus rien. Elle parle à peine, ne mange plus, ne dort plus. Comme si elle s'était éteinte. Comme si elle ne pouvait plus vivre maintenant qu'il n'est plus là. Le Dr Freeman dit que c'est normal. Que chacun réagit différemment, et qu'il faut juste lui laisser du temps. Mais, honnêtement, je ne sais pas si elle s'en remettra un jour. Ni aucun d'entre nous.

— On fera ça demain. Anna va venir pour rester avec Maman.

— D'accord.

Le silence retombe dans la pièce immaculée. C'est la maison dans laquelle on a grandi, là où on mangeait tous les soirs ensemble, chacun à sa place autour de la table. Notre famille de cinq a eu tellement de mal à survivre à la mort de Ginny. Il y a toujours sa chaise vide. À présent, celle de mon père l'est aussi. Et je ne peux pas m'arrêter de pleurer. Je ne sais pas comment on va pouvoir devenir une famille de trois. C'est trop peu.

Jack

— Foutez-moi la paix !

La sonnerie continue de retentir, alors je sors mon bras de sous la couette et cherche mon téléphone à tâtons sur le sol. Les gens savent très bien que je travaille de nuit. Ils peuvent m'entendre à la radio ! Alors je ne comprends pas qui s'obstine à m'appeler avant midi. Mes doigts se referment sur mon portable pile au moment où la sonnerie s'arrête. Évidemment. J'approche l'écran de mon visage et plisse les yeux, la tête déjà de retour sur l'oreiller. Appels en absence de Laurie. Merde. Je jette un coup d'œil au dos nu d'Amanda, en me demandant si c'est vraiment décent d'appeler Laurie à côté de ma copine endormie. Une seconde à peser le pour et le contre, et je décide que non, probablement pas. Alors j'éteins mon téléphone.

— C'était qui ?

Amanda se tourne vers moi avec sa peau miel, ses yeux bleus et ses tétons dressés. On est toujours dans la première phase de la relation, à ne faire que copuler comme des lapins, et la vue de son corps sans marques de bronzage me rend fou.

— Une erreur.

Je m'approche et referme les lèvres sur son sein, alors que sur la table de nuit mon téléphone vibre violemment pour indiquer l'arrivée d'un nouveau message. Laurie n'appelle pas très souvent. On communique essentiellement par e-mail ou *via* Facebook de temps en temps, comme des adultes civilisés. Si elle a laissé un message, ça doit être important.

— Désolé. Je ferais mieux de voir ce que c'est. Ne bouge pas.

Tandis que je consulte le répondeur, Amanda glisse sa main sur mon bas-ventre. Bon sang, elle est douée. Je ferme les yeux, le souffle coupé alors que le message démarre. À ce stade, j'ai oublié qui m'avait appelé.

Salut, Jack. C'est moi. Laurie.

J'ai envie de dire à Amanda d'arrêter, parce que, soudain, ça me semble terriblement malsain d'écouter la voix douce de Laurie avec la main d'une autre femme autour de mon pénis.

Je voulais te parler, entendre ta voix…

J'ai l'impression d'être en pleine hallucination. Parfois, il m'arrive encore de rêver d'elle, et le scénario ressemble à peu près à ça. Elle m'appelle, elle a besoin de moi, elle me veut. Je bande.

Je suis désolée de t'appeler à cette heure, je me doute que tu dois être en train de dormir. Mais mon père est mort hier. J'espérais que tu répondrais.

Quelque part au milieu de cette phrase, je me rends compte qu'elle pleure, et je repousse Amanda. Puis je me redresse. *Le père de Laurie est mort.* Merde. Tiens bon, Lau. Je me lève précipitamment, récupère mon jean et cherche frénétiquement son numéro en balbutiant des excuses à Amanda. Je m'enferme aussitôt dans la salle de bains et m'assieds sur les toilettes. Laurie décroche à la troisième sonnerie.

— Lau, je viens d'avoir ton message.

— Jack.

Elle ne parvient pas à en dire plus tant ses sanglots sont hors de contrôle, alors je parle à sa place.

— Chhhhhhhhhhh. Je sais, mon cœur, je sais.

Si seulement je pouvais la prendre dans mes bras.

— Ça va aller, Laurie. Ça va aller.

Je ferme les yeux, parce que sa douleur est si perçante qu'elle fait mal à entendre.

— J'aurais aimé être avec toi. Là, je te prends dans mes bras, est-ce que tu le sens, Lau ?

Le bruit de ses pleurs est la pire chose au monde.

— Je te caresse les cheveux, je te serre contre moi, et je t'assure que tout va bien se passer. Je suis là. Je suis là, Lau.

Après un instant de silence, elle répond d'une voix hachée :

— J'aimerais que ce soit vrai.

Elle soupire, et sa voix revient enfin.

— Non, je vais bien. Ça va. Daryl est là, et Maman, et Oscar devrait arriver demain soir.

Oscar devrait déjà être là, mais je ne le dis pas.

— Je ne sais pas ce que je suis censée faire, Jack.

— Il n'y a rien à faire. Crois-moi, je suis passé par là.

— Je sais.

Je ne me souviens que trop bien de ces heures sombres.

— Tu n'es pas obligée de faire quoi que ce soit aujourd'hui. Il n'y a pas d'urgence. Tout va être confus, alors fais comme tu le sens. Ne t'en veux pas si tu pleures trop ou pas assez, ni si tu ne sais pas comment aider ta maman. Écoute-toi. C'est tout ce que tu peux faire à présent. Accroche-toi, d'accord ? Oscar s'occupera de tout l'administratif, laisse-le gérer ça pour toi. Crois-moi, il sera content de trouver un moyen pratique d'aider.

— D'accord.

Elle a l'air soulagée. Comme si tout ce dont elle avait besoin, c'était de quelqu'un pour gérer ça avec elle. J'aurais tant aimé être cette personne.

27 octobre

Laurie

— Alice, la voisine du 3, m'a demandé de vous apporter ça. Elle dit qu'elle sera à l'église tout à l'heure.

Tante Susan, la sœur de Maman, me tend un énorme Victoria sponge cake. Ça fait quelques jours qu'elle est à la maison, et c'est un vrai pilier. Elle a aidé Maman à rencontrer l'officiant pour parler des obsèques, à préparer sa tenue, et à comprendre que la Terre devait continuer de tourner sans mon père. Tante Susan aussi a perdu son mari, il y a quatre ans. Elle sait ce que traverse Maman mieux que Daryl ou moi. Nous avons perdu notre père, mais elle a perdu son âme sœur, et aujourd'hui, elle doit faire face à cette réalité à son enterrement.

J'entre dans la cuisine avec le gâteau quand Sarah apparaît à la porte vitrée, la main levée pour toquer. Personne ne passe jamais par la porte principale chez mes parents, c'est ce genre de maison. Je tressaille en comprenant que, bientôt, il faudra m'habituer à dire « chez Maman ». L'idée qu'elle reste ici, seule, m'est insupportable.

— Coucou, me dit Sarah quand je déverrouille la porte.

Puis elle remarque la quantité phénoménale de nourriture sur toutes les surfaces de la cuisine.

— Ah.

Je pense que le Marks and Spencer du quartier s'est fait dévaliser. Tante Susan a tout commandé en ligne, jusqu'aux serviettes en papier et aux couverts jetables. « Comme ça, il suffira de tout jeter à la fin. Personne n'a envie de faire la vaisselle après un enterrement. »

Avec ça et la bonne demi-douzaine de gâteaux apportés par les voisins et les amis de la famille ce matin, on est sûrs que personne ne repartira le ventre vide.

Je suis tellement contente d'avoir quelqu'un pour prendre les choses en main, même si Oscar, Daryl et moi nous sommes occupés de l'essentiel avec les pompes funèbres. Y a-t-il quelque chose de pire que de choisir un cercueil ? On s'en fiche, de savoir si c'est du frêne ou du pin, si les poignées sont en laiton ou en argent. On a fini par se débrouiller dans tout ça, et à présent, le cercueil va bientôt arriver, portant mon père. C'est tellement surréel, trop cruel pour être vrai.

Sarah passe un bras autour de mes épaules.

— Ça va ?

Je hoche la tête et cligne des yeux pour combattre les larmes derrière mes cils. Je ne lui ai pas dit que c'est Jack que j'ai appelé en premier. Parce qu'il est la seule personne parmi mes connaissances qui ait perdu un parent. J'avais besoin de parler à quelqu'un qui sache ce que ça fait. Mais, en fin de compte, assise toute seule dans la chambre de mon enfance, tout ce que je voulais, c'était ma meilleure amie. On a recommencé à s'envoyer des messages et à se retrouver pour prendre un café, manger du gâteau, et parfois boire un verre de vin, depuis notre rencontre fortuite, pour recoller lentement les morceaux de notre amitié. Sa voix a suffi à faire disparaître toute la distance qui perdurait entre nous. Elle s'est matérialisée à la porte le lendemain soir, sans même que je le lui demande. Et si elle a dû retourner travailler à Londres entre-temps, elle est revenue hier, à temps pour l'enterrement.

— Je crois. Il n'y a rien d'autre à faire que laisser passer du temps, de toute façon.

Elle pose son manteau sur le dossier d'une chaise et allume la bouilloire.

— Comment va ta mère ?

Je tends deux tasses à Sarah.

— Elle fait face, j'imagine.

Oui, c'est bien tout ce que je peux dire. Maman se lève le matin, va se coucher le soir, et répond si on lui parle, mais en général elle se contente de rester assise à regarder dans le vide. Je ne sais pas quoi lui dire. C'est comme si je devais soudain être la figure parentale, alors que je n'ai aucune idée de comment la consoler.

— Peut-être qu'après aujourd'hui, ça ira mieux, murmure Sarah.

Elle n'est pas la première à me dire ça, que parfois les obsèques sont le moment de faire ses adieux. Comme si, après ça, tout le monde retournait à sa vie. Pourtant, je ne vois pas trop comment on pourrait faire ça.

— Peut-être. La robe te va bien.

Sa queue-de-cheval basse se balance alors qu'elle jette un coup d'œil à sa robe noire, très Jackie Kennedy.

— Les joies du métier.

Sarah est désormais une figure incontournable d'une chaîne d'info en continu, comme elle était destinée à le devenir. On s'installe à la table de la cuisine, café en main. J'ajoute du sucre dans le mien, et regarde les grains se dissoudre en spirale dans le liquide.

— Ça me fait penser à Delancey Street, dit-elle.

Soudain, je ressens le manque, et les regrets.

— J'aimerais tant retourner à cette époque.

— Je sais, ma puce.

— Sarah, je suis tellement désolée…

Il faut absolument que je le lui dise, parce que, malgré sa présence aujourd'hui, on n'a jamais évoqué la dispute, Jack.

— Ne parlons pas de ça maintenant. De l'eau a coulé sous les ponts.

Elle prend ma main et la serre dans les siennes.

Mais le sujet est encore là entre nous, non résolu, comme si on l'avait simplement recouvert pour repeindre par-dessus, et je sais qu'un jour il faudra gratter la couche superficielle pour voir ce qui reste en dessous.

— Un jour.

— Oui, répond-elle. Mais pas aujourd'hui.

Jack

— Tu veux une bière ?

Je me suis isolé cinq minutes sur un banc près du petit ruisseau qui coule en bas du jardin des parents de Laurie, quand Oscar apparaît pour me proposer à boire.

— Merci. C'est une longue journée.

Il s'installe à côté de moi, les coudes sur les genoux.

— Tu crois qu'elle va s'en remettre ?

La question est tellement inattendue que je suis obligé de lui demander des précisions.

— Qui ça ? Laurie ?

— Oui.

Il porte son verre à ses lèvres. Du whisky, vraisemblablement. Au fil des années, on a établi que j'étais plutôt bière, et lui single malt.

— Je ne sais pas quoi faire ni quoi lui dire.

Est-ce qu'il me demande conseil ? Je décide de prendre sur moi, parce que même si je ne l'apprécie pas particulièrement, il tient à Laurie. On a ça en commun.

— Elle est plus forte qu'elle n'en a l'air, mais pas assez pour ne jamais craquer.

Le jour où je l'ai vue s'effondrer me revient en mémoire. Le jour où je l'ai embrassée sous la neige.

— Demande-lui comment elle se sent. Ne la laisse pas refouler.

— Mais je ne sais pas quoi lui dire.

— Personne ne sait, Oscar. Mais il faut dire quelque chose, n'importe quoi, ce sera toujours mieux que rien.

— On dirait que toi tu as toujours les mots. Ton discours à notre mariage, par exemple.

Il se tait et me regarde intensément. Et merde. Ce n'est vraiment pas un sujet de conversation entre nous.

— Quoi ?

Il s'adosse contre le banc et étend un bras sur le dossier.

— Je vais être franc avec toi, Jack. Parfois, je me suis demandé si tes sentiments pour Laurie étaient entièrement platoniques.

Je rigole, détourne le regard, et vide ma bière.

— Et c'est aujourd'hui, quand elle enterre son père, que tu m'en parles ?

— C'est une question simple.

Pragmatique, comme toujours.

— Je te demande si tu as des sentiments pour ma femme, Jack. Et je crois que j'ai été assez patient.

Une question simple ? Assez patient ? Je ne crois pas qu'il se rende compte de son degré de condescendance. Si ce n'était pas les obsèques du père de Laurie, ce serait probablement le jour où on arrêterait de faire semblant de se supporter. Mais, par respect, car nous sommes à des funérailles, je décide de donner une réponse simple à sa question simple.

— Oui.

— Tu veux une bière ?

Une demi-heure plus tard, je lève la tête vers Sarah.

— Mais qu'est-ce que vous avez tous à me proposer à boire ? Vous voulez me saouler ? D'abord Oscar, maintenant toi.

— Désolée, je peux te laisser tranquille, si tu veux.

Je soupire en acceptant la bière qu'elle me tend.

— Non, non. Désolé, Sarah. C'était malpoli de ma part. Assieds-toi.

Elle se glisse à côté de moi, tout emmitouflée dans de la fausse fourrure noire. Elle sirote une gorgée de vin rouge.

— C'est quoi, le problème ? À part l'évidence.

Il me faut un moment pour comprendre que « l'évidence » désigne les funérailles.

— Rien, c'est ça. Ça me rappelle des choses que je préférerais oublier.

— Je sais. Tu es probablement le mieux placé de nous tous pour parler à Laurie.

Je passe mon bras autour de ses épaules pour lui voler un peu de chaleur.

— Je ne crois pas que ça l'aiderait de lui dire que mon père me manque encore tous les jours.

— Je suis désolée de ne pas t'avoir assez posé de questions sur lui.

— Tu n'as pas besoin de t'excuser pour quoi que ce soit. Tu as toujours été merveilleuse, et moi un con.

Elle rit doucement.

— C’est bien. Je suis contente de voir qu’on est enfin d’accord.

— Ça, on l’est.

On reste assis, sans rien dire, à écouter le cliquetis des verres provenant de la maison derrière nous, et le clapotis du ruisseau devant nous.

— Tu comptes me raconter un de ces jours ce qui s’est passé entre toi et Lau ? Tu auras beau dire ce que tu veux, je suis certain que ce n’est pas une urgence familiale qui t’a empêchée d’être au mariage.

Elle fait la moue.

— Je ne crois pas qu’il y ait un intérêt à ressasser le passé. C’est de l’histoire ancienne.

Je n’insiste pas.

— Toujours avec Luke ?

Elle ne peut pas éviter le pétillement de ses yeux en entendant son prénom. Pourtant je la vois essayer.

— Oui.

— Il s’occupe bien de toi ?

Elle pouffe.

— En tout cas, ce n’est clairement pas un con.

— Bien.

— Je crois que c’est peut-être lui, l’homme parfait pour moi.

Je la regarde, si lumineuse, vivante, et je ne ressens rien d’autre que de l’amour et de la joie pour elle. C’est la preuve qu’on a eu raison de rompre, même si ça nous a arraché le cœur à l’époque. Elle me prend la main.

— Il m’a demandé de le suivre en Australie.

— Pour de bon ?

— Oui. C’est une grande décision.

— Tu l’as dit.

Je ne l'imagine pas quitter tout ce pour quoi elle s'est battue à Londres pour recommencer de zéro à l'autre bout du monde.

— Est-ce qu'il mérite que tu déracines toute ta vie ?

— Si je dois choisir entre lui et Londres, c'est lui que je choisis.

Ah.

— Je suis très heureux pour toi.

C'est vrai. Je repense au jour de notre rencontre, puis à cette abominable nuit glaciale chez Laurie et Oscar, ainsi qu'à tous les jours entre. Notre amour était comme une chrysalide. On a mûri ensemble, jusqu'à ne plus pouvoir croître.

— Laurie m'a dit qu'il était pilote d'hélicoptère pour les missions de recherche et de secourisme ?

Son sourire est la plus belle chose que j'aie vue aujourd'hui.

— Oui.

— Un vrai héros, je marmonne.

Je trinque en son honneur.

— Et alors ? Toi et Amanda ?

Je suis impressionné qu'elle s'en souvienne. On ne s'envoie pas tant de messages que ça, et plusieurs prénoms ont défilé.

— Je l'aime bien.

— C'est tout ?

— Elle est gentille.

— Oh, mon Dieu, Jack ! Tu l'aimes bien ? Elle est gentille ? Rends-lui service et quitte-la.

— Tu voudrais que je la quitte parce que je prends mon temps et que je ne chante pas ses louanges ?

— Oui. Sinon à quoi tout ça aura servi ?

À quoi tout ça aura servi ? Il me faut un moment pour comprendre.

— Je crois que j'essaie de voir s'il faut vraiment commencer à la perfection, ou si on peut la construire.

Elle soupire, comme si j'étais censé avoir déjà la réponse.

— Si je te pose une question, tu promets de me répondre honnêtement ?

Décidément, c'est ma journée. Clairement, elle s'apprête à me poser une question à laquelle je n'ai pas envie de répondre.

— Je t'écoute.

Elle ouvre la bouche, puis la referme, comme si elle ne savait pas comment la formuler.

— Si tu avais rencontré Laurie et pas moi, tu crois que vous auriez pu être « parfaits » ensemble ?

— Ouh là. Ça vient d'où, cette question ?

— J'ai entendu parler de ton discours au mariage.

Ah. Encore cette histoire de discours.

— Il fallait bien que quelqu'un s'y colle. J'étais là, point.

— D'après ce que j'ai cru comprendre, tu as rendu jalouses toutes les autres femmes dans la pièce.

Je rigole doucement.

— Tu me connais. Un bon baratin et je me sors de n'importe quelle situation.

— Pas cette fois.

Sa voix s'éteint. Je n'arrive pas à la regarder.

— Mais quel débile ! Si seulement j'avais su, si seulement j'avais compris. Au fond, je m'en doutais, mais je ne voulais pas le voir. Pourquoi tu ne m'as rien dit ?

Je pourrais faire semblant de ne pas comprendre où elle veut en venir, mais quel intérêt ?

— À quoi bon, Sar ? Elle est mariée maintenant. Elle est heureuse. Ça fait des années qu'elle ne m'aime plus.

— Tu l'aimais ?

Que répondre à ça ?

— Je ne sais pas. Peut-être, l'espace d'une seconde. Je ne sais pas. On n'est pas dans un film, Sar.

Elle soupire et pose sa tête sur mon épaule.

— Et si c'était comme dans les films ? Si Oscar la quittait, qu'est-ce que tu ferais ?

Je dépose un baiser sur sa tête. Parfois, il vaut mieux taire certaines choses.

— Viens, on rentre. On gèle ici.

On retourne vers la maison, main dans la main, puis je dis au revoir et me dirige vers la gare. Ma présence ici n'apportera rien de bon. Je dois rentrer à la maison. Et peut-être que pendant le trajet jusqu'à Édimbourg, je pourrai me demander si on a une chance de pouvoir construire du parfait avec de l'imparfait.

2015

Résolutions du Nouvel an

Je viens de relire mes bonnes résolutions de l'an dernier. Je n'arrive pas à croire tout ce que je tenais pour acquis : *Prendre le temps de voir plus souvent Papa et Maman…* Si seulement je pouvais réécrire cette phrase cette année. Mon père me manque terriblement.

Je ne suis pas d'humeur à prendre des résolutions pour l'année à venir. Au lieu de ça, je vais me concentrer sur l'essentiel : ceux que j'aime.

6 mai

Laurie

— Mais, Oscar… tu sais à quel point cette soirée est importante.

Je n'arrive pas à retenir la note plaintive dans ma voix. Oscar a promis qu'il reviendrait un jour plus tôt de Bruxelles cette semaine pour ne pas louper le dîner d'adieu de Sarah. Je lui demande rarement de modifier ses voyages. Je suis bien consciente que son agenda de ministre n'admet que peu de flexibilité, mais je pensais que, pour une fois, il pourrait s'arranger pour moi.

— Je sais, et j'aurais aimé venir, mais je suis bloqué ici. Brantman vient de débarquer ce matin sans prévenir, et, entre nous, je crois qu'il y a une autre promotion dans l'air. Tu imagines ce qu'il va penser de moi si je pars plus tôt pour aller faire la fête ?

Je soupire. Brantman est le supérieur d'Oscar, un vrai requin.

— Je vois. OK.

Je ne comprends pas vraiment, et ce n'est pas tout à fait OK, mais ce n'est pas en me disputant avec lui que je vais arriver à quoi que ce soit. Je sais qu'il ne changera pas d'avis. L'investissement énorme que met

Oscar dans son entreprise compromet notre mariage de mille façons différentes, et ce soir n'est pas une simple fête. Je vais devoir dire au revoir à ma meilleure amie et lui souhaiter bonne chance pour sa nouvelle vie de l'autre côté de la planète.

— Peut-être qu'on pourrait organiser un voyage pour lui rendre visite l'an prochain.

Ce ne sont que des paroles en l'air pour m'amadouer. Il n'y a pas la moindre chance pour qu'il pose plusieurs semaines de vacances, surtout si une promotion se profile. À l'exception de notre lune de miel, jusqu'ici nos vacances sont limitées à de longs week-ends coordonnés avec ses semaines en Belgique : quelques jours à Paris, un saut à Rome. Deux occasions où nous nous sommes séparés à l'aéroport le dimanche soir, pour repartir travailler dans des pays différents dès le lundi matin. En dépit de tous nos efforts, notre mariage est en train de devenir exactement le contraire de ce qu'on s'était juré : un mariage à mi-temps.

— On se voit demain soir, alors.

— Oui. Désolé, Laurie.

Il raccroche avec un « Je t'aime » sans me laisser le temps d'ajouter quoi que ce soit.

— Je suis tellement contente que tu sois venue !

Sarah m'attire dans une accolade virevoltante, puis jette un coup d'œil vers l'entrée de l'hôtel.

— Où est Oscar ?

— Bruxelles. Désolée, il est resté coincé au boulot.

La contrariété apparaît sur son visage pour disparaître aussitôt.

— T'en fais pas, tu es là, c'est le principal.

Nos talons claquent sur le sol en marbre alors qu'elle me guide vers le bar. Elle a choisi d'organiser son dîner d'adieu avec ses amis ce soir, avant de partir avec Luke à Bath pour passer les derniers jours avec sa famille. Je n'arrive toujours pas à croire qu'elle parte vivre en Australie. J'ai l'impression de la perdre à nouveau. Bien sûr, je suis contente pour elle. Mais je n'ai pas pu m'empêcher de fondre en larmes quand elle me l'a annoncé, et quand je l'ai répété à Oscar plus tard. J'ai pas mal pleuré ces derniers temps.

Pour essayer de me sortir de ces pensées, j'observe la décoration grise, les chandeliers et les gigantesques vases de fleurs. Je n'étais jamais entrée dans cet hôtel. L'esprit boutique lui donne un côté très intime.

— C'est joli, ici. Très sérieux.

— Il fallait bien que je grandisse un jour.

— Partir à l'autre bout du monde pour vivre avec l'homme que tu aimes compte définitivement comme une décision d'adulte.

— Je trouve aussi. Mais je suis terrifiée.

— Il n'y a pas de raison. L'Australie n'a qu'à bien se tenir.

S'il y a bien une chose dont je suis certaine, c'est que Sarah va faire un carton là-bas. Elle a déjà signé avec une des plus grandes chaînes TV. Dites bonjour à la nouvelle et pétillante correspondante divertissement !

Avant de franchir les portes en verre du bar, elle m'arrête d'une main.

— Écoute, Lau, il faut que je te dise quelque chose.

Nos doigts sont entrelacés.

— Je ne peux pas partir à l'autre bout du monde sans m'excuser pour… enfin, tu vois. Pour tout.

— Sarah ! Non, tu n'as pas d'excuses à me faire.

Je ravale mes larmes. Je crois qu'on n'arrivera jamais à mentionner notre dispute sans provoquer d'émotions fortes.

— Ou alors laisse-moi m'excuser aussi. Je m'en veux tellement pour ce qui s'est passé ce jour-là.

Elle hoche la tête, les lèvres tremblantes.

— J'ai dit des choses horribles que je ne pensais pas. Et manquer ton mariage… C'est la pire bêtise que j'aie jamais faite.

— Je t'ai blessée, Sar. Je te jure que ça n'a jamais été mon intention.

Elle passe ses mains sur ses yeux.

— J'aurais dû accepter ton bracelet. C'était un si beau cadeau. Je t'aime comme une sœur, Lau. Tu es la meilleure amie au monde.

Le bracelet est à mon poignet ce soir. Alors je fais exactement ce que j'avais prévu : je déclipse le fermoir, fais glisser le bijou et l'attache autour de son poignet.

— Voilà. Maintenant, il est à sa place.

— Je te promets de le garder précieusement, déclare-t-elle, la voix brisée par l'émotion.

— Je sais. Viens par là.

Je la prends dans mes bras et lui chuchote :

— Allez, sèche tes larmes. C'est censé être un soir de fête.

Ce câlin exprime tout, les excuses, l'amour et le désespoir de se quitter.

Dès qu'il me repère dans le bar, Luke me fait une clé de cou.

— Ahhh ! La fête peut commencer ! Sar attendait près de la porte que tu arrives.

Il est adorable. Le physique d'un joueur de rugby, exubérant, radieux, et il n'a d'yeux que pour Sarah. Quand elle était avec Jack, je pensais voir l'amour. Et peut-être que ça l'était, dans une certaine mesure. Mais pas ce genre d'amour, et certainement pas à cette échelle. Sarah et Luke irradient littéralement.

— Laurie.

Une main se pose sur mon bras et je me retourne.

— Jack ! Sarah n'était pas sûre que tu puisses te libérer.

Le plaisir et le soulagement me prennent par surprise.

Il m'embrasse sur la joue, sa main chaude dans mon dos.

— On n'a su que ce matin. Je suis heureux de te voir.

On ? Je le regarde, perplexe, et pendant un instant il ne dit rien. Puis il se tourne vers une femme en robe rouge cerise qui apporte deux flûtes de champagne. Il lui sourit, prend un verre et passe son bras autour de sa taille.

— Laurie, je te présente Amanda.

— Oh.

Pour cacher mon trouble, je surjoue.

— Salut ! Je suis tellement contente de te rencontrer enfin, Amanda. Jack m'a beaucoup parlé de toi !

C'est faux. Il l'a mentionnée en passant dans quelques e-mails, et je l'ai vue sur son profil Facebook, mais je n'étais pas du tout prête à les voir ensemble, en chair et en os. Elle est vraiment belle, dans le genre tout en blondeur dorée. Ses boucles lui arrivent au menton, comme si elle avait été coiffée par une styliste de stars, et elle porte sa robe sous une veste en cuir et avec des bottines. Glamour, mais un peu décalée. La lueur vigilante dans ses yeux bleus ne colle pas tout à fait avec la chaleur de sa voix.

Elle sourit et me fait la bise.

— Laurie. On se rencontre enfin.

J'essaie de ne pas surinterpréter ses mots. *Enfin ?* Qu'est-ce qu'elle entend par là ? Elle me regarde longuement, comme si elle voulait ajouter quelque chose.

Sauvée par le gong, c'est-à-dire par Sarah qui frappe dans ses mains pour nous inviter à migrer vers le restaurant. On doit être une quinzaine, un mélange des amis et de quelques collègues de Luke et de Sarah. Je jette un coup d'œil aux deux grandes tables rondes et repère le nom d'Oscar à côté du mien, puis celui de Jack, et d'Amanda. Est-ce qu'il est trop tard pour inverser les placements ? Parce que sans Oscar pour équilibrer, cette soirée s'annonce délicate. D'autant que je ne reconnais aucun autre nom à la table. Ô joie.

— On dirait que j'ai la meilleure place de tout le restaurant, commente Jack en s'installant à côté de moi.

Mon sourire est tellement pincé que mes dents risquent de jaillir sous la pression. Je doute qu'il y ait assez d'alcool dans cet hôtel pour rendre la soirée supportable. Je perds ma meilleure amie, mon mari n'est pas là, et maintenant je dois passer les prochaines heures à faire la conversation à la nouvelle copine canon de Jack.

Du coin de l'œil, je surveille le serveur en charge du vin. Je crois que lui et moi allons bien nous connaître d'ici la fin de la soirée.

Jack

Enfoiré d'Oscar ! Le seul jour où on a besoin de lui, il n'est pas foutu de ramener ses fesses dans le bon pays. S'il n'a pas encore émigré, c'est tout comme. Pauvre Laurie, elle doit se retrouver sacrément seule.

— Super… marmonne Amanda en regardant le menu.

Intérieurement, je soupire aussi, parce que sortir dîner avec elle est toujours un calvaire. Elle est pesco-végétarienne et ne mange pas de sucre, à l'exception du sucre dans le vin parce que apparemment l'alcool neutralise ses effets. Je suis à peu près certain qu'elle a inventé cette histoire et je la taquine régulièrement à ce sujet. Mais, ce soir, j'ai envie de faire bonne impression, ce qui s'annonce compliqué parce que l'entrée est un pâté de foie de canard et le plat principal du poulet. D'autant que c'est ma faute si personne ne sait que ma copine ne mange rien. Sarah nous a envoyé un e-mail il y a un petit moment pour savoir s'il y avait des végétariens parmi les invités, et je n'ai jamais répondu.

— Je m'en occupe, je murmure.

— T'en fais pas, je suis sûre qu'ils ont autre chose à proposer.

Le serveur remplit son verre et elle croise le regard de Laurie.

— Pesco-végétarienne, explique-t-elle avec un petit sourire désolé. Mais je déteste me faire remarquer.

J'essaie d'attirer l'attention de Laurie, mais elle est de nouveau plongée dans le menu.

— Alors, Mandy, qu'est-ce que tu fais dans la vie ?

Je ricane intérieurement. L'Australien qui vient de lui poser la question – un ami de Luke, j'imagine – ne pouvait pas le deviner, mais il n'y a rien qu'Amanda déteste davantage que le surnom Mandy.

— Amanda, le corrige-t-elle avec un sourire pour atténuer. Je suis actrice.

— Bonza ! Pour des films connus ?

En plus d'avoir déjà un coup dans le nez, le type semble avoir un sixième sens pour les mauvaises questions. Amanda ne se débrouille pas trop mal. Elle a déjà joué dans quelques productions locales et a un rôle mineur dans un feuilleton écossais. Mais rien d'assez connu pour qu'il en ait entendu parler.

— Amanda joue dans un feuilleton en Écosse, je dis.

— C'est un tout petit rôle, proteste-t-elle en riant.

Le type se désintéresse aussitôt d'elle et je m'approche pour lui glisser à l'oreille :

— Ça va ? Je suis désolé si c'est un peu bizarre.

— T'en fais pas, j'aime bien les défis.

Elle s'engage dans une conversation polie avec son voisin, me laissant au silence gênant de Laurie. Je ne suis pas sûr d'avoir été très malin en amenant Amanda.

Elle a l'air d'aller bien, mais je commence à comprendre que moi non.

— C'est bon, fait remarquer Laurie en désignant le pâté de foie.

— Oui. Comment va la vie ?

Elle repousse des bouts de salade dans son assiette.

— Le boulot est intéressant. Je m'occupe surtout de la rubrique santé au magazine, et il y a beaucoup à apprendre.

— Je veux bien le croire.

— Et toi ?

— J'adore. Les nuits sont longues, mais ça me plaît.

Laurie pose ses couverts.

— Édimbourg a l'air d'être une ville super mignonne, d'après tes photos.

— Oui. Tu devrais passer, je te ferais visiter.

Je sens Amanda se raidir à côté de moi, et Laurie semble hésitante. Alors j'ajoute rapidement :

— Avec Oscar, bien sûr. S'il veut bien poser des jours.

De pire en pire. Mais qu'est-ce que je raconte ? Je suis en train de proposer le week-end de l'enfer.

À mon plus grand soulagement, le personnel débarrasse les assiettes et Laurie sort de table. Je souris à la serveuse qui remplit mon verre. Il n'y a qu'une seule manière de supporter un tel degré de torture mondaine.

Laurie

Quelle soirée ! Chaque minute passée avec Sarah s'est soldée par un flot de larmes. Oscar est aux abonnés absents, et la copine de Jack est insupportablement gentille, même pour une pesco-végétarienne. Je me suis exilée aux toilettes après l'entrée, pour convaincre mon reflet que Jack l'a choisie, qu'il est mon ami, et que par conséquent je dois essayer de m'entendre avec elle. D'ailleurs, il a dû lui falloir un sacré cran pour venir aujourd'hui. Et maintenant que j'en sais plus sur son métier et sa vie à Édimbourg, elle a même l'air intéressante.

— Tu es de Londres, non ?

Son accent cockney l'a trahie.

— Oui. Mais personne ne s'en douterait quand je suis en tournage. Mon personnage, Daisy, est aussi écossaise que la bruyère et les shortbreads.

Elle a dit ça avec une imitation d'accent écossais si parfaite que j'en ris malgré moi.

— Impressionnant !

— L'entraînement, explique-t-elle avec nonchalance.

Elle poursuit sur les auditions qu'elle a passées récemment. Je n'avais jamais réfléchi à tout le travail qu'impliquait le métier d'actrice. Peut-être qu'elle n'est pas si mal pour Jack. Elle sait ce qu'elle veut et elle n'a pas peur de travailler dur pour l'obtenir.

Jusqu'à ce soir, je n'avais pas mesuré sa place dans la vie de Jack. Maintenant que je l'ai rencontrée, je trouve plus difficile de l'ignorer. Non pas que j'en aie envie. Mais c'est une petite piqûre désagréable de le voir avec elle. Dans une relation cohérente sur le long terme. C'est juste… Je ne sais pas. Je n'arrive pas à mettre les mots dessus. Je ne pensais pas que son départ pour l'Écosse serait définitif. Je veux qu'il soit heureux, bien sûr, mais je ne m'attendais pas à ça. Voilà. Je ne m'attendais pas à elle.

Je souris à la serveuse aux joues roses qui pose l'assiette du plat principal devant moi.

— Merci, ça a l'air délicieux.

Jack m'imite. Amanda, elle, attend le saumon qu'on prépare en urgence pour elle. Il adresse un signe de tête à la serveuse chargée du vin, et elle accourt à notre table.

Jack

Je culpabilise un peu d'avoir accepté le dessert alors qu'Amanda s'en prive. Mais c'est un trois-chocolats, et j'ai trop bu pour mobiliser la volonté de refuser. Elle se lève de table pour aller prendre l'air, me laissant me goinfrer avec Laurie.

— Amanda a l'air sympa.

— Oui, c'est une fille bien.

Laurie ne semble pas aussi emballée par son gâteau que moi. Elle grignote à peine les bords.

— Vous êtes ensemble depuis longtemps, non ?

— Six mois, environ.

Probablement un peu plus que ça. Je m'en veux encore d'avoir écouté le message de détresse de Laurie après la mort de son père, le pénis dans la main d'Amanda. On s'est rencontrés à la soirée de fiançailles d'un ami ; la télé et la radio se mélangent beaucoup, les cercles sont étonnamment petits, surtout à Édimbourg. Elle avait l'air d'être aussi ravie que moi d'être là, alors on a discuté, et une chose menant à l'autre… Je ne m'attendais pas à une relation sérieuse avec elle, mais au fil du temps elle a pris de plus en plus de place dans ma vie.

— C'est sérieux ?

Je pose ma fourchette à dessert.

— On dirait ma mère.

Laurie lève les yeux au ciel.

— Je posais juste la question.

— Je l'aime beaucoup. Elle sait ce qu'elle veut, et on s'amuse bien ensemble.

Je fais descendre le gâteau avec une longue gorgée de vin.

— Comment va la vie de femme mariée ?

Elle repousse son assiette à peine entamée et prend son verre.

— Bien. Un peu frustrante, parfois, quand Oscar est à l'étranger. Mais ça va.

Elle rit légèrement.

— Désolée, problèmes de couple marié.

Pour changer de sujet, je désigne Sarah et Luke.

— Ce seront eux, les suivants.

Elle les regarde pensivement.

— Ça t'arrive de regretter d'avoir rompu ?

Pas besoin d'y réfléchir à deux fois.

— Ouh là, non. Regarde-la. Elle n'arrive pas à se retenir de sourire. Elle n'a jamais été comme ça avec moi.

— J'aurais préféré qu'ils restent ici. Elle va tellement me manquer.

Elle vide son verre.

— Où est la serveuse ? Il m'en faut un autre.

Je pense que j'ai bu un verre de trop. Je ne suis pas ivre mort, mais clairement pas sobre non plus. On est passés dans la salle de danse depuis un petit moment ; un groupe joue les morceaux habituels, trop fort. Je porte la main à mon oreille pour ajuster l'appareil auditif qu'un spécialiste m'a prescrit au moment où j'ai décidé de reprendre ma vie en main. Je n'étais pas en Écosse depuis longtemps. Le déménagement était la bonne chose à faire, tant pour ma santé physique que pour ma santé mentale.

Amanda a disparu pour répondre au téléphone, et Laurie danse avec Luke à quelques mètres. Je dis danse, mais ça ressemble plus à des acrobaties. Il la fait tourner dans tous les sens et elle s'étouffe de rire.

Quand le groupe passe enfin à une chanson plus douce, je m'approche.

— Salut, Fred Astaire. Maintenant je vois pourquoi Sarah a craqué pour toi.

— Cette femme m'a volé mon cœur, dit-il avec emphase.

Je suis sûr que les bières y sont pour beaucoup, mais ses yeux se sont soudain illuminés. Je lui serre la main. Il y aura toujours un lien étrange entre nous. Il a été le premier arrivé sur la scène de l'accident, et même si je ne me souviens pas clairement des événements, j'ai l'image de lui, accroupi à côté de moi. Et aujourd'hui il est avec Sarah, ce qui pourrait être étrange ; pourtant ça ne l'est pas car ils sont parfaitement assortis. Je ne le connais pas si bien, mais il a l'air d'être un type en or.

— Prends bien soin d'elle pour moi. Ça t'ennuie si je te pique ta partenaire de danse ?

Il fait virevolter Laurie une dernière fois et la penche en arrière.

— Elle est tout à toi.

Laurie proteste :

— Tu ne crois pas que je devrais avoir mon mot à dire dans tout ça ?

Il lui lance un clin d'œil et l'embrasse sur la joue.

— Désolée, Laurie. Il faut que j'aille prendre des nouvelles de ma femme, de toute façon.

Il me sourit et s'éloigne.

Laurie a les yeux brillants et les joues rouges. Comme avant, heureuse, insouciante.

— Tu danses avec moi ? En l'honneur du bon vieux temps ?

Laurie

Je ne sais pas quoi répondre, parce que j'ai envie de dire oui. Ou plutôt, une petite partie de moi. La partie la plus grande et la plus raisonnable sait que Jack est une direction qu'il ne faut pas prendre. Surtout quand je perds le compte des verres de vin de la soirée.

— S'il te plaît !

— Où est Amanda ?

Il passe sa main dans ses cheveux, l'air indifférent.

— Elle est sortie téléphoner. Ça ne la dérangera pas.

— T'en es sûr ?

Il rit, comme si c'était une question idiote.

— Elle ne va pas taper de crise de jalousie, Lau. Elle sait que tu es une de mes plus vieilles amies.

Je ne peux pas m'empêcher de sourire, parce que son rire manquait à ma vie depuis trop longtemps. Il est tard, les lumières sont tamisées, et ses yeux verts aux éclats dorés sont de l'exacte nuance qu'ils avaient ce soir de décembre où je les ai vus depuis l'étage d'un bus sur Camden High Street. J'ai l'impression que c'était dans une autre vie.

— OK.

Il m'attire contre lui, une main sur ma taille, l'autre dans la mienne.

— Je n'arrive pas à croire qu'elle s'en va en Australie. C'est beaucoup trop loin.

— Ça va aller. Aucun endroit n'est inaccessible de nos jours.

— Mais je ne pourrai pas appeler tous les jours, elle sera trop occupée avec sa nouvelle vie.

— Tu n'auras qu'à m'appeler de temps en temps à la place.

Il pose son menton au sommet de mon crâne.

Les choses ne se passent pas du tout comme prévu. Je suis arrivée bien décidée à n'être que polie et courtoise envers Jack s'il était là, rien de plus, rien de moins. Et je me retrouve à danser avec lui, sa main me caresse le dos, et le temps semble avoir fait un truc étrange parce que je ne suis pas la Laurie d'il y a quelques heures. Je suis la Laurie d'il y a sept ans. Oh, Oscar, pourquoi n'es-tu pas venu ?

— Je me souviens de l'histoire du garçon avec qui tu dansais à la boum de l'école, dit-il avec un rire grave dans la gorge. Ne me donne pas un coup de boule à moi aussi.

Je pose ma joue sur son torse.

— On s'est confié beaucoup de choses, nous deux.

— Trop ?

Je ne peux pas lui répondre avec honnêteté, parce qu'il faudrait que je confirme. Oui, on s'en est trop dit. Tu prends trop de place dans mon cœur et ce n'est pas juste pour mon mari.

— Tu as avoué à Sarah que je t'ai embrassée ? C'est pour ça qu'elle n'était pas à ton mariage ?

J'ai toujours su qu'il me poserait la question un jour ou l'autre. Il fallait vraiment une bonne raison pour que Sarah loupe la cérémonie, et l'urgence familiale n'était pas une excuse si crédible.

— Oui, mais je n'ai pas dit que c'était toi, juste que c'était arrivé.

On valse lentement à la lueur des petites guirlandes, collés l'un contre l'autre de l'épaule à la hanche.

— Je ne pouvais pas lui mentir quand elle m'a posé la question.

Son souffle est chaud dans mon oreille.

— Je t'ai perdue pendant un petit moment après ça. C'était horrible.

— Pour moi aussi.

Il pose son front contre le mien, et soudain il n'y a plus personne dans la pièce. Que Jack O'Mara et Laurie James, et je ferme les yeux pour me souvenir de ce nous.

— Tu crois qu'on était destinés à se rencontrer ? je demande.

Dans ma tête, je revois la grande roue, et nos têtes levées vers les étoiles. La faute au vin peut-être, mais mon ventre se serre quand j'entends le rire de Jack au creux de mon oreille.

— Je ne suis pas sûr de croire à toutes ces histoires de destin. Mais je serai toujours reconnaissant de t'avoir dans ma vie, Lau.

Il plonge son regard dans le mien, et sa bouche est si proche que je peux sentir son souffle sur mes lèvres, douloureusement.

— Moi aussi, je murmure. Même si être proche de toi n'est pas toujours facile pour mon cœur.

Difficile d'interpréter la lueur dans ses yeux. Le regret ?

— Non. Ne dis rien.

Il glisse une mèche de cheveux derrière mon oreille, sûrement pour que je l'entende mieux, mais alors ses lèvres se retrouvent dangereusement près de ma peau.

— On a tous les deux trop à perdre.

— Je sais.

Oui, je sais. J'en suis pleinement consciente. Je me sens seule au quotidien, mais les absences continues d'Oscar ne peuvent pas justifier de franchir ce pas avec une alliance au doigt.

Le pouce de Jack dessine des cercles dans mon dos.

— On est des adultes, à présent. Tu es la femme d'Oscar. Je t'ai vue l'épouser, Laurie.

J'essaie de faire revivre les émotions de mon mariage, mais ce traître de cœur ne parvient à évoquer que le discours de Jack.

— Tu ne t'es jamais demandé si…

Je m'interromps, parce que ses lèvres frôlent la peau derrière mon oreille quand il se penche pour me faire taire. J'ai honte du désir qui transperce tout mon corps. J'en ai le souffle coupé. J'ai envie de lui avec une force qui m'effraie.

— Bien sûr que je me suis demandé. Mais on connaît la réponse, Lau. On a déjà essayé, tu te souviens ? On s'est embrassés et ça n'a fait qu'empirer les choses.

Ses mots, si graves et si intimes, glissent dans mes veines.

— Bien sûr que je m'en souviens.

Je m'en souviendrai toute ma vie.

Ses doigts chauds se resserrent sur les miens.

Quand il baisse les yeux vers moi, son regard me dit toutes ces choses qu'il ne peut pas prononcer. Les yeux dans les yeux, en me balançant lentement, je lui réponds en silence qu'il sera toujours dans mon cœur, et lui me fait comprendre qu'ailleurs, à une autre époque, on aurait été ensemble, proches de la perfection.

Sa main se glisse dans mes cheveux et son pouce caresse ma mâchoire.

— Pour ce que ça vaut, et parce qu'on est enfin honnêtes l'un envers l'autre, sache que tu es ma personne préférée au monde, et que c'était le baiser le plus spectaculaire de toute ma vie.

Je suis perdue. Dans ses mots, dans ses bras, en songeant à ce qu'on aurait pu être.

— On pourrait…

Mais je m'interromps. Parce qu'on sait tous les deux qu'on ne peut pas.

— Non, dit-il. On est tous les deux là où on est censés être.

Je commence à pleurer. Trop de vin, trop d'émotions, trop de ma vie qui s'en va ce soir. Il me serre dans ses bras et presse ses lèvres contre mon oreille.

— Ne pleure pas. Je t'aime, Laurie James.

Je lève les yeux, sans trop savoir comment interpréter ses mots, mais il regarde ailleurs.

— Jack ?

Je me retourne en entendant la voix d'Amanda qui traverse la piste.

— Tout va bien ?

Elle nous regarde à tour de rôle, l'air inquisiteur, et j'essuie mes joues trempées.

— Désolée, trop d'émotions. Ne faites pas attention à moi, c'est le vin. Je n'arrive pas à croire que Sarah s'en va. Désolée d'avoir trempé ta chemise, Jack.

Péniblement, je rentre à l'appartement et me déshabille dans la chambre. Vu la quantité de vin que j'ai ingurgitée, j'ai étonnamment dessaoulé. J'ai repassé en boucle les paroles échangées avec Jack ce soir, et j'ai honte de la facilité avec laquelle mon mariage s'effrite sous la pression. La vérité, c'est que ça fait des années que je refuse mes sentiments pour Jack. Cette soirée m'a fait comprendre l'inévitable, quelque chose que j'aurais dû voir venir bien plus tôt : chacun de nous serait mieux sans l'autre.

Il faut que je déracine Jack O'Mara de ma vie. Il fait trop partie de moi, et moi de lui. Le problème avec le déracinement, c'est que ça peut tuer la plante. Mais c'est un risque que je dois prendre. Pour le bien de mon mariage, et pour notre bien à tous les deux.

12 septembre

Laurie

— Tu es sûr qu'il n'y a pas de raison particulière à cette réunion de famille ?

Le taxi tourne à l'angle de la rue de chez Lucille.

Oscar fronce les sourcils et secoue la tête sans vraiment répondre. Rien d'étonnant à ça, ce n'est pas la première fois que je lui pose la question depuis qu'on a été convoqués il y a une semaine pour « un apéritif dînatoire » chez sa mère. Lucille n'organise jamais d'apéritifs dînatoires. Je suis contente de voir qu'Oscar a réussi à se libérer pour elle, une chose qu'il trouve difficile à faire pour moi.

— Peut-être qu'elle va nous annoncer qu'elle prend sa retraite en Espagne.

Il lève les yeux au ciel. C'est vrai que c'est mesquin. Plus que quiconque, je devrais apprécier le fait d'avoir ses parents à proximité. Et c'est vrai qu'elle n'est plus si étouffante ces derniers temps. Elle s'est beaucoup adoucie depuis que Papa est mort. Certes, elle ne me trouvera jamais à la hauteur de son fils chéri, mais je crois que personne ne le sera jamais.

— Tu sais qui sera là ?

J'accepte la main qu'il me tend pour descendre de la voiture et le laisse régler le chauffeur.

— Aucune idée.

Il me donne le bras et m'entraîne vers la porte noire vernie, sous le soleil de la fin de journée.

— La famille, quelques amis. Je crois que Maman se sent un peu isolée depuis l'opération.

Lucille s'est fait opérer du genou en juillet. Rien de grave, mais Oscar est plus que jamais aux petits soins. C'est ingrat de ma part de penser qu'elle exagère toute l'histoire pour qu'il continue à s'inquiéter, mais je pense qu'elle exagère toute l'histoire pour qu'il continue à s'inquiéter. Je peux le dire dans ma tête, au moins.

— Tu vas devoir sonner, je signale.

Je porte dans une main un bouquet hors de prix, et dans l'autre une très bonne bouteille de rouge.

Il s'exécute, et quelques instants plus tard, Gerry vient nous ouvrir. Je suis contente de le voir, il est ce qui ressemble le plus à un allié dans le clan Ogilvy-Black.

— Entrez, entrez ! Tout le monde est dans le jardin.

À l'arrière de la maison, Lucille a une orangerie magnifique, qui ce soir est peuplée de voisins, relations distantes et fréquentations aristocratiques.

— Mes chéris, vous êtes arrivés !

Lucille traverse aussitôt la serre pour nous rejoindre. Oscar la prend dans ses bras, et je lui tends les fleurs et le vin dès qu'elle se tourne vers moi. C'est une stratégie parfaitement anticipée et répétée afin d'éviter les salutations maladroites. Donnez des fleurs, et vous

vous épargnerez la bise gênante. Mais Lucille, avec un sourire poli, me fait signe de garder mes cadeaux.

— Soyez un ange et allez les mettre dans un vase à la cuisine, voulez-vous ?

Mes chéris ? Un ange ? Elle me prend encore pour le personnel, mais les mots doux et encourageants sont un tout nouveau vocabulaire en ce qui me concerne. Peut-être qu'on fait des progrès, finalement. Lucille entraîne fièrement Oscar à son bras, me laissant à ses instructions. Je suis en train d'arranger les fleurs dans un vase trouvé sous l'évier quand Cressida se glisse dans la cuisine. *Fabuleux. Merci, Lucille.* J'ai réussi à échanger plus d'un mot avec elle : un record. Même à notre mariage, je ne lui ai rien dit de plus que « Merci d'être venue ». Jusque-là, il me semblait qu'elle était tout aussi ravie que moi d'éviter les contacts.

— Salut, Laurie. Ça me fait plaisir de te voir ici.

Vite, un mensonge.

— Contente de te revoir, Cressida. Comment va la vie à Bruxelles ?

Son sourire Colgate flanche. J'imagine qu'elle comptait me surprendre en mentionnant elle-même sa présence là-bas.

— Fantastique ! Enfin, beaucoup de boulot, mais on s'amuse beaucoup pour compenser.

— J'imagine.

— Tu es déjà allée à Bruxelles ?

— Non.

On penserait que, depuis le temps, j'aurais rendu visite à Oscar, mais il préfère toujours rentrer à la maison. Je me tourne en quête d'un endroit où poser les fleurs. Je choisis le centre de la table ; Cressida s'avance brusquement.

— Pas là. Lucille déteste qu'on mette les fleurs sur la table de la cuisine.

Je souris et tente de reprendre le vase, mais elle s'y accroche et l'eau se renverse sur son chemisier corail tout fin. On fixe toutes les deux le tissu trempé qui colle à sa silhouette mince, et le regard qu'elle me lance ensuite en lâchant le vase ne laisse pas la place à de multiples interprétations : cette femme me déteste.

— Tu l'as fait exprès.

— Quoi ? Bien sûr que non !

J'en ris presque, frappée par son culot.

— Tout va bien ?

Oscar apparaît à point nommé sur le seuil, l'air nerveux.

— Merveilleusement bien. Ta femme vient de me renverser de l'eau partout.

Elle désigne d'un geste son chemisier trempé.

— Accidentellement, sans doute, ajoute-t-elle.

Elle me lance un sourire magnanime et le regarde en battant des cils, comme pour suggérer qu'elle couvre généreusement mon mauvais caractère.

— Quoi ?

Oscar contemple le chemisier, puis le vase dans mes mains, perplexe.

— Mais pourquoi as-tu fait ça, Laurie ?

Le fait qu'il ne doute pas une seule seconde qu'elle ment m'alerte toute de suite. Mais je décide de garder ça pour plus tard.

— Je n'ai rien fait du tout.

Elle lâche un petit bruit agacé et croise les bras.

J'essaie de lire entre les lignes. Qu'est-ce qui se passe ? Clairement, Cressida a une dent contre moi.

— Je vais à la salle de bains pour essayer d'arranger ce massacre.

Elle tourne les talons et s'élance dans le couloir, nous laissant comme deux chiens de faïence de part et d'autre de la table.

Je fais mine de reposer le vase, mais il se penche pour me le prendre.

— Maman déteste qu'on mette des fleurs sur la table. Je vais leur trouver une place dans le couloir.

On est enfin à la maison. Le trajet en taxi s'est fait dans un silence furieux, et maintenant nous sommes au lit, loin l'un de l'autre, à contempler le plafond dans l'obscurité.

— Je suis désolé d'avoir cru Cress si vite. J'aurais dû prendre ta défense.

Protégée par le noir complet, je lève les yeux au ciel en l'entendant utiliser son diminutif.

— Ça m'a surprise. Tu me connais assez pour savoir que je ne m'amuse pas à balancer de l'eau sur les gens.

— Mais elle était trempée. Ça m'a semblé plausible, pendant une seconde, c'est tout.

Hein ? Pourquoi trouverait-il ça plausible que je balance de l'eau au visage de Cressida ? Il me manque un élément.

— Vraiment ?

— De quoi ?

— Tu dis que ça semblait plausible que je lui jette de l'eau. Soit tu estimes que j'ai la maturité d'une gamine de seize ans et que je ne suis pas capable de supporter l'idée que tu sois ami avec ton ex – ce qui est totalement faux au passage –, soit il y a une autre raison qui pourrait me pousser à agir ainsi. Alors ?

Malheureusement pour lui, l'obscurité ne cache pas les soupirs.

— Trois jours par semaine, c'est beaucoup, Laurie.

Je déglutis. Je ne savais pas à quoi m'attendre, mais certainement pas à ça.

— Comment ça ?

Depuis le départ de Sarah, j'ai consacré toute mon énergie à être la meilleure femme du monde. Je mériterais des médailles. Et maintenant il m'annonce qu'il se tape son ex depuis le début ?

— Tu me manques quand je suis là-bas, et Cressida ne cache pas qu'elle serait très contente de se satisfaire d'un arrangement.

— Un arrangement ? Comme c'est libertin !

Je rirais presque devant tant d'absurdité si je n'étais pas sur le point de hurler.

— Et tu as envie de cet arrangement ?

— Je n'ai rien fait de mal, Laurie. Je te le jure.

— Tu en as envie ?

— Non. Pas vraiment.

— *Pas vraiment ?* Qu'est-ce que je suis censée comprendre ?

Il ne répond pas, ce qui est d'autant plus éloquent. Après une minute ou deux de silence, je parle à nouveau. Je ne veux pas provoquer une dispute, mais il faut que j'exprime ce que j'ai sur le cœur.

— Peut-être qu'il est temps de demander ton transfert à Londres à plein temps. Bruxelles était censé être temporaire.

Ma suggestion reste dans l'air. Je sais qu'il ne veut pas d'un transfert, qu'il aime son boulot là-bas.

Est-ce que c'est injuste de lui demander autant ? Ou est-ce injuste de sa part à lui de travailler avec son ex qui veut le récupérer ?

— Ou peut-être que tu préfères que je passe mes nuits à me demander si c'est le moment où tu vas craquer pour Cressida ?

— Ça n'arrivera jamais.

À son ton, on croirait que je délire.

— Je t'ai demandé si tu en avais envie et tu as répondu « Pas vraiment ». On est loin d'un non franc, Oscar.

— Et on est aussi très loin d'un oui affirmatif, rétorque-t-il avec agacement.

Oscar s'énerve rarement, et le haussement de ton est amplifié par le silence de la pièce.

Voilà, on est tous les deux blessés.

— On s'était promis que notre mariage ne pâtirait pas de cette promotion, je dis doucement.

Il se tourne sur le flanc.

— Je ne veux pas de Cress, ni de personne d'autre que toi, Laurie.

Je reste immobile. Mes dents sont tellement serrées que j'ai l'impression qu'elles vont rester soudées pour toujours.

— On ne peut pas continuer comme ça éternellement, Oscar.

— Il pourrait y avoir des opportunités dans quelques mois pour revenir à Londres. Je vais tâter le terrain, d'accord ? Crois-moi, Laurie, il n'y a rien qui me ferait plus plaisir que ne plus avoir à te dire au revoir chaque dimanche soir.

Je roule vers lui pour accepter son rameau d'olivier, même si je ne suis pas sûre de le croire à cent pour cent. Pas simplement à cause de Cressida. Mais aussi parce qu'il semble plus souvent marié à son boulot qu'à moi. Comme s'il menait une double vie. Une dans le rôle de mon mari, et une qui n'a rien à voir avec moi : réunions intenses, bars branchés, costumes de luxe, deals confidentiels et dîners pour les sceller. Il m'en raconte une partie, bien sûr, et m'envoie quelques photos. Mais je sais qu'il adore ce train de vie. J'ai de plus en plus de mal à retrouver mon amant détendu de la Thaïlande, et la peinture sur notre mur est devenue un fantasme plus qu'un souvenir. Parfois, je me demande s'il m'a épousée pour garder un lien avec la personne qu'il était à Koh Lipe. Mais plus il prend goût à sa vie à Bruxelles, plus il semble comprendre que la Thaïlande n'était qu'une parenthèse. Sa vraie vie a toujours été ici. Et je doute qu'on fasse partie du même film.

— Écoute, Oscar. On est mariés. Mais ça ne signifie pas qu'il suffit d'appuyer sur un bouton pour redémarrer le romantisme et les sentiments. Parfois, il y a des épreuves à franchir. Ne soyons pas naïfs.

— Tu y as été confrontée ?

Je ferme les yeux une seconde, puis décide de ne pas répondre à ça.

— L'essentiel, ce sont les choix que l'on fait face à ces épreuves. Être mariés, ce n'est pas juste un contrat, c'est un choix. C'est dire qu'on choisit l'autre. Chaque jour, je me réveille, et je te choisis. C'est toi que je choisis, Oscar.

— Je te choisis aussi, chuchote-t-il en m'enlaçant.

Je le serre dans mes bras avec l'impression qu'on

tient entre nos deux corps notre mariage, comme une petite chose précieuse et fragile.

Pourtant, le pacte me semble précaire. Et je reste éveillée longtemps après lui, inquiète.

21 novembre

Laurie

— Laurie.

Oscar se colle contre mon dos dans le lit, me tirant d'un étrange rêve qui persiste même après mon réveil. Les chiffres lumineux rouges sur la table de nuit m'indiquent qu'il est cinq heures trente du matin.

— Laurie.

Il m'embrasse l'épaule et glisse ses bras autour de moi sous la couette.

— Tu es réveillée ?

Encore ensommeillée, je chuchote :

— Un peu. Il est tôt.

— Je sais.

Il glisse sa paume à plat sur mon ventre et déclare :

— Je veux faire un bébé avec toi.

J'ouvre grand les yeux, complètement prise de court.

— Oscar…

Je me retourne pour lui faire face, et avec un gémissement il m'embrasse, me faisant oublier tout ce que j'aurais pu répondre, et cale sa jambe sur ma cuisse. Notre désir est soudain, pressant, alimenté par les émotions de la discussion tumultueuse de la veille. On s'est encore disputés, ou, comme dirait Oscar, on a échangé quelques mots. C'était ma faute. Je lui ai demandé où en était son projet de rentrer à Londres. C'est un sujet tabou, on le sait.

Après coup, on reste enchevêtrés dans les draps froissés, enfin reconnectés, nous choisissant encore pour une nouvelle journée. Je ne sais pas s'il était sérieux pour le bébé, mais au moins je sais maintenant que c'est à moi qu'il pense.

2016

Résolutions du nouvel an

1) Un bébé ! Ça y est, Oscar et moi avons décidé qu'il était temps d'essayer. On en a beaucoup parlé ces derniers mois et on a décidé qu'au 1er janvier j'arrêterais de prendre la pilule. J'ai l'impression que c'est un grand saut dans l'inconnu.

Je ne crois pas avoir besoin de prendre d'autres résolutions. Celle-ci promet suffisamment de changements pour une année, pas vrai ? Oscar a promis qu'il demanderait à son supérieur son retour en Angleterre. On augmentera quand même les chances de réussite s'il est plus souvent à la maison, et quand je serai enceinte, il semble évident qu'il ne voudra pas être absent si souvent.

2) Mince, j'oubliais. Ça me coûte de l'écrire, mais j'arrête l'alcool. Apparemment, ça aide pour la fertilité.

26 janvier

Laurie

— Tu es bien sûre d'avoir pris ton acide folique tous les matins ?

Je suis assise au bord du lit, le téléphone sur haut-parleur.

— Oui, évidemment. Mais je pense que ça ne dépend pas tant de la quantité de compléments alimentaires que j'ingère, que de la rencontre entre, tu sais, un ovule et un spermatozoïde au bon moment.

Oscar ne pensait certainement pas à mal en posant cette question qui sonne comme une accusation. C'est la déception qui parle.

Il ne répond pas.

— Très peu de couples y arrivent dès le premier cycle, j'explique.

Je passe mes journées à écrire des articles pour la rubrique santé d'un magazine féminin et j'ai couvert des sujets en rapport avec la grossesse des dizaines de fois. Si ça ne tenait qu'à moi, je ferais ma vie comme d'habitude sans cette obsession de fertilité. Mais l'esprit efficace d'Oscar semble avoir pris le pas, et je ne sais pas trop comment le lui faire remarquer sans le vexer. Parce qu'au fond, c'est adorable.

— Je sais… je me disais juste qu'on serait le couple qui y arrive du premier coup.

— Je comprends. On n'aura qu'à faire un petit effort supplémentaire la prochaine fois que tu seras là, d'accord ?

— Tu as raison. Ce n'est pas comme si c'était une corvée. Réservons-nous une nuit entière, juste pour toi et moi.

23 février

Laurie

— Laurie, ça fait un moment que tu es là-dedans, maintenant.

Oscar a retardé son départ à Bruxelles pour attendre le résultat du test de grossesse. Négatif. Je suis assise sur les toilettes avec le bâtonnet en plastique dans la main et j'essaie de trouver les mots pour adoucir sa déception.

— J'en ai pour deux secondes ! je lance en tirant la chasse d'eau.

Quand j'ouvre la porte de la salle de bains, il m'attend dans le couloir. Pour toute réponse, je secoue la tête, et je vois la déception dans ses yeux alors qu'il me prend dans ses bras.

— C'est encore tôt, dis-je.

Seulement deux mois, et l'euphorie de la décision de concevoir s'est déjà estompée. Qui aurait cru que ça se révélerait si stressant ? J'aimerais qu'on puisse lever le pied un peu et se détendre. Mais ce n'est pas dans la nature d'Oscar de lâcher prise. Il a l'habitude de prendre les choses en main, et c'est clairement une immense frustration pour lui de ne pas pouvoir plier les événements à son bon vouloir.

— La troisième fois sera la bonne.

Il dépose un baiser sur mon front et récupère sa mallette.

— À dans quelques jours, chérie.

14 mars

Jack

— Tu as froid ?

Amanda me regarde comme si j'étais le roi des imbéciles.

— On est dans l'Arctique, Jack.

Elle a raison, évidemment. Mais on est aussi blottis sous plusieurs couches de fourrure, et en train de boire du rhum. On s'est offert une petite escapade en Norvège. J'ai l'impression d'avoir atterri au royaume du Père Noël. Je n'ai jamais vu autant de neige ; en ce moment, on la regarde tomber sur le toit transparent de notre igloo, depuis le confort de notre immense lit. Si ça n'avait tenu qu'à elle, on serait partis au soleil, mais on a fait un pari et elle a perdu, alors on est ici pour assouvir mon envie d'aurores boréales. Pas de chance pour l'instant, et on repart demain, alors c'est ce soir ou jamais.

— C'est quoi, ton meilleur souvenir du voyage ?

Je dépose un baiser sur le front d'Amanda. Elle est nue, réfugiée dans mes bras, et je vois son nez se froncer quand elle réfléchit à ma question.

— Probablement la balade en traîneau avec les rennes. Beaucoup trop romantique.

Je pose une main possessive sur son sein.

— Plus romantique que ça ? *Game of Thrones* ne peut pas rivaliser avec nous.

— Je me disais…

Sa voix s'éteint et elle pousse un profond soupir.

— Quoi ?

Je prends son verre pour le mettre de côté avant de rouler sur elle.

— Rien, oublie. Je n'ai rien dit.

— Qu'est-ce qu'il y a ?

Elle détourne le regard et embrasse mon épaule. Ses joues sont soudain roses.

— C'est débile. Je me disais que tu m'emmenais peut-être ici parce que tu voulais me demander en mariage.

J'espère que le choc ne se lit pas sur mon visage. C'est vrai qu'elle était un peu bizarre, ce soir.

— Oh non, Amanda, je suis désolé. C'est juste qu'on n'en a jamais vraiment parlé.

Je ne sais pas quoi dire d'autre. En fait, nous n'avons jamais eu de discussions sérieuses sur l'avenir ; le mariage n'est pas du tout ce qui me vient en tête quand je pense à notre relation. Ou quand je pense au futur, tout court. Elle me regarde fixement, et je sais que mes prochains mots vont avoir une importance cruciale.

— Tu es adorable.

Son sourire est trop hésitant quand elle me répond :

— Ne dis pas n'importe quoi.

Alors je l'embrasse, parce que c'est plus facile que de lui faire comprendre ce que je ressens avec des mots. Puis je glisse une main entre ses cuisses et je la regarde fermer les yeux, oublier ses pensées pour s'abandonner aux sensations.

Plus tard, elle s'accroche à moi, les lèvres au creux de mon cou.

— Regarde le ciel, chuchote-t-elle.

Je me détache de son corps pour m'installer à côté d'elle, et j'en ai le souffle coupé. Au-dessus de nous, la nuit est inondée de vert, d'azur et de violet, des vagues magiques de couleurs.

— C'est sublime, murmure Amanda.

On est tous les deux nus, allongés sous des cieux majestueux, et je me demande vraiment ce que j'attends.

23 mars

Laurie

Dans notre cas, la troisième fois n'est pas la bonne. Mes règles habituellement si ponctuelles ne daignent se pointer qu'à vingt et une heures, après cinq appels impatients d'Oscar, et au moins cinquante passages aux toilettes. Au téléphone, on se réconforte mutuellement, puis je décide de m'accorder une pause dans ma période sans alcool et je me sers un grand verre de rouge. J'envisage brièvement d'appeler Sian, ma copine du bureau. De temps en temps, on sort prendre un verre ou on va au ciné quand Oscar est à Bruxelles. Mais les détails de mon cycle menstruel me semblent trop intimes pour que je les partage avec elle. Je parle presque tous les jours avec Maman, mais évidemment, je ne lui ai pas dit qu'on essayait d'avoir un enfant. Si je le lui dis, ce sera une autre personne à décevoir. Je ne crois pas que la situation nous minerait autant si Oscar était là, mais avec la distance, tout prend une dimension urgente, comme s'il y allait de la survie de notre couple.

Le moral au plus bas, je m'installe au lit avec mon ordinateur pour faire défiler les photos de la vie fabuleuse que tout le monde sauf moi semble avoir sur Facebook. Comme prévu, l'Australie s'est entichée de Sarah, de son accent anglais et de son sourire radieux. Je tends la main pour frôler l'écran en visionnant une interview qu'elle et Luke ont donnée dans une matinale pour parler des couples anglo-australiens. Super Sarah : super aimée, super ambitieuse, juste super. Si seulement elle était là. J'attends toujours avec impatience nos sessions Skype du lundi soir, mais ce n'est pas la même chose que de pouvoir poser ma tête sur son épaule.

Je me sens stupide de pleurer pour si peu. En deux clics, je passe de son profil à celui de Jack. Notre amitié a pris fin le soir du dîner d'adieu de Sarah. Maintenant, nos contacts se limitent à mes likes sur ses photos Facebook et à ses commentaires occasionnels sous les miennes. À en croire sa page, sa vie n'est faite que de longues vacances avec Amanda. La mienne doit ressembler à celle d'une fille qui n'a pas la moindre vie sociale. Un grand espace vide sans publications. Peut-être que je devrais le retirer de ma liste d'amis pour de bon.

9 juin

Laurie

— Ferme les yeux !

Je suis en train de préparer une salade niçoise dans la cuisine quand Oscar passe la porte, après trois nuits à Bruxelles. À mon grand soulagement, il semble enjoué, pour une fois. La tension s'est progressivement accrue entre nous. Il n'y a aucun signe d'un retour à Londres de son côté, et on essaie depuis six mois d'avoir un bébé, en vain. Il n'y a pourtant pas de quoi s'étonner. D'autant plus qu'il n'est pas toujours dans le bon pays au moment le plus propice pour concevoir. Oui, je connais tous ces détails à présent.

— Tu es sûr ? J'ai un couteau dans la main.

Je ris et pose l'ustensile en fermant les yeux.

— Tu peux les ouvrir maintenant.

Il est là, devant moi, avec un bouquet de roses tellement énorme que sa tête en dépasse à peine. Je souris en lui prenant les fleurs.

— Je devrais m'inquiéter ?

— En temps normal, j'aurais acheté du champagne, mais vu qu'on a arrêté de boire…

Il s'est montré adorable en se déclarant sobre par solidarité.

Un nœud se serre dans mon ventre. Il me reste quatre jours avant de savoir si j'aurai mes règles ce mois-ci. Les réjouissances me paraissent un peu prématurées.

— Vas-y, demande-moi.

Je comprends alors qu'il y a autre chose.

— Qu'est-ce qu'il y a ?

Déjà, je commence à sentir l'espoir monter. Est-ce que ça pourrait être ça ? La fin de son contrat à Bruxelles ? Est-ce qu'on va enfin redevenir un couple à temps plein ?

— Viens t'asseoir.

Prolongeant le suspense, il me prend la main et me guide vers le canapé du salon.

— Tu me stresses !

Il s'assied à côté de moi, les genoux orientés dans ma direction.

— Brantman a débarqué et m'a convoqué pour une réunion ce matin.

Je le savais !

— Et… ?

— Tu as devant toi le nouveau directeur de la banque !

Son visage s'illumine comme celui d'un gosse qui fêterait tous ses Noël en une seule fois. En le serrant dans mes bras, je sens des effluves d'alcool. On dirait que notre période de sobriété a connu une petite exception pour l'occasion.

— C'est génial ! Tu le mérites, après avoir travaillé si dur pour eux. Je suis vraiment contente qu'ils en soient conscients. Est-ce qu'ils t'ont donné une date de retour à Londres ?

— Eh bien… ça ne me fera pas exactement moins de déplacements à Bruxelles. Pas du tout, en fait.

Je me pétrifie, sentant que je ne sais pas encore toute l'histoire et qu'elle risque de me déplaire.

— Je ne quitte pas Bruxelles, Laurie. En fait, le poste est un temps plein là-bas.

Je le regarde fixement.

— Je ne…

Il prend ma deuxième main, l'air implorant.

— Ne dis pas non tout de suite. Je sais que c'est inattendu, mais j'ai retourné ça dans ma tête toute la journée et je pense vraiment que ce serait bien pour nous de déménager là-bas. Pour toi, moi, et le bébé, bientôt. Bruxelles est une ville magnifique, Laurie, tu vas l'adorer. Je te le promets.

— Mais, mon boulot…

— Je sais, je sais. Mais tu serais bien obligée de t'arrêter pour le bébé de toute façon, alors comme ça, tu pourras profiter de ta grossesse aussi.

— Ah bon ? Et si j'ai envie de reprendre le travail ?

Je ne sais pas encore ce que je compte faire, mais comment ose-t-il en décider à ma place ? C'est tellement conservateur de sa part d'imaginer que je vais rester à la maison pour élever les enfants. Et comme c'est naïf de ma part de ne pas avoir abordé le sujet plus tôt.

Il fronce les sourcils, comme si j'élevais des obstacles inutiles.

— Au pire, il y a plein de travail là-bas aussi. Mais,

honnêtement, Laurie, je vais tellement gagner que tu n'auras pas besoin de… Réfléchis-y, s'il te plaît.

Il continue, pressant, sans me donner la moindre chance de répondre :

— Tu pourras prendre un café – enfin, un thé à la menthe – dans le parc et te promener le long du fleuve. On pourra découvrir la ville ensemble, et ce sera comme quand on s'est rencontrés. Il y a plein d'expats à Bruxelles, tu vas te faire des tas d'amis.

J'ai l'impression qu'il fait passer sa décision en force, et ça me rend furieuse de n'avoir aucune carte en main. Je suis bien consciente qu'il gagne plus qu'assez pour supporter financièrement une famille, et moi à peine de quoi subvenir à mes propres besoins, mais il semble avoir monté tout son petit plan sans prendre en compte mes envies, comme si mon travail était un passe-temps plus qu'une carrière. Je ne sais ni quoi dire ni quoi penser. Je suis contente que l'investissement d'Oscar dans son entreprise soit reconnu à sa juste valeur, mais je ne veux pas quitter mon boulot, ni Londres, ni ma vie. Pourquoi son succès impliquerait-il que je perde tout ce qui me tient à cœur ?

— Tu t'attendais vraiment à ce que j'accepte comme ça ?

Je n'en reviens toujours pas. Il est si prévenant, habituellement. Je ne peux qu'imaginer que l'euphorie a pris le pas sur le bon sens.

— Je m'attendais à ce que tu y réfléchisses, au moins. Tu sais à quel point ça compte pour moi.

— Et je pensais que tu savais à quel point mon travail compte pour moi aussi, et combien c'est important à mes yeux d'être là pour ma mère. Ils ne peuvent pas te proposer autre chose à Londres ? Il faut forcément que ce soit à Bruxelles ? C'est quand même déraisonnable de te demander ça. De nous demander ça.

— Pour eux, c'est davantage une récompense qu'une punition.

L'irascibilité se sent dans sa voix. Il pousse un soupir impatient.

— Tu ne peux pas comprendre ça ?

À l'entendre, on dirait que je fais un caprice pour rien. Changement de stratégie.

— Tu ne crois pas que nos familles vont nous manquer ? Ta mère va détester le fait que tu sois si loin, et imagine quand, en plus, il y aura le bébé.

J'ai du mal à contenir le ton de défi dans ma voix. Plus j'y pense, plus je suis agacée par ses fleurs et sa manière de présenter les choses comme une victoire. On est mariés. On devrait discuter de ces choses-là ensemble, peu importe qui gagne le plus.

— Je ne veux pas vivre dans un pays sans ma mère quand on aura un bébé, Oscar. Elle adore être grand-mère, je veux qu'elle soit là.

C'est une impasse. On ne se disputait jamais, et ces derniers temps, on ne fait plus que ça.

— Ce n'est pas juste de m'annoncer ça sans prévenir et de t'attendre à ce que je sois toute contente. J'ai besoin de prendre le temps d'y réfléchir.

Il serre les dents, l'air consterné.

— Je n'ai pas davantage de temps, Laurie. C'est la finance. Tu sais à quel point tout va vite dans ce monde. Brantman veut une réponse lundi matin et la seule envisageable est un oui, parce que si je lui dis non, alors quel intérêt d'avoir travaillé là-bas ? Ce serait la fin de ma carrière dans cette banque.

On ne dure pas dans un milieu pareil en brillant par un manque d'ambition.

Et maintenant je passe pour la méchante. C'est tellement injuste.

— Je vais prendre une douche, annonce-t-il.

Il se lève, reste silencieux un instant comme s'il attendait des excuses, et, devant mon soupir, il quitte la pièce. J'ai été naïve de croire qu'Oscar resterait fidèle à l'homme que j'ai rencontré sur la plage en Thaïlande. Peut-être qu'il ne s'en rendait pas compte à l'époque, mais cette vie de voyages d'affaires, de salles de réunion, de contrats et de dîners mondains est faite pour lui. Pire que ça, c'est la vie qu'il veut.

13 juin

Laurie

Il est minuit une et mes règles ont officiellement un jour de retard. Oscar est parti en Belgique sur une note particulièrement amère hier soir, après avoir passé le week-end à essayer de m'imposer sa décision, ce qui m'a braquée davantage.

On est officiellement lundi, il est officiellement directeur, et je suis officiellement en retard. Je me recroqueville sous la couette et ferme intensément les paupières. Je ne me suis jamais sentie aussi seule.

16 juin

Laurie

— J'ai acheté un test de grossesse.

— Tu l'as fait ?

Il est dix-sept heures ici, et deux heures du matin à Perth, mais Sarah est on ne peut plus réveillée. J'ai quatre jours de retard, du jamais-vu, et c'est la première personne à qui je le confie.

Je lâche mon sac et mes clés sur la console du couloir, le téléphone coincé par mon épaule.

— Non, j'ai trop peur du résultat.

Surtout s'il est positif.

— Oscar n'est pas encore rentré, devine-t-elle.

Je soupire dans le silence de l'appartement vide.

— Il devrait arriver dans quelques heures.

— Attends deux secondes.

Je l'entends bouger, puis sa voix revient, plus claire.

— Désolée, j'étais au lit. C'est bon, j'ai sorti le vin, et je suis installée. Sors ce test, Lau.

— Quoi, maintenant ?

— Oui, maintenant. À moins que tu préfères le faire quand Oscar sera à la maison ?

Elle a raison, évidemment. Vu la situation actuelle entre nous, mieux vaut savoir, dans un sens comme dans l'autre, avant qu'il n'arrive.

— OK.

Je sors fébrilement le test et retourne la boîte pour lire rapidement à voix haute les instructions que je connais désormais par cœur. Puis je m'enferme dans les toilettes, sans bien savoir pourquoi je mets le verrou.

— C'est bon, je suis aux toilettes.

— Bien. Ouvre la boîte.

Je lutte avec l'emballage et parviens enfin à libérer le bâtonnet en plastique de son sachet hermétique.

— Voilà, je l'ai.

Je regarde le bâtonnet, et avec un soupir, je me résigne.

— Je t'entends faire pipi, dit la voix de Sarah dans le haut-parleur.

— Estime-toi chanceuse qu'on ne soit pas en Facetime. Pourquoi ils n'inventent pas un système plus pratique ?

— Ne le noie pas !

Merci du conseil. Tout de suite, je vois du changement sur l'indicateur, alors je me dépêche de remettre le capuchon et de poser le test sur le lavabo.

— Enclenche le chronomètre, je dis en me lavant les mains.

— C'est fait.

Assise par terre, dos au mur, les jambes étendues devant moi et le téléphone contre mon oreille, je ferme les yeux.

— Raconte-moi quelque chose de ta vie, Sar. J'ai besoin de distraction.

— OK. Là, je suis à la table de la cuisine. C'est censé être l'hiver, mais on a droit à une canicule surprise et la clim est capricieuse. Alors, au moment où je te parle, je suis en train d'éponger ma transpiration.

J'arrive presque à la voir. Ils vivent dans une sublime petite maison sur la plage. Elle m'avait envoyé les détails avant la visite, et j'avais dû m'allonger dans le noir pour surmonter ma jalousie. La villa semblait tout droit sortie d'un magazine de déco des années soixante-dix, avec ses doubles hauteurs sous plafond et ses nombreux coins salon.

— Oh, et j'ai demandé Luke en mariage.

— Quoi ? Non ? Sarah, c'est génial !

Je suis sous le choc, mais c'est du Sarah tout craché de ne pas tergiverser une fois qu'elle sait ce qu'elle veut.

— Quand ça ? Qu'est-ce que tu lui as dit ? Et qu'est-ce qu'il a répondu ?

— Il a dit oui, évidemment, et il a pleuré comme un bébé, répond-elle avec un petit rire.

Je ris aussi. Je vois la scène d'ici. Luke est un grand sensible.

D'un coup, elle redevient calme et sérieuse.

— Le temps est écoulé, Lau. Trois minutes.

Je tiens le bâtonnet dans mes mains, capuchon toujours en place.

— J'ai peur, Sar.

— Ne t'en fais pas. Quoi qu'il arrive, tout va bien se passer. C'est promis.

Je ne réponds pas et me contente de regarder le test. Je ne sais pas si j'en suis capable.

— Bordel, Laurie ! Enlève ce capuchon !

J'obtempère, et retiens mon souffle.

— Alors ?

— Un trait bleu.

J'inspire une grande bouffée d'air, fébrile.

— Juste un. Ça veut dire que je ne suis pas enceinte, pas vrai ?

— Oh, Lau. Je suis désolée. Ça va arriver bientôt, j'en suis sûre.

Je m'essuie les yeux et pose le test par terre.

— Oui, oui, je sais.

Quand Oscar rentre à la maison juste après vingt heures, je suis en pyjama, installée à la table de la cuisine, un verre de vin devant moi.

— Est-ce bien raisonnable ?

Son ton sec me dit que son état d'esprit n'a pas changé depuis dimanche.

— Je croyais que j'étais enceinte, mais je ne le suis pas. J'ai fait un test. Il faut croire que mes règles sont juste en retard, ça peut arriver.

Son expression s'adoucit aussitôt.

— Tu vas bien ?

Je ne sais pas trop comment répondre sincèrement à cette question.

— Non, je ne crois pas.

J'attends qu'il se serve un verre et s'installe. Il a l'air claqué. J'aurais aimé lui préparer à dîner et lui faire couler un bain, mais je ne peux pas revenir sur les décisions que j'ai prises, assise par terre dans la salle de bains, quand Sarah a raccroché.

— Tu as accepté le poste ?

Il ne lève pas les yeux de son verre.

— Tu as toujours su que j'allais le faire.

— Oui. C'était la bonne décision pour toi.

— Mais pas pour toi ?

Il n'a plus l'air froid ni en colère. Il commence à comprendre que cette conversation a le potentiel de nous détruire.

Une larme roule sur ma joue. Cette situation est intenable.

— Non. J'ai passé ces derniers jours à croire que j'étais enceinte et à me demander quoi faire dans ce cas.

Il garde le silence, attentif.

— Puis j'ai fait le test, négatif. Et je n'ai ressenti que du soulagement, parce que ça voulait dire que j'avais encore le choix.

J'ai réussi à le choquer. Je déteste les mots qui s'échappent de ma bouche, mais l'honnêteté est tout ce qu'il me reste.

— Je ne veux pas déménager en Belgique, Oscar.

Il scrute mon visage, en quête de la femme qu'il aime. Je vois qu'avant cette conversation il n'a pas envisagé une seule seconde de refuser le poste. Il comptait sur moi pour céder.

— On ne peut pas s'aimer à distance, et qu'est-ce qui va se passer si je tombe vraiment enceinte ? Je ne veux pas rester seule avec un bébé cinq jours sur sept.

— Ça pourrait fonctionner.

Il rapproche sa chaise de la mienne, jusqu'à ce que nos genoux se touchent.

— Je sais que ce n'est pas idéal, mais on ferait en sorte que ça marche.

— Oscar, ce n'est pas qu'une question de poste ou de géographie.

Je suis aussi douce que possible. En regardant ce visage que j'aime tant, je n'arrive pas à croire qu'on se déchire ainsi. Il a été mon pilier pendant si longtemps.

— Tu es un homme adorable. Je n'ai jamais rencontré quelqu'un comme toi, et je sais que je n'en rencontrerai pas d'autre.

— On a prêté serment. Pour le meilleur et pour le pire. On s'est juré de rester ensemble pour la vie.

Je lui prends la main.

— Nos vies sont en train de prendre deux directions différentes. La tienne t'emmène vers un chemin où je ne peux pas te suivre. Et ce n'est ni ta faute, ni la mienne.

— Mais je t'aime.

Sa déclaration sonne comme une phrase magique qu'on brandit pour déjouer toutes les autres. L'argument irréfutable.

Je ne sais pas comment m'exprimer sans le blesser davantage.

— Oscar, tu es le meilleur mari du monde. Tu es tendre, drôle, et tu m'as donné bien plus que je ne pourrais jamais te donner en retour.

— Je n'ai jamais rien voulu en retour.

— Non. Mais tu attends de moi que je déménage en Belgique, ou que je vive ici seule.

La consternation se lit sur son visage.

— Je pensais que tu comprendrais que c'est la meilleure décision. Je pensais que j'allais rentrer ce soir et que tu aurais changé d'avis.

Je soupire. Je sais qu'il n'a jamais envisagé de refuser le poste. C'était inévitable, et maintenant c'est à moi de prendre une décision.

— Je ne changerai pas d'avis. Et ce n'est pas par esprit de contradiction. Je ne veux pas vivre à Bruxelles.

— Mais tu sais que refuser cette promotion n'est pas une option pour moi.

Oui, je sais. Et une partie de moi est contente qu'il le dise, parce que je ne veux pas qu'il passe à côté de ce qu'il mérite. Non pas qu'il l'ait proposé, et d'une certaine manière, ça rend la suite des choses un peu moins difficile.

— Je ne m'étais pas rendu compte que je n'étais pas heureuse, avant de regarder ce petit trait bleu. Je ne savais pas.

Il a pris son visage entre ses mains, j'ai l'impression d'être la femme la plus ingrate de l'univers.

— Alors, c'est tout ? Tu ne veux pas venir, et je ne peux pas rester ?

— Ou je ne peux pas venir, et tu ne veux pas rester.

Une question de point de vue. Sa vie est un train en marche qui l'emmène vers Bruxelles, avec ou sans moi. Il trouve ça incompréhensible que je ne sois pas ravie de monter à bord, et c'est ce qui me prouve qu'on est arrivés au bout de notre chemin ensemble. Plus de demi-vie. Les lumières se sont éteintes sur notre mariage. À Koh Lipe, notre amour s'est épanoui sous une foule de petites guirlandes lumineuses. À Londres, la vie s'est lentement assombrie à la lueur des éclairages sophistiqués de Lucille et de la monotonie des balisages hebdomadaires de l'aéroport d'Heathrow. Oscar n'a pas changé. Il a toujours été cet homme, mais en Thaïlande, avec moi, il a cru pouvoir en être un autre. Il a essayé une autre vie, mais il est revenu au point de départ. Parce qu'au fond, la vie qui s'offre à lui à présent est celle qui lui correspond le mieux.

— Je suis désolée, Oscar. Tellement désolée.

— Moi aussi. Je suis désolé, mon étoile de mer.

Mon cœur se serre en sachant qu'il ne m'appellera plus jamais ainsi.

— Si tu étais tombée enceinte, est-ce que tu m'aurais suivi ?

À nouveau, je ne sais pas quoi lui répondre. Parce que je me serais sûrement sentie coincée, et obligée d'essayer. Mais je ne peux pas le lui avouer, c'est bien trop sinistre.

Je me penche pour prendre son visage entre mes mains et presser mes lèvres sur ses cheveux. Il m'enlace, et son odeur si familière m'arrache des larmes incontrôlables. Son eau de Cologne, son shampoing, tout ce qui a fait le parfum de mes jours, de mes nuits, et de notre amour.

2 juillet

Jack

Sans un bruit, j'emboîte le pas à Amanda dans son appartement. Je précise sans un bruit, parce que je viens d'enlever mes Converse : c'est le genre d'endroit où les chaussures ne sont pas tolérées. Il y a même un panneau et un rangement dédié juste devant la porte, au cas où on oublierait. Ça ne me dérange pas tant que ça. Non, c'est un mensonge. Il n'y a rien qui m'agace davantage. Je trouve ça insupportable que les gens insistent pour que leurs invités enlèvent leurs chaussures. Mais ce n'est pas spécialement dirigé contre Amanda. Ça m'énerve chez n'importe qui.

— Tu as cuisiné ?

Nous sommes dans sa cuisine immaculée, qui en règle générale ne voit pas beaucoup d'action. Amanda a beaucoup de qualités merveilleuses, mais ses compétences culinaires ne sont pas légendaires. Elle l'admet volontiers : c'est une experte du micro-ondes, une pro des livraisons de sushis, et la reine de la scène gastronomique d'Édimbourg. Pourquoi se fatiguer à éplucher des oignons elle-même ?

— Eh oui !

Elle ouvre le frigo et me sert un verre de blanc.

— Je devrais avoir peur ?

— Tu devrais te répandre en remerciements et en compliments, Jack. Je me suis brûlé le doigt pour toi.

Je la regarde évoluer dans la cuisine à proximité du sachet de haricots tout prêts pour pouvoir lire les instructions de cuisson au micro-ondes.

— Qu'est-ce qu'il y a au menu ?

Je ne sais même pas pourquoi je pose la question. La réponse est évidemment du poisson.

— De la morue. Marinée au citron et au persil.

— Tu as pensé à faire la poussière dans le four avant de l'allumer ?

Elle lève les yeux au ciel et j'éclate de rire.

— Je dis ça pour toi ! C'est un des risques premiers d'incendie.

— Des compliments et des remerciements, j'ai dit.

Je me lève pour lui prendre les haricots des mains.

— Des compliments, hein ?

J'embrasse son épaule nue. Elle porte une robe bustier sous son tablier.

— Tu es très sexy quand tu cuisines.

— Des compliments sur le plat, Jack.

— OK. Je te suis reconnaissant d'avoir cuisiné pour moi.

Je dépose un petit baiser sur ses lèvres et ajoute :

— Et je suis très content que tu ressembles à une princesse suédoise pour l'occasion. Merci à vous, Votre Majesté princesse Amanda d'Ikea.

Elle m'embrasse langoureusement.

— Ce n'était pas très digne d'une lady, je commente.

Je tire les ficelles de son tablier, et elle me donne une petite claque sur la main.

— Rends-toi utile et va mettre le couvert sur le balcon.

La table mise ressemble à une pub pour un hôtel sur son balcon qui semble sorti d'un magazine. C'est typique d'Amanda. Elle a décidé de louer à Grassmarket, là où on a la meilleure vue sur le château.

Je m'apprête à retourner à l'intérieur quand mon téléphone vibre. J'y jette un coup d'œil, priant pour que ce ne soit pas Lorne qui m'appelle pour remplacer quelqu'un. J'ai de la chance : le nom de Sarah apparaît à l'écran. Je m'adosse à la rambarde du balcon pour lire son message.

Tu as parlé à Laurie récemment ?

Qu'est-ce qu'elle raconte ? Elle ne pouvait pas faire moins clair ? Vu l'heure, c'est probablement le milieu de la nuit en Australie. Elle doit être ivre à une soirée sur la plage.

Pas depuis un bail. Pourquoi ?

Les bruits de Grassmarket me parviennent. En bas, la rue grouille de fêtards du samedi soir. Mon portable vibre à nouveau.

Appelle-la, Jack. Oscar et elle se sont séparés il y a quelques semaines. Je n'étais pas censée te le dire, mais elle a besoin de ses amis. Je suis trop loin pour servir à quelque chose !

Je regarde fixement l'écran, lisant et relisant le message de Sarah, tout en atterrissant maladroitement sur une chaise de jardin.

Laurie et Oscar se sont séparés. Comment est-ce possible ? Je les ai vus se marier. Elle était là, dans l'église, et elle m'a dit, à moi et au reste du monde, que c'était lui, l'homme avec qui elle voulait passer sa vie.

Quoi ? Qu'est-ce qui s'est passé ?

Je me demande si j'ai le temps d'appeler Sarah avant le dîner.

C'est compliqué. Parle-lui.

De plus en plus frustrant. Les messages de Sarah ne me donnent aucune information. Pourquoi est-elle si vague ? Comment ça, c'est compliqué ? Je vais te dire ce qui est compliqué, moi. C'est de lire le message de ton ex qui parle d'une femme que tu as embrassée, le tout sur le balcon de ta copine.

— Jack ?

La voix d'Amanda me fait sursauter.

— Tu peux venir m'aider à porter ça, s'il te plaît ?

Je regarde mon écran, la tête pleine de questions, puis je prends la décision de l'éteindre. Ma vie est ici, à présent. Et elle me réussit. Mon émission a de plus en plus de succès, je m'entends bien avec mes collègues, et Amanda… est tout ce dont rêvent les hommes.

Je fourre mon téléphone dans ma poche et me dirige vers la cuisine.

3 juillet

Jack

Une fois à la maison, je relis les messages de Sarah. Ça fait maintenant une nuit et une journée entière que je sais que Laurie ne va pas bien et je ne l'ai toujours pas contactée. Je ne sais pas si ça fait de moi un bon petit copain ou un très mauvais ami.

Je n'arrête pas de tourner et retourner les choses dans ma tête, pour essayer de trouver quoi faire. La bonne décision pour moi ne sera pas forcément la bonne décision pour Laurie, ou pour Amanda. Je ne veux pas tout gâcher.

Je regarde l'écran pour la énième fois. J'ai composé et effacé un message deux fois, déjà. Le premier, « Coucou, comment va la vie ? », était trop enjoué et absurde. Le deuxième, « Je suis toujours là si tu as besoin de moi », beaucoup trop dramatique. Mes doigts hésitent sur les touches, puis je pianote à nouveau.

Salut, Lau. Sarah m'a appris la nouvelle. Je peux t'appeler ?

J'appuie sur « Envoyer » avant de changer d'avis à nouveau, puis jette mon téléphone et vais me chercher une bière à la cuisine. Une demi-heure plus tard, elle répond. Mon cœur fait son petit bond familier en voyant son nom apparaître.

Non, merci. Je ne me sens pas encore prête à en parler aux gens. Mais c'est gentil. Je t'appelle quand je pourrai. Désolée. Bisous

Sérieusement ? Je suis devenu « les gens » ? Expulsé du cercle de ses proches. Je m'avachis et ferme les yeux. Est-ce qu'un jour j'aurai enfin l'impression que tous les morceaux de ma vie sont à leur place ?

19 octobre

Laurie

Il n'y a vraiment qu'une célibataire peu avertie pour réserver une chambre en pension complète à Majorque pendant les vacances d'automne. Je suis devenue la nounou de service pour tous les parents fatigués de courir après leurs gamins mal élevés. Je n'ose même plus croiser le regard de quelqu'un au cas où on me demanderait de garder un œil sur la petite Astrid ou le petit Toby. Non, je ne veux pas prendre leur enfant dans mes bras. Non, je ne veux pas entendre parler des frais de scolarité ni des intolérances alimentaires. Et je n'ai certainement pas envie d'admettre que oui, j'ai un mari (techniquement), et que non, il n'est pas en vacances avec moi. On dirait que j'ai gagné un troisième œil ou je ne sais quoi. Le seul endroit à peu près tranquille semble être le bar de l'hôtel.

— Je peux ?

Je regarde la femme qui vient de s'enquérir si le tabouret à côté du mien était libre. Elle est plus âgée que moi, la quarantaine, et elle a une allure très soignée, de son rouge à lèvres corail à son bracelet rivière.

— Je vous en prie.

J'aurais dû rentrer dans ma chambre pour lire après le dîner.

Elle commande un verre de vin, puis observe le mien, presque vide.

— Vous en voulez un autre ?

L'hôtel est en formule tout compris, alors c'est loin d'être l'offre du siècle. Je souris.

— Pourquoi pas ? Je vais prendre le cocktail le plus ridicule à la carte, s'il vous plaît.

Ma voisine me lance un regard appréciateur.

— Oubliez le vin, je vais prendre la même chose.

Le barman hoche la tête, comme si c'était un classique. Ça l'est probablement.

— Vanessa, se présente-t-elle.

Pourtant je ne lui ai rien demandé. Elle a un accent du nord. Vers Newcastle, je dirais.

— Laurie.

— Vous êtes venue seule ?

Par réflexe, je joue avec mon alliance.

— Oui.

Le barman nous interrompt en posant devant nous deux énormes cocktails criards aux nuances de bleu et de vert. Ma voisine secoue la tête tristement.

— Non, ça ne va pas. Il manque quelque chose.

J'incline la tête sur le côté.

— Je crois que vous avez raison. Ça mériterait un peu de déco.

Le barman s'éloigne, puis revient avec des petits parasols et des pailles ornées de perroquets. Une fois qu'il a plongé tant d'accessoires dans nos verres qu'il reste à peine la place pour boire, je déclare :

— Ah, voilà qui est mieux !

— À votre avis, ça s'appelle comment ?

— Un « Sex on the beach » version perroquet ?

Elle fronce le nez.

— Pas mal. Mais je voyais plutôt quelque chose du genre « Bye bye le sexe, j'aime encore mon ex ».

Je me tourne vers elle pour l'observer attentivement. Elle aussi ne cesse de jouer avec son alliance. Comme un signe instinctif de ralliement.

— Dix ans de mariage. Il m'a quittée il y a neuf mois pour une femme qui vit trois maisons plus bas, dans la même rue.

Malgré moi, mon intérêt est piqué.

— Est-ce qu'elle vit toujours trois maisons plus bas ?

— Oui, avec mon mari.

— C'est pas vrai !

— Apparemment, ils sont tombés amoureux en s'occupant des espaces verts du quartier.

On éclate de rire devant l'absurdité de la chose.

— Il m'a dit que leurs regards s'étaient croisés au-dessus d'un tas de compost. Le coup de foudre.

Je ris tellement que des larmes roulent sur mon visage. Vanessa me tapote la main.

— Et vous ?

— Cinq mois. Mais c'était ma décision. Notre mariage n'a pas duré longtemps.

On est encore sous le choc. Quant à ma belle-mère… La pire chose qui pouvait arriver après mon mariage avec Oscar, c'était une demande de divorce. Ma propre mère ne sait pas quoi faire. Elle n'arrête pas de m'envoyer des messages pour savoir si j'ai bien pris mon petit déjeuner, et quand j'essaie de me confier, elle est incapable de répondre quoi que ce soit.

Depuis quelques mois, je loue une chambre chez une collègue. Oscar voulait que je garde l'appartement, mais c'était hors de question.

— Et ce n'était à cause de personne d'autre, je précise. Ça ne fonctionnait simplement pas.

Elle tente une gorgée du liquide bleu.

— C'est horrible.

Je ne sais pas si elle parle du cocktail ou de notre situation. Elle pose sa paume à plat sur le comptoir et titille son alliance du bout de sa paille.

— Il est sûrement temps de l'enlever.

Je l'imite, posant ma main à côté de la sienne.

— Pour moi aussi.

On contemple nos doigts, puis elle lève les yeux vers moi.

— Prête ?

— Je ne sais pas.

— Est-ce que vous allez un jour vous remettre avec lui ?

Peu de temps après notre séparation, un soir, tard, j'ai flanché et appelé Oscar à Bruxelles. Je ne sais même pas ce que je voulais lui dire, j'étais juste tellement triste sans lui. Peut-être que c'est aussi bien que Cressida ait décroché à sa place dans un bar bruyant. J'ai raccroché et il n'a jamais rappelé. Il ne faut pas être un génie pour comprendre qu'elle a récupéré son petit cœur brisé pour en recoller les morceaux. Peut-être qu'elle en avait toujours gardé un bout, d'ailleurs. L'ordre est rétabli. J'ai honte du nombre de fois où j'ai pleuré en public depuis la rupture. En silence dans le bus pour aller travailler, sur le trajet du retour, le soir dans mon lit. Parfois, je n'avais même pas conscience de pleurer avant de croiser mon reflet dans les vitres sombres. Je comprends maintenant ce que c'était : une période de deuil. De lui, de moi, de nous.

Je secoue la tête, abattue. Non. Je ne me remettrai pas avec Oscar.

— Dans ce cas, vous êtes prête. On l'est toutes les deux.

Mon alliance n'a pas quitté mon annulaire depuis qu'Oscar l'y a placée le jour de notre mariage. Je croyais que je ne serais jamais prête pour l'enlever, mais cet étrange moment se présente à moi, et je ne peux pas porter cette bague toute ma vie. Je hoche la tête, nauséeuse.

Vanessa porte ses doigts à sa propre alliance, puis lance un regard insistant vers la mienne.

Je prends une grande gorgée de mon abominable cocktail.

— D'accord.

On se regarde lentement tourner l'anneau plusieurs fois pour le libérer. Le mien est moins serré que d'habitude, j'ai perdu l'appétit ces derniers temps. La bague sertie de diamants glisse sur ma phalange et je prends le temps de l'enlever doucement, parce que je sais que je ne pourrai plus jamais l'enfiler à nouveau. Les larmes me piquent les yeux. À côté de moi, Vanessa retire sa bague d'un coup et la pose sur le comptoir.

Inspirée par son courage, je l'imite, les lèvres tremblantes. Un sanglot m'échappe, elle passe un bras autour de mon épaule. On reste assises, côte à côte, à contempler les deux alliances.

J'ai versé plus de larmes que je ne l'aurais cru possible cette année. Il est temps de les sécher.

17 décembre

Jack

Amanda espère une bague pour Noël. Elle a fait tous les sous-entendus possibles et imaginables, du magazine laissé ouvert aux bonnes pages aux émissions télé sur le mariage allumées tous les jeudis. Et maintenant, par le samedi après-midi le plus froid de l'année, on se promène dans la rue et elle vient de s'arrêter devant une bijouterie.

Le sujet devient vraiment difficile à éviter depuis qu'elle l'a abordé pour la première fois en Norvège, et je ne suis pas sûr de savoir comment gérer la chose.

À présent, elle me montre un énorme solitaire. Merde, ça coûte vraiment ce prix-là ? On dirait une arme, pas un bijou !

— Tu ne veux pas plutôt aller boire un coup ?

Elle prend un air contrarié.

— C'est l'idée de te marier avec moi qui te donne envie de te saouler ?

— Non, c'est le shopping.

Elle a l'air blessée, je culpabilise aussitôt. Mais je ne peux pas regarder les bagues. Je ne veux pas avoir cette conversation aujourd'hui.

— OK… allons prendre une bière.

— Une autre ?

Je devrais dire non. Ça fait trois bonnes heures qu'on est là, et on commence à être bien ivres.

— Oh, allez, insiste Amanda. C'est toi qui voulais boire.

Peut-être que je me fais trop vieux pour ce jeu, mais là, ça suffit.

— Viens, on rentre à la maison.

Je tangue un peu en me levant.

— Chez toi ou chez moi ?

— C'est sexy quand tu le dis comme ça.

Elle ne se lève pas. Bras croisés sur son pull argenté, jambes croisées dans son jean moulant, elle me fixe avec une lueur dangereuse qui s'appelle vodka.

— Demande-moi de t'épouser.

Je cligne plusieurs fois des yeux pour me concentrer.

— Amanda…

— Allez. Je t'écoute. Fais-le maintenant, je suis prête.

Clairement, elle n'a pas oublié les diamants. Elle rigole, comme si elle plaisantait, mais il y a dans sa voix quelque chose qui me souffle que les ennuis arrivent.

— Viens, on se tire.

Le couple à la table d'à côté l'a entendue et fait semblant de ne pas nous écouter. Elle est vaguement connue avec son feuilleton télé, et la dernière chose dont on ait besoin, c'est d'une dispute en public.

— C'est ce que tu m'as dit le soir où on s'est rencontrés. À la soirée. Viens, on se tire.

— Je m'en souviens.

Je me réinstalle sur le tabouret, les coudes sur les genoux, et je me rapproche pour rendre la discussion plus privée. J'ai du mal à l'entendre dans ce brouhaha.

— Non, c'est moi. J'ai dit oui à tout, j'ai fait tout ce que tu demandais depuis. Et maintenant c'est moi qui te demande à toi de me demander quelque chose.

Elle fronce les sourcils, embrouillée par l'incohérence de ses propos.

— Ça fait beaucoup de demandes pour une seule femme.

J'opte pour la plaisanterie, conscient que mon sourire se rapproche plutôt de la grimace.

— Demande-moi maintenant ou c'est fini.

Elle ne veut pas lâcher prise, je me sens de plus en plus poussé dans mes retranchements.

— Ne sois pas stupide.

— Bordel, Jack ! Je suis sérieuse.

Alors, je me tais, parce qu'il devient évident que je ne vais pas réussir à l'amadouer pour sortir du pub.

Le jukebox lance *Last Christmas*, et la bouche d'Amanda se tord dans un sourire sarcastique. Je pose une main sur son genou.

— Ce n'est pas l'endroit.

Elle me repousse.

— Probablement pas. Mais c'est sûrement parce qu'il n'y a pas d'endroit pour demander en mariage une femme dont on n'est pas amoureux, pas vrai ?

Et merde.

— Je t'en prie…

Je ne sais même pas comment terminer cette phrase. C'est mal parti.

— Oh, arrête, Jack ! Tu sais quoi ? Oublie.

Elle est furieuse à présent et des larmes se logent sur ses cils.

— Oublie toute cette histoire. J'en ai marre d'attendre de voir si tu m'aimeras assez un jour.

Une larme roule sur sa joue ; elle l'essuie aussitôt. Elle se lève et vacille légèrement sur ses bottes à talons.

— C'est officiellement la dernière fois que tu me dis non.

Si seulement on n'était pas allés dans ce pub. Je me lève pour récupérer nos manteaux.

— Allez, viens.

— Non.

Elle pose sa main à plat sur mon torse. Ce n'est pas un geste d'affection. Ça veut dire : « Reste là. Je pars, et pas toi. Je pars parce que tu ne me mérites pas. Parce que je ne veux plus être ton plan B. Parce que tu ne peux pas aimer une femme si tu es déjà amoureux d'une autre. »

On se regarde, conscients qu'il n'y aura pas de retour en arrière possible. Je suis estomaqué. Est-ce que c'est vraiment ce que je lui ai infligé ?

— Je suis désolé. Je…

Mais elle est déjà partie et se fraie un chemin parmi la foule joyeuse.

Je me rassieds, la tête entre les mains, et quelques minutes plus tard, le type de la table voisine dépose un whisky devant moi.

Je hoche la tête et essaie de bégayer un remerciement, mais les mots restent coincés dans ma gorge. Quelqu'un lance *Lonely This Christmas* sur le jukebox, et je ferme les yeux. Quel con !

2017

Résolutions du nouvel an

Ma vie est à mille lieues de ce qu'elle était il y a douze mois. Je ne peux même pas me résoudre à lire les résolutions pleines d'espoir de l'an dernier. Où en serais-je aujourd'hui si on avait réussi à faire un bébé du premier ou du deuxième coup ? En train de promener une poussette à Bruxelles ? Aurais-je été heureuse ? Je n'arrive pas à visualiser cette vie, tant elle est éloignée de ma réalité.

Enfin, assez regardé en arrière. Il est temps d'aller de l'avant.

1) Il faut que je règle la question du logement. Je vais avoir trente ans cet été. Je n'ai plus l'âge de louer une chambre chez l'habitant.
2) Ma carrière. J'aime bien mon boulot, mais je stagne. Je peux payer mes factures, certes, mais ça ne me suffit plus. Je fais du sur-place. Oui, c'est exactement l'expression qui résume ma vie en ce moment. C'est étrange. J'aurais cru qu'avec le chamboulement de septembre, une part de stabilité dans ma vie aurait été la bienvenue.

Mais la rupture a eu l'effet inverse : elle m'a donné envie de redistribuer la donne et de voir quelles cartes me reviennent en main. Je fais du sur-place, alors que je rêve de foncer.

Voilà, c'est ma résolution pour l'année à venir, en un mot.

3) Foncer.

1er mars

Jack

— Joyeux anniversaire !

Martique (je sais… mais c'est un nom de scène, et elle ne veut pas entendre parler de son vrai prénom – Tara, d'après son passeport) vient de débarquer dans mon appartement avec des talons beaucoup trop hauts, et elle est en train de déboutonner sa robe.

— Je ne savais pas quoi t'offrir, alors je me suis acheté de la lingerie.

Sa robe tombe à ses chevilles et elle plie un genou, main sur la hanche. Elle est incroyablement sexy, et elle le sait. Elle me rappelle un peu Sophia Loren, avec ses formes délicieuses et son regard charbonneux.

— Alors ? dit-elle avec une moue. Ça te plaît ?

Aucun homme au sang chaud ne pourrait résister.

— Ça me plaît.

— Alors prouve-le.

Son parfum est un appel à la luxure. Sa bouche a le goût du rouge à lèvres et des dix mille cigarettes qu'elle fume par jour. Ses dents mordent ma lèvre inférieure, pendant que ses mains s'occupent de déboutonner mon jean. Ce petit jeu dure depuis des semaines. C'est un arrangement qui nous convient à tous les deux. Elle est sur la pente ascendante, celle des nombreuses starlettes qui défilent dans les locaux de la radio. À ses yeux, je suis l'homme idéal. Elle me l'a dit dès notre rencontre. Et par ça, elle entend que je suis l'entre-deux idéal sur la route du succès. Un mec un tout petit peu moins séduisant qu'elle avec qui elle peut coucher sans craindre de s'attacher, ni de risquer sa carrière.

Je ne crois pas qu'on s'apprécie tant que ça. Ma vie sentimentale s'est cassé la gueule. Au moment où elle se débarrasse de ses sous-vêtements, je me dis que ça sera la dernière fois.

On plonge sur le canapé, elle se penche sur moi, me susurre les bons mots, et je ferme les yeux en essayant de ne pas me sentir coupable.

— Joyeux anniversaire, murmure-t-elle à la fin.

Elle mordille mon lobe d'oreille avant de bondir sur son téléphone.

— Il faut que je file.

Je la regarde s'habiller, mon jean toujours baissé sur mes chevilles, et me frotte l'oreille, en quête d'une trace de sang. Je ne suis pas mécontent qu'elle s'en aille.

Plus tard, à la station de radio, je reçois un SMS de Sarah et Luke, qui est étrangement devenu mon Australien préféré – non pas que j'en connaisse tant que ça. Un amateur de bière qui aime Sarah avec une sincérité et une entièreté qu'il n'essaie même pas de cacher. Ils m'ont envoyé une photo d'eux avec une pancarte « Joyeux Anniversaire Jack », pliés de rire. Ils sont sur la plage, et les lettres sont à l'envers, ce qui semble les amuser d'autant plus. C'est vrai que c'est drôle. Je leur réponds vite un :

Merci, bande de neuneus.

Laurie aussi m'a envoyé un message.

Joyeux anniversaire. Bisous.

C'est tellement succinct qu'il n'y a pas matière à interprétation. Pourtant je ne peux pas m'empêcher de le disséquer, de me demander si elle envoie des bisous à tout le monde.

C'est à ce moment-là que je prends ma décision. Je ne veux pas être le genre de mec qui se tape des nanas comme Martique. Je veux ce qu'ont Sarah et Luke. Je ne mérite peut-être pas une femme comme Laurie, mais je veux essayer d'être à la hauteur.

Je relis son message une dernière fois, puis réponds.

Merci. Bisous.

5 juin

Laurie

— C'est le paradis.

Je suis assise avec Sarah à la terrasse d'un café avec vue sur l'incroyable plage de sable blanc de Cottesloe. C'est l'hiver ici, mais avec mille fois plus de soleil que dans le ciel gris que j'ai laissé en Angleterre. On vient de passer deux semaines de rêve à rattraper la distance. Skype, c'est bien mignon, mais ça ne remplace pas le fait d'être dans la même pièce, sur la même plage, ou de rire ensemble devant un film. On a solennellement recréé notre sandwich de Delancey Street. Luke l'a décrété répugnant et nous a laissées le savourer ensemble. Je ne crois pas que l'une de nous referait ce sandwich sans l'autre, et c'est tout l'intérêt. On alimente notre amitié de nouveaux souvenirs, et je profite de chaque instant.

— Viens, déménage en Australie. On pourrait être voisines.

Je ris doucement. Elle me répète ça en boucle depuis que je suis arrivée.

— OK, je vais appeler le bureau et leur dire que je ne reviens jamais.

— Tu te rends compte qu'on va avoir trente ans ?

Installée à l'ombre, Sarah sirote une espèce de jus de fruits sain, parce qu'elle est enceinte de quatre mois. Luke et elle ont reporté leurs projets de mariage pour mieux accueillir le bébé. Tout est tellement facile entre eux. Ils sont inséparables dans leur villa splendide aux fenêtres ouvertes sur la plage.

Au fond, il y a toujours cette petite part en moi qui envie Sarah, mais je sais que la vie ne lui a pas fait que des cadeaux. Elle s'est bougée pour obtenir ce qu'elle voulait. Elle a été assez courageuse pour saisir les bonnes opportunités, depuis le début.

— Je sais que tu penses que je plaisante, mais qu'est-ce qui te retient à Londres ?

Je sirote le champagne que Sarah a quasiment commandé à ma place sous prétexte de mon anniversaire.

— Imagine la tête de ma mère si je lui annonçais que je déménage en Australie.

Elle hoche la tête, le regard perdu vers l'océan.

— Elle s'y ferait, tu sais. Comme tout le monde. Et elle aurait toujours ton frère et sa famille.

Elle aspire une goulée de son jus, puis reprend :

— Quoi d'autre ?

— Eh bien, mon boulot, pour commencer.

— Que tu pourrais faire de n'importe où.

L'ironie du sort a voulu que je sois mutée de la rubrique santé au courrier des lecteurs, comme à mes débuts. Sauf que, cette fois, ce ne sont plus des adolescentes mais des adultes qui m'écrivent. Il faut dire que je suis qualifiée pour parler des sujets qui comptent. Divorce, deuil, amour, distance. J'ai tout vécu, et j'ai les médailles pour le prouver. Il se trouve que j'ai un tel succès auprès du lectorat qu'on m'a contactée pour l'édition dominicale d'un autre magazine. J'ai été la première surprise. J'ai repris mes études, également. Un diplôme de psychologie pour approfondir ma connaissance de la condition humaine ; en tout cas, c'est comme ça que j'ai vendu le concept à ma supérieure pour obtenir le financement de l'entreprise. En fait, j'adore. Tout : les études, l'organisation, la papeterie, même. Ce n'est pas la direction que j'avais imaginée, mais ça me convient. Il faut bien voir où la vie nous mène. Mais Sarah a raison : techniquement, je pourrais travailler et étudier de n'importe où, tant que j'ai mon ordinateur et le wi-fi.

Pourrais-je vraiment vivre ici ? J'observe Sarah sous sa capeline et ses lunettes de soleil glamour, et je peux voir les avantages.

— Cet endroit est merveilleux, Sarah, mais c'est ton monde, pas le mien.

— Et où est le tien ? Parce que laisse-moi te dire ce que je pense. Ton monde n'est pas un pays. C'est une personne. Je suis ici parce que Luke y est. Tu serais partie à Bruxelles si Oscar avait été ton monde.

Je hoche la tête et elle remonte ses lunettes sur l'arête de son nez, satisfaite.

Maintenant qu'Oscar et moi sommes séparés depuis un moment, je commence à comprendre pourquoi ça n'aurait jamais pu marcher sur le long terme. Je croyais que ça fonctionnerait, et ça s'est vérifié pendant un temps. Il était mon pilier, un havre de paix et un interlude dans le tumulte de ma vie, mais au bout du compte, on n'était pas faits l'un pour l'autre. On était trop différents. Je suis sûre que, parfois, ce n'est pas un problème, tant que l'amour est assez fort. Les contraires s'attirent, comme dit le proverbe. Peut-être qu'on ne s'aimait pas assez. Cette possibilité ne me plaît pas du tout. Je préfère penser qu'on a partagé quelque chose de merveilleux, et qu'il ne faut surtout pas regretter le temps passé avec l'autre.

Je ne le vois plus. Je ne le croise pas dans des bars, ni ne le repère au loin dans la rue ; c'est l'avantage de vivre dans des pays différents. Non pas que je passe mon temps dans des bars. Je suis en mode hibernation.

Il a fait livrer notre tableau chez ma mère à Noël. Dans le mot qui accompagnait le colis, il disait que c'était trop dur pour lui de le garder. Je ne sais pas quoi faire avec, comme si je n'avais pas le droit de l'avoir. Je l'ai regardé pendant très longtemps, le jour où il est arrivé. Je me suis allongée sur le lit de mon enfance, et j'ai repensé à tous les événements qui avaient mené à cet instant. Grandir avec Maman, Papa, Daryl et Ginny. L'école, les premiers petits copains. Delancey Street. Sarah. L'étage d'un bus à impériale. Un baiser sous la neige. Une plage en Thaïlande. Une demande en mariage devant ce même tableau. Notre merveilleuse cérémonie.

J'espère de tout cœur qu'Oscar va bien. C'est étrange, mais on ne cesse jamais de tenir à quelqu'un, même si on ne veut plus être avec. Une partie de moi l'aimera toujours. Et c'est difficile de ne pas ressentir l'échec en songeant à son divorce.

Un jour ou l'autre, Cressida prendra ma place. Ça me semble inévitable. Je parie que sa mère n'a jamais enlevé cette photo pourrie du piano.

— Je crois que tu sais où est ta place, Lau.

Elle me lance un regard éloquent, mais n'ajoute rien, parce que Luke revient de la plage et s'installe sur la chaise vide à notre table.

— Bien le bonjour, mesdames. Qu'est-ce que j'ai manqué ?

1er août

Jack

Si Hulk avait un frère plus petit et moins vert, ce serait Lorne, ce qui se révèle très pratique pour commander un verre au bar. Le pub est bondé, mais en trois mouvements d'épaules, il revient déjà avec deux pintes et un sachet de chips coincé entre les dents.

J'attrape le paquet dès qu'il arrive à ma portée.

— Je vois que t'as pensé au dîner.

— C'est ce que t'auras de plus proche d'un rendez-vous galant ce soir. Même si la nana à la table derrière toi fait très mal semblant de ne pas te mater.

— Va te faire.

— Je suis sérieux. Et elle est plutôt canon.

Il lance un clin d'œil derrière moi, et je lui donne un coup sur le mollet.

— Qu'est-ce que tu fiches ? Kerry est enceinte jusqu'aux yeux.

La femme adorable de Lorne est enceinte de huit mois. C'est elle qui a insisté pour qu'on aille boire une bière ce soir, parce qu'il la rendait folle à s'agiter dans tous les sens.

— C'est pour toi, ducon.

Sur ces belles paroles, il fourre une poignée de chips dans sa bouche. Avec lassitude, j'ajuste mon appareil auditif parce qu'on est juste à côté des haut-parleurs.

— Je te l'ai dit, je fais une pause.

— Oui, oui, c'est ce que tu dis. Mais je ne te crois pas.

Il devrait. Ça fait plus de quatre mois que j'ai rompu avec Martique, ce qui ne l'a pas plus traumatisée que moi. C'était plus ou moins la raison de la séparation. Cette relation ne menait nulle part, et le sexe pour le sexe ne m'intéresse plus. Je ne le raconte pas pour autant à Lorne.

— J'ai décidé de me faire bonze. L'orange ça me va bien.

— Tu es sûr ? Parce qu'elle est vraiment mignonne. Elle ressemble un peu à Holly Willoughby.

À une époque, l'argument aurait suffi à me convaincre de me retourner, mais je me contente de finir ma pinte et les chips. Cette fille pourrait être le portrait craché d'Holly Willoughby, lui payer un verre et aller éventuellement plus loin ne servirait à rien, parce que la vérité c'est que ni Holly Willoughby, ni Martique, ni personne ne m'intéresse.

Je m'épuise à arpenter les rues abruptes d'Édimbourg, à m'immerger dans la culture de la ville. Je me suis même acheté un vélo la semaine dernière. Je suis venu en Écosse pour fuir, et mon plan a bien mieux fonctionné que prévu.

J'ai plongé tête la première et je me suis perdu dans le boulot et les femmes, et maintenant je refais enfin surface pour respirer l'air frais. Au début, j'avais l'impression de suffoquer. L'oxygène me brûlait les poumons. Mais désormais mon souffle est régulier, et je peux dormir la nuit.

C’est juste moi, seul, et pour l’instant ça me va.

22 décembre

Laurie

— Bonne nuit. Toi aussi, tu me manques.

J'attends que Maman raccroche en premier. Elle est à Tenerife avec tante Susan. Toutes les deux sont encore en plein deuil mais se soutiennent mutuellement ; cette semaine, avec le renfort de la sangria et du soleil. Je ne vais pas le leur reprocher. J'ai sérieusement envisagé de partir avec elles sur leur invitation, mais en fin de compte, l'attrait d'un Noël seule dans la grisaille londonienne était bien trop grand. Je plaisante. À moitié. Pour le bon côté des choses, j'ai l'appartement pour moi toute seule pendant deux semaines. Ma colocataire et son clan ont décampé au pays de Galles jusqu'au nouvel an. Mon programme est simplement de me détendre, de me goinfrer et de voir quelques amis par-ci, par-là. Je me dirige vers la cuisine et allume la bouilloire, en essayant de me convaincre que je suis une jeune femme moderne, urbaine et indépendante, plutôt qu'une célibataire seule à Noël.

Une heure plus tard, je fais un gâteau. Je sais, ça ne me ressemble pas du tout, mais la bouteille de Baileys que Maman m'a envoyée était rangée à côté d'une pile de livres de cuisine, et j'ai eu une envie soudaine de gâteau. J'en suis à mon deuxième généreux verre de Baileys, il est presque vingt-deux heures, il m'a fallu quasiment une heure pour écraser des bananes pas mûres, et je m'en fiche. Je fredonne même les chansons de Noël qui passent à la radio. Est-ce que c'est triste de dire que je me cale sur la station de Jack tous les soirs ? Son émission est une de celles où les auditeurs peuvent appeler pour raconter ce qu'ils veulent. Des histoires drôles ou des plus tristes. Elle n'a pas encore commencé, et pour l'instant j'écoute un titre de Nat King Cole, le préféré de mon père.

Je m'installe à table et ferme les yeux. D'un coup, je suis propulsée dans la cuisine de Maman, avec les mêmes effluves de pâte à gâteau, les chansons de Noël et les guirlandes lumineuses accrochées sous les placards en hauteur. On est tous là. J'ai cinq ou six ans, Daryl un an de plus, et Ginny doit avoir trois ans. Personne ne fait rien en particulier. On est juste là, ensemble, et cette image parfaite me réchauffe tant le cœur que je ne peux pas me résoudre à ouvrir les yeux et voir toutes les chaises vides autour de la table. Puis la musique s'arrête, et la voix de Jack vient me sauver. Tout va bien, je ne suis plus seule. Il est là pour me tenir compagnie.

Je suis la recette, pesant le reste des ingrédients pendant que Jack prend plusieurs appels, d'abord d'un type qui veut lui parler de sa bagarre avec le Père Noël de la jardinerie du quartier, puis celui d'une femme qui vient de recevoir son jugement de divorce et n'en croit pas sa chance parce que son ex-mari était l'incarnation du Grinch. Pourtant, le tout reste léger. Jack n'a pas son pareil pour garder le ton juste.

Je fais couler l'appareil à gâteau dans le moule beurré et en lèche une goutte sur mon doigt quand passe l'auditeur suivant.

— J'ai envie de dire à ma copine que je l'aime, mais je n'y arrive pas.

À sa voix, c'est encore un ado.

— Comment ça, tu ne peux pas ? demande Jack. Est-ce que tu l'aimes ?

Le garçon répond du tac au tac.

— Oui, oui. J'ai failli le lui dire aujourd'hui après les cours. Je la regardais, et elle m'a demandé pourquoi je la regardais si bizarrement, mais les mots sont restés coincés dans ma gorge. Je n'arrive pas à le dire.

Jack rit gentiment, un son si familier que je peux presque voir son expression amusée et la lueur de ses yeux.

— Écoute, s'il y a un conseil que je peux te donner, c'est de le dire, et puis basta. Tu ne vas pas en mourir, promis. Quel est le pire qui puisse t'arriver ?

— Elle pourrait se moquer de moi ?

— Ou pas. De la façon dont je vois les choses, tu as deux options. Tu peux prendre le risque de lui dire que tu l'aimes, ou attendre qu'il soit trop tard et que quelqu'un d'autre le fasse à ta place. Comment tu crois que tu te sentiras à ce moment-là ?

— Con.

Je m'immobilise, le moule dans les mains, prête à l'enfourner.

— Exactement. Et pour le reste de ta vie. Crois-moi, je le sais, je l'ai vécu. C'est Noël, tente ta chance. Tu le regretteras toujours si tu ne le fais pas.

Je regarde fixement la radio, puis repose mon moule et m'empare du téléphone.

J'ai menti au producteur de l'émission. Je suis Rhona, et je suis la prochaine à passer.

— Salut, Rhona, dit Jack. De quoi tu voudrais parler ?

J'ai éteint mon poste à cause du retour audio, alors il n'y a plus que Jack et moi, au téléphone, comme au bon vieux temps.

— Salut, Jack, j'écoutais ton auditeur tout à l'heure, et je tenais à te dire à quel point ton conseil avait trouvé une résonance dans mon expérience personnelle.

— Ah oui ? Pourquoi ça ?

Je n'arrive pas à savoir s'il m'a reconnue ou pas encore. Pour l'instant je ne crois pas.

— Parce que je sais ce que c'est de louper sa chance et de passer des années à attendre de ressentir ça à nouveau.

Après un petit temps de silence, il rebondit :

— Tu veux partager ton histoire avec nous, Rhona ?

— Elle est assez longue.

— Pas de souci. Je ne bouge pas. Prends ton temps.

— D'accord. Tout a commencé par un jour de neige en décembre, il y a neuf ans.

— C'est approprié. Continue.

— Je rentrais du boulot en bus. J'avais passé une journée abominable et j'étais claquée, quand soudain, par la vitre, j'ai aperçu à l'arrêt de bus l'homme le plus beau que j'avais jamais vu – ou plutôt le garçon, à l'époque. Je l'ai regardé droit dans les yeux, lui aussi, et je n'ai jamais rien senti de si puissant. Ni avant, ni depuis. J'ai passé un an à scruter les bars et les cafés en espérant le recroiser, mais je ne l'ai pas retrouvé.

Le souffle de Jack est fébrile dans mon oreille.

— Tu ne l'as jamais revu ?

— Pas avant le jour où ma meilleure amie me l'a présenté comme le mec dont elle venait de tomber amoureuse.

— Ah… Rhona. Ça a dû être difficile à gérer.

— C'était inimaginable.

Ça y est. Je ne sais pas quoi dire d'autre.

— Est-ce que je peux te dire une chose que tu ne sais probablement pas ? Je parie que c'était tout aussi douloureux pour lui que pour toi.

— Oh non, je ne crois pas. J'ai été assez stupide pour lui demander une fois s'il se souvenait de m'avoir vue dans le bus. Il a dit non.

Je l'entends déglutir.

— Il a menti. Bien sûr qu'il t'a vue. Avec ta guirlande en couronne dans les cheveux. Et il a ressenti la même chose, et regretté mille fois de ne pas être monté dans ce bus avant qu'il ne soit trop tard.

— Tu crois vraiment ?

En fermant les yeux, je redeviens cette fille du bus.

— Oui. Mais il ne savait pas quoi faire. Alors il n'a rien fait, comme un con, il est resté sur la ligne de touche et il t'a vue tomber amoureuse d'un autre, et là encore, il n'a rien dit. Il a eu sa chance, et il l'a loupée. Chaque fois.

— Parfois, on rencontre la bonne personne au mauvais moment.

— Oui. Puis on passe le reste de sa vie à vouloir remonter le temps.

Je ne peux plus parler. Une boule me serre la gorge.

— Est-ce que tu lui as déjà confié ce que tu ressentais ? demande-t-il.

— Non.

Les larmes roulent sur mes joues.

— Il m'a dit une fois qu'il m'aimait. Je ne le lui ai pas dit en retour.

— Non, souffle-t-il d'une voix brisée. Tu n'as rien dit.

— J'aurais dû.

— Est-ce qu'il est trop tard ?

Je prends une seconde pour retrouver mon souffle en espérant que ses auditeurs sauront patienter.

— Je ne sais pas, je chuchote.

— Je pense que tu devrais le lui avouer. Peut-être qu'il est encore là, à attendre. Qu'est-ce que tu as à perdre ?

Je suis un hashtag sur Twitter. Ou plutôt, Rhona.

#TrouvezRhona #OùEstRhona #JackEtRhona

Il semblerait que même David Tennant ait entendu ma conversation avec Jack à la radio, et son tweet #TrouvezRhona a captivé l'imagination de toute la nation. Je suis à présent une demi-histoire d'amour de Noël pour laquelle la twittosphère veut absolument une fin heureuse. Je fais défiler les centaines de tweets qui sont apparus depuis l'appel, incrédule. Vu les bribes de conversation qui circulent, heureusement que j'ai pris un faux nom.

Je sursaute en entendant mon téléphone sonner. *Sarah*. Évidemment. Elle écoute toujours son émission, elle aussi. Ses cris me déchirent les tympans, et j'entends le bébé pleurer en fond.

— J'HALLUCINE ! C'est toi, Rhona !

Je pose le téléphone sur la table devant moi et prends ma tête dans mes mains.

— Je suis désolée, Sar. Je ne voulais pas l'annoncer à tout le monde, comme ça.

— Arrête, Laurie. Je ne suis pas en colère ! Je suis en train de chialer comme une Madeleine. T'as intérêt à ramener tes fesses en Écosse dans la minute, ou je prends l'avion pour t'y traîner moi-même !

— Mais si…

— Va voir tes e-mails, je viens de t'envoyer ton cadeau de Noël.

— Attends.

Je me connecte à ma boîte mail.

— Ah ! Il faut que je te laisse, Lau. J'ai un bébé qui vient de me faire pipi dessus sans sa couche. Mais je reste à l'affût des nouvelles de Rhona sur Twitter. Ne foire pas tout !

Elle raccroche en rigolant au moment où je clique sur son cadeau : un aller simple pour Édimbourg.

23 décembre

Jack

Merde. La presse fait le pied de grue devant mon appartement et mon portable n'a pas arrêté de sonner depuis que je suis rentré hier soir. Tout le monde veut savoir qui est Rhona, parce qu'il ne faisait aucun doute dans notre conversation qu'on se connaît très très bien. Incroyable mais vrai, je viens de voir l'histoire en bandeau à la télé sur une chaîne d'info en continu. Ils n'ont vraiment rien de plus intéressant à dire ? Ça n'aurait jamais pris de telles proportions à un autre moment de l'année. L'Écosse s'est totalement entichée de cette romance de Noël, et il semblerait que j'y joue le rôle de Hugh Grant.

Mon téléphone sonne encore, et cette fois je suis obligé de répondre à mon boss.

— O'Mara ! aboie-t-il. C'est quoi tout ce bordel ?

Difficile à dire.

— C'est un peu du délire. Désolé, Al.

— Le standard clignote plus que le sapin de Noël, fiston ! Tout le pays a allumé sa radio pour voir si Rhona allait rappeler. T'as intérêt à ramener tes petites fesses illico, et t'assurer qu'elle revienne !

Comme d'habitude, il ne s'embarrasse pas des conventions sociales et raccroche sans dire au revoir. Debout au milieu du salon, je passe ma main dans mes cheveux. Je fais quoi, maintenant ? Je ne suis même pas sûr de pouvoir sortir de chez moi avec toute cette foule. Je regarde mon téléphone et rassemble enfin le courage d'appeler la seule personne à qui j'ai envie de parler.

« *Salut, vous êtes bien sur le téléphone de Laurie. Je ne peux pas répondre pour le moment. Mais laissez-moi un message et je vous rappellerai très vite.* »

Je laisse tomber mon portable à côté de moi et m'installe loin des fenêtres.

Je n'étais jamais entré au studio par l'arrière ; on réserve ce passage aux stars qui sont parfois invitées à la matinale.

— Ça va, le melon ? plaisante Ron.

L'agent de sécurité, la soixantaine, me laisse passer. D'habitude à cette heure-là il est plutôt occupé à faire ses mots croisés à l'accueil.

— Allez, monte.

Je prends l'ascenseur jusqu'au dernier étage, et, quand les portes s'ouvrent, je suis accueilli par une salve d'applaudissements.

— Très drôle.

Je me débarrasse de mon manteau et lève le pouce en direction de Lena, derrière les grandes vitres du studio. Elle est à l'antenne tous les soirs avant moi, et aujourd'hui elle me répond avec de grands gestes hystériques, les mains en cœur. Super. Il n'y a plus un seul Écossais qui ne soit pas au courant de mon histoire avec Laurie. Ou Rhona. J'ai essayé de l'appeler des dizaines de fois, mais elle ne décroche pas. Tout ce cirque a dû la faire paniquer. J'ai failli appeler sa mère hier, mais le bon sens m'a retenu ; je suis à peu près sûr que la dernière chose dont elle ait besoin, c'est un coup de fil en pleine nuit parce que je ne sais pas où est sa fille et que tout le pays attend que je la retrouve.

Laurie

J'ai dû mentir au chauffeur de taxi. Tout ce que je savais, c'était le nom de la station de radio de Jack, et la première chose qu'il m'a demandée quand je lui ai dit où je voulais aller, c'est : « Attendez, vous n'êtes pas Rhona, quand même ? » Il plaisantait, mais mon estomac se serre chaque fois qu'il me regarde dans le rétroviseur, alors que la voiture se glisse dans la circulation chargée des rues décorées. Je suis à Édimbourg. J'étais dans le train à seize heures et je pensais que le long trajet me laisserait du temps pour réfléchir. Qu'est-ce que je vais bien pouvoir dire à Jack ? C'est quoi, le plan ? Mais en fin de compte, je me suis contentée de coller mon front contre la vitre glacée et de regarder le paysage changer au fur et à mesure qu'on montait vers le nord.

La ville est bien plus belle que je ne l'imaginais, avec ses immenses et imposants édifices gris. Peut-être est-ce dû au gel qui fait scintiller les rues, ou aux flocons qui volent dans l'air, mais l'atmosphère est magique. Dans deux jours, c'est Noël. Les bandes de fêtards débordent des pubs sur les trottoirs, et la musique dans le taxi est de saison.

— Voilà, vous êtes arrivée, ma belle.

Le chauffeur s'arrête sur un arrêt de bus pour me laisser descendre.

— C'est juste là.

Il me désigne un grand immeuble en verre de l'autre côté de la rue.

— Bon courage pour entrer là-dedans ce soir.

Je suis son regard et mon cœur fait un bond quand je vois la horde de photographes agglutinés devant l'entrée. Je lance un regard hésitant au chauffeur.

— Combien je vous dois ?

Ma voix est étrangement aiguë et faible.

— C'est vous, pas vrai ?

Je hoche la tête, terrifiée. Je ne sais pas si je peux lui faire confiance, mais pour l'instant, je n'ai pas de meilleure option.

— Je ne sais pas quoi faire.

Il pianote pensivement sur le volant.

— Attendez-moi là.

Il allume ses feux de détresse et sort du taxi, esquivant les voitures pour rejoindre la station de radio de l'autre côté de la rue.

Jack

Jusqu'à présent, je n'ai eu que des appels d'auditeurs voulant me poser des questions sur Rhona, ou me donner des conseils pour la récupérer. J'ai essayé d'éluder au mieux. L'émission est presque terminée, et je suis sur le point de passer *Fairytale of New York* quand Lorne me fait signe depuis son poste pour me signaler qu'il y a un dernier auditeur en ligne. J'enclenche la petite lumière rouge clignotante et j'attends.

— Salut, Jack, c'est encore moi. Rhona.

Enfin.

— Salut, toi.

Je crois que je peux entendre le pays entier soupirer de soulagement.

— Je suis content de t'entendre. Je n'étais pas sûr que tu rappellerais.

— Tu me manques.

Il y a une douce âpreté dans sa voix qui me fait regretter de ne pas être le seul à l'entendre.

— Ça fait neuf ans que tu me manques.

Ma voix déraille. Je n'ai rien d'autre à lui offrir que la vérité, et tant pis si le monde entier m'écoute.

Je l'entends inspirer ; derrière la vitre, Haley, mon assistante, se lève et m'adresse un sourire plein de larmes.

— Je t'aime, Jack.

Laurie pleure aussi.

— Ne sois pas triste. J'ai passé près d'une décennie à regretter de ne pas être monté dans ce bus.

Soudain, j'ai une révélation. Il faut que je sois avec elle, peu importe où, j'ai besoin de la voir.

— Il faut que je te voie, je murmure.

Haley frappe dans ses mains et lance une sorte de coup de poing dans l'air.

— Je suis là, Jack, répond Laurie en riant à moitié.

Perplexe, je me tourne vers le poste de Lorne, et elle est là. *Laurie*. Laurie qui me sourit comme au premier jour. Elle est là, elle sourit et elle a une guirlande dans les cheveux. Lorne est heureux comme un gosse, derrière elle, et prend tout de suite les choses en main.

— Je vais reprendre l'antenne, me glisse-t-il dans le micro. Sors de ce studio, cette fille a fait un long chemin pour te retrouver.

Laurie

Si j'avais besoin d'une confirmation que ce voyage en Écosse était la bonne décision, l'expression de Jack en me voyant aura suffi. Mon chauffeur de taxi, et ange gardien, a élaboré un plan d'attaque avec l'agent de sécurité de la radio pour m'infiltrer par la porte arrière, avec l'aide d'Haley, l'assistante de Jack. Elle est venue m'accueillir en bas, surexcitée, et m'a prise dans ses bras devant l'ascenseur.

— Je suis vraiment contente que tu sois venue, m'a-t-elle dit, les yeux brillants. J'ai toujours pensé qu'il y avait quelqu'un… Enfin, il ne m'a jamais vraiment semblé disponible.

En passant devant le sapin, elle s'est arrêtée et m'a pris la main.

— Attends. Laisse-moi juste…

Elle a décroché un bout de guirlande argentée et l'a fixée dans mes cheveux.

— Voilà. C'est parfait.

Et maintenant, enfin, ce n'est plus que lui et moi. Il a joyeusement fermé les stores sous le nez de ses collègues qui nous acclamaient, et on est enfin seuls dans la petite cabine en verre.

— Comment tu as… ?

Il prend mon visage entre ses mains, comme s'il n'arrivait pas à croire que je sois là.

— J'ai eu de l'aide. Le chauffeur de taxi et…

Il interrompt mes mots avec un baiser, les mains dans mes cheveux, et je ressens à la fois le manque, la douceur et le soulagement.

Après une longue minute haletante, sa bouche se détache de la mienne et il me regarde droit dans les yeux.

— Pourquoi est-ce qu'on a attendu si longtemps ?

— Je t'attendrais toute une vie s'il le fallait. Je t'aime, Jack O'Mara.

— Et je t'aime, Laurie James. Tu restes avec moi ?

— Pour toujours.

Il m'embrasse à nouveau, et je fonds dans son baiser interdit trop longtemps.

Enfin, je m'écarte et l'interroge :

— Tu t'es déjà demandé ce qui se serait passé si tu étais monté dans ce bus ?

Il rit en déroulant la guirlande dans mes cheveux.

— Un garçon voit une fille. La fille voit le garçon. Le garçon monte dans le bus, ils se roulent des pelles, et vivent heureux pour toujours.

— Dit comme ça, ce n'est pas l'histoire la plus passionnante.

— Finalement, on en arrive au même point.

Il dépose un baiser sur mon front et je l'enlace. Pour la première fois depuis des années, je suis comblée.

FIN

Remerciements

Un grand merci à Katy Loftus, mon éditrice, pour son intelligence, sa bienveillance et sa sagesse. Ton instinct et tes avis m'ont guidée à travers tout ce livre, de l'ébauche au point final. Je n'aurais jamais pu l'écrire sans toi, tu es un génie.

Mille mercis à Karen Whitlock, Emma Brown, et à tout le monde chez Viking : c'était un plaisir de travailler avec vous.

Merci aussi à Sarah Scarlett et à toute la géniale et incroyablement glamour équipe des droits étrangers.

À Jess Hart : je ne peux pas te dire combien j'adore la couverture ! Merci, elle ne bougera plus du mur de mon bureau.

Comme toujours, merci à mon agente, Jemima Forrester, et à tous chez David Higham.

Sur une note plus personnelle, j'aimerais remercier mes chipies préférées, qui ont toujours réponse à tout ! Vous êtes mon arme secrète.

Merci à ma famille et mes amis, pour leur soutien inébranlable.

Enfin, et surtout, merci à mes chéris, James, Ed et Alex. Vous serez toujours mes préférés.

La photocomposition de cet ouvrage
a été réalisée par
GRAPHIC HAINAUT
30, rue Pierre Mathieu
59410 Anzin

Imprimé en Espagne par
Liberdúplex
à Sant Llorenç d'Hortons (Barcelone)
en décembre 2020

POCKET - 92, avenue de France - 75013 Paris

S29680/02